その謎を解いてはいけない
Don't solve that mystery
大滝瓶太
実業之日本社

装幀　坂野公一（welle design）
装画　遠田志帆
本文図版　ラッシュ

CONTENTS

クイーン警視は言った。「しかも自分のサインを書いて悦に入るのが大好きだったと見える」
「そんなこと言っちゃ、フィールドがかわいそうですよ」エラリーが抗議した。

——エラリー・クイーン『ローマ帽子の謎』（中村有希　訳）

その謎を

解いては

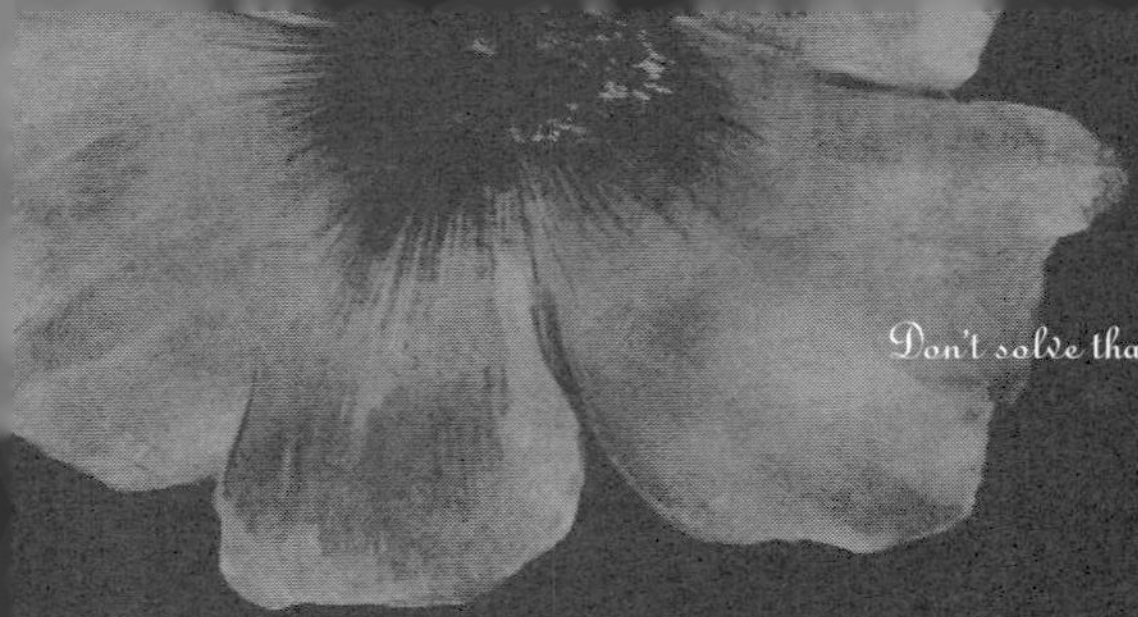

Don't solve that mystery

第一話

蛇怨館の殺人

幼児は捨てられ、父母を探し迷う姿はまるで地獄である。路上での追いはぎ・強盗の様は修羅道と言える。かわいそうにと幼児の手に食物を握らせると、その親が奪い取って自分で食べてしまう。まったく親子兄弟の情もなく、畜生道というあり様だ。

——長崎七左衛門「置土産添日記」（田口勝一郎　訳）

葛飾北斎《かつしかほくさい》が〈画狂老人卍《まんじ》〉の号で手がけた浮世絵に〈蛇守呪怨饗宴図《へびもりじゅおんきょうえんず》〉というものがある。怪異の惨殺を描いた大短冊判のこの絵は、現N県S郡の山奥にある蛇守邸に個人所蔵されている門外不出の作品。もっとも、世に知られていないのにはそれなりの理由があった。

かつて蛇守村と呼ばれていたその集落はとうに地図にはないが、それは、そこで起こった怪事件を蛇守の村人から聞いた北斎がその様子を類まれなる想像力によって描出したものだ。いまや制作者の思惑など知る由もないが、しかし北斎がこの絵をこの村のためだけに描いたという事実は、その絵の禍々《まがまが》しさより推測はできる。

この絵を村の外に出してはいけない。

しかるべき蒐集家《しゅうしゅうか》に託すでもなく、焼却処分するでもなく、少なくとも蛇守の人間たちはそのような確信を持っていた。

蛇守の罪の証《あかし》として――

1

「で、なんなんすか？」小鳥遊唯《たかなしゆい》は二時間ぶりに口を開いた。「その目」

「目？」黒衣の男は背中に浴びせられた打ち水のような少女の言葉にできるだけ無機質で人間ら

しさを排した口調を取り繕って応えた。「目がどうした？」

時刻は十八時を回っていた。

八月。日没までまだ時間があるが、このままだと帰れないかもしれない。

暗黒院真実《あんこくいんまこと》は大量の汗をかいていた。

それは暑さか焦りか——iPhoneの地図アプリも役に立たない山奥の獣道を、女子高生と二人きりでひぐらしの鳴き声を浴びせられながら歩いている現状は、どれだけ彼が鋼のメンタルを持っていたとしても最悪の事態が脳裏を過《よ》ぎる。しかもこの少女はかなり機嫌が悪いときた。第三者に見つかろうものなら、あることないこと言い散らかされる恐れがあり、なんとしても野宿だけは避けなければならない——彼がそう考えながら人気《ひとけ》のないこの森を歩いているのを、小鳥遊はなんとなく勘づいていた。落ち着き払った口調をどれだけ取り繕っても焦りは歩幅に出てしまう。

「カ・ラ・コ・ン！」ふたりの距離が広がり、少女は声を張り上げた。「昨日まで緑は左目だったじゃないですか。なんで右にしたんすか？」

その声には明らかな怒気が含まれているのを暗黒院は感じ取った。

「何の話をしているかさっぱりわからん」彼はこういうときほど毅然《きぜん》とすべきだと心得ている。探偵は相手に弱気を悟られてはならないのだ。「私の右目は——この〈すべてを見通す眼〉は——生まれたときからこうだったんだよ。そう、君のその左眼のようにね……」

あ、田中《たなか》の野郎、いま〈目〉を難しい漢字の方に脳内変換したな、と小鳥遊は気づいていた。

いつものやつが始まった。

彼女は暗黒院真実、本名・田中友治《ともはる》（二十八歳独身）が何を考えているのか瞬時に読み取る。彼の心を覗《のぞ》くには真実やらすべてやらを見通す翠《みどり》色の右目だか左目だかはいらない。中学二年生的な邪悪で陳腐な想像力に思考を巡らせばいいだけだから。

「つまり、田中さんはわたしの左目と対になる方がカッコいいと思って、緑のカラコンを右目にブチこんでいるわけですね？　コスプレ趣味については何も言いませんが、他人を巻き込むのはホントやめてもらえません？　バカ迷惑なんで」

一陣の風が吹き抜け、あたりの木々をざわめかせた。

「風が……騒がしいな……」

暗黒院がおもむろに呟《つぶや》いたが、それは小鳥遊に黙殺された。

「マジでなんでもいいんで、その自慢の右眼でさっさと帰り道を見つけてくれません？　あと女の子の歩く速さとかちゃんと考えてください。ぜったい彼女とかいたことないでしょ」

この日、ふたりはフィールドワークと称してN県の山奥を訪れていた。

東京から電車で二時間、それからタクシーで登山道の入り口までやってきたわけだが、暗黒院の目的は山登りではない。彼には採石場巡りの趣味があり、つまりフィールドワークとは彼の趣味でしかないわけだが、バイト代は弾むというので小鳥遊は同行した。ただ、バイト代だけが理由ではない。もし同行しなかったら、アレを……よりによって暗黒院にだけは知られてはならなかったアレをバラされる可能性がゼロではない。相手が根っからの悪人ではないとわかりつつ、彼女は他人を心の底から信用することができないでいた。他人の悪意から生まれうる「もしも」に対して、人一倍敏感なのだ。

目的地の採石場は道なき道の果てにある。昭和の時代の特撮の撮影場所にもなったとかで知る人ぞ知る聖地と呼ばれているものの、いまでは地図にも載っていない。廃墟《はいきょ》マニアのブログで位置を調べると、ハイキングコースから外れた道を三時間ほど歩いた場所だそうだ。

せっかくこっちは出発前に登山用の装備をググってワークマンに行ってきちんと用意してきたのに暗黒院がいつも通りの服装で、予想通りとはいえ小鳥遊は呆《あき》れた。ワイシャツに黒いマントを羽織り、黒い革靴を履き、おじいちゃんとかが御用達のチョーカーとネクタイの中間のヒモみたいなヤツを首からぶら下げている。完全に山をナメている。

「コンピュータ・グラフィックの発達が現在の特撮を堕落させたんだ」採石場を目指す道中、暗黒院は滔々《とうとう》と語った。イントネーションに垣間《かいま》見る〈・〉《ナカグロ》が彼女にはウザかった。「コンピュータ・グラフィックにより、ヒーローと怪人の戦いは市街地へと移った。爆発は撮影後の動画加工によって処理され、あたかも表現の幅が広がったように思われているが、私はそうは考えない。すべて偽物になってしまった、本物のアクションと爆発が画面から失われてしまったんだ。爆発を想定して民間人に迷惑をかけないように採石場を処刑場として選んだヒーローの美学と一緒にね……。そう、現代の特撮ヒーローには美学がない。彼らや彼女らは、怪人を所構わず葬るだけの処刑人に堕してしまったのだ……」

延々と続く暗黒院のオタク早口の独り語りは迷宮の様相を帯び、そしてついには本物の自然の迷宮へとふたりを誘《いざな》うのだった。歩けど歩けど採石場は姿を現さない。視界が開けることはなく、森は深まり、たどり着いたのは自然が織りなす迷宮のど真ん中ときた。大量の汗をかいている暗黒院の黒いマントにはなんか白く塩が吹いているし、見れば見るほど苛立《いらだ》ちが湧いてくる。

こんなこともあろうかと小鳥遊は非常食と寝袋を用意してはいた。とうぜん一人分である。水も乾パンも田中に分けてやるなんてありえないし、だいたい女子高生を山奥に連れ込むアラサー成人男性とかヤバ過ぎるのでそれなりの報いを受け、今後の教訓としてもらいたい。

まもなく完全に日が落ちようとしている。

このままではまずい。野宿もヤバいが、野生の動物から襲われる危険だってある。また、ここのところ、N県では山中で若い女性のバラバラ死体が発見されるという事件が続け様に起こっていると聞く。小鳥遊の脳裏に不安が過ぎると同時に、後方で草をかき分ける音が聞こえた。それに山中を歩いているときから纏《まと》わりつく、べっとりと皮膚に張り付くような視線も気になる。

動物？　それも、リスやウサギよりはずっと大きいなにか。

慌てて振り向くと、暗黒院ほどの影が茂みからぬっと現れた。

「あんたら、こんなとこでなにしとる？」

そこにいたのは人間だった。片手に斧《おの》を、もう片手にはだらんと垂れ下がった細長いなにかを持っている。

「蛇だな」と暗黒院。

「よく分かりましたね」

男が微笑《ほほえ》みながら手から垂れ下がる蛇の死骸を軽く掲げてみせた。

「視力だけはいいんで」と暗黒院。「両眼とも1・5なんで」

いやそこは〈すべてを見通す右眼〉とちゃうんかい、と小鳥遊は思った。

2

その男は蛇守慎一郎《しんいちろう》と名乗った。

四十代くらいで、実家がこの近くにある。最近まで東京に住んでいたが、職場がテレワーク推奨となったのをきっかけに東京と実家の二拠点で生活しているとのことだ。いつ要介護になってもおかしくない高齢の両親が心配だったらしい。

「いまからではもう電車もないですし、よければうちに一泊していきませんか？」

ふたりが歩いていた道を少し外れたところに慎一郎の軽自動車が停《と》められていた。彼は手に持っていた蛇の死骸をトランクのクーラーボックスに入れ、二人を車に乗せた。

車が走る舗装されていない道は私道で、このあたり一帯は蛇守家の私有地とのこと。例の採石場を目指して勝手に迷い込んでくる輩《やから》は年に数組いて、それについては黙認していると苦笑混じりに彼は語った。しかし、暗黒院のような山道をナメきった服装でやって来た人間ははじめてらしく、車までの道中、暗黒院は慎一郎に死ぬほど怒られた。慎一郎は怒りが遅れてやってくるタイプの人間らしい。大人がこれほど大人に怒られているのを小鳥遊ははじめて見た。

明らかに空気が悪くなって、車のなかでは誰も一言も発しなかった。一本道を進むなか、カーステレオは死体遺棄事件のニュースを告げる。タイヤが土を踏む音、草が車体を擦る音が単調に繰り返され、時おり上下に車体が弾む。三十分ほどして、さすがに怒りすぎたと詫《わ》びるように声色をやさしくした慎一郎が訊《たず》ねた。

「お兄さんたちは兄妹《きょうだい》ですか？」

「いえ」

食い気味に小鳥遊が後部座席から応えた。

「探偵と助手だ」

小鳥遊に続いて暗黒院が言った。

「探偵さん？」暗黒院は懐から名刺を出す。慎一郎はそれを横目でチラッと見て、ダッシュボードに置いといてくれと言った。「暗黒院……さん？」

「いかにも。後ろの女は助手のタカナシ。小鳥が遊ぶと書いて小鳥遊だ」

「へぇ、〈蛇守〉なんていう名前の僕が言うのも変ですが、変わったお名前ですね」

「名前には良い思い出がなくて……」

小鳥遊は苦笑した。名前と緑色の左目。この二つは彼女の人生における二大コンプレックスだが、慎一郎はまだオッドアイの方には気付いていないようだった。

「じゃあおふたりは、アレですか？　殺人事件とかバーン！　と解決しちゃったりとか？」

景気良く笑い声を飛ばすと、慎一郎はアクセルを強く踏み、三人を乗せた軽自動車まで笑うように車体がしゃくり上げられた。

「いかにも」

暗黒院は澄ました顔で応える。

「儲《もう》かります？」

「私は儲けのために探偵をやっているのではない」

「まったくです」小鳥遊が暗黒院に続いた。「弊社、暗黒院探偵事務所の主たる利益はアフィリエイト事業です。誰が買うのかわからないようなダイエット食品やら水やら化粧品やらの販促ページを作りまくって、その成果報酬でやりくりしている感じですね。探偵事業の収益などゼロ。たまに知り合いの刑事から相談を持ちかけられることはあっても、正規の依頼なんてないですよ。お金くらいとればいいのに。で、探偵事業の方でたまにあるのは不倫調査案件なのですが、弊社代表の田中――そこの男がぜんぶ断っちゃうんです。まぁ、バイト代はちゃんと毎月出ているので問題ないのですが」

「ハッハッハッ！　まぁいいじゃないですか、道楽でも」

道楽、と言われて暗黒院は露骨に不機嫌になったのを小鳥遊は見逃さない。

「ええ、とんだ道楽ですよ」チャンスがあればここぞとばかりに言ってやる。「付き合わされる身にもなってもらいたいです」

「では、今日ここに来たのもその道楽ですか？」

「そうですね。田中の趣味の採石場巡りに付き合わされて――」

「特撮、僕もよく見ていましたよ」

「フィールドワークだ！」暗黒院は声を張り上げた。「事件がないなら、こちらから探しに行く。探偵が動けば事件は起きる。私には邪悪な魂を引きつける体質があるから……」

車は減速し、ただでさえ細い道がさらに細くなった。日は完全に落ち、暗闇のなかを照らす前照灯が小さなトンネルを照らし出した。慎一郎はそこで車を停めた。

「ここで降りてください。五分ほど歩けば我が家です」クーラーボックスを肩にかけ、懐中電灯を持った慎一郎を先頭にトンネルの中へ入っていく。「この歳《とし》になってもじぶんより田舎出身のひとと会ったことはないです。コンビニもスーパーも、田舎定番の無人の野菜直売所すらないんですから」

慎一郎の声が反響する。

「なんだかホラゲの廃村みたい……」

「元は蛇守村という村でした。今では蛇守家しかありませんが、昭和初期までは他にも住人はいました。外の世界と蛇守村をつなぐ唯一のトンネルがこれだったわけです」

「じゃあこのトンネルが崩れてしまうと……」

小鳥遊は妙な寒気を一瞬感じ、じぶんを抱きしめるようにして身を震わせた。ヤツが来る――

「――つまり〈クローズド・サークル〉ってわけだな……聞こえるぜ……事件の聲が……」

狙いすましたかのように暗黒院の声が響き、あーこれぜったい難しい漢字の方の「こえ」だわ……と小鳥遊はじぶんのことのように恥ずかしくなって赤面した。先頭の慎一郎が後方をちらと振り返り、笑みを浮かべる。

「ミステリ、いいですよね。本格が好きでしてね、僕も若い頃はよく読みました。こう見えてもエラリー・クイーンとか横溝正史《よこみぞせいし》とか主要作品はだいたい読んでいます。さぁ、着きましたよ」

およそ三十メートルのトンネルを抜けると、明かりが見えた。

大正時代の洋館を思わせるその木造二階建ての館を〈蛇怨館《じゃえんかん》〉と慎一郎は呼んだ。

3

「どうぞ、靴のままで」

扉が開かれ、まず目に入ってきたのは大きな螺旋《らせん》階段だった。広々としたエントランスは吹き抜けになっていて、天井から豪奢《ごうしゃ》なシャンデリアが吊《つ》るされている。木製の階段は年月を思わせる黒味を帯びているが、汚れとはまったく異なる歴史のなせる意匠だ。ふたりはつい見惚《みと》れてしまい、ほえ〜と声に出し、口を開けてぽかんとした。

「むかしは使用人も雇っていたらしいのですが、僕が生まれた頃にはもう家族だけでした」慎一郎は肩にかけていたクーラーボックスを下ろした。「一階はダイニングとキッチン、それから応接間と父の部屋があります。もともと使用人部屋で長く納戸になっていたのですが、父の足が悪くなりまして。二階に個室がありますので、そちらにお泊まりください」

「あの、そのクーラーボックスって……」小鳥遊は指先を弱々しくそれに向けた。「さっきの……蛇……ですよね」

「蛇はね、我が家にとって神様なのよ」軽やかな声が降ってくる。見上げるとそこに女がいた。艶やかなロングヘアに、鮮やかな赤い唇、白いワンピースからすらりと伸びた手足。二十代後半に見えるが、どこかそれでは説明のつかない迫力が小鳥遊には感じられた。喩《たと》えるなら——そう、魔女だ。

「塔子《とうこ》、こちらがさっき LINE で伝えたお客様だ」

塔子がゆっくりと螺旋階段を降りてくる。その所作のいとやんごとなき様に暗黒院はどうやら見惚れている。小鳥遊は肘で小突き、あんな感じがタイプなんですね、にしししし……とわざとらしく笑ってやったがそれすら彼の耳に入っていない。小鳥遊は小さく舌打ちをした。

「こんばんは。はじめまして、妹の塔子です。大変だったでしょう。我が家だと思ってどうかお寛ぎください」

「はじめまして。小鳥遊唯です。こっちの黒いのは上司の田中です」

「ッス……」

なに露骨にキョドってんすか、と小鳥遊が再び肘で小突くと、暗黒院はプイとそっぽを向いた。

「田中さんは探偵で、小鳥遊さんは助手なんだってさ」

堪《こら》えている笑いが完全に漏れている、そんな声だ。ほら、名刺、と車のなかでもらった名刺を慎一郎は塔子に見せる。名刺を持つ指がプルプル震えている。

「そう……中二さんなの……」

塔子はふたりに哀れみのまなざしを向けた。非常に頻繁に訪れるコスり倒され続けたこの時間が、業務中の小鳥遊にとってもっとも苦痛だった。一方で暗黒院はそれをなんとも思っていないように見える。しかし本心はどうだろう？　以前、電車で勝手に写真を撮られた肖像権クソくらえツイートがバズり散らかしてしまったことがあった。そのときは眉ひとつ動かさず澄ました顔でいたが、さすがにやせ我慢にしか見えない。彼は心配している小鳥遊にこう言った――探偵とは常に冷静沈着でなければならない――いまも慣れゆえか表情に出ることはないが、彼は彼なりに傷ついているらしいと小鳥遊は推測している。

「あら、おふたりとも……」ふたりの顔をおもしろがってまじまじ見ていた塔子の目がハッと見開いた。「片目が緑色なんですね。田中さんは右、小鳥遊さんは左」

「私の右眼はすべてを見通す……」

「昨日までは左だったじゃないすか」

「昨日までは？」

塔子は首を傾《かし》げた。

「はい。田中さんの右目はカラコン、つまり邪眼だかなんだかのコスプレです」

「じゃあ小鳥遊さんは？」

「わたしはその……元々なんですよ……」

「すごーい！　かわいいじゃない！」塔子は目を輝かせて小鳥遊の顔を覗き込んだ。「オッドアイの女の子、はじめて見たわ！」

「いやぁ……でもホント、この目で良い思い出なんてひとつもなくて……」きれいな大人の女性にこんな至近距離で見つめられた経験なんて小鳥遊にはなく、逃げ出したいほど恥ずかしかった。

「なんだかすみません……」

「そうなんだ。ごめんね、嫌なこと思い出させちゃって」

「いえ、そんな。気にしないでください」小鳥遊はそこで元の会話を思い出した。「そういえば、蛇が神様って……？」

「ああ、その話ね。ねぇ、ちょっと探偵さん！」

塔子は蚊帳《かや》の外となってひとり孤独に不貞腐《ふてくさ》れていた暗黒院に話を振る。

「コラムニストよ」塔子が訂正した。「仲が良いんですね。本当の兄妹みたい」

「毒舌系キラキラ女子ウェブライターですよ！　……って、クソオタク陰キャ限界独身男性2.0の田中さんには五兆回生まれ変わっても実像を拝める世界線には辿《たど》り着けないでしょうけど」

「なんだ、その〈まきゃべる〉ってのは？」

と微笑んだ。

「こんなかわいい子も読者だなんて、うれしいわ」

そう叫んだ次の瞬間、小鳥遊は塔子に握手を求めていた。塔子は心より彼女の手をとり、

「え！　あの〈まきゃべる〉さんなんですか⁉」

エッセイを書いているの。よかったら読んでくださいね」

こだわりがあるのか塔子は強い口調で否定した。「〈まきゃべる〉っていう筆名でウェブコラムや
「インフルエンサーじゃなくて、コラムニストよ」暗黒院や小鳥遊には違いがよくわからないが、
をつけて遊ぶ悪癖があるんですよ」

を出して謝罪した。「塔子はいわゆるインフルエンサーというやつでして、毎日ツイッターに火
「塔子、その辺にしておきなさい」慎一郎がたしなめると、塔子はごめんなさいねとペロッと舌
「あら残念。せっかくネタツイの素材にできるかと思ったのに……」

「やめておけ。死人がでるぞ……」

暗黒院はフフッと鼻で笑う。

「あなたのその〈すべてを見通す右眼〉でこの家と蛇の、切っても切れない関係は見えますか？」

「なんだ？」

「やめてくださいよ!」

想像しただけで寒気がする。小鳥遊は必要以上に眉を顰《ひそ》めた。

「〈かなこ〉――」先ほどからその場の全員の視界の外で iPhone をカツカツカツカツ叩《たた》いていた暗黒院の指がピタッと止まった。

「ッ……!? あなた、どうしてそれを……?」

塔子の顔がみるみる引き攣《つ》っていった。

「云《い》っただろう?」暗黒院は右前髪をグワッとかきあげると顎を天に向かって突き上げ、緑色の瞳で塔子を見下すようないい感じのポーズをキメて言い放った。「死人がでると……」

塔子の尋常ならざる覇気が場を瞬時に包み込み、空気が完全に凍りついた。これだ、と小鳥遊は息を呑《の》んだ。塔子が螺旋階段から降りてくる時に感じたあの魔女のような迫力――そしてそれは〈まきゃべる〉の文章から感じた圧、そのものだった。暗黒院と塔子、ふたりが発する決して交わることのない異色の覇気が衝突し、その境界からこの世ではない、まったく別の世界が生まれ出そうとしている。

「あの、すみません……」なんだかよくわかっていない慎一郎がなんだかよくわかっていないんですけどみたいな口調でなんだかよくわからないタイミングで場を現実に引き戻した。「蛇の話ならダイニングに来てもらえばすぐわかるんで、ちょっと移動しましょうか……」

4

この調子だとダイニングはテレビとかでよく見る銀の燭台《しょくだい》が三つくらい置いている長い食卓がバーン！　みたいなヤツかと小鳥遊は予想していたが、結果は半分正解の半分不正解といったところだった。長いは長い、たしかに予想通りの十数人が席につけるサイズだったが銀の燭台はなく、すでに配膳されていた料理はふつうに煮た魚とか漬物とか味噌汁《みそしる》だった。巨大な食卓にポンと漬物のタッパーが置いているのはなんだかシュールで、この一家はマジで「代々受け継いだデケェ家にふつうに住んでいる」をふつうに実践しているプロ庶民なんだなと小鳥遊は思った。

その食卓にはすでに老人がふたり、向かい合って席についていた。上座、いわゆるお誕生日席は空席で、その奥には観音開きの小さな祠《ほこら》のようなものがある。

「親父《おやじ》、母さん。遅くなってごめん」慎一郎が言った。「こちら、お客様の田中さんと小鳥遊さんです。今日は二階の空室にお泊まりいただくことになりました。お部屋はいま準備しています」

聞いているのかいないのか、それとも聞こえているのかいないのか定かではないが、どことなく虚《うつろ》な老夫婦は暗黒院を見てから小鳥遊を見て、もういちど暗黒院を見て会釈をした。

「紹介が前後してすみません。父の富雄《とみお》と母の十和子《とわこ》です」

「小鳥遊です」

「暗黒院だ」

「本名は田中です」

小鳥遊が秒で補足し、暗黒院が彼女を睨《にら》む。

「ようこそいらっしゃいました」と十和子。「どうぞ、若いひとには少ないかもしれませんが、遠慮せずたくさん召し上がってください」

促されるがまま暗黒院と小鳥遊は並んで席につき、その対面に慎一郎と塔子が座った。

「明日、家でちょっとした行事があるんです。それでふだん東京にいる塔子も帰ってきて、家族が揃《そろ》っているんですよ。まだ来ていませんが、あと一人、蛇守〝ディスティニィ〟佐清《すけきよ》という弟がいます。もうすぐ降りてくるはずなんですが、ちょっと変わったヤツでして……」

「え、すみません、いまなんて……」

小鳥遊は聞き返した。

「蛇守〝ディスティニィ〟佐清です。佐清と呼んでやってください」

「あの……」小鳥遊は小さく手を挙げた。「その〝ディスティニィ〟部分はなんですか？　むかし海外に住んでいたとかの名残のミドルネーム的なものでしょうか？」

「それが〝ディスティニィ〟込みでファーストネームなんですよ」

「なっ……」小鳥遊は一瞬声を失った。「誰がやらかしたんですか？」

「私だ」富雄が皺《しわ》だらけの手を上げた。重力に逆らいピンと伸ばした指先、その凛々《りり》しい佇《たたず》まいは小学校の授業参観を思わせた。「聲……そう、聲が聞こえたんですよ……大地と天空の精霊の聲がね……」

暗黒院の表情がパァッと明るくなったのが横目で見えて小鳥遊の背筋が凍った。

「でもあの子、それでひねくれちゃったんです」十和子がため息をついた。「うちの子たちは中学から寮に入って学校に通っていたんですけど、佐清は中一の時にとつぜんひとりで帰って来ちゃって。それ以来、ずっとうちに引き籠もっているんです。まぁ、最近はちょくちょく外にも出たりするようにはなったのですが、わたしたちもまだ元気だとはいえ、あの子ももう三十になるので心配でしてね……ほら、こんな辺鄙《へんぴ》なところですから」

「名前が原因でハブられたのか」

暗黒院が言うと、蛇守家の四人は黙って俯《うつむ》いた。

すると前触れなく銃声のような音とともに扉が弾《はじ》かれるように開いた。

そこに立っていたのは白いゴムマスクの男だった。

ジャケットに袖を通し、黒い手袋をはめたその男は、マスクの奥に漆黒の瞳を覗かせていた。一瞥《いちべつ》すると会釈するでもなく、無言のままつかつかと歩き、塔子の隣に腰を下ろした。

「全員揃ったな」富雄がゆっくりと腰を上げた。「それでは客人に蛇守家について、少しお話ししましょうか」

富雄は上座へと歩みを進め、観音開きを開いた。

暗黒院と小鳥遊は目を見開いた。

現れたのは、四肢と頭部が切断された血のように赤い着物に身を包んだ日本人形だった。

5

天保《てんぽう》四年、かつて神守《かみもり》村と呼ばれていたこの地にまずやって来たのは寒さだった。

例年であれば暑さで額に汗を滲《にじ》ませ田植えに励んでいた百姓たちだったが、この年はあろうことか寒さで手がかじかんでしまう。冷えた空気が山を包むなか、百姓らは懐に綿を詰めて家を出て、作業の合間に藁《わら》を燃やして暖をとった。このとき人々の脳裏にはとうぜん不作の予感が過ぎったが、しかし後に相次ぐ異常気象によって想像を遥《はる》かに超えた大凶作となることまでは誰ひとり予想だにしなかった。

夏には大雨、秋には暴風が訪れ、慢性的に呪術的な霧が立ち込める。たまに陽《ひ》が照ろうとも大地を暖めることはなく、収穫を待たずして米の蓄えはとうに尽き、肝心の収穫は絶無といって差し支えなかった。そしてこの大凶作はその年のみにとどまらず、以後五年にわたって続いた。

「天保の大飢饉《だいききん》……」

暗黒院が呟くと、富雄は頷《うなず》いた。

「そしてこの村、旧神守村は特に冷害被害の大きな土地でした。あっという間に食が尽きると、村人たちは山で見かけた獣は何であろうと食べてきました。だいたいのものは煮るなり焼くなりすれば食えます。しかし、それでも村人全員の腹を満たすには至りません。村を離れ、他の地に移るものも現れましたが、しかし外ではより悲惨な現実が待ち受けていたのです」

「より悲惨な現実？」と小鳥遊。

「――略奪か」

緑色の右眼で暗黒院は富雄を見た。富雄は続けた。

「村を離れた者たちが足を踏み入れたのは畜生の道でした。神守村は人口が少なかったのもあり、略奪までは起こっていなかった。しかし、町になれば話は別です。道端に倒れ、痩せこけて死を待つ馬にそのまま齧《かじ》りつく人間など珍しくもなく、隙を見せれば衣服は剝がれ、道端には死体が転がりその肉をカラスが啄《ついば》む――町はそんな魑魅魍魎《ちみもうりょう》が跋扈《ばっこ》する阿鼻叫喚の地獄絵図だったのです。幼い子どもを憐《あわ》れんで慈悲ある者が恵んでやった食糧さえ親が奪い、血縁さえも引き裂かれる魔物の住処《すみか》。人間が人間であることをやめ、生きながらえるために畜生となり、明日の肉のためなら神も仏もない世界。村を出た者は誰ひとりとして戻ってくることはありませんでした。のたれ死んだか食われたか、あるいはわずかばかりの良心がもう故郷へは戻れないと思わせたのか
――それは我々にはわかりません」

小鳥遊は思わず富雄から目を背けた。

「しかしどうあれ村人は生き延びた」と暗黒院。「そこに蛇が関係してくる訳だな?」

「こちらをご覧ください」富雄は四肢と頭部を切断された日本人形の下にある抽斗《ひきだし》から古びた巻物を取り出した。「〈蛇守呪怨饗宴図〉という、葛飾北斎が画狂老人卍の号で制作した浮世絵です」

描かれていたのは〈蛇〉だった。

手と足が生えた白い大蛇だ。

それは褌《ふんどし》姿の百姓に取り押さえられ、火に炙《あぶ》られ、四肢を鉈《なた》で切り落とされようとしている。

首はすでに切断され、瞳は描かれておらず空虚な白を虚空に投げ出し、下半身を露出した男が性器をその口に咥《くわ》えさせ、他方、だらしなく伸びた尾は快楽を隠さない着物を着た女により股へ誘われており、周囲には老若男女が人集《ひとだか》りを作り、誰もが好奇の視線を投げかけている。

「なにこれ……」

小鳥遊は目を背けたかったが、その浮世絵の呪術的としか形容できない力がそうはさせてくれなかった。

「なるほど、人間のほうが怪異に見える」

暗黒院は表情を保ちつつも、ほんの少し眉を顰めた。

「飢饉のはじまりから三年目の春でした」富雄はふたたび口を開いた。「村でも飢えによる死者は後を絶ちませんでした。そんななか現れたのが、この手足が生えた蛇だったのです」

霧に覆われ、死の臭いが充満した神守村に現れたその大蛇は、子ども一人分の図体をその四肢で気怠《けだる》く持ち上げ、河のようになめらかに湾曲する轍《わだち》を残して緩慢に移動した。鳥や獣、人間と遭遇してもまるで気にもかけないふてぶてしく傲慢な佇まい、同時に、無関心ゆえに他の生物に危害を加えなどしないその蛇は神出鬼没で、まるで霧から出てきて霧へと帰っていくように思われ、村人たちは畏怖を抱いた。誰ひとりとして戻らなかった村を出た者たちは、あの蛇に食われたのではないか、村の人間の眼が届かぬあの霧の奥で、蛇は人間を食っている。月日とともにいつしか村人たちはそのように考え至るようになった。死と隣り合わせの慢性的な空腹がもたらす集団偏執病《パラノイア》。そして、ついにこう言い出す者が現れた——

「食われる前に食ってしまえ」

全員が富雄を見ていた。小鳥遊は気圧《けお》され、暗黒院は目を閉じた。慎一郎が小さく咳払《せきばら》いをし、十和子は両手を合わせ、マスクを被《かぶ》った〝ディスティニィ〟佐清は微動だにしない。

「それを言ったのがね、」不敵な笑みを浮かべて塔子が言った。「当時の神守村の村長、つまりわたしたちの先祖なの」

「神守作右衛門《さくえもん》の命令で村人たちは森中に罠《わな》を仕掛け、ついに手足が生えた大蛇の捕獲に成功します」十和子は合わせた掌を擦り合わせ、拝みはじめた。「……男五人がかりで蛇の手足と尾を抑え、作右衛門は鉈で蛇を切りました」

最初に切り落としたのは右足だった。すると緩慢な動きしか人間に見せなかった蛇が、赤黒い血を撒《ま》き散らしながら激しく暴れ出す。その力は凄《すさ》まじく、左手を抑えていた男が吹っ飛ばされた。逃げられたかと思ったものの、作右衛門が草鞋《わらじ》で頭を力一杯踏みつけて動きを止め、その隙に左手を今度は男二人で抑えた。作右衛門は再び鉈を振り下ろす。右手、左手、左足を切断し、その度に汚れた血が噴き出したが、それでもまだ身を捩《よじ》って蛇は生きていた。作右衛門は頭に鉈を振り下ろすも、簡単には打ち落とせない。数十回の刃を叩きつけ、その度に蛇は激しく暴れた。そのとき蛇は甲高い鳴き声を上げたと記録されており、画狂老人卍こと北斎はこの拷問じみた情景から絵を着想したという。蛇は絶命の間際まで悲鳴をあげ、死の門へと引き摺《ず》り込む鬼から逃れるようなその叫びが村人たちの鼓膜を激しく震わせた。

「……そして頭を落とされて絶命した蛇を村人たちは焼いて食べたのです。この蛇は月に一度、新月の夜に必ず現れました。その度に村人たちは同様の手口で蛇を切断し、焼いて食べる——それで飢饉をどうにか乗り越えたわけです」

小鳥遊を目眩《めまい》が襲った。

「すみません、こういう痛い話が苦手で……」

「ごめんね」塔子が言う。「でも本当の話はこれからなのよ」

「飢饉が去ると同時に大蛇も現れなくなりました」苦々しい表情を浮かべ、今度は慎一郎が口を開いた。「飢饉の五年のあいだに村人の数は四分の一にまで減りましたが、村は次第に活気を取り戻しつつありました。米を食えるようにもなりました。ただ、新月の夜が来るたび、森のなかで変死体が見つかるようになったんです。毎月きっちり一体……」

「手足と首のない死体がな」くぐもったその声の主はゴムマスクの男、〝ディスティニィ〟佐清だった。「それにご丁寧に火までつけられ、ものによっては内臓を抉《えぐ》り取られているときた」

「村人たちはこれを蛇神《へびがみ》の祟《たた》りと解釈しました」富雄は六人に背を向けた。北斎の絵を抽斗のなかに戻し、四肢と頭部がない日本人形を見つめ、深く息をついた。「蛇神の祟りを恐れ、作右衛門は村の名前を神守から蛇守に変え、みずからも蛇守と名乗りました。そして身代わりに人形をこうして祀《まつ》り、新月の夜に血を抜いて清めた蛇と一緒に火をつけ、祟りから逃れたのです。ただ、時代が流れ、村が消えた頃にはその風習も形骸化し、先代からは火をつけるのは年に一度です」

「で、明日がその日なの」塔子は席を立ち、堅苦しいのはごめんとばかりに身体《からだ》を伸ばした。

「はいはいこの話はおしまいおしまい。じゃあわたし、用事があるから部屋に戻るわね」

塔子が去ると、彼女が閉めたドアの上にある時計が小鳥遊の視界に入った。二十一時五分。

「今更ですが、わたしたちが村のお話を聞いてもよかったんでしょうか？　その絵もずっと門外不出だったようですし……」

「ハッハッハッ！」景気良い富雄の笑い声が部屋に響いた。「なぁに、気にしないでください。わたしゃあ信心深い人間じゃあなくてね。この家も何やらかんやらも、わたしの代で終わりにしてしまうつもりなんですよ。こんなおっかない土地と歴史をこれ以上子どもや孫に継がす訳には……。もっとも、うちの子どもらは良い歳して誰も浮いた話ひとつ持って帰ってきませんがね」

「父さん！」

慎一郎が本気で嫌そうな顔をした。

「蛇に呪われた館——それで〈蛇怨館〉ってわけか」暗黒院は口角を吊り上げた。「蛇怨にして邪炎……クックックッ……暗黒炎の饗宴《ダークファイア・カーニバル》の幕開けだ……」

「いや、明日朝イチで帰りますよ？」小鳥遊は深いため息をついた。「田中さんの趣味に付き合うたびにわたしの青春が一ページずつ失われているの、気づいてます？」

6

小鳥遊——日本で確認されている戸籍数がわずか数軒のこの名字は、商業フィクションに存在する戸籍数よりもはるかに少ないことで有名だ。難読性によって増幅されたプレミア感と気品すら感じさせる優雅さを持つこの名は、それゆえに多くの大きなお友だちを含む広義の中学二年生に愛されてきた。

そして翠色の左眼——生まれながらの虹彩異色《オッドアイ》が彼女の属性を決定づけ、強化した。永遠の中学二年生としての生を運命づけられた少女。

しかし小鳥遊唯は人間に宿る先天性をなによりも憎んでいた。

もし、名字が小鳥遊じゃなくて鈴木とか佐藤あるいは田中だったら。

もし、この左眼が右眼とおなじく黒だったら。

もし、アレルギーがなくカラコンを着けても大丈夫だったら。

自力ではどうしようもない事柄によって、彼女は望んだ〈ふつう〉を得られなかった。

あるいは〈ふつう〉を希求する人生を歩まざるを得なくなった。


その夜、小鳥遊唯は夢を見ていた。

それは中学二年生の頃の記憶だ。

ゴールデンウィーク明けの登校日の朝、学校に着くと下駄《げた》箱に黒い手紙が入っていた。その場で開けてみると、「選ばれし者よ、その呪われた力をこの学校では封印しておけ。これは忠告だ。二度目はない」と書かれたメッセージカードと白いなにかが入っている。眼帯だった。無視していると、それから三ヶ月間、夏休みまで毎日眼帯を下駄箱にブチ込まれた。二度目は余裕であった。秒で来た。

夏が過ぎ、地獄の眼帯攻めが終わると次にやってきたのは包帯だった。手紙ではなく、直接包帯を下駄箱にブチ込んでくるスタイルで見えざる敵は攻めてきたが、小鳥遊はもったいないので律儀に保健室の先生に渡しに行った。一ヶ月しても包帯テロが落ち着くことはなく、彼女は登校時間を三十分早めた。

それでも包帯は下駄箱に入っていた。一週間ごとに十分ずつ登校時間を早めていったが、依然として包帯は下駄箱に鎮座していた。

そして彼女は気づいたのだった。

この包帯が下駄箱に放り込まれたのは朝じゃない——放課後だ。

だからといって彼女は放課後下駄箱に張り付き犯人を特定しようとは思わなかった。

他人なんて消えてしまえばいい。誰も彼もが二言目には瞳の色や名前ばかり。向けられた笑顔のすべてが嘲笑に見え、嘲笑にしか見えなかった。誰とも関わり合いたくなかった。

そして冬が来た。

いつものように下駄箱を開けると、じぶんの上靴以外なにもなかった。やっとわたしをひとりにしてくれる。影のように張り付いて離れてくれなかった実体なき何かが離れたような、憑《つ》き物が落ちたかのような安堵を、このとき彼女はおぼえた。スタンスミスの外履きを下駄箱に入れ、上靴に足を滑り込ませる。教室までの足取りは心なしか軽かった。

しかし教室の扉を開けた瞬間、小鳥遊唯は言葉を失った。

じぶんの机と椅子が、包帯でぐるぐる巻きにされていた。

日常のなかに埋め込まれた異質な白いその物体に、クラスメイトたちはいかなる注意も向けていない。雑多な話し声のなかから昨日のテレビ番組の話をするスクールカースト上位の女子の嬌声が浮かび、椅子に座ったらバリア方式で鬼ごっこをする男子の慌ただしい足音が響きわたる。

じぶんの席から視線を外すと、ドストエフスキーの『罪と罰』の上巻を眺めているストロングスタイルの亜インテリ男子が窓際から小鳥遊をコソコソ見ているのに気がついた。

強烈な悪寒が彼女の背筋を走った。

誰も彼もがそうだった。

彼女に関心を払っていないように振る舞うクラスメイトたちは全員、隙を見て彼女に嘲笑の眼差しを浴びせていた。

すべてが日常だった。

その日常に彼女の居場所はなかった。

日常とは他人が作り出したコミュニティルールだ。彼女は先天的に持ってしまった異質さゆえに、わたしは日常の背景となるのを許されていないのだと悟った。

小鳥遊唯は走り出した。

教室から逃げながら、とめどなく流れる涙の知り過ぎた理由を呪った。

――〈ふつう〉になりたい

叫び声とともに彼女は目覚めた。

八月某日、七時三十五分。蛇怨館二階に割り当てられた個室だった。

おもむろに黒い瞳の右目に手を当ててみた。カーテンの隙間から一筋、光が射しているのがぼんやりと見える。目に溜《た》まっていた涙が一粒、左目から溢《こぼ》れ落ちた。涙は後に続かない。ぼやけた視界は徐々に輪郭を獲得し、まもなく舞い踊るハウスダストを翠色の瞳ははっきりととらえた。

7

小鳥遊が一階のダイニングに降りると、すでに暗黒院が席についてコーヒーを飲んでいた。もともと泊まりの予定はなかったので着替えはなく、マントは昨日のままで塩が吹いたままだ。しかしどこかいつもと雰囲気がちがう——よく見ると暗黒院は右目に眼帯をしていた。

「あれ、今日はどうされたんですか？　眼帯なんかしちゃって。てか、そんなものまで持ち歩いているんっすね」

「バカめ……我が眼に宿りし力を抑えているんだよ……」

バカはてめぇだよ、と思ったが言わなかった。

「もしかしてコンタクト、外さずに寝ちゃったんすか？」

図星なのか暗黒院は無視を決め込んでコーヒーを啜《すす》った。沈黙こそ真実なり。オリジナル格言が反射的に浮かんでしまい、彼女は死にたくなる。

他にいたのは長男・慎一郎と次男・〝ディスティニィ〟佐清、そして母・十和子だ。

「よく眠れましたか？」iPad を覗いていた十和子が小鳥遊に声をかけた。

「はい」コンピューターおばあちゃんならぬタブレットおばあちゃんだ！

「そう、よかったわ」

十和子はにこやかに微笑むも、次の瞬間、表情が曇った。

「どうされたんですか？」

「ほら、最近、このあたりで物騒な事件があるじゃない？」

「あー、あの死体遺棄事件ですね」

十和子は頷いた。

「それよそれ。なんだか今朝も見つかったらしくてね、それが右足だけだったそうなのよ」

「朝食はパンとごはんどちらがよろしいですか？」

エプロン姿の慎一郎だ。

「あ、すみません。パンでお願いします」

「コーヒーをお持ちしますね。アイスですか？　ホットですか？」

「ホットでお願いします」

少しお待ちくださいね、と慎一郎はキッチンへと消えていった。

〝ディスティニィ〟佐清は相変わらずジャケットを羽織り、ゴムマスクと手袋を身につけていた。七時五十五分、朝とはいえ夏の盛りのこの時期の暑さはさすがに厳しく、〝ディスティニィ〟佐清のジャケットには脇汗がすでに滲んでいた。そしていま、彼の手元にはコーヒーがある。

どうやって飲むのだろう……小鳥遊が熱い視線を向けていると、〝ディスティニィ〟佐清はカップの取っ手に右手をかけた。そして左手でゴムマスクの下部、顎《とが》の下あたりをピィッと伸ばし、カップを口元まで運ぶとわずかに覗いた唇をひょっとこみたいに尖らせて湯気が伸びたコーヒーをちゅうちゅうとかすかに音を立てて飲んだ。

なんでこのひとはここまでして肌を見せるのを嫌がるのだろう——小鳥遊は疑問に思ったが、似たような事例がすぐ近くにもあるので、人には人の事情と乳酸菌があるのだろうと立ち入らないことにした。

「あら、みなさん早いのね」寝ぼけまなこを擦りながら塔子がやって来た。「おはようございます」

「なんだ寝不足か？」

キッチンから戻ってきた慎一郎は小鳥遊の前にコーヒーカップを置いた。

「やあね、仕事よ仕事」塔子が席に着く。「これでもそれなりに忙しいのよ。あ、兄さん。わたしにもコーヒーもらえる？」

「どうせまたアンチとバトルだろ？　ホット？　アイス？」

「アンチをボコるのも仕事よ。正論で殴ればフォロワーが増えるし。アイスちょうだい」

「はいはい」慎一郎が苦笑した。「あっ、先に父さんを起こしてくるからその後な」

——何か違和感がある。

それが何かはわからないが、小鳥遊はあ、る、べ、き、も、の、が、な、いような落ち着かない心地がした。何か、良、く、な、い、こ、と、が、起こっている。

「おい」

暗黒院が小声で呼んだ。

「なんですか？」

小鳥遊も小声でこたえると、暗黒院が耳打ちをする。

「女には二面性があるものなのか？」

小鳥遊は思わず吹き出した。

「どんだけピュアピュアなんすか⁉　二面性？　そんなもん、男も女も関係なく誰にでもあるでしょ。田中さんだってそうじゃないですか」

「私は私で私しかないのさ……」

「何を訳のわからないことを……」小鳥遊の目に映った暗黒院はアラサー男性のくせに年下みたいな照れをまったく隠せてなくて、逆にそれがちょっとかわいいと一瞬思った。「〈まきゃべる〉さんの Twitter ってけっこう言葉が強いというか、良くも悪くも正義が強いって感じですね。たしかに最初会った塔子さんの、ザ・お嬢様～！　みたいなキャラとは対照的で、いまなんかは若干〈まきゃべる〉寄りかも……あ、〈まきゃべる〉さん、なんか昨日の夜にクッソ炎上してたみたいっすね」

ほら、と小鳥遊が Twitter を開く。突き出された iPhone の画面を見た暗黒院は無言で頷いた。

「日本人形……」

小鳥遊は先ほどの違和感に気づいた。

「どうした？」

暗黒院が訊ねると、小鳥遊は上座の観音開きを指差した。

「昨日見せてもらった日本人形、だれか片付けたんですか？」

「いいえ」十和子が答えた。「あれは夜まであの場所に置いたままにしておかなければなりませんので、持ち出すなんて……」

そのとき、一筋の叫びが一同の耳をつんざいた。

暗黒院は椅子を弾き飛ばし、勢いよく立ち上がると、一目散に声がしたほうに向かった。小鳥遊がそれに続く。

声はダイニングの外、父・富雄の部屋からだ。

「どうした⁉」

「大丈夫ですか⁉」

暗黒院、遅れて小鳥遊が到着すると、ドアの前で慎一郎が腰を抜かしていた。

「と、とととととと、父さんが……」

慎一郎はこの世ならざる怪異に取り憑かれたかのように震えながら部屋のなかを指差した。流れてきた風が小鳥遊にはやけに冷たく感じられ、恐る恐る視線を風の吹く方へと移した。

そこには一匹の蛇と大きな肉塊が横たわっていた。両手両足、そして頭部を持ち去られたそれは、昨夜富雄が着ていたカッターシャツを身につけている。

暗黒院と小鳥遊が絶句していると、塔子、十和子、〝ディスティニィ〟佐清も追いつき、塔子が可聴領域の外へと突き抜けんばかりの悲鳴を上げた。

「祟りよ……！」十和子が叫んだ。「蛇神様の祟りよ！　あの絵を外の人間に見せたから、蛇神様はお怒りになられたのよ！」

8

　一家の主人を惨殺された蛇守家の人々のショックは大きく、ダイニングに戻ると長男・長女・次男は言葉を発することなく椅子に腰掛け、うなだれ、母・十和子は数珠を絡めた手を合わせ、狂ったように「蛇神様お赦《ゆる》しください」と繰り返していた。

「到着までには三時間ほどかかるそうです」

　警察への連絡を済ませた小鳥遊がそう伝えても誰も何も反応しなかった。

　ふと見渡すと、暗黒院がいない。

　もしや……と思って富雄の部屋に行くと、案の定、彼は勝手に捜査を始めていた。

「ダメですよ、田中さん」小鳥遊は声を張り上げた。「現場はちゃんと保存しておかないと……」

「知らん」暗黒院は室内をつかつか歩きながら、彼女に一瞥もくれることなく言い放った。「暇ならお前も手伝え」

「怒られますよ～」小鳥遊はがっくり肩を落とす。「わたし、怒られるの超嫌いだし、てか、ご遺体もそのままで怖いし……ほら、わたし、グロいのダメじゃないですか？」

「知らん」

「痛いの、怖いの、グロいの、これぜんぶダメです。テストに出るんで覚えといてください」

　フン、と暗黒院は鼻を鳴らした。

「解放するぞ……真実を見通す我が翠色の魔眼をな……！」

眼帯を勢いよく外したが、ゴムが耳に引っかかったままうまく取れず、バチンと音を立てて右目に戻ってきた。

「うっわ……」

思わず声が漏れてしまった小鳥遊を暗黒院は左目で睨みつけ、必要以上に慎重な手つきで眼帯を外す。緑色の瞳とかどうでもいいくらい白目が赤く充血していた。

小鳥遊は嫌々ながらも部屋を見渡した。すると翠色の瞳が肥大化する。意識がこの空間に溶け込んでいき、現在という時空の重力から解き放たれ、その左眼は肉眼では決して見ることの叶わないものまで映し出す——というのが暗黒院より与えられた設定だ。

部屋のなかにある蛇の死骸と四肢と頭部を切られた死体。

床を汚す死体から染み出し、切断時に擦れた血痕。

開け放たれた窓。

机の上の財布とノートパソコン。

クローゼットを開くとスーツが一着、ワイシャツが五枚、三段式のカラーボックスのなかに下着が詰め込まれていて、人間が身を隠せるスペースはない。

「まず気になるのは〈見立て〉だな……」暗黒院が言った。「蛇守村のしきたりとはいえ、かなり手間のかかる仕事だ」

小鳥遊は頷いた。

「どうしてこうも惨《むご》い殺しかたでなければならなかったんですかね……？」

すると暗黒院は机の方へと移動し、ノートパソコンの電源をつけた。起動を待つあいだ、財布を開いて運転免許証を見つけ、まじまじと眺めると、なるほど、と呟いた。そしてパスワード入力画面が現れると、迷うことなくキーボードを叩く。一発でログインに成功した。

「すごい！」小鳥遊は感嘆の声をあげた。「なんでわかったんですか？」

「富雄は〈聲〉が聞こえると言っていただろう？」

「それがどうしたんですか？」

「そういう奴《やつ》らのパスワードは決まっている」

「え、ちょっと意味がわかんないっす。ちなみに何だったんですか？」

「TheSealedDarkDragon《封印されし暗黒龍》生年月日。常識だ」

「どこの部族の常識やねん」

暗黒院はそれから凄まじい速さでキーボードを叩き続けた。ウインドウが次々と開かれ、画面下部のタブはあっという間に女子大生とかのストーリー更新しまくり Instagram のように棒から点線になる。フォルダ、検索履歴の奥へ奥へと進んでいき、やがて彼の手はピタッと止まった。

「こ、これは……」

暗黒院の恐れ慄《おのの》く声につられ、小鳥遊も画面を覗き込んだ。

「なっ……！」

そこにあったのは、蛇守富雄が人知れず隠し続けてきた重大な真実だった――

9

「何かわかりましたか？」

慎一郎が力無い声でふたりに訊ねた。ダイニングに戻ると、四人は少しずつだが、ひとまず口をきける程度には落ち着きを取り戻したようだった。

「お父さんは……誰に殺されたの？」

「やはり蛇神様の祟りでしょうか……？」

「……」

「まぁ落ち着け」暗黒院は言った。「まずこれは祟りなんかじゃない。人間の手による殺人事件だ。遺体の切断部を見ると刃物で切断されたような形跡がある。祟りにしては随分と幻想味に欠ける。それに私は祟りや魔術の存在を信じていない」

「えぇ……田中さんがそれを言うの……？」

小鳥遊は思わずツッコんでしまった。設定、元も子もないじゃん。

「バカタレ」暗黒院はため息をついた。「私の眼は生まれ持ったギフトだ。その範疇《はんちゅう》にはない」

「カラコンじゃん。ふつうに売ってるじゃん。てかめっちゃ充血してるしキショ」

「ともかくです。犯人はどこにいるのですか？」慎一郎が言った。「外部犯ですか？」

「外部……そうよ、外部犯よ」何かひらめいたかのように塔子が立ち上がった。「このあたりって最近バラバラ殺人が多いらしいじゃない？　その犯人がうちに忍び込んでお父さんを……」

「そうよ！」

十和子も立ち上がった。

「よそ者……」くぐもった声がした。〝ディスティニィ〟佐清だ。「俺から見りゃあ、お前らがいちばん怪しいんだがな」

「待て待て」と暗黒院。「ものには順番がある。ひとつずつ話そうじゃないか」

塔子と十和子は椅子に座り直し、慎一郎と〝ディスティニィ〟佐清はそのままじっと暗黒院を見つめていた。

「まずあんたらの家の主《あるじ》、蛇守富雄はある真実を隠していた。こいつを見てくれ」

暗黒院はしれっと現場から勝手に持ち出した被害者のノートパソコンを食卓に置く。もう注意する気力は小鳥遊には残されていなかった。

「こ、これは！」

「いやあぁー！」

獣じみた野太い叫びとほとんど怪音波となった悲鳴がダイニングにこだました。

画面に映し出されていたのは、〈卍爺〉というTwitterアカウントだった。アイコン画像なし、フォロワー8、フォロー3549のそのアカウントのbioには〈**徒然なるままに独断と偏見で呟く。面白き事もなき世を面白く。**#RT**は賛同を意味しません。**〉と書かれており、ツイート履歴には夥《おびただ》しい数のリツイートに紛れて、政治や行き過ぎたポリティカル・コレクトネスへの批判を主とした世の中に物申す発信、荒ぶるマチズモを剝《む》き出しにした女性蔑視発言が散見された。

「でもこれが父さんのアカウントとは限らないじゃないか！」慎一郎が涙と怒りが混ざった声で

叫んだ。「信じない……僕は信じませんよ。あの厳しくも優しい父さんが、まさかこんな……」

「わたし……」塔子の頰を一筋の涙が伝った。「前にこいつに絡まれた……即ブロックした……」

「どれだけ信じたくなくても、真実は変えられないんだ」

暗黒院は〈いいね！〉タブをクリックした。

現れたのは肌色が画面占有率七〇％を超える画像や動画だった。まるで源氏物語の原本のような現代《デジタル》の絵巻物といった様相で、どれだけ下にスクロールしても同種の画像ツイートは途切れることなく続くのだった。暗黒院が続け様にＤ　Ｍ《ダレクトメッセージ》タブをクリックすると、自撮り垢《アカ》や性的に奔放ないわゆる裏垢女子と呼ばれる先のツイートの投稿主たる女性たちへのコンタクトを取った形跡が窺えた――「やほ」「絡も～」「ひま？」「おーい」「どしたん」「話きこか」「会いたい！」「えちしよ」――そのほとんどすべてから返信は来てはおらず、なかには画面下部に**今後、この方にダイレクトメッセージを送ることはできません。詳細はこちら。**という淡い文字が浮かんでいるケースもあった。そこへタイミングが良いのか悪いのか、手紙のマークのタブに〈1〉とポップアップが出た。裏垢女子からのダイレクトメッセージだ。暗黒院が躊躇《ためら》いなく開封するとそこにはこう書かれていた――はじめまして。ところであなたは普段から見ず知らずの女性へそのように声をかけるのでしょうか？　わたしは確かにこのアカウントで性的ないし趣味等それ以外の価値観が一致し、共に夜を楽しめる男性との出会いを目的としてこの Twitter アカウントを運営しています。あなたは会いたいとおっしゃってくださいました。そう言って頂けるのはとても嬉しくあると同時に、否定し難い恐怖も抱いています。同様のメッセージは非常に多く頂いているのですが、そのほぼ全員が顔写真をプロフィールに設定していません。ＤＭで送ってもくれません。代わりに送りつけられるのは大小様々の非常に醜い性器の画像ばっかりです。わたし自身、こんなアカウントですので他者の性癖を否定することはしたくないし、するつもりもありません。ですがあなたはどこの誰でどんな人ですか？　そしてあなたと交流することでわたしにはどんなメリットがあるのでしょう。少なくとも、最初のコンタクトで敬語を使えない成人男性と仲良くなれる自信はわたしにはありません。

「親父……」

〝ディスティニィ〟佐清は一言だけそう呟いた。

「嘘《うそ》だ！」首筋に血管を浮き上がらせた慎一郎が口から飛沫《ひまつ》を飛ばして叫んだ。「僕は認めませんよ！　父さんがそんなことをするはずがない！」

「あるんですよ……」暗黒院は言った。「動かぬ証拠がね」

「証拠……」十和子は深くため息をついた。

暗黒院は淡々と続けた。

「私はこのパソコンを徹底的に調べ上げた。jpeg・png・wmv・mp4・mov……思いつく限りの拡張子で検索した結果、Dドライブに〈いいね！〉欄に現れた画像、動画とおなじものが保存されているのを発見した。それがこれだ」

蛇守家の四人はみな画面を直視することができなかった。

「こんなの……」塔子は唇を強く嚙《か》み締めた。「人間のすることじゃないわ……」

「人でなしめ……」〝ディスティニィ〟佐清が呟いた。

慎一郎は言葉を失って立ち尽くし、十和子はきつく目を瞑《つぶ》り合掌して経を読み始めた。

「人でなしでも怪異でも、ましてや神様でもない」暗黒院は左手で左眼を覆い、カラコンで充血した右眼を大きく見開いた。「これは紛れもなく人間がしたことなんだ！」

沈黙が降りた。ほんの数秒にもかかわらず、永遠かと思えるほど長い沈黙だった。

呆れた小鳥遊は暗黒院の肩に手を乗せた。

「いやたぶん、みんな田中さんに言ってるんですよ」彼女は暗黒院を諭した。「これ、事件となにが関係あるんですか？　見てくださいよ、みんなを。完全に取り返しのつかない心の傷を負っちゃっているじゃないですか。田中さん、あなたは今、解いてはいけない謎を解いてしまったんです」

「そうだ……」呆然《ぼうぜん》としていた慎一郎が我に返った。「そうですよ。こんなの事件と関係ないじゃないですか。僕たちが知りたいのは犯人です。誰が父さんを殺したんですか？　巷《ちまた》で話題の連続殺人犯の仕業ですか？」

「そうだわ……」経を読むのをピタッと止《や》め、十和子が続いた。「夏場、主人は窓を開けたまま寝ます。わたしたちは全員二階に部屋がありますし、一階の主人の部屋へ入るのは簡単です」

「結論から言うと、犯人はこの中にいる可能性が高いです」小鳥遊は暗黒院の前へ出た。「それについて、わたしから説明しましょう」

そのとき彼女の左眼――翠色の虹彩がわずかに大きくなった。

10

「慎一郎さんの悲鳴を聞いてわたしたちはダイニングから現場へと駆けつけました。田中さんとわたしが到着したとき、蛇守村のしきたりに見立てて殺害されていた富雄さんのご遺体がありました。窓は開いていて、たしかに外部からの侵入は可能に思われます。この状況からわたしはひとつの疑問を抱きました」小鳥遊は蛇守家の四人に向かって指を一本立てた。「なぜ見立て殺人が不完全だったのでしょうか？」

「不完全……？」

十和子が呟くと、塔子がハッと息を飲み、目を見開いた。

「……火ね」

「そうです」小鳥遊は続けた。「蛇守村のしきたりでは、四肢と頭部を切断した日本人形を血抜きした蛇の遺骸とともに焼くはず。つまり、この状態では見立てがまだ完了していないのです」

「時間がなかったからではないでしょうか？」

慎一郎が言った。

「ちょうど火をつけようとしたとき、兄貴が部屋にきた」と〝ディスティニィ〟佐清。「だから仕方なく、慌てて窓から逃走した」

「それは考えにくい」暗黒院が口を開いた。「富雄が殺されたのはおそらく深夜だ。そして、死体の切断は死後数時間経ってから行われた」

「どうしてそう言えるのでしょうか？」十和子が問うた。

「血の量ですよ」小鳥遊が答えた。「もし殺害後すぐに遺体の切断に取り掛かっていたら、被害者の血がもっと激しく部屋中に飛び散っているはずです。ですが、現場にあったのは切断部から染み出したわずかな血だけでした。つまり切断は血流がほとんど止まり、かつ血液凝固までは起こっていない時間に行われた——このことから犯人には見立てを完了させるにはじゅうぶんな時間があったと推測できます。また、血痕の擦れから、解体は富雄さんの部屋で行われたと考えられます。外部犯なら現場に留《とど》まり数時間待ってから切断する理由がありませんし、さっさと遺体を切断して蛇といっしょに火をつけてしまえばいいだけなんですから」

「それにさっき見てきたが、窓枠はきれいなままだった」暗黒院がマントをバサッとはためかせた。洗練された無駄なアクションだ。「外部の犯行なら土がついているはずだ。死体の切断はこの部屋で行われ、かつ出入りに窓は使われなかった——そう考えるのが自然だろう」

「あと、門外不出の北斎のあの浮世絵。おそらくあのしきたりを知るひとはかなり限られるんじゃないですか？」

「そうですね……」十和子が言った。「知っているのは親族だけです。東京や大阪には蛇守出身の世帯がいくつか、あるにはありますが、今ではもうすっかり疎遠です」

「見立てなのが明白である以上、それを知っている人間はまず疑われるでしょう。それに東京や大阪からここに来るにはかなりの時間がかかりますし、アリバイの確保もまず無理。怪しすぎます。そんなリスクを冒してまでこんな手の込んだ殺人を犯したと考えるのは非常に不自然です。犯人は遺体に火をつけなかったのではなく、火をつけられなかった——わたしはそう考えています。火をつけると、すぐに他のひとに気づかれてしまいますからね」

「犯人は死体の発見を遅らせたかったわけですね」慎一郎が思慮深く頷いた。「しかし、なぜそもそも見立てを……？」

「死亡時刻や切断時間なんて警察が調べれば楽勝でわかる」暗黒院が右側の前髪をかきあげた。「おそらく昨夜、犯人には完璧なアリバイがあったんだろう。さぁ、聞かせてくれないか？　あんたらは昨日の夜、何をしていたんだ？」

四人の表情が凍りついた。

11

「わたしはずっと麻雀《マージャン》をしていました」

昨夜、それぞれがバラバラに夕食を終え、個々に自室へと戻っていった。浴室は二階にひとつあり、ドアには札がかかってきて、裏返すと〈入浴中〉の文字がある。全員が誰かとすれ違ってはいなくて、全員が互いのアリバイを証明することができなかった。

最後にダイニングを出たのが片付けをしていた十和子で、そのとき二十二時過ぎだったと彼女は言う。

「麻雀？」暗黒院が問う。「ネットか？」

「さようでございます。八半荘ほど、たしか二十三時から日をまたいで五時までガッツリと……こちらに証拠はあります」十和子は iPad の麻雀アプリを開いた。ユーザー名は〈azumi〉、彼女は対局履歴を皆に見せた。「オンライン対局ですので、相手方を調べていただければアリバイが確認できるかと思われます……」

そのとき視界の隅で塔子の顔が一瞬引き攣ったように小鳥遊は見えた。

「なるほど、〈azumi〉か」暗黒院は十和子のタブレットをカツカツ叩き、ヌルヌル指を滑らせた。「あんたの二時三分から二時五十四分までのアリバイは私が証明できる」

「え？」小鳥遊が目を丸くした。「まさか、田中さん……」

「これを見てくれ」暗黒院は対局者リストを指さした。「この対局にいた〈tanap〉は私だ」

「いやしっかりプライベートやってんじゃねぇよ」と小鳥遊。

「あらあら……あなたが〈tanap〉さんでしたか……」十和子の口元が吊り上がり、蔑みを込めた眼差《まなざ》しを暗黒院に向けた。「ないてばかりでしたね。こんな立派な男の子なのに……」

「身内を疑うようで気が引けるのですが」慎一郎が割って入ってきた。「ネット麻雀だったらオートでツモ切りとかできるじゃないですか？　対局記録が残っているとはいえ、それで偽装は不可能じゃないと思うのですが……」

「それはない。確認したが、このババアは全戦全勝」

「いやババアはやめろや」と小鳥遊。

暗黒院は構わず続ける。

「それも二位に大差をつけている。オートツモ切りにして席を立っていたら、少なくともロンではアガれない。それで大差をつけて勝つなんて全局で役満をツモれない限り無理だ。運の使いすぎで、命がいくつあっても足りない」

「自動和了《アガリ》くらい最近のネット麻雀にはあるでしょ」

十和子が食い下がる。

「あのゲームには実装されてねえよ」暗黒院は鼻で笑い、小鳥遊に向き直る。「それにこのババアは」

「だからババアはやめろババアは」と小鳥遊。暗黒院は続ける。

「〈神降ろし〉の異名で知られる全国ランキング七位のガチ勢だ。一回一回が重要な段位戦を棒に振るなんてことをするはずがない。絶対に降りない超攻撃的な雀風で、その気迫は素人のそれとはかけ離れている。どんな局面でも本当に聴牌《テンパイ》しているようにしか見えないんだ。それから塔子さん――」

塔子の身体は痙攣《けいれん》したかのように震えた。

「なんでしょう？」

暗黒院の視線が塔子に突き刺さる。

「あんたは〈azumi〉という名前にどうも聞き覚えがあるようだな」

「知らないわ」

塔子は暗黒院を睨み返した。

「あんたは〈まきゃべる〉の前にも別のTwitterアカウントを持っていて、そのときもそこそこフォロワーが多かった。風呂場で生足を曝《さら》している画像や、エモさマシマシの独善的なセックス観を赤裸々に語る系ツイートをカマしたりし、ヤリモクの〈いいね！〉を養分に自己肯定感を高めていた、あの〈かなこ@本当に気持ちのいいセックス〉があんたの前のアカウントだ！」

「あんた一体どういう生活してんだよ！」

小鳥遊は叫んだが気まずい沈黙。なんか彼女が間違っている的な空気になった。

「あんたは〈かなこ@本当に気持ちのいいセックス〉時代、気に入らない女性のインフルエンサーや雑魚ブロガーのツイートや記事のスクリーンショットを撮って曝し上げていたよな。〈azumi〉ってのは、そのときに曝し上げられた女性ブロガーの名前だ」

「かなこ……」十和子は殺意を隠しきれない眼差しを塔子に向けた。「本当に気持ちのいいセックス……！」

「そ、そんなの知らないわ。わたしも職業上、そのクソ女アカウントがいたくらいは認知している。でもそのアカウント、存在しないでしょう？」

「あるんだよ。ここに証拠が」暗黒院はじぶんの iPhone を塔子に突きつけた。「〈かなこ@本当に気持ちのいいセックス〉は炎上の常習犯で、多数のアンチを抱えていた。そんなイキリツイッタラーの過去ツイの魚拓なんてインターネットのそこらじゅうに落ちている」

「だからと言ってそれがわたしとは限らないじゃない！」

「いや、これは確かにあんたなんだよ――なぜなら私はあんたのアンチだからだ！　文体、ツイート語尾の句点の省略の癖、多用する絵文字や顔文字、ツイート時刻の偏り……それらを照合すれば〈まきゃべる〉と〈かなこ@本当に気持ちのいいセックス〉は同一人物と特定できる」

「ちょっと待ってください」小鳥遊がふたりのあいだに割って入った。「田中さんは昨日まで〈まきゃべる〉さんを認知していなかったじゃないですか？」

「切り札は隠しておくものさ」

「なんでもアリやんけ」

塔子が呆然と立ち尽くしていると、十和子が獣のような咆哮《ほうこう》をあげながら彼女に襲いかかった。

「殺してやる……！　おまえだけは、たとえ娘であろうが絶対に許さない！」

「母さん！」

慎一郎が十和子を羽交締めにし、〝ディスティニィ〟佐清が塔子を十和子から引き剝がした。

「母さん、これは……いったい、どういうことなんだ？」

慎一郎が十和子に訊ねると、彼女はその場に崩れ落ちた。

「わたしはね……若いころからずっと詩を書き溜めていたのよ……。そのときの名前が〈azumi〉。アメブロでこっそり自作の詩を発表するのが、この何もない田舎でのささやかな、そして唯一の楽しみだった。多くはないけれどいつも優しいコメントをくれる読者との交流が生きがいだった……。そしていつか、素敵な出版社《王子様》がわたしを迎えに来てくれる——そう信じていた。だけどそれを、塔子は、この女は！　壊してしまった。唯一わたしが安らげる場所を、〈かなこ@本当に気持ちのいいセックス〉は奪ったのよ！」

「わたしは母さんがそんなことをしていたなんて知らなかったのよ……。まさかあんな、貧弱な語彙と小学生みたいな稚拙な恋愛観で塗りたくられ、改行しまくってセンスある風に見せようとしているのが逆にセンス皆無なのを露呈し、書くことがなければ適当に空の写真を貼り付けていたあのブログの主が……実の母親だったなんて……」

「知らなかったで済まされる問題じゃないわ。あんたがわたしのブログをおもしろおかしくイジってくれたおかげで、コメント欄は荒れに荒れた。新作を公開するたびに笑い者にされ、5ちゃんねるにリンクを、記事を削除してもスクリーンショットを貼られ、心が完全に死んだ。そしてわたしは詩を書けなくなり、ブログをやめた」

「才能がマジでなさすぎただけじゃない！」塔子は嗚咽《おえつ》とともに言葉を吐き出した。「わたしのせいじゃない！」

「それからわたしは麻雀をはじめたの――」なんでやねん、と小鳥遊は思ったが何も言わないことにした。「――経験はなかったけれど、プロ雀士の解説サイトとかAbemaのリーグ戦を観まくって麻雀を覚えた。必死だったわ。修羅の道に我が身を置くためにね。わたしは強かった。詩が人生から奪われたあの時のことを思い出すと、怒りの暗い炎が胸の内に激しく燃え上がり、まるで死神が取り憑いたかのように対戦相手の息の根を止めるツモがきて、カンすれば槓子《カンツ》にドラがのり、聴牌すればまるで吸い寄せられるかのように連中はアタリ牌を川に流したわ」

「ごめんなさい……」塔子は力なく繰り返した。「ごめんなさい……」

「もういいのよ」十和子の声は消え入るように弱く、しかし表情はどこか憑き物が落ちたように晴れやかだった。「ほんとはね、もしかしたら身内の誰かと繋《つな》がっていたんじゃないかって予感がしていたの。真相まで一向聴《イーシャンテン》ということだったのかもしれませんね。わたしの手牌には配牌《はじめ》から塔子《ターツ》があった……。これでわたしはようやく〈azumi〉の名前を捨てられるかもしれない。〈あずみ〉の花言葉は〈報復〉――ずっと取り憑いていたその悪霊が今、ようやくわたしから出ていった。そんな気がするの」

「あの、わたし全然麻雀わかんないですし、そもそもなんか推理もクソもないので、話を戻してもいいでしょうか？」小鳥遊の精神は完全に無我の境地に達していた。「塔子さん、あなたは昨夜二十三時以降、どこで何をされていましたか？」

「Twitter のスペース……通話機能ね。それでアンチとディベートをしていたわ」塔子は何事もなかったかのように即答した。「二十三時ごろから朝の六時過ぎまで。録音も残っているし、わたしのアリバイは完璧よ」

「もう嫌だ！」すると突然、〝ディスティニィ〟佐清がゴムマスクに覆われた頭を両手で抱えて叫び出した。「次は俺だ……俺なんだ……殺される！　あの充血した目に緑色の瞳をした黒衣の探偵に、俺も心を殺されるんだ！」

〝ディスティニィ〟佐清はゴムマスクを剝ぎ取り、床に叩きつけた。そこに現れたのは、なんというか、無難、としか形容しようがない顔だった。

「なるほどな……」

暗黒院は水を被ったかのように汗でべちょべちょの彼の顔を見て独りごちた。

12

「僕は寝てましたね……。それまでは仕事をしていました」

慎一郎によると、昨夜は二十二時頃に入浴、それから仕事に取り掛かったという。

「こんな時間から？」小鳥遊が訊ねる。「それ残業代とかつくんですか？」

「うちはフレックスなんで、期日までに納品していれば何も言われないんですよ。だから夜に仕事をすることが多いんです。そういう身体になっちゃったみたいな」慎一郎は続けた。「〇時に一度キッチンへ降りてコーヒーを飲み、それからまた仕事を再開しようとしたのですが、部屋に戻ってしばらくすると突然眠くなってしまって、気づいたら朝でした。起きたのは七時ちょっと前だったと思います」

「他に誰かいましたか？　そのコーヒーはじぶんで淹《い》れたものですか？」

「いえ、誰も。コーヒーメーカーに一杯分余っていて、それをカップに注いで飲みました」

「慎一郎はむかしから几帳面《きちょうめん》な子でしてね、」と十和子。「毎日決まった時間に決まったことをするんです。ルーティン、というやつでしょうか。夜の〇時と昼の十五時に必ずコーヒーを飲み、朝八時になると主人を起こしに行きます。本棚は出版社別、初版刊行順に本を並べないと気が済まないみたいで、基本的にズボラなうちの家族ではかなりの変わり者です」

「つまり、慎一郎さんの習慣はみんな知っているんですね」

「さようです」

塔子、〝ディスティニィ〟佐清が頷いた。つまり、睡眠薬で慎一郎さんを眠らせるのは誰でも可能だったと小鳥遊は考えた。

「慎一郎さん」暗黒院がおもむろに口を開き、慎一郎がびくついた。「あんた特撮ファンだよな？」

「え、あ、はい……」慎一郎は露骨に怯《おび》えていたが、それは明らかに自身のアリバイがないこととは無関係な何かに由来しているようだった。「たしかにそうですが……でもどうして……」

「あんたは私たちにはじめて会ったとき、採石場の話をするとすぐに〈特撮ですか？〉と訊《き》いたよな？　あの採石場はたしかに特撮ファンには有名だが、しかし好んであそこを訪れる連中の大半は廃墟マニアなんだ。でもあんたはそれを差し置いて特撮と言った。つまり、特撮への関心があったというわけだ」

慎一郎は拳を強く握りしめた。

「そうですよ。わたしは十代の頃、特撮が好きでした」

暗黒院は往年のビジュアル系バンドのフロントマンみたいにカクカクしてプラプラしたポーズをとった。

「昨夜、私はあんたのFacebookをチェックした。するとひとり、共通の友人がいたんだ。そいつはあんたと高校の同級生で、私とはかつて〈死ぬほど洒落《しゃれ》にならないくらい怖い話を集めてみない？〉という掲示板、通称〈洒落怖〉で知り合った男だった。今から十年前、その男が投稿した話にこんなものがある――」

暗黒院が語ったのはこんな話だ――語り手が高校時代、友だちがひとりもおらず、休み時間いつも教室でずっと席に座っているだけのクラスメイトSがいた。それだけだと単なる影の薄いヤツで終わっていたが、Sは座るにしても常に背筋をピンと伸ばし、下ろした手も指先までピンと伸ばし、視線は正面の黒板にまっすぐ放たれ、まばたきをしなかった。

おそらく、まばたきせずに休み時間の十分を乗り切れるかチャレンジしていたのだろう。すると当然目は乾くし、涙が出てくる。だから他の奴らから見るとSはいつも休み時間に無表情で泣きながら黒板をじっと見ているヤベェ奴だったわけで、異様な雰囲気を発していた。

しかしある時期からSは昼休みになると席を立ち、どこかへ出かけているようだった。

語り手はある日、昼休みのSを尾行することにした。Sはギリ走ってない風の競歩的なフォームで廊下を駆け抜け、下駄箱でスニーカーに履き替えると外へ出る。さらに後を追うとたどり着いたのは体育館裏だ。語り手は木陰に身を潜め、固唾《かたず》を飲んでSの様子を盗み見ていると、彼はおもむろにカッターシャツを脱ぎ、上半身裸になった。

続く光景に語り手は思わず目を見開き、絶句した。

Sの腰には仮面ライダーの――ちなみにアマゾンだ――変身ベルトが装着されており、次の瞬間、Sは爪を突き立てるポーズをとり、体育館の壁に向かって自らの名を高らかに叫んだのだ。

「――そのSこそ蛇守慎一郎、あんたなんだよ！　あんたは学校で自らの秘密をバラされ、極めて加害性の高い笑いのネタとして消費された。そのトラウマからあんたは特撮から距離を取ったんだ。しかし、十代に熱中したことなんてそうそう忘れることもできない。だからあんたはあの採石場の話題になったとき、ついうっかり特撮という言葉を口にしてしまったんだ」

「あんた本当に何なんだよ！」〝ディスティニィ〟佐清が泣きながら訴えた。「兄貴が……兄貴がいったいなにをしたっていうんだ！　こんなのあんまりだ……あんたは何が楽しいんだ！」

「楽しいとか楽しくないとか関係ない」食い下がる〝ディスティニィ〟佐清を暗黒院は冷淡に切り捨てた。「私はじぶんの仕事をしているまでだ」

「それにその話は〈洒落怖〉にあったものでしょう？」塔子が両手を広げ、兄を守るように慎一郎の前に立った。「そんなの創作に決まっているじゃない！」

「実話だよ……昨夜、私はその投稿主にコンタクトをとり、確認をとった。ただでさえハブられていた慎一郎は、その後さらにハブられるようになったんだ」

「そうですよ……」慎一郎は力なく笑った。「ぜんぶ、本当のことです……おかげで修学旅行の班決めでは余り者になったし、自由行動の日は班のメンバーに撒かれ、ひとりで過ごすことになりました……最後まで」

「慎一郎……」十和子の目には涙が浮かんでいた。「どうしてそんなことを……？」

　この一家、心にダメージ受けすぎて完全に情緒がイカれてしまったな、と小鳥遊は思った。

「そんなの誰にもわからない！」慎一郎は涙ながらに声を絞り出した。「思春期の頃の、なんかじぶんは他と違うんだ的な感じとか、違う存在でありたいとか、周囲に馴染《なじ》めない理由を肯定してくれる何かを信じたい気持ちとか、そんなものが一緒くたになった結果やってしまったことなんて、大人になった今、もうわからないんだよ！」

「修学旅行の話だが……それには続きがある」

　慎一郎の目が見開かれた。

「貴様……！」

〝ディスティニィ〟佐清が暗黒院を抑えようと飛びかかった。暗黒院は〝ディスティニィ〟佐清を振り払った。

「班のメンバーにはその〈洒落怖〉の投稿者がいたのだが、そいつは慎一郎を撒いたあと、他のメンバーを引き連れて尾行した。慎一郎は喫茶店に入るとアイスコーヒーを注文し、夕方までずっとそこにいた。喫茶店にはフランス人とかがよくガチャガチャやっているあのなんか棒？的なものがブッ刺さったサッカーゲーム的なヤツがあって、たまにそれをルールもわからずひとりで適当にガチャガチャしたりして時間を潰していた……それを彼らは陰で〈平成元年のフットボール《ザ・サイレント・クライ》〉と呼んでいる。慎一郎が決して呼ばれることのない同窓会で鉄板ネタになっているらしい。ちなみにFacebookであんたに友だち申請したのもウォッチする――」

「やめろぉー！　やめてくれぇー！」

　慎一郎はその場に倒れると、頭を抱え込んでのたうち回った。

「なんでそんなことまでいうのよ！」塔子が暗黒院の鳩尾《みぞおち》に拳をぶち込んだ。暗黒院は声なき声を上げ、床に膝をついた。「そんなの、兄さんが知らなくてもいい事じゃない！」

「真実とは……」クリーンヒットした鳩尾を手で抑えながら、なんとか緑色の左眼をカッと見開き、息も絶え絶えに暗黒院は言った。「ときに残酷なものなんだ……」

　ハァハァハァハァうるせぇなと小鳥遊は思った。

「次は〝ディスティニィ〟佐清、一応聞くが、あんたは何をしていたんだ？」

　やたら自信に満ちた暗黒院。小鳥遊の背筋に怖気《おぞけ》が走った。

「……俺はオンライン飲み会だ。廃墟マニアの集まりだった。二十三時から二時間ぐらいで抜けるつもりだったが、けっきょく朝の五時までずっと参加していた」

　それを聞くと暗黒院はすっと立ち上がると、直射日光が射し込む窓の前までのそのそ歩いて移動し、良い感じに光を背にして振り返った。

「射したぜ……暗闇の中に、一筋の〈真実〉の光がな……」

　暗黒院の決めゼリフだ。

「そんなイキリ倒さなくても、わたしにもわかってますよ」はやく警察、来てくれないかな……と小鳥遊はなかなか進まない時計に目をやった。まだ一時間以上あった。「これ以上田中さんの犠牲者を出したくないので、もうわたしが話しますね」

小鳥遊はスッと手を前に出し、犯人を指差した。

「富雄さんを殺害し、蛇守村のしきたりに見立てて遺体を切り刻んだのはあなたですよ。蛇守〝ディスティニィ〟佐清さん」

小鳥遊に向けられた非難の眼差しを、〝ディスティニィ〟佐清は強気に睨み返す。

ふたりの視線が空中で激しく衝突した。

13

彼が物心ついたのは遅く、中学の入学式だった。

彼にはそれ以前の記憶というものがなく、ダイニングに飾られた幼い頃に街で撮った家族写真を見ても、その右端に立つ少年が小学生時分のみずからであることをどうしても信じられずにいた。そのときまだじぶんはこの世に生まれていなかったのだと彼は思う。

中学に上がって寮生活が始まったその日から彼の記憶は始まった。引越しの荷物は少なく、春物の衣服が入ったダンボールがふたつだけ。入寮時の署名で頭より先に動いた身体が、紙面に滑らせたペン先が、〈蛇守〝ディスティニィ〟佐清〉の文字を勝手に綴《つづ》る。到着時から漂っていたどことない離人感がその瞬間に消えていき、意識が肉体へと収斂《しゅうれん》する。彼の遅すぎる出生だった。

続く記憶は翌日の入学式、教室で起こった爆発のような笑い声だった。

すでに学ランを第二ボタンまで開けた男の子が腹を抱えて笑い、眼鏡に三つ編みのおとなしそうな女の子も閉じたままの唇の隙間から染み出す笑いを堪えきれずにいる。担任から名前を呼ばれ起立しただけの〝ディスティニィ〟佐清はその状況を理解できないでいた。なにがおもしろいのか、おもしろいとひとはなぜ笑うのか、おもしろいとは何なのか、笑いにはどんな意味が込められているのか。一箇所に集められた同世代の子どもたちがなぜ一様におなじ格好をし、おなじように笑っているのか、そして唯一の大人はなぜ困惑の表情を浮かべるばかりでじぶんを助けてくれないのか。

——助けてくれない？

そのとき〝ディスティニィ〟佐清はみずからの感情を理解する。

感情の存在を、その概念を言語の外側にある感覚で捉えたのだった。

——俺は助かりたかったんだ

じぶん自身がこの世界で「俺」なる存在であると〝ディスティニィ〟佐清は理解した。遡れない記憶、辿ってきたはずの空白の生を振り返る彼に込み上げてきたのは「孤独」だ。

翌日からはじまったクラスメイトからの接触は、イジリのステップを飛び越えたイジメだった。下駄箱に蛇やヤモリなどの死骸をねじ込まれ、机には彫刻刀で〝ディスティニィ〟の文字がでかでかと彫られ、席に座っていると後ろから突然ゴムマスクを被せられた。

学校に行きたくなかった。

誰にも会いたくなかった。

彼が登校を拒否するまで、一ヶ月もかからなかった。担任は毎日、寮の彼の自室を訪ねたが、いつも困惑の表情を浮かべながら煮え切らない言葉をかさかさに荒れた口から垂れ流すばかり。時おりのぞく黄ばんだ前歯が視界に入るたび、彼はひどい侮辱を受けているような心地になった。

担任は担任の義務として彼のもとへ訪れているだけなのだ。

彼は孤独を深めていった。みずからの名が示す通り、この孤独は彼に運命づけられたものなのだと〝ディスティニィ〟佐清は理解する。ゴールデンウィーク、両親は彼を迎えに来てくれなかった。電話一本よこしてくれなかった。担任がやってくることもなく、連休が明けてからわざとらしい心配そうな面《つら》を下げてやって来て、彼は己の孤独な運命を確信に変えた。誰も助けてくれない。しかしそれでも彼は誰かに守られたかった。自力で運命づけられた世界を生き延びる方法なんて、どうやっても思いつかなかったのだった。夏休みに入る前、彼は手付かずだった月々のお小遣いを握りしめ、ひとり実家へと帰った。まもなく置きっぱなしにしたダンボールふたつだけの荷物と教科書類が郵送され、それっきり彼が学校へ戻ることはなかった。

以来、〝ディスティニィ〟佐清は実家にこもる生活を送った。二階で一番日当たりの悪い北向きの自室、雑木林しか見えない窓についたカーテンを日中も閉め、母が自室の前に置く食事を自室でとり、それ以外の時間はひたすら眠り続けた。眠りが訪れずとも目を瞑り続けた。なにも見たくなかった。できれば死んでしまいたかったが、死ぬ勇気もなかった。具体的な想像がかなわない死を想像するのは、思い出せない中学以前の記憶を思い出そうとするのによく似ていた。

それは単純な恐怖だった。

じぶんがどこからやって来たのか。

じぶんはどこへ行くのか。

ふたつの問いが等号でつながれる。そして今、じぶんがいるのは来歴と行く末の中間だ。どこへも行きたくない、と彼は思った。ここではないどこかが怖かった。

目を瞑り続けているうちにかれは十四歳になり、十七歳を超え、二十歳になった。歳をとるたびに母は夕食に誕生日ケーキを添えた。蠟燭《ろうそく》に灯《とも》されたふたつの揺らめく炎を彼は暗い自室で眺めた。燃え尽きると電灯をつけて、素手でケーキを貪り食った。歳をとることへの怒りを、衝動的に湧き上がる食欲としてぶつけることしかできなかった。

なぜ生まれてきたのか。

なぜこんな名前でなければならなかったのか。

その憎悪が癒えることなく、彼は翌日からまた目を瞑り続けた。

14

「いまさらこんなことを言うのは本当に申し訳ないのですが」小鳥遊は言った。「この事件、犯人を特定するだけなら昨夜のアリバイ検証をダラダラやんなくったってよかったんです」

小鳥遊は、ごめんなさい！　と深く頭を下げた。

「もう終わったことはいいのよ」

塔子は彼女に優しく声をかけ、慎一郎は腹落ちしない顔をして歯軋《はぎし》りを立てた。

「まあ、だんだんわかってくるってこともあるでしょうしね……」十和子が言った。「で、どうして佐清が犯人になるのでしょうか？」

「それは富雄さんがなぜ蛇守村のしきたりに見立てて殺されたか――その一点の謎につきます」

ミステリ好きの慎一郎がハッと顔を上げ、からからに乾いた口を開いた。

「——証拠の隠滅、ですか」

「その通りです」小鳥遊は続けた。「今回の〈見立て〉ですが、四肢と頭部の切断という手の込んだことをしています。しかも殺害から数時間経ってからわざわざ行なっているということから、犯人にとって極めて重要度の高いミッションだったといえます。おそらく、犯行自体が突発的なものだったのではないでしょうか。殺されたのはおそらく一階にひとがいなくなった二十三時から慎一郎さんがコーヒーを飲みに降りてくる〇時までのあいだ——犯人は慎一郎さんのルーティンを知っていたからこそ、犯行後すみやかに現場を立ち去る必要があったのです。富雄さんを殺害してからコーヒーメーカーに一杯分のコーヒーと睡眠薬を入れ、佐清さんは自室に戻りました。これは一階に降りてくる人間を一人でも減らすため、そして慎一郎さんの夜のアリバイをなくすためでしょう。ちなみに睡眠薬や睡眠導入剤など、服用されている方はいますか？」

「はい、主人が……」

十和子が言った。

〝ディスティニィ〟佐清は小鳥遊を睨み続けていた。数秒ほどの沈黙が降り、彼は鼻でひと笑いしてから固く閉ざしていた口をゆっくりと開いた。

「さっきも言ったが、俺はその時間はオンライン飲み会に参加していた。廃墟コミュニティの連中に当たればそれくらいすぐわかるはずだ」

この男は〈見立て殺人〉から話を逸《そ》らそうとしている、と小鳥遊は直感した。

「お望みならばそのアリバイから崩していきましょう」彼女は売られた喧嘩《けんか》を買うことにした。

「オンライン飲み会だからこそ、あなたにはこの殺人が可能だったわけです」

蛇守家の四人が息を呑んで小鳥遊を見つめた。暗黒院は窓枠に足をかけ、逆光を活用したポーズを決め、小鳥遊の視界に見切れていた。小鳥遊は無視した――リアクションを取ったら負けだ。

「そのオンライン飲み会は何人参加していましたか？」

「八人だ」

「顔出しは？」

「俺はしていた」俺はという主語に小鳥遊は含みを感じた。「しかし俺が可能であるなら、母さんや姉さんだって可能だったはず。それに、兄さんが嘘をついている可能性もある。アリバイがないのはあんたとそこの探偵さんも一緒だろ？　むしろ怪しいのはあんたらだと思うんだけどね」

「塔子さんはスペースでアンチとバトルでしたね」小鳥遊が振ると塔子は頷いた。「それは何人でしたか？」

「喋《しゃべ》っていたのはわたしと相手のふたりだけです。あとはオーディエンスが一五〇人ほど……」

「塔子さんがしていたのは一対一の口喧嘩、そして麻雀を打っていた十和子さんは全勝しており、そのあいだの離席はできません。ふたりには富雄さんを殺害して遺体を解体する時間はありませんでした。しかしあなたが参加していたのは複数人のオンライン飲み会です。十分から三十分程度の離席は可能ですし、いちいち離席しても誰も憶《おぼ》えていません」

「十分とか三十分で殺害と解体はできないだろ！」

〝ディスティニィ〟佐清が声を荒げた。

「一回だけならそうでしょう」小鳥遊が食らいつく。「ただ、それを複数回に分ければ話は別です」

「その廃墟マニアのオンライン飲み会だが……」暗黒院の声が室内に響いた。「私も参加していた」

〝ディスティニィ〟佐清が勢いよく声の方へ振り返った。

「なんでどこにでもいるんだよ！」と小鳥遊。

「デジタル・タトゥへのアクセス《アカシック・レコード》——名探偵とはそれが許された存在だ」

「もうなんでもいいです」小鳥遊は諦めた。「てか、そういう大事なことは早く言ってください」

「あんた……〈tomop〉か？」

〝ディスティニィ〟佐清が目を見開き、暗黒院をじっと見た。

「私はビデオをオフにして参加していた。たしかに離席したヤツは何人かいた、というか、全員がちょいちょい便所やら風呂やらで離席していて、たまに寝落ちするヤツもいた。私も途中で麻雀を打つためにいったん出たし。それをいちいち憶えてはいないが、その〈佐三郎《すけさぶろう》〉はとにかく饒舌《じょうぜつ》だった。こいつが喋れば喋るほど迷惑だったんだ……女性参加者は絶句し、男性参加者はどうにかこいつを追い出せないか、〈佐三郎〉が離席中に話したような、そんな記憶はある」

「とにかく、佐清さんが犯行を行ったのは二十三時から〇時のあいだで、その後、朝の五時までに何回かにわけて死体の切断をおこなった。それだとオンライン飲み会の離席中に佐清さんのアリバイはありませんね。佐清さんのアリバイは崩れますね」

「ならそのトリックが実行された証拠を出してみろ！」

佐清は叫んだ。

「あるぜ」暗黒院は窓枠から足を下ろし、スティック状の何かを手に持っていた。「証拠ならここにな！」

暗黒院は手に持ったスティック状のサムシングを天井に向かってかざした。

それはボイスレコーダーだった。

頭上に掲げたそれのボタンを暗黒院の親指がポチポチポチポチポチと連打し、〝ディスティニィ〟佐清が意気揚々と語る声が音量マックスでぶちまけられた――

――――――――――――――――――――――――――――

――――――――――――……………………………………

……………………………………………………………………

……………………………………………………！

音が止み、暗黒院がボイスレコーダーを持った手を降ろすと、全身を小刻みに震わせた塔子が突然嘔吐《おうと》した。床にぶちまけられた嘔吐物は細かい固形物を点々と含み、粘度を帯び、飛散した液体は黄色と橙《だいだい》色の中間のやや橙色寄りの色をしていた。誰もが塔子から目を背け、それぞれがそれぞれのやりかたで――もう正気な者などひとりもいなかったかもしれないが――正気を保とうとした。十和子は数珠を握りしめ大声で経を読み始め、慎一郎は魂が抜き取られたかのように緩慢に床にへたり込み、ひとり事情の異なる〝ディスティニィ〟佐清はただ呆然として立ち尽くしている。

「そんな……」小鳥遊は泣いていた。「こんなの聞いたら、耳から妊娠しちゃう……」

「そう、〝ディスティニィ〟佐清、ハンドルネーム〈佐三郎〉はオンライン飲み会中、ずっとえげつない下ネタを言い続けていたんだ！」暗黒院は〝ディスティニィ〟佐清を指差した。小鳥遊が殺意の波動に目覚めたくなる程度にはムカつくほど指先がピンとしていた。「おそらくこれはアリバイ工作のためだ……あんたは飲み会での存在感を高めるためにそうしたのだろう……残念だよ、私はあんたを尊敬していた。あんたの廃墟ブログを読んで今回ここまで来たんだ。徹底的に練られた写真の構図、対象の歴史を詳細に分析して哲学の域まで高めた解説文、そして圧倒的な網羅性……あんたの廃墟ブログは完璧だった。誰もがあんたと会話できることを楽しみにしていた。それなのに……あんたはみずからの手を血に染め、廃墟のロマンに魅せられた同志すら裏切った……本当に……ほんとうに……ざんねんだよ……」

暗黒院は泣いていた。マジ泣きだった。口ぶりこそクールを装っていたが、目からとめどなく涙が溢れ、緑色のカラコンがきらりと光り、やがて嗚咽を漏らした。〝ディスティニィ〟佐清の目にも涙が浮かんだ。そして両膝がドンと床に落ち、取り憑いた悪霊を口から吐き出すように雄《お》叫《たけ》びを上げた。上げ続けた。次第に叫びは収まっていき、ごめんよ、と〝ディスティニィ〟佐清は呟いた。ごめんよ、〈tomop〉……みんな……そして廃墟たち……

なんか思ってたんとちがう証拠が出ちゃったな……と小鳥遊は思った。

「俺は中一の夏から二十五歳まで、今もといえば今もだが、ずっと家に引き籠もっていた……」

泣きじゃくりながらも、しかし一度口を開けばとめどなく〝ディスティニィ〟佐清は話し続けた。言葉の後ろにすぐ言葉が引っ付いてくる——まるで順番待ちのインド人が割り込み防止のために距離を詰めた列のような、そんな感じだった。

中一の夏から引き籠もり、歳の離れた兄と姉が家を出て、両親とじぶんだけのこの家から少しずつ外に出られるようになったのは今から十年前、二十五歳のときだった。人間とは関わりたくない心も、年月とともにそれさえもわからなくなってしまった。きっかけは、母・十和子がノートパソコンを買い替えた際に譲り受けた一世代前のデスクトップパソコン。画像であっても人間を見るのはまだ抵抗があった彼は、Google ストリートビューで家の近所の散策からはじめた。あたり一帯は私有地で、インターネットを介してでも歩けない土地ばかりだったが、ただひとつ、風景を覗くことができる場所があった——それが暗黒院たちが目指した採石場だった。

なにかがそこにあると思った。

そう直感すると居ても立っても居られず、汚れひとつない真新しいスニーカーに足を滑り込ませると三時間かけて歩いてその地に赴いた。夏だった。学校という小さな社会から逃避したあの日から干支《えと》が一周していた。

森のなかの湿気を帯びた熱気を抜けると、照りつける陽射しよりも先に不意に冷たく、乾いた風が肌を撫《な》でた。そこに広がるのは生の喜びを謳歌《おうか》せんとばかりに生い茂る緑に囲まれた灰色の土地。そそりたつ巨大な岩、回収を放棄されたまま赤茶けた錆《さび》を身に纏う油圧ショベル——生の侵食を受け付けることなく、死んだそのままの姿を天に曝したその場所を彼はじぶん自身に重ねた。

生まれ落ちる前にじぶんがいた、これから死にゆく未来の土地。

未来永劫《えいごう》、時間の澱《おり》としてこの世界の奥底に沈むだけでしかないそのありかたは、どんな言葉も決して持つことはない、語りかけることさえありえないが、彼の生を無条件に肯定してくれた。ここに居ても構わない、いや、ここに居ることだけが生そのものなのだ。そしてそれは彼が生まれてきた蛇守村もまたそうだった。人間の獰猛《どうもう》たる生によって滅ぼされた怪異は死して人間に報復しながらも、互いが互いを呪い合う関係において両者は肉体を超えた存在を確認し合う。暖かな母胎であり冷たい墓場、そこが彼の居場所だった。そして思った、そうした場所も、俺とおなじようなかたちでしかみずからの生を確認できない人間も、ひょっとしたらこの世界には何人も、いや何万人もいるんじゃないか？

そうしてはじめたのが廃墟探訪だった。

与えられるわずかな小遣いを使って彼は少しずつ遠くへ足を延ばすようになった。駅へ出て、電車に乗る。家族以外の人間に顔を見られるのは恐ろしく、外出時はゴムマスクを被った。月に一度の外出は半日、一泊、一週間と次第に延びて野宿を覚え、それに伴い全国津々浦々の廃墟を巡り、写真を撮った。

山奥で企画が頓挫したまま放置されたテーマパーク。
大正時代に要人たちが愛した保養所。
日本海に浮かぶ小さな島の海辺にぽつんと建った海上保安官の職員寮。
都会の真ん中にある安ホテル。
未《いま》だ清潔なますべてのテナントが撤退した田舎町のショピングモール。

彼はかき集めた資料をもとに廃墟サイトを立ち上げた。当初アクセスなどほとんどなく、あてのないボトルメールを大海へ投げ入れるようなものだった。それでも彼は発信をやめなかった。わずかな希望があった。誰かを救いたいから——いや、じぶんが救われたいからだ。彼は三年、五年、十年と巡礼を繰り返した。

サイトのアクセスはゆっくりと、しかし確実に伸びていき、やがて日本でも知る人ぞ知る廃墟マニアとなった。愛読者がつき、ちょっとしたネット記事制作の仕事も舞い込むようにもなった。

彼は時間をかけて、廃墟を介してならば人間とコミュニケーションを取れるようになる。相手の目を見ることができるようになる。顔を曝すこともできるようになる。

しかし生まれながらに身体に張り付いた長すぎる名前だけは、誰にも言えずにいた。

「親父が俺の名前を呼ぶとき、いつも邪悪に笑うんだ……」

そこで〝ディスティニィ〟佐清の声が途切れた。

「あの……」あれ？　これ、もう自供しちゃってる感じ？　と小鳥遊は戸惑った。「一応、続きやってもいいですか？」

〝ディスティニィ〟佐清はやたら凜々しい顔つきで頷いた。

「犯人は富雄さんを殺害時に怪我《けが》をしました。引っ搔《か》かれたか、嚙みつかれたか、あるいはその両方か。爪には犯人の皮膚が残っているかもしれないし、口の中には血が残っているかもしれない。だから犯人は手や頭を持ち去る必要があった――〈見立て〉はそれを気づかれないようにするための隠蔽工作です。佐清さんは複数回に分けて富雄さんの遺体を切断して部屋に持ち帰ると、窓から裏の茂みに投げ捨てた。そして早朝にそれを回収してどこかに埋めたのでしょう。火を使えばバレる恐れがありますから、ほとぼりが冷めてから掘り起こし、焼却処分するつもりだった」

「つまり、怪我があればそれが証拠になると……」

慎一郎がそう言うと、〝ディスティニィ〟佐清はみずからジャケットを脱いだ。

右腕には大きなガーゼが貼られていた。

緩慢な手つきで彼はそれも剝がす。

そこには大きな、禍々しく赤黒い血が固まり青痣《あおあざ》のついた歯型がくっきりとついていた。

「あんたらがここに来る前になんとかすべきだったな」

犯人、〝ディスティニィ〟佐清は一言そう呟いた。

＊

小鳥遊唯が事務所で夏休みの宿題をしていると、暗黒院はおもむろにテレビをつけた。いつもなら適当にそのとき映っている番組を作業中の環境音にして垂れ流すだけなのに、その日はわざわざNHKに変え、じっと見つめていた。甲子園だった。

「あれ、田中さん野球とか見るんですか？」

「これでも一応は野球部だったからな」

「へぇー、なんかインドアな陰キャかと思っていたんですけど、バリバリの体育会系だったんすね。高校球児だったなんて」

「中学までだ。高校はギターマンドリン部だった」

「なにそれ」

「ギターとマンドリンでチャカチャカやる部活だ」

「で、野球」小鳥遊は宿題の手を止めた。ちょうど三角関数の公式を思い出すのが億劫《おっくう》になったところだ。「どこだったんですか？　ポジション」

「三塁側のランナーコーチャー」

「補欠じゃん」

暗黒院はやれやれとでも言いたげに鼻で笑った。小鳥遊はこいつマジしばくと思った。

「得点に直結する重要な判断が三塁コーチャーには託されている。監督の右腕とでも言ったところか。いやむしろ、チームを陰で操る者……そう、実質的にゲームを支配していたのは私だった」

「でもなんでまた思い出したかのように野球なんて」

「うまく作業に集中できないときはな、こうやって、野球を見て野性の本能を思い出すようにしている。特に甲子園はいいぞ。勝つか負けるか、その一試合にすべてを賭けているからな……」

ここのところ、というか蛇怨館の事件があってから、暗黒院は露骨にテンションが下がっており、アフィリエイト業務への集中力を欠いていた。小鳥遊はその原因がわかっている。事件解決後に現れた警察にふたりまとめて死ぬほど怒られたからだ。

今回はたまたま犯人を見つけられたからよかったものの、勝手に現場に入ってあれこれいじくり回すのはやめてください、それで解決できるものも解決できなくなることだってあるんですよ、捜査にも少なくない人手と金がかかっているんですから――

ぶっちゃけ、小鳥遊も思い出しただけで死にたくなる。なんでわたしも調子こいて無断捜査に加担して推理なんかしてしまったんだろう。自制心を養うためにバイト代で禅でも習いに行こうかと思った。というか、禅って習えるの？

「しかしアレですね」とはいえ、共通の話題としてこの前の事件が反射的に頭に浮かんできてしまう。「このあいだの事件は、なんというかザ・ポストコロナって感じでしたね。Twitter、ネット麻雀、オンライン飲み会」

画面のなかの高校球児が放った打球がライナーで左中間に抜ける。

入場制限のためか、画面に映った外野席はアルプススタンドに比べて客はまばらだ。楽器は禁止され、流れてくる吹奏楽の応援は録音音源だそうだ。

「時代が追いついたんだろう」暗黒院は不機嫌そうに鼻を鳴らした。

「佐清さんのことなんですけど、わたしちょっとだけ、共感しちゃったんですよね」

「というと？」

暗黒院がテレビから目を離し、小鳥遊を見た。

「動機が名前だったじゃないですか」〝ディスティニィ〟佐清は名付け親である父に募らせた憎悪ゆえ犯行を決行した。水を飲もうとたまたま一階に降りたときダイニングで富雄と鉢合わせした。それから部屋に呼ばれ、口論になり、近くにあったネクタイで絞殺したとのこと。「わたしもこの〈小鳥遊〉って名前とオッドアイで嫌なことはたくさんありましたから」

いつもなら羨ましがるはずの暗黒院が珍しく何も言わなかった。先天的に持ってしまったもの――じぶんの力ではどうにも出来ないものは、後天的に備わるものとは性質も意味もまるで異なる。影のようにぺたりと張り付いて取り去ることのできないものと、一生うまくやっていくしかないのだ。だいたいのものからは逃げることができる。しかし、世の中にはどうにもならないものだってある。

口をつぐんだままのこの黒衣の男に、こんな人でも相手の気持ちを考えたりすることもあるんだと小鳥遊は感心した矢先、暗黒院が神妙な面持ちで口を開いた。

「実はあのときの推理だけどな、ひとつ気になる点があってだな……」

「気になる点？」

小鳥遊は首を傾げた。

「佐清はオンライン飲み会の途中に何度か離席して、そのたびに死体を切断しただろ？」

「本人もそう認めたじゃないですか」

「でもな、手際が良すぎるんだよ。たとえ片腕だろうが、誰かがいつ降りてくるかわからないプレッシャーのなか、ふつうの人間が十分かそこらでチャチャっと切れると思うか？」

小鳥遊は返答できなかった。

「しかし佐清にはそれができた――つまりだ、あいつは死体解体の経験があったんだよ。それもかなりの数のな」

「そんな……じゃあ……」

そのとき、小鳥遊は〝ディスティニィ〟佐清の言葉を思い出した。

――あんたらがここに来る前になんとかすべきだったな

「採石場を探して歩いていたとき、お前も誰かの視線を感じていただろ？　今思えば、アレは一体誰の視線だったんだろう」

正午になり、野球中継がニュースに切り替わる。

ニュースキャスターが読み上げたのは断続的に報じられていた死体遺棄事件だった。

八月四日に自宅で父親を殺害し逮捕された三十代の男性・蛇守〝ディスティニィ〟佐清容疑者がＮ県山中で遺体となって発見された女性の殺害を自供しました。蛇守容疑者は現場近くの採石場で女性を殺害したのち遺体を解体し遺棄したとのことです。また証言から得られた場所を捜索すると行方不明となっていた男性の右足、左腕、頭部が相次いで発見され、警察はさらなる余罪を追及しています――

第二話

いるんだろ？
出てこいよ

書きなおしを開始するには、自分の書いたものに直面する勇気が必要である。そこにはまず、鏡にうつる赤裸の自分に対面する感じがある。

——大江健三郎『私という小説家の作り方』

だれもが生まれながらに〈才能〉を持っている。

進路を悩む少女に大人たちはそう言った。

畑中千穂《はたなかちほ》はそれを真に受けるほど精神的に幼くはなかったが、信じたい気持ちを否定できずにいた。ある種の信仰は未熟や成熟の程度とは無関係に、暴力的な力強さをもって良くも悪くも個人の心を掌握する。その二年後、畑中千穂は〈一色緑《いっしきみどり》〉という才能を結実させた。

身体のなかにあるのはふたつの時計だ。

ひとつは無慈悲なほど正確に時を刻み続けている。

もうひとつは寝息のように穏やかに秒針を刻みながら、分針と時針は壊れて動かない。

彼女の時間は両者の合議で決定され、永遠の停滞のなかで歩みをやめず、どこへも行き着くことがない。未来と思ったその先が過去であり、追いつこうとした現在がもう未来で、過去への希求は物理法則が許さない。

少女のまま眠り続ける〈一色緑〉を、彼女は部屋のなかで見つめている。

日が暮れはじめ、ディスプレイの青白い光を強く感じる。

窓から風とともに流れ込む喧騒が孤独を際立たせている。

——お前はここにいる。

——お前はどこにもいない。

二項対立しながらも共存するその声が彼女の頭蓋の内側で反響する。

星の数ほどにあったはずの可能性は時間とともに失われる。頭ではわかっていたはずのことを大人になって理解した。理解せざるを得なかった。もしかしたら、知らず知らずのうちに可能性の枝を切断することで人間の時間は進められるのかもしれない。

剪定《せんてい》された可能性のなかに生まれながらの才能が含まれていて、皆それを知らずに歳をとる。

才能を切り捨てることで大人になる。

この時間の歪みは、才能を人生から切り離せなかったせいだと彼女は知り過ぎていた。

1

「で、なんなんすか？」小鳥遊唯は一時間ぶりに口を開いた。「その本」

来客用のソファに寝そべりながら暗黒院真実——田中友治（二十八歳・自営業）——は本を読んでいた。文庫じゃないやつだ。紀伊國屋書店のブックカバーで表紙は見えない。

天高く馬肥ゆる読書の秋。

小鳥遊は昼ごはんのたこ焼きをつまんでいた。チラ見すると本文のレイアウトからどうも小説らしいが、思えば暗黒院が紙の本を手に取っているのを見たのははじめてだ。

一応ここは探偵事務所というテイだし、本棚はあるにはある。法律関係のお堅い本をはじめプログラミング入門などの技術書、経済学、数学、物理学の教科書から、コンビニによく置いてあるオカルトや陰謀論、自殺ガイド、『修羅の門』全巻と『美味しんぼ』全巻と『哲也〜雀聖と呼ばれた男～』全巻がびっしり詰まっているも、それはあくまで見せる用……なのだけれども、客なんてほぼ来ない。

暗黒院がそれらの本を手に取るなんてことはほとんどない。というか皆無で、本棚に手を伸ばすのは主に小鳥遊、それも稼ぎを出しているアフィリエイトサイトの運営で参照する程度だ。

「これはだな……」キリのいいところまで読み終えた暗黒院が答える。「いま売れている小説だ」

そう言って紀伊國屋のカバーを外す。一色緑の『真実まで一向聴《イーシャンテン》』だ。

「あ～それ、読みました読みました」言ってくれたら貸すのに、と言いかけてやめる。「でも紙の本なんて珍しいですね」

「小説はどうも電子だと頭に入ってこなくてな」

暗黒院は電子書籍派だ。彼がインスピレーションを得る《パクる》本はマンガが多い。カラーコンタクトを入れた緑色の右眼もその電子本棚のどこかに元ネタがあるのだろうけれど、それは別に知りたくない。助手である彼女の左目は翠色。これは生まれながらの異色虹彩《オッドアイ》で、要するに暗黒院は探偵と助手のバディ感を演出したいらしいのだが、小鳥遊的には可及的速やかにやめてもらいたい。彼女は異色虹彩《オッドアイ》とフィクションでコスられ倒している〈小鳥遊〉という名字にコンプレックスを抱いていて、実際にそれで嫌な思いもたくさんしてきたから。

「おもしろいですよね、それ。麻雀探偵っていうのが斬新だし、トリックとか台詞《せりふ》回しとかも麻雀にちなんだもので徹底されているのだけど、麻雀を知らなくても楽しめるかんじで」

しかし暗黒院はなんかモゴモゴしたそっけない返事だけで、小鳥遊はちょっとムッとする。

「でも今度から推理前に棒みたいなやつをぶん投げるとかやめてくださいね。流行《はや》りに乗っかるのがいちばんダサいですから。ただでさえクソダサのヤバ探偵やってるんですから」

話題にあがった『真実まで一向聴』は、女流麻雀プロ・嶺上花《みねあげはな》を探偵役とする本格ミステリだ。雀牌《ジャンパイ》を使ったダイイング・メッセージや役にちなんだ見立て殺人などで事件を演出し、事件の謎が解けると「聴牌よ！」といって立直棒《リーチ》を投げ、事件関係者全員を行きつけの雀荘〈国士無双〉に集合させる。それから特に事件に深く関与している三人と共に卓を囲み、実際に麻雀を打ちながら推理を開陳する。このとき彼女は絶対に負けない。そして犯人が犯人しか知り得ない情報を口にすると――いわゆる〈秘密の暴露〉だ――「ロン！」と叫ぶ。個性的なキャラクターが人気を博し、映画化も決定。来年春に公開予定だ。

「別にベストセラーだから読むとか、競合チェックとかじゃないさ」架空の探偵まで競合なの？

小鳥遊の背筋に戦慄が走った。「ちょっと気になることがあったんだよ」

「気になること？」

「ああ。この作者の一色緑が先月から行方不明になっているらしい。その件で依頼が来てな

……」

「依頼？」小鳥遊は首を傾げる。「なんかヤバめのお薬とかキメました？」

「個人的に連絡があったんだ」

「個人的に⁉」小鳥遊は弾かれるように椅子から立ち上がった。「田中さん、今すぐ病院に行きましょう。幻覚とか幻聴ですよ、それ」

「言っていいことと悪いことがあるぞ」

「いまのは言っていい方でしょう」

暗黒院はフンと鼻を鳴らした。

「まあ、腐れ縁ってヤツだ」

「腐敗できるほどの付き合いがあってよかったですね」

とは言いつつ、内心なんだか嫌な予感しかしないのだった。なんてったって、〈暗黒院真実〉を自称する限界成人男性の腐れ縁である。

「ともあれ、これからはそっちの仕事が忙しくなる予定だ」

嫌な予感を即ツモった小鳥遊。アンラッキーまで一向聴だ。

ちなみに予定が予定で終わったことも少なくはない。仕事のオファーと聞くたびに小鳥遊の脳裏に過去の記憶が呼び起こされるのだった——待ち合わせ場所に行ったら右手にメントスと左手にコーラを持った迷惑系ユーチューバーがiPhoneで動画を撮りながらやってきて翠色の左目をイジられ倒し、それをアップロードされたこと。学校帰りだったので真夏にコートを着ているこの男の隣を制服姿で歩いていたら警察に援助交際と間違われて職務質問され、それを遠目で見ていたクライアントに依頼をキャンセルされたこと。あとなんかキモい的な悪口がちょいちょい聞こえてきたこと——思い出すだけで目頭が熱くなる。

「で、どこで何時から打ち合わせですか？」来客なら先に言えよ、と小鳥遊はため息をつく。

「今からだ」暗黒院はそう言うと、瞼《まぶた》を下ろした。「いるんだろ？　出てこいよ」

すると玄関の扉がキィっと音を立てて開き、ピッチピチの黒いボディスーツに身を包んだ妙齢のナイスバディなショートボブの女性が事務所に威風堂々とエントリーしてきた。

2

小鳥遊がピッチピチの黒光りしたボディスーツを肌に貼り付けた爆乳成人女性をはじめて見たのは中学生のときだった。

マンガを借り《パクり》に五つ歳上の兄の部屋へ足を踏み入れるとただならぬ瘴気を第六感で察知した彼女は、このままミッションを遂行することで家庭内の力学が致命的かつ不可逆的に変わってしまうのを確信した。引き返すべきだと本能は叫ぶ。しかしこのまま前に進むべきだともうひとつの本能が第一本能の叫びを打ち消してしまった。

本能とはなにか――それはわからない。しかしこのとき確信したのは、本能とは一元的なものではないということだ。本能はみずからの身体の内側に複数存在していて、互いが互いを否定し合いながら複雑な幾何学を形作り、ひとつの生命を成している。人間とは細胞や原子が織りなす物質的な存在ではなく、無数の本能が綾《あや》なすイデアの結晶なのだ。

兄の机の上には一冊のノートがあった。抗《あらが》い難い重力に引き寄せられた彼女は気がつけばそれを手に取っていた。深呼吸し、意を決して開くとそこにあったのはセクシー女優のスクラップ。一ページにつき一人、週刊誌のグラビアの切り抜きとともにプロフィール、スリーサイズ、主要作品のレビューが簡潔にまとめられ、最後に十段階で評定《シコリティ》が添えられていた。

兄よ、どうしてこんなものをこんなアナログな方法で残してしまったのだ――小鳥遊は咽《むせ》び泣く――こんなインターネットの時代にどうして……

彼女はノートをめくる手を止めることができなかった。評定《シコリティ》の最高数値を叩き出していたのはピッチピチの黒光りしたボディスーツの爆乳成人女性——兄は女スパイが好きだった。

「しばらくだな、暗黒院」

女はそういうと、暗黒院に対面するかたちでソファに腰を下ろした。小鳥遊は息を呑んだ。この男を田中と呼ばずに暗黒院と呼ぶ人類を彼女ははじめて見た。

「こっちは小鳥遊。助手だ」

「ひとの趣味をとやかく言うつもりはないが……」女は言った。「道を踏み外すのはやめてくれよ」

「そういうの、やめていただけませんか？」

暗黒院をイジるのはいいとして、じぶんまで被弾するような言い方はジョークであってもやめて欲しい。小鳥遊はそう目で訴えた。

「そう、悪かったね」

女は頭を下げた。あれ、意外と常識人？　クソみたいなコスプレ上司の腐れ縁と聞いて警戒していたので、ふつうの応対が逆にふつうじゃないみたいな感触で調子が狂う。

「厳密には小鳥遊とは業務委託契約だ。バイトとかの雇用関係ではない」そこはどうでもいいじゃん、と小鳥遊は思った。「小鳥遊、この女は一二三《にのまえふみ》だ」

「え⁉」小鳥遊は声を上げる。「一二三って、あの夏目《なつめ》賞作家の？」

夏目賞とは新人作家を対象とした最も有名な歴史ある文学賞だ。それを一二三は十八歳で受賞した。しかし覆面作家だった彼女は受賞会見を欠席、それが史上初めてのことで、ちょっとした話題になった。また「史上初の女子高生夏目賞作家」というキャッチーなコピーがひとり歩きし、作品と作家の人物像を安易に紐付《ひもづ》けるのはいかがなものかとの物議も醸している。

「妾《あたし》で間違いない」一の一人称に小鳥遊の鼓膜が怯えた。「ちなみに暗黒院とは高校の同級生ね」

「え〜！　意外です！」

「意外もクソもない」暗黒院が眉を顰めた。「偶然に歳がおなじで、偶然におなじ地域に住んでいて、偶然におなじ学校に通うことになっただけだ。そこに人間の意思は介在しない」

「偶然とは機会の因果じゃないんだよ、暗黒院」一は髪を左手でサッと払った。「偶然とは因果の複雑さの結果であって、見えざる因果は謎という呼び名で知られているだけ。いろんな謎があって、それを貨幣にして生活しているのは妾たち作家もあんたのような探偵もおんなじさ。妾たちがなぜ出会ったのか――妾ならそれだけで小説を一本書くことだってできる」

「まるで陰謀論者だな」

「陰謀論でもパラノイアでも、大事なのはそこに因果があるっていう気配さ」

どことなく暗黒院の居心地が悪そうなのを小鳥遊は察知した。また同時に、こういうシチュエーションになったのもはじめてだった。そもそも勝手気ままにじぶんの領分から出て話すことなどない暗黒院と対話と呼ぶに足るやりとりが行われている現状は、少なくとも彼女にとってちょっと異常なくらいだった。それも圧倒されている。一二三と暗黒院の――彼が腐れ縁と呼ぶほどの――浅からぬ因縁を垣間見たような気がした。

「わかったわかった」暗黒院は鬱陶しそうに手を振った。「とりあえず本題に入ってくれ」

「妾はね、」一が微笑んだ。「一色緑にミステリをやめさせたいんだ」

3

森田英美《もりたひでみ》が〈一二三〉として作家デビューしたのは十六歳、高校一年生の春だった。純文学作家の登竜門とされる海豚《いるか》新人文学賞を史上最年少で受賞し、界隈《かいわい》でこれも少し話題になった。

デビュー作『重力の極光』は日本現代文学で最先端に位置付けられる作品だ。膨大な古今東西の文学作品のパロディやオカルト、ホラー、探偵小説、自然科学、エログロ、ナンセンスなど、多岐にわたる要素を詰め込んだ挑発的な構成をとり、一貫性のなさゆえにそこからテーマなるものを抽出するのは困難で選考委員を大いに悩ませた。さすがに商業作品として成立しないとの反論の声があがったものの、作品スケールと応募段階ではまだ中学生という若さを推す声もあり、著名な作家・批評家・翻訳家が一堂に会した最終選考は予定より三時間延長された。

白熱する議論のなか最終的に行き着いたのは「もしここでこの少女が世に出る機会を潰してしまったとして、今後もう小説を書かなくなるかもしれない」という話題。『重力の極光』は頭の良い子どもの気まぐれで書かれた偶然にして奇跡の作品かもしれない、彼女はまだ作家になりたいとすら思っていないかもしれず、ここで賞を与えるのは彼女に「作家になる」という選択肢を提示する機会になるのではないか——もちろんその判断には大きな責任をともなう。小説家という道が現実になることにより、ひとりの少女の人生を歪ませてしまう可能性だって充分にあった。最終的に受賞という結果になったものの、年齢・性別を含めたプロフィールは公開しつつ、想定される重圧を少しでも軽くすべく編集部は当面は覆面作家でやってみないかと提案した。

「別になんにも考えていなかったんだけどね」一は当時を振り返りそう語った。「あのときのことなんてもうほとんど忘れちゃったけど、小説を書きたかったから書いた、それがどの程度のものなのか知りたかったから、いちばん選考が厳しいとされている新人賞をネットで調べて送った。それだけ。でもまさか、大人がこんなにも子どもの将来を心配してくれていたって知ったのはつい最近よ。作家になりたいなんて、考えたこともなかったし」

「作家になってから作家になるのを意識したってことですか？」

小鳥遊は訊ねた。

「高校生になって、デビューが決まって、でもそのとき特にやりたいことがなかったからかな」

「そんなもんなんですか？」

「そんなもんじゃない？　やりたいことがなかったから小説をもう一回書いてみることにして、そしたらわりと楽しかった」

「小説を書くこと、それ自体がモチベーションみたいな感じですか？」

「小鳥遊ちゃん、だっけ？　きみは作家になりたいの？」

一が訊き返すと、小鳥遊は首がちぎれ飛ぶくらい首をブンブン横に振った。

「いっ、いえ！　そんなことは全然……」

「そういえば……」暗黒院がおもむろに口を開き、その瞬間、小鳥遊の背筋に戦慄が走った。

「事務所のドキュメントフォルダの奥深くで〈新しいフォルダ〉ってのをこの前見たが……」

「田中さん、それ以上はやめましょう」小鳥遊は静かに言った。「死人が出ます」

「真実の愛《トゥルー・マイ・ラヴ》……」

暗黒院は胸の前に指でハートを作った。

「死人が出ます」

「True My Love……」

「発音を巧みにすな」

小鳥遊がきかせた凄《すご》みに暗黒院は微笑で応えた。

「まぁね、小説を書くって大なり小なりの恥ずかしさがあると思うわ」一は胸の前に指でハートを作った。「*True My Love*……」

「ネイティブ発音すな」

「「*True My Love*……」」

「ハモんな！」

目の前にダメな大人がふたりもいる現実に小鳥遊は絶望した。

「モチベーションの話だと、そうね……じぶんで考えたスーパーカッコいい名前を合法的に使えるっていうのも快感だったかな。そういう意味では妾に言わせりゃ暗黒院なんてア､マ､チ､ュ､アの中二病。妾は作家になることでプ､ロ､の中二病になれた」

「俺を巻き込むな俺を」

暗黒院の一人称が〈俺〉になるシチュエーションは小鳥遊にとってはじめてだった。

「一さん、当時……っていうかいまも覆面作家ですよね。暗黒院さんは高校のときから一さんが作家って知っていたんですか？」

「当然だ。というか、こいつはじぶんで言いまくっていたからな……」

「覆面の意味はよ」

「そういうこともなかったぞ」一は言った。「じぶんで言いまくると誰も信じてくれないから……」

「お前は特大のイタいヤツだったな……」

「あんたが言うなよ！」

「他人が何を思うかは自由。妾の知ったところではない」一の微笑みには余裕が感じられた。

「妾の話はいいとして、海豚新人文学賞の同時受賞、つまり同期デビューになったのが一色緑だった」

海豚新人文学賞で一二三と同時受賞になった一色緑は当時二十歳の大学生だった。選考会で先に受賞が決定したのは実は一色緑で、最初の投票で過半数を超え特に異議がでることもなかった。受賞作となった『雨宿り』は幻想文学調の少女小説。細部の表現の巧みさが肯定的に評価された一方、いかにも若い女性が書きそうなありがちな小説であり、先行作品がどうしてもチラついてしまうという指摘も受けたが、最終的に「〈等身大の瑞々《みずみず》しい感性〉と〈新人離れした筆致〉が共存した秀作である」という評価に落ち着いた。

「完成度で言えば『雨宿り』、得体の知れなさで言えば『重力の極光』。しかし第一席にあたるのは『雨宿り』で妾の方はあくまでも次席だって、そう当時の編集長からは言われたよ」

「なんでわざわざそんなテンション下がるようなことを……」

「予防線みたいなもんさ」と一。「なにせ受賞が決まったそのとき、高校生になりたての子どもだからな。才能に期待しつつも、それで拗《こじ》らせて人生が狂ってしまったらどうしようもない。だから、作家に緊張感を持たせるような伝え方をしたんでしょうね」

「そんなもんなんですか？」と小鳥遊。

「小説なんていつでも書ける。ただ、十代の頃に書ける小説と五十代で書ける小説は良し悪しではなく質的にちがっているから、そこが難しいところかもしれない。大事なのは、書けるときに書いて、残しておくこと」一はそういうと、IQOSを取り出し、深く吸い込んだ。「だけど、『雨宿り』が優れていたのは事実。確実に妾の小説より……ね」

評価は『雨宿り』が上だったと聞かされていたが、いざ出た選評を読んでみると選考委員の全員が『重力の極光』に多くの字数を割いていた。『雨宿り』はそつのない秀作で、『重力の極光』は粗さが目立つものの読者の想像力を飲み込んでしまうほどの力がある——そんな言葉がずらりと並んだ。そして明暗を分けたのが夏目賞だった。本来次席であるはずの一二三の『重力の極光』が一色緑の『雨宿り』を差し置いて候補作として選出された。結果、受賞には至らなかったが、これを機にして一ばかりが業界の注目を集めることとなった。

「要するに映えの問題だったのさ」一は続ける。「一色緑だって二十歳の女子大生の瑞々しい感性の作家とか、そういう取り上げ方ができたんだけど、妾はなんかよくわかんないヤバい小説を書く十五歳の女子高生——とにかく映えがあった。実力なんかじゃなくて……な」

それから一二三は作品発表の機会を多く得るようになった。そして十八歳のとき、五作目となる『秋雨前線』で夏目賞を受賞、史上初の女子高生夏目賞作家として脚光を浴びた。しかし一色緑はデビュー作以降、一作も作品発表をできずにいた。

「別に親しいこともなかったし、連絡先も知らなかったから付き合いなんてなかったけれど、でも書いていないわけじゃないとは知っていた」一はそれを文芸誌〈海豚〉の担当編集から聞いたという。「むしろ妾よりたくさん書いていたみたいだけど、掲載水準にないとか、担当編集のチェックは通っても編集長にちゃぶ台返しみたいな指摘を受けてほぼ全直しとか、そういうことが続いた……そう聞いている」

「それは純粋に実力の問題とかになるんですか？」

「どうだろう……」一は長く息を吐いた。「妾は成り行きで作家になってしまって、人生の運の大半を十代後半で一気に使ってしまったみたいな出かたをしたからなんとも言えないんだけど、商売である以上、作家には発注者の期待に応える義務がやっぱりある。一色緑は正直、かなり期待されていたんじゃないかな。少なくとも編集部は夏目賞を獲らせてあげたかった――その期待に応えられるだけのものを作れたかどうかの問題かもしれない。だけどそれって理不尽でもある。小説なんて、書き手も読み手も永遠に未熟でしかない商品なのに、それに一定の評価を期待するなんて、なかなか気が狂ったことじゃない？」

そこで沈黙し、ゆっくりと暗黒院が口を開いた。

「で、お前はなんで今さら一色緑を探しているんだ？」

「それは妾でもよくわかっていないんだよ」一は言った。「ただ、かつての作風を捨てて麻雀探偵なんてものを書きはじめた一色緑に会えば、何かが変わる気がするんだ」

「何か……ね」

暗黒院が思慮深く頷いた。

「一さんも麻雀探偵は読まれましたか？」

「もちろんさ」

「どう読まれたんですか？」

これはほとんど小鳥遊の個人的な興味から出た質問だ。

「おもしろすぎる。そして、おもしろすぎてよくない」

「おもしろいとダメなんですか？」

「世間的にはダメなんてことはないかもしれない。だけど、作家個人の人生としては何かを得ることは何かを失うことに等しい。才能ってのはな、盆栽みたいなもんだから」

「いかにも作家みたいな喩え話だな」

暗黒院が顔を顰《しか》めた。

「見た目の良い木を作るためには、どの枝を伸ばしてどの枝を間引くか決めなくちゃいけない。そして才能がない人ほどその選択を誤ってしまう……何においても、だいたい上手くいかない人はここで躓《つまず》くものなんだ」

「だ、そうですよ？」

小鳥遊は隣の暗黒院に流し目を送ると、暗黒院は左目を手で覆って緑色の右眼を見開くポーズ。何かしらのアピールらしいが動機もタイミングも意味不明なので触らない方針を採用した。

「おもしろいというか、他人にわかりやすくウケたものを出すと周りが〈一皮剝けたじゃん〉的なことを言う。それで、あぁ、これが正しかったんだな、とか、やっぱり思っちまうワケさ。その瞬間が表現にはいちばん危ないんだ。切っちゃダメな枝に手をかけている」

「それで、一色緑に純文学をもう一度書かせたいってことか？」

暗黒院が指をパチンと鳴らした。一切のクリエーションが介在しない完成された無駄なアクションだった。

「そうさ」

「なんで？」

暗黒院はすべてを見通す邪眼《カラコンの右眼》で―を睨む。

「探偵ってのは、乙女の嫉《ねた》ましい心までは解《わか》らないみたいだね」―のイヤリングが揺れてきらりと輝き、その光が小鳥遊の目を射した。「妾はな、一色緑に一回負けているんだ。一度ついた黒星は日本文学史に刻み込まれてもう消せやしないけど、負けっぱなしってのは許せない。妾からみりゃあ一色緑は勝ち逃げ。だからもう一度、一色緑には妾の土俵に上がってもらわないと困るのさ。妾はあいつに勝たなきゃならない、それだけはわかっている。とはいえ小説は勝ち負けじゃないし、そこで妾自身が自己矛盾を犯しているときた。情けない話さ」

「クックックッ……すべて見えていたぜ……」

「いや、さっきめっちゃ訊いていましたよね」

「話はわかった」暗黒院はソファからズワァッと立ち上がって窓側にサッと移動し、閉めたブラインドをカパッと開ける棒みたいなヤツをクルッと回して光をシャアッと室内に入れ、窓にフワッと背を向けていい感じの逆光になるように二人の方を向きシャキッとしてポーズをピシッとキメた。左眼を手で覆い自慢の緑の異色虹彩で二人を見ているっぽいシルエットだったが、逆光なので自慢の人工オッドアイは全然見えない。「いいだろう。その案件、引き受けよう……」

「ありがとう」―は微笑んだ。「今晩十時から時間はある？　一色緑の担当編集の家で麻雀を打つんだが、メンツがひとり足りてなくて……情報収集にもなるし」

「わかった」

「じゃあわたしは帰りますね」小鳥遊は席を立った。「田中さんが行けばメンツはそれで揃いますよね？　わたし、未成年なんで二十二時以降の労働はしませんよ。法令遵守でおなしゃす」

「小鳥遊」暗黒院が不敵な笑みを浮かべた。「麻雀探偵を読んだとはいえ、メ、メ、メンツが揃うなんてなかなか熟《こな》れた言い方じゃないか」

事務所を去ろうと荷物をまとめ始めていた小鳥遊の手が止まる。

「べつに、ふつうじゃないすか？」

暗黒院は小鳥遊のデスクへとつかつか歩み寄り、パソコンのブラウザの履歴を開き、ネット麻雀サイトに飛んだ。

「お前が自動ログインになっている私のアカウントを使って勝手に打っていた記録はぜんぶ残っている……というか、勝手に打って勝手に負けまくってランキングを大きく落としたな……せっかく全国トップ10までいったのに……鳴いて役なしになったり、待ちを変えて振り聴《テン》になったり、リーチかけたのはいいがアガリ牌がカンされてるとか、見え見えの大三元に振り込んだり、そういう恥ずかしい事を他人のアカウントでしないで欲しい」

「い、いいじゃないですかッ！　遊びなんですから！」

「業務中に遊んでいるのがまずおかしい」なんでこのタイミングで正論を言うんだよ、と小鳥遊は思ったが正論には反論できない性格だった。「そもそもこれは名誉の問題なんだ。ランキングはまた取り戻せばいいけれど、ダサい打ち回しをしてチャットでメタクソにバカにされてるだろう……一二三が日本文学史に消せない黒星を刻んだように、お前はネット麻雀界の歴史に私の、汚点を残してくれたんだよ……麻雀で犯した罪は麻雀で償わなければならない」

「でも、わたしも行ったら五人になるじゃないですか」

「断言する。お前は絶対に来る……お前が望むものがそこにあるからな……」

「なにがあるんです？」

「わざわざ集まってやるんだ。もちろん、卓を囲んでやるんだろう？」

「もちろんだ」

一が謎のドヤ顔をした。

「牌を……摘《つま》めるんですか？」

よくわからない微妙な間ができて、

「え、まぁ、うん……そういうことになるな」

想定と違うリアクション、というかたぶんリアル牌で打ちたいんだろうなとの予想は当たっていたが、だいぶ前のめりにグイグイこられて暗黒院が狼狽《うろた》える。

「えっ、えっ、マ？　じゃあ、〈燕《つばめ》返し〉とか〈握り込み〉とかもできるんですか？」

「小鳥遊、『哲也』を読んだだろ」

暗黒院が一瞥した本棚を一はまじまじと見る。

「いいでしょう」小鳥遊はもう二度と繰り返せないほどのやる気に漲《みなぎ》っていた。「わたしもプライベートで参戦します」

「ほどほどにお願いしますよ……」なぜか敬語の暗黒院。「とりあえず、いったん雀荘に行って練習しましょう……」

「ちなみに、小鳥遊ちゃん」一が哀れみのまなざしで彼女を見る。「雀荘はだいたい全自動卓だよ」

4

さて時刻はまだ十六時。

約束の時間までまだ六時間もある。三人が向かったのは事務所から徒歩五分にある雀荘〈平和《ピンフ》〉だ。とりあえず小鳥遊の麻雀スキルをチェックしておきたいとのことだったが、暗黒院は指をポキポキ鳴らし一は首をコキコキ鳴らしながら店の敷居を跨《また》ぐ。

「ノーレートにしておくから気楽にいこう」

一は口角を吊り上げたが眼が笑っていない。暗黒院はいつのまにか自慢の右眼に眼帯をしている。ここ一番でオッドアイ《カラコン》を出して「お前の牌は読めていたぜ」的なことを囀《さえず》るつもりだろう。

店内は三人が生まれてすらいない昭和の時代にタイムスリップしたかのよう。在りし日の残滓《ざんし》で雑然とし、油まみれの換気扇が空気をねちっこく絡めながら鈍く回転していて、まばらな客はみんな白髪かハゲかで、アイボリーとベージュの中間のくたびれた長袖のポロシャツを着た男性だ。〈禁煙〉と書かれた紙がでかでかと張り出されているが、壁紙は往年の勝負師たちが精神的クリフハンガー状態の局面でスッパスパ吸い散らかした煙草《たばこ》のヤニで黄ばみ尽くし、一番奥の卓の壁には赤黒い飛沫が染みを落としていた。小鳥遊の眼がそこに止まる。

「そいつはな」錆だらけのパイプ椅子に腰掛けてテロッテロになった女性誌のセックス特集号を読み耽《ふけ》っていた中年の男性店員が小鳥遊に言った。「二十年前にあった伝説の玄人《バイニン》〈ぼっちゃん・哲《さとし》〉と〈土佐犬《とさけん》〉の決闘の痕だ……」

小鳥遊は別に聞いていなかった。本棚には『麻雀放浪記』全巻と麻雀マンガとヤクザマンガと男性向け週刊誌があった。

「気づいたか、小鳥遊」暗黒院は言った。「あいつが読んでいた女性誌のセックス特集号は私物だ。それも、あれほど良く使い込まれているからには肌身離さず持っているんだろう……」

「いやそれじゃねぇよ。つかバチバチのセクハラやめろし」

「アレは今でも憶えているぜ……」女性誌セックス特集号私物男性がなんか勝手に続けた。「土佐犬が二万点リードで迎えたオーラス、絶一門《ツェーイーメン》で喧嘩を売りにいった〈ぼっちゃん・哲〉に〈土佐犬〉は逃げずに乗っかった。両者リング中央で足を止めてノーガードで殴り合っている形だな。土佐犬は逃げてりゃ普通に勝てたんだが、勝ち方にこだわる玄人だったのさ。相手の土俵で完膚なきまで叩きのめす……それこそがヤツの美学だった——」

「何語ですか？　コレ」

「しっ！」一が小鳥遊の声を制した。「来るぞ……アレが……これがなければ麻雀を知っているとは言えない、麻雀の魂とでも言うべきアレが……来る……」

「ざわざわ……」と暗黒院が圧倒的効果音を口でつけた。

フッと影のあるイケメン風の笑みをこぼし、女性誌セックス特集号私物男性は淡々と続ける。

「——卓は静かに進んだ。いや、あの静かさは一種の狂気だった。絶えず発せられていた牌の叫びが物理的な空気の震えを完全に止めてしまった……そんな狂気をお前さんたちはわかるか？そして海底《ハイテイ》をツモった〈ぼっちゃん・哲〉は手牌を一枚ずつパタパタと倒していった」

「緑一色《リューイーソー》——逆転の役満だ」

暗黒院が狙い澄ましたかのように言い放った。言わせてやれよ、と小鳥遊は思った。

「っていうか、」小鳥遊はふと思ったことをそのまま口にした。「〈一色緑〉っていうペンネームは麻雀からとったんですか？」

「役を覚えたのか」

暗黒院が目を丸くした。

「役満くらいはバッチリですよ」

小鳥遊は発展途上（自己申告）の胸を張る。

「むしろ簡単な役から覚えてくれ」

「〈緑一色〉は索子の二・三・四・六・八と字牌の發だけで作る役です。それから一九字牌を全部集めた役が〈国士無双〉、白・發・中をそれぞれ三枚揃えた役が〈大三元〉、アガったら死ぬ役が……なんだっけ？」

「〈九蓮宝燈《チューレンポートウ》〉だよ」と一が答える。「萬子・筒子・索子のいずれかで二〜八を一枚ずつ、一と九を刻子、つまり三枚持った状態で聴牌し、九面で待つ役だ」

「それは純正。ダブル役満だ」と暗黒院。「ガチで珍しすぎて、アガると人生の運を使い果たして死ぬしかないとか言われている。あと補足すると〈緑一色〉は發なし可のルールが一般的だ」

「へぇ〜」と小鳥遊。「純正は聞いたことあったけど、〈緑一色〉って發必須かと思っていました」

「まぁ、有無の議論がある程度には發が重要な役ってこった」

「話を戻すと、妾の知る限り一色は麻雀が打てなかった。むしろこの名前から〈麻雀探偵〉っていうアイデアが出たらしい。それも本人からではなく、担当編集からだと聞いている」

「編集者から？」小鳥遊が訊ねる。

「中平和《なかひらのどか》っていう、文芸誌の編集者でな。今はエンタメ文芸の編集をしているが、もとは現代文学ジャッジマンの異名で有名で、妾が夏目賞をとったときの担当編集でもある。ちなみに今日の麻雀はそいつのマンションで打つ」

「現代文学ジャッジマン……」なんだよそれ、と小鳥遊は思ったが深追いはやめた。

「こんなヤツだ」

暗黒院は iPhone の画面を小鳥遊に見せた。フォロワー数が５０００ほど、文芸界隈ではそこそこの有名人らしい。小鳥遊もじぶんの iPhone で〈中平和〉を検索すると、Wikipedia のページが検索トップに出てきた。

「最近はＳＮＳで目立つ編集者も増えてきたんだ。良くも悪くも目立つけど、妾が世間に忘れられていないのは彼がネットでがんばってくれているからとも言えるよ」

一二三と一色緑がデビューした当時、中平は入社二年目で純文学系文芸誌〈海豚〉の新米編集だった。典型的な文学青年で、特にトマス・ピンチョンやドン・デリーロなどのアメリカポストモダン文学を愛読し、一二三の『重力の極光』を新人賞最終候補に引っ張ったのは彼だという。一が夏目賞を受賞後にいったん文芸編集を離れ、数年前に総合エンタメ雑誌の〈小説ケバブ〉に異動し、一色緑が復活する契機を作った。

「その中平さんなら、もしかしたら一色さんの居場所がわかるかもですね」

「知らないってさ」一は言う。「それに今日来るもう一人だが、こっちも一色緑と繋がりがある」

「どういうヤツだ？」

「本場元《ほんばはじめ》。最近大手出版社から独立した編集者だ。去年自社の文芸誌を作って、これがなかなか好調でね……中平氏から聞いたところでは、一色緑の原稿を持っているとかいないとか」

本場は昨年、出版社を立ち上げた。その最初の仕事として行ったのが季刊文芸誌〈野郎時代〉の創刊だ。純文学とエンタメの越境を掲げた総合文芸雑誌を銘打って自身が編集長を務める。本場だけのいわゆる一人出版社で、フリーランスの編集者を業務委託で集めて制作しているという。

「文芸誌なんてなかなか売れるご時世じゃないんだけど、文芸好きからの評判は良い」一はIQOSを取り出したが壁紙の〈禁煙〉の文字に視線がぶつかり手を止めた。「何はともあれ情報だ。麻雀でも打ちながら気楽にはじめよう」

「あの、麻雀って三人でできるんですか？」

「できるにはできる」と暗黒院。「でもまあ、店員に入ってもらうか」

小鳥遊の視界の隅でキメ顔の行き場がなくなった女性誌セックス特集号私物男性がひとり孤独に黄昏《たそがれ》ていた。

「そういえば壁の染みの話、途中でしたね……」

「ああ、アレはだな」一はポケットのなかからガムを取り出した。「人糞《じんぷん》だ」

「なんでそうなるんすか」

「簡単な叙述トリックさ……」

「叙述トリックなめんなよ」

暗黒院が緑色の右眼を光らせた。光らせたといっても実際に光ったわけではなく、光ってる感のある勢いでグワッと見開いた感じのアクションという意味である。少なくとも小鳥遊には彼が脳内でそういうつもりであるのを、顔にあてがった手の、ピンと伸ばした指先に込められた力から容易に察することができた。こんな能力いらねぇよと思う。

「つまり〈ぼっちゃん・哲〉と〈土佐犬〉は下半身丸出しで麻雀を打っていたわけだ」

「なんでそんなことを……」

マジでなんでそんなことをしたんだろうな、と小鳥遊は思った。

「男の沽券に関わるのさ……」女性誌セックス特集号私物男性が哀愁漂う表情で呟いた。「オーラスで役満をカマされて負けた〈土佐犬〉がショックのあまりヤッちまったんだ」

男は過去この場で起こった惨事を思い出したのか涙を流した。

「ナァ、哲……なんで死んじまったんだ……」

二秒ほど至近距離で染みを見つめると無神論者を体現した極めて雑なやりかたで十字を胸元で切り、そっと指で撫でた。

「〈ぼっちゃん・哲〉って死んだんですか？」

「ああ」一が答えた。「三年前に、新宿の雀荘で何者かに毒を盛られてな……口からゲロと血を、肛門から糞《くそ》をぶちまけて死んじまった」

「麻雀に取り憑かれた男たちはこぞって腹が緩いみたいだな」暗黒院が静かに目を閉じた。

上下の瞼をこじ開けるようにして涙が滲み出した。一筋の涙が頬に轍をつくり、顎の先から重たげな楕円球となってはなれた刹那、カタン、と軽い音が弾む。床に暗黒院の iPhone が落ちた。そこには〈平和　脱糞〉でググった画面が映っており、まもなくディスプレイのバックライトがひとつの時代の終焉《しゅうえん》を悼むように音もなく消えたのだった。

5

その後、三人は例の男性店員を加えた四人で麻雀を打った。

つい最近はじめたばかりでネット対局の経験しかない小鳥遊にとって、リアル卓の麻雀はじぶんが知っている麻雀とはまったく別の競技だった。ツモった牌の並び替えはじぶんでやらなくちゃいけないいし、誰も聴牌とか振り聴を教えてくれないいし、いまじぶんがどの役を目指しているのかもわからなくなってくる。もちろん思うように勝てない。と言うか、アガれないのは当然として振り込むこともなく席を埋めているだけの状況に、じぶんはここに居ながらここに居ないような、そんな気持ちになった。ゲームに参加できていない。それは孤独だったけれど、ゲームとゲームのあいだ、牌が卓の下でかき混ぜられぶつかり合う音は心地よかった。

その後、色々あって暗黒院はその店員が〈土佐犬〉その人であることを看破、立直一発タンピン三色同順ドラ1裏ドラ2を直撃させ、男は腰掛けていたパイプ椅子から吹っ飛び脱糞した。パンツの外には一欠片《ひとかけら》も逸脱しない完璧な脱糞だった。

たっぷり三半荘におよんだエキシビションが終了し、時刻は二十一時半。少しずつ勝てるようになり本物の牌を打つ喜びに目覚めつつあった小鳥遊は上がりきったテンションを抑えきれず軽くシャドウボクシングをしながら街を歩き、三人は二駅先にある中平が住むタワマンを目指す。

「編集者って儲かるんですか？」

小鳥遊の質問に、一は首を横に振る。

「まぁサラリーマンだからな。会社にもよるが、強いて言うなら中平は大手だから中小出版社に比べたら待遇は良い方なんじゃないか？　独身だし、使える金もそこそこあるっぽい」

曰《いわ》く、タワマンに住んでいるのは作家のためらしい。担当作家のなかでタワマン住まいの主人公の小説を書いている人がいて、その取材協力も兼ねて最近引っ越したとのこと。賃貸契約で、来年には出て行く計画だそうだ。

「にしても、そこまでしますかね？」

そして歩くこと十分、予定時間の二十二時の二分前。予定なら駅から五分だったが、曲がり角をひとつ間違え、タワマンの周りをぐるりと一周してから三人はエントランスホールの入り口に到着した。一が iPhone で部屋番号を確認して、インターフォンのテンキーに数字を入力すると、十秒ほど間があって自動ドアが開いた。

「ん？」

敷居を跨ぎながら一が首を傾げた。

「どうしたんです？」と小鳥遊。

「いや、なんか妙な予感がしてな……」

「一は中平と付き合いは長いのか？」暗黒院が訊ねる。

「長いは長い」一が応える。「しかし、そこまで親しいワケじゃない。あくまでもビジネスパートナー。こういうプライベートな場に呼ばれたのははじめて」

「なにがおかしいんですか？」

小鳥遊が問う。

「お前、はじめて家に来る人間がインターフォンを鳴らしたらどうする？」

「そりゃ……なんでしょう？　挨拶ですかね。部屋が合っている確認を取れる程度の会話があった方が良さそうだし」

暗黒院は頷く。

「一はここに来るまで少し道を間違え、部屋番号も覚えていなかった――おそらくはじめて来たんだろう？」

「ああ」一は頷いた。「担当編集の自宅に来るなんて、ふつうないからな」

「はじめて来た取引先の人間を出迎えないなんて常識的にちょっと考えづらい」片目カラコンの黒衣の男が常識を語る違和感の方がすごい、と小鳥遊は思った。

五機あるエレベーターを待っていたのは三人のほか、七分丈のパンツを穿《は》きジャケットを羽織ったノーネクタイの若手起業家風の男性が一人。程なくしてエレベーターに乗り込むと、五階で一度止まり男性が降り、中平の部屋がある三十三階を目指してふたたび上昇をはじめた。

「そう言えば暗黒院はね……わたしの家に来たとき、もうそれはそれはヤバいくらいキョドり倒していて、もうなんか敷居を跨いだだけで発情しちゃうんじゃないかってくらいのキモさだった」

「なにそれめっちゃ聞きたい！」と小鳥遊。

暗黒院はムスッとしながらエレベーターの階数を表示しているディスプレイを凝視していた。

「それで暗黒院、部屋に来てからわたしのパソコンでYouTubeの〈星のカービィースーパーデラックスＲＴＡ〉動画を無言で見まくったあと、ノーモーションからいきなり告ってきた……もうなんか、目とかギンギンに充血させてな……」

「目をギンギンに充血させた男子高校生に告白されるのって、わたし的にはちょっとしたホラーですね」小鳥遊はちょっと考えてから言葉を続けた。「たぶんないとは思うんですけど、それで……付き合ったん……ですか？」

暗黒院はエレベーターの階数を表示しているディスプレイを凝視していた。

「それは乙女の秘密ってことにしておこう」一は微笑んだ。

「田中さんにすら青春があったなんて」小鳥遊はエレベーター内部の酸素濃度を著しく変えてしまうほどの深いため息をつく。「……なんか凹《へこ》みます」

「まあ小説のネタにはなったな。『ぶちかましたい背中』っていう中編で、二回目の夏目賞候補にしてもらったけど、落選」

さすがにふざけすぎたのか、選考会では票がひとつも入らなかったと一は言う。

「ギャンギャン鳴るぜ……」暗黒院が指をポキポキならした。「さびしさがな……」

小鳥遊が暗黒院の背中を躊躇《ちゅうちょ》なく蹴り飛ばすとエレベーターは止まり、扉が開いた。暗黒院は蹴られた反動を使って勢いよく飛び出し、扉を出て右に進んだが、逆だよ、と言う一の声にビクつきながらふたりの後に続いた。一は中平の部屋のインターフォンを押す。返事の気配はなく、暗黒院がドアを引くと鍵はかかっていなかった。

扉を開くと三人の前にひとり立ち尽くす男の背中があった。

その壮年の男性はゆっくりと振り向き、声を震わせた。

「俺じゃない……」

暗黒院は靴を脱ぎ捨てると走り出し、男を押し退《の》けてリビングへ入る。

小鳥遊が続き、一が続く。

その光景を目にした三人は絶句した。

リビングには椅子に腰掛けた男が雀卓に伏せた格好で青白い横顔をのぞかせていた。

両目の瞳孔は開き、口から垂れる泡だった血。

卓には雀牌が散らばっていたが、その男、現代文学ジャッジマン・中平和の亡骸の手元には十三個の牌が綺麗《きれい》に並んでいる。

〈緑一色〉で聴牌、〈發〉待ちだ。

「俺じゃない……俺じゃないんだ……」

ひとり立ち尽くしていた男、本場元は壊れた玩具のように繰り返していた。

6

畑中千穂にとって人生が変わった確信を得られたのはデビューが決まったときではなかった。

それはその九十日前の電話だ。03からはじまる知らない番号がスマホのディスプレイに表示されたとき、全身の毛穴が開くような感覚に襲われた。これが噂《うわさ》に聞くアレか——震える指先で画面を撫でると、中平と名乗る文芸誌〈海豚〉の編集者の声がある。どこか、遠くの世界で鳴っているような音だった。その電話で新人賞の最終候補に残ったという報《しら》せを受けた。

小説を書いているなんてリアルの生活では誰にも言っていなかった。ましてや新人賞に応募するなんて、恥ずかしいことだと思っていた。小説家になりたいという自意識はヤバい。なれるわけがないなんてじぶんが一番わかっているつもりだったし、それでも新人賞に応募するという行為が、みずからの恥ずべき姿を確たるものにしてしまう。

手元を離れた原稿の行方を忘れたことなんて一日たりとてなく、気がつけばネット掲示板の新人賞スレにアクセスしてしまうじぶんに何度も嫌悪した。受賞作の傾向、下読みと呼ばれる予備選考をおこなう作家・批評家・書評家の特定、どの賞は何月何日あたりに最終候補者に電話がかかってくるか、そうしたゴシップを知りたくもないのに読み、憶えてしまう。受賞者の多くは「応募したことすら忘れた頃に電話がかかってきた」と後年エッセイやインタビューで懐述しているのを見ると、そうでないじぶんには小説家の資質がないのだと思い知らされるようだった。

千穂はやりたいことなど何もないことに気づいてしまった。周りが大学に行くから進学という選択肢を選んだだけで、法学部に進学したのは単に偏差値が文系学部で一番高かっただけで、大学も知名度で選んだだけ。十八歳になって親元を離れたはいいが、それまでじぶんがじぶんの意思で選んだものって何？　何ひとつない。そしてその悩みすら、うんざりするほどありふれたものであるのは明らかで、この悩みすらじぶんの問いではない。悩めば悩むほど、じぶんが誰かの物語のなかで名前すら与えられない背景キャラクターでしかなくなってゆく。

じぶんの物語ですら主人公になれない少女。それが畑中千穂だった。

何かをはじめるには金がいる。入学式の翌日にはコンビニのバイトの面接を受け、さらにその翌日にはレジに立っていた。しかしその三日後には熱を出してバイトを休み、一週間後にはシフト表から名前が消えた。次は居酒屋のホールに入ったもののやはり一週間もたず、その次の塾講師でじぶんは対人折衝に向いていないことに気づいた。ゴールデンウィークが明けると大学の講義すら面倒になって丸一ヶ月アパートの自室で眠り続け、ようやっとベッドから重い身体を持ち上げると金曜と土曜の深夜の倉庫でピッキングをはじめた。これは性に合っていた。

千穂はこれを天職だと思ったが、その理由が徹底した無個性にあるからではないかと思考が及ぶとひどく落胆した。まだじぶんは何も動き出していないけれど、誰とも接することなくひとり黙々と作業を進める快感を得れば得るほど、いかにじぶんという人間が交換可能であるかを否定できなくなる。それを振り払おうと千穂は仕事に没頭した。週二回のシフトを五日に増やし、一日の作業量を数えた。一日の労働で吐き出される数字は着実に伸びていき、彼女はエクセルでその数字を記録しはじめる。グラフを書く。生産量前日比が伸び悩むと反省点を洗い出し、次のシフトに備えた。ここにも快楽があった。ミッションをこなしていく快楽だけでなく、文字を指先から吐き出していくという新鮮な快楽もあった。数字と反省のメモには業務に無関係な内容も記されるようになる。その日食べたもの、その味、大学の授業、友人とはいえないほどの知人としたやりとり、眠りのなかで見た夢……

三ヶ月もすれば生産量は頭打ちし、それは物理的な限界によるものだとすぐにわかった。もうグラフも反省も書く必要などなくなったが、千穂は記録をやめなかった。記録からは反省が消え、それから数字も消え、日々のできごとと所感だけが残った。それを日記というのだと彼女は数字が消えて一週間後に気づく。前学期の単位を半分落として迎えた夏休み、実家にも帰らず週六日シフトに入るなか、彼女は、この日記はもしかしたら小説なんじゃないかとふと思う。小説などほとんど読んだことはない。小説家になろうとするのは恥ずかしいことだと思っていたし、事実、中学や高校で小説を書いていた同級生なんて例に漏れず肥大化した自意識をブン回しまくる、見ているこっちが恥ずかしくなるような人間ばかりだった。

しかし、これが小説と呼べるなら、じぶんは小説を書ける。

もはやバイトは身体が覚えてしまっていて頭が暇だった。ただ覚醒だけしている脳を使って、その日からエクセルを永久に閉じ、ワードに縦書きで文字を記すようになった。

そうして最初の小説ができたのは秋だった。

千穂は前々から読み方が分からず気になっていた――しかし調べるほどでもない――アパートの目の前にある中華料理屋〈緑一色〉の語順を変えた〈一色緑〉をペンネームにして、新人賞に応募した。送り終えると翌日からまた新しい小説を書きはじめ、毎月一作仕上げるとその月の適当な新人賞に送り続けた。年明けに最初の賞の予備選考結果が雑誌で発表され、一次選考さえ通過していないことを知る。じぶんの文章は小説ではなかったというジャッジが下された。しかし千穂の身体には小説と呼べるかどうかわからない文章を書く快楽が、すでに習慣として染みついていた。じぶんの文章が小説ではなかったなら、じぶんの文章を小説にしようと考えた。落選作を小説投稿サイトにアップし、たまに付けられるコメントを読み、どう書けばじぶんの文章を小説として読んでくれるのかを考えた。薦められた小説はすべて購入して読んだ。書籍費が増えていき、大学二年になった春にはバイト代のほとんどを書籍に費やすようになっていた。

そしてついに念願の予選を通過する。書店で雑誌を立ち読みすると、海豚文学賞の二次選考通過者に〈一色緑〉の名前と作品名が掲載されていた。結果は落選だったが、彼女はじぶんの文章がようやく小説になったんだと手応えを得た。

すぐに雑誌をレジまで持っていき、購入すると誰に見せるでもなく写真を撮り、小説投稿サイトとTwitterのプロフィール欄に「海豚文学賞二次通過」の文字を書き加える。その文字列が彼女には誇らしく、じぶんのプロフィール欄のスクリーンショットを撮ってスマホの待ち受け画面に設定した。敗北の中で摑《つか》んだ勝利の全能感に酔いしれていた。

しかしそれ以外は散々たる結果だった。一次選考すらまったく通過できなかった。

それまでは落選を知るたびにじぶんの筆力の至らなさを反省していたが、日本の純文学で最も権威ある新人賞のひとつである〈海豚文学賞〉の二次選考を通過したじぶんの力が正当に評価されていないと憤りを感じるようになった。そんななか、新人賞の下読みをしているという書評家のTwitterが目に飛び込んできた。

「新人賞の一次選考を通過できない作品はそもそも日本語が書けていない」

「起承転結やキャラクターの基礎がなっていない」

「伏線が回収されていない」

「読者を楽しませようとするサービス精神がない」

すべて「ない」で終わる新人賞下読みジャッジマンのツイートは小説界隈で広く拡散されて話題となったが、そのすべてが千穂にはひどく不快だった。お前に小説なんか教えてもらいたくねぇよと思った。千穂には実作者としての誇りがあった。その誇りにかけて、新人賞下読みジャッジマンを成敗するのが文学的正義だと思った。

そして千穂がおこなったのは例の書評家の指摘通りに小説を書くことだった。

それまでは思いついた言葉を思いついた順に並べていき、後ろに並んだ思いついた言葉の群れが次に思いつきそうな言葉を探すようにして文章を書き、それを〈小説〉とじぶんで呼んでいたに過ぎなかった。これではいけない。ずっと前から心の裡《うち》でなんとなく勘づいてはいた。しかし、実際にそれを外野に言われるのはめちゃめちゃ腹が立つ。だからこそ徹底的に相手の流儀に合わせて、つまるところ〈相手のルール〉で小説を書き、それがいかにつまらないかを証明したい。わたしが正しい。わたしこそが小説である。プロットや人物プロフィールを徹底的に練り込んだ

小説がどれほどつまらないかを教えてやる。彼女は全身全霊をかけて実作に取り組んだ。

するとアホほど予選を通り出したのだった。もはやアホそのものと言うべき破竹の勢いで雑誌に名前が載りまくった。そうして彼女はこれまでのじぶんこそアホのなかのアホを体現したアホだったのだと確信し、膝から崩れ落ちた。

新人賞下読みジャッジマンは正しかった。試合に勝利しながらも、彼女は勝負で大敗を喫した。というか、受賞はおろか最終候補にも残っていなかったので完全な敗北だったのだ。

誰しも生まれながらに〈才能〉がある——かつて大人たちが口々に言った言葉。

ほんの数年前だが、まだ制服に身を包んでいた時期のことがずいぶん遠いむかしに感じられた。遠近感を喪失した記憶のなかで、それは大人が大人たる無責任ゆえに発せられた言葉なのだと理解する。子どもに希望を与えながらその責任を取らずに済む魔法の言葉。ブランケットを深く被

ってその言葉をじぶんの舌先で転がしながら、世の中にはどんな才能があるだろうかと頭を巡らせた。小説の才能、物語の才能、文章の才能、金儲けの才能、学問の才能、料理の才能、掃除の才能、会話の才能、他人に気に入られる才能、賭け事の才能、恋愛の才能……などなど挙げ出せばキリがない。むかし小学校で流行ったリコーダーを積み上げてその高さを競う遊びで千穂は無類の強さを誇ったが、もしそれが自身に生まれながらに与えられた才能ならばこの人生は詰んでいる。高く積み上げたリコーダーにできるのは崩れることだけだ。

もしかしたら、と彼女は思った。

わたしの〈才能〉は〈努力〉なのかもしれない。

そして〈努力〉とは何かを考える。

じぶんの少ない経験のなかで夢中になれたこと——本気になったことは——反復的な修練を通して成績を伸ばすことだ。第一志望は叶わなかったけれど模試の成績は上げられるだけ上げることに成功したし、ピッキングのバイトだってそうだ。小説も、箸にも棒にもかからなかったところからトライアル・アンド・エラーの積み重ねでもしかしたら受賞できるかもしれないという妄想が妄想ではないだろうというところまで来た。

わたしには表現の才能はない。物語も、文章も、小説も、それらに直結する才能はない。しかし、誰の目にも触れないところで、特定の評価指標を最大化する才能ならなくはない。それは天才とはいえない水準かもしれないが、少なくとも適性はある。〈努力〉とは、〈才能〉を持たない者が〈天才〉に擬態できる唯一の方法だ。

応募した新人賞の選評はどれも穴が開くほど読んだ。どの賞でも、〈新しい才能〉や〈新規性〉

という言葉が必ず現れているのに彼女は気づく。が、受賞作を読んでみると、どの作品にも見たことがない新しさなど彼女が読む限り確認できない。

小説に〈新しさ〉なんて存在しない。

それが辿り着いた結論だった。あるのは〈新しい〉と感じたい人々の欲望であって、読み手の欲望を真に受けた応募者が砂漠の中で喉の渇きに飢えながら見る蜃気楼《しんきろう》のような〈新しさ〉に挑戦して自滅しているだけの現実。**わたしには特別な想像力なんてない。経験したことを記録することしかできないのだ。**小説で彼女は〈新しさ〉を〈天才の幻想〉と呼び、それと戦う決心をした。小説の評価は加点方式じゃなくて減点方式で、失点をゼロにすれば必ず勝てる。これまでのミスは加点思考による自滅に過ぎない。そうして完成したのが『雨宿り』という中編だ。その作品でついに編集者からの電話を呼び寄せた。

人間の声は小説投稿サイトに寄せられるコメントとはちがっていた。じぶんの文章が現実世界の地続きで他者の手に落ちたたしかな実感があった。**わたしは変わる。**千穂はそう思った。何者でもなかったわたしは、これから何者かになる。通話を終えた彼女は受賞を確信していた。

そして彼女は受賞し、小説家〈一色緑〉になる。

しかしその運命は、彼女が思い描いていたものとはあまりにも違っていた。

7

小鳥遊が通報し、警察がやってきた。そこには見知った顔もある。前々から付き合いのあった中年の刑事・聖山正義《ひじりやままさよし》がいた。

聖山と暗黒院の付き合いは三年ほどになる。当時、暗黒院の依頼主が何者かに殺害される事件が起こり、そのとき事件解決に深く関与して以来、たびたび事務所に訪れることがあった。

小鳥遊にしてみれば、事件そっちのけで無関係の事実ばかりを暴き続ける暗黒院が警察の人間が一目置くほどの成果をだしたとはにわかに信じ難いが、まぐれか奇跡か勘違いかで彼が過大評価されるのは一応想像できなくはない。だからといって捜査かサボりか知らないが、こんなコスプレ野郎のところにちょくちょく顔を出してはコンプライアンス的に問題がありそうな情報をしゃべり散らかすこの男のことを小鳥遊は信頼できずにいる。

聖山から得た情報はこうだ。

被害者は中平和。死因は薬物による中毒死。現場には麻雀マットを敷いたテーブルにワインが注がれたグラスがふたつあり、指紋が出てきたのは中平のグラスから中平の指紋のみ。そのうち被害者の手元にあったものからヤバい毒《yabai-doku》が検出された。

「ヤバい毒？」

小鳥遊は問う。

「ああ、ヤバい毒《yabai-doku》だ」

と塩を舐《な》めた山猿みたいな顔面の聖山。

「最近流行りの殺人鬼御用達の毒物だな」

暗黒院がいつのまにか付け直した眼帯を手で撫でている。取るか取らないか悩んでいるっぽい。

「ポーランドの在野研究者ヤバイ＝ドク・スグニシヌが開発した薬物、学名〈yabai-doku〉だ」

暗黒院の言葉を遮って一が解説する。「人間の致死量は〇・〇三ミリグラム。経口摂取後に約十秒で昏睡《こんすい》状態となり、一分以内に死に至らしめる猛毒だ」

「よく知っているな」聖山は目を丸くし、一の足のつま先からピッチピチの黒光りしたボディスーツを舐め回すように見た。「そこの別嬪《べっぴん》さんは？」

「妾は一二三。最近だとヤバい毒はミステリでもかなり多用されるから、職業上知ってはいる」

「職業上？」

「小説家の大先生だ」暗黒院が眼帯から手を下ろす。「もっともミステリではなく、純文学だが」

「ミステリをお望みなら明日にでも原稿は出せる」一は余裕たっぷりの表情を見せる「どうする？」

「お前の小説だけは読まない。てか、俺がもらってどうすりゃいいんだ？」

暗黒院の言葉に小鳥遊は引っかかる。やはりこのふたり、過去に何かあったのだ。

「イチャつくのも商売の話もあとにしてくれ」聖山がうんざりしながら頭を掻きむしった。

「イチャついてなどいない！」声を荒らげる暗黒院。「お前といると調子が狂う……」

「いつ調子が良いんすか」と小鳥遊。まぁ、たしかにいつも調子が良いのだけれど……

「相変わらずかわいいな、暗黒院」

一が薄ら笑う。

「とりあえず確認させてくれ」聖山がため息をつく。「そこの黙ったまま震えている男もだ」

本場は四人から離れたところで相変わらず「俺じゃない」と何度も呟きながら怯えている。

それから四人は警察署に連れて行かれ、聖山の取り調べを受けた。終わったのは深夜二時。起きているだけで拷問みたいなこの時間でも本場はまだ取り調べを受けている。小鳥遊は事務所に泊まることにした。シャワーもあるし着替えもある。暗黒院がタクシーに同乗して送る。

「聖山さんが親に連絡したんですけど、勝手にしろって」

「いくらなんでも放任すぎるだろ」

暗黒院から鍵を受け取りながら、小鳥遊は首を横に振る。

「放任じゃなくて放置なんですよ。ウチは。まぁ、今日は帰らないとは夕方に LINE してましたけどね」

「そうか」

暗黒院はその一言でとどめ、深く立ち入りはしなかった。

小鳥遊はそれが少しさみしい。

聞かれたところで詳しく話したくはないけれど、話したい気持ちはゼロじゃない。彼は他人の黒歴史には過剰な興味を持つけれど、現在進行形の、まだ歴史にもなっていない事件についてはどうなのだろう？

解決前の事件は歴史じゃない。小鳥遊は考える――ならば事件を解決に導く探偵は、事件を歴史に変える存在だ。わたしの家族問題はまだ歴史じゃなくて、なんでもないコミュニケーションの不具合も事件なんて呼べるほど大袈裟《おおげさ》なものじゃない。だけどわたしにとっては切実で、きっと、これはわたしが長い時間をかけて生をまっとうするなかで歴史になる。じぶんで歴史にして、他人に笑い話として話せるようにならなくちゃならない。小鳥遊はそう思う。暗黒院はだからこの謎を解いてくれないのだ。それが彼なりのやさしさなのかは知らないけれど。

暗黒院が立ち去ると、小鳥遊の翠色の左目から涙が一筋溢れた。
この左目は、右目よりよく泣く。

ブラインドの隙間から光が射し、子猫のようにソファでブランケットにくるまっていた小鳥遊の顔面に直撃する。傍らに転がった臍《へそ》の緒《お》みたいな充電ケーブルに繋がったiPhoneを見ると朝の九時。学校⁉ と一瞬焦ったが、遅れて「日曜日」の文字が目に入り、安堵《あんど》する。

家に帰りたくはなかった。というかできるだけ家にいたくないから、いつも家にいなくていい理由を探しているようなものだ。だからといって学校は居心地が良いとはいえなくて、この事務所のボスはなんかよくわからないけれど、いわゆるサードプレイスとしてありがたい。

顔を洗い、着替え、コーヒーを淹れ、パソコンを立ち上げて〈一色緑〉を検索した。デビューから十二年と半年、刊行書籍は三冊。〈麻雀探偵・嶺上花〉シリーズが二冊と、デビュー作『雨宿り』。デビュー作はもともと雑誌掲載のみで単行本にはなっていなかったが、麻雀探偵が大ヒットしたのをきっかけに本になった。〈ベストセラー作家の幻のデビュー作！〉というヒットにかこつけた厚かましいキャッチコピーが添えられたその小説を小鳥遊は電子書籍で購入した。事務所のカードで費用は落ちる。

小鳥遊は『雨宿り』を読む。コーヒーを飲みつつブラウザ上のページを右へ右へとめくるにつれ、コーヒーに手が伸びる回数が減ってゆく。文章は短く簡潔で読みやすい。だからといって陳腐ではなく、表現的な意匠が一文単位で施されているのが素人目にもわかる。物語はタイトルの通りで、突然の雨に見舞われた少女が、雨雲が頭上を通過するまでの一時間の出来事だ。自宅かい、互いを重ね合うようにしてらそう遠くない、しかし一度も行ったことがない公園が舞台で、彼女は三人の男女と出会い、互いのエピソードを——人生と呼ぶほどでもない些細《ささい》な来歴について、互いを重ね合うようにして語りあう。会話のなかで呼び起こされる記憶が次第に混濁し、誰のものか判然としなくなる。他者の記憶であり、わたしの記憶。

小鳥遊はそれを知っていた。

もちろん読むのははじめてで、事前の知識はなにも頭に入れてなかったし、過去に読んだ何かに似ているわけでもない。それでも彼女は知っていた。知らなかったけれど、知っている記憶を呼び起こすような感覚が読んでいるさなかに立ち上がってきた。

「どう？　おもしろい？」振り向くと、一が戸口に立っていた。「鍵、開いてたから」

「難しいことはわかりませんが……」小鳥遊は言う。「なんて言うんでしょうか。とても懐かしい感じがしました。ここに書かれている記憶が、なんだかじぶんのものみたいな、そんな懐かしさ」

「それは共感っていうんだ」一が緩慢な足取りで小鳥遊の方へ歩み寄る。「古臭くて新しくない、だけれども良い小説を読んだっていう感覚を与えてくれる、詐欺師の手法」

「詐欺師の手法……」

「そう、詐欺師の手法」一は言う。「妾たちはね、ほんとうに新しいものを読めるほど知的じゃないんだ。それは素人とかプロとか、どれだけ小説のことを知り尽くしても変わらない絶対的なもの。小説家はね、新しさを捨てたとき、はじめて書いた文章を小説にできる。ただそれは小説ですらないものを小説だと思い込ませることができるってことなんだ。そうやってしまった時点でもう文章はどうしようもない偽物で、書けば書くほど逃げられなくなる。共感を書いている限り、妾たちはほんとうに新しい小説を決して書けない。それこそ小説家が嘘つきで、詐欺師である所以《ゆえん》。レトリックだよ」

「難しいですね」

小鳥遊は作り笑いをした。

「難しい仕事さ」一は苦笑する。「ほんと、やってらんない」

「ひとつ訊いていいですか？」

小鳥遊は真面目な顔をした。

「ひとつだけなら」

「一さんと一色さんは詐欺師なんですか？」

「ずるいよ」一は声を出して笑った。「ひとつの質問でふたつの答えがいるじゃないか」

「わたしなりのレトリックです」

「詐欺師の手法だね」一は小鳥遊の肩に手を乗せた。「じゃあひとつ、お話をしてあげる。ひとつの回答ですべてに答えてあげよう」

「お願いします」

「知り合いにある男がいてな。そいつは瀬戸内海の小さな島で生まれ育って、大学に出てくるまでの十八年間、その島の方言を使って生きてきた。上京してすぐに塾講師のバイトをはじめたんだけど、子どもたちには方言が怖くて、教えかたこそ悪くないんだけど、さすがに話し方をなんとかできないかって教室長に言われたんだ」

「怖い方言……」

「漁師町だったんだ。なにかと濁音が多くて、それが威圧的に聞こえたんだろうな。そこら辺が気になるならソシュールとか適当なものを読んで確認するといい」そこで一息ついて、続けた。「そこで日常生活から彼はできるだけ標準語を意識的に話すようになった。もちろんすぐには直らない。直るというのもおかしいな、なにせ彼にとって標準語なんてテレビやラジオやインターネットの言葉だったんだから習得を試みたと言った方が正確だ。何が方言で何が標準語かも単語レベルでわからないものもあるし、イントネーションもぐちゃぐちゃだった。子どもたちは笑ったし、仲間内でもイジられた。すると彼の口数は減った。最低限のことだけ必要に応じて話し、どじぶんで確信の持てない言葉は決して使わなかった。おしゃべりで陽気な奴だったが、寡黙でどこか暗い奴になった。そうして一年が過ぎ、彼はまた喋るようになった。完璧な標準語でな。するとまたおしゃべりで陽気な男に戻った。しかし、言葉以外にひとつ変化があった」

「変化？」

「じぶんが島にいた頃の記憶をすべて失ったんだ。どうにも思い出せず、男はじぶんの過去を大学の友人に聞いて回った。かつて方言でおしゃべりで陽気だった頃、じぶんがなにを話していたかを。しかし誰もほとんどなにも思い出せなかった。どんな言葉でなにを喋っていたのか、ひとつたりとも。ただ、辛抱強く聞いて回ると、ようやく出身の島の名前を憶えている友人がいた。男はその島をググってみた――しかしそんな島は存在しなかった。家族もいない、過去もない、しかしじぶんだけがここにいる。そしてその状況に少なくとも彼は一切の不満はない。ただぽっかりと胸のうちにある空白に虚《むな》しさはあるけれど、それだけだ」

「そのひと、どうなったんですか？」

「死んだよ」

「死んだ？」

「そう、死んだ。妾が知っているのはそれだけだ」

「作り話……なんですよね？」

「小鳥遊ちゃんが決めたらいいさ」一は小鳥遊の肩から手を離した。「しかし小説家っていう生き物は、すべての言葉を真に受けている。〈現実イコール真実〉ってわけじゃないのさ。フィクションにだって真実はある。小説家は真実を信じているのさ。少なくとも妾はね」

「一色さんは？」

「一色はいささか信じすぎていた。現実に言われた言葉を言われた以上の意味で受け取りすぎていた。そうするとかんたんに恋してしまう。恋を知らなかった奴ほど特に……ね」

「恋、ですか……」

「乙女の秘密なんて、ひとつやふたつあるもんさ。一色緑は初恋が遅くて二十歳を過ぎてから。その相手が担当編集者の中平みたいなんだけど、全然気づいてもらえていなかったようだ」

小鳥遊はなにも言えなかった。喉元まで言葉が出かかっているけれど、出せなかった。

一はくるりと背を向ける。

「また来るよ。あのアマチュア中二病男にもよろしく言っといてくれ」

扉がパタンと閉められても、小鳥遊は呆然と扉を見つめていた。

8

昼過ぎになって暗黒院が事務所にやって来た。

日曜日くらい休めばいいのに、と小鳥遊は思わない。というのは毎日が日曜日みたいなもので、毎日が日曜日ならば日曜日は平日。馬車馬のように働けばいい、と小鳥遊は思うがそのツケは自身の労働というかたちで必ず返ってくる。

しかし当の彼は労働を労働と思っていない。無慈悲の女王たるグーグルの、時に理不尽でどこまでも合理的な検索アルゴリズムのアップデートさえ起こらなければ数ヶ月はなにもしなくても数百万円の利益が得られるし、そもそも探偵事業に利益らしい利益は見込めない。というか、ない。日曜日という平日がズラッと並ぶ暗黒院の脳内カレンダーに時々訪れる殺人事件は曖昧に交わされたランデブーといった趣で、どこの誰かもわからない恋人《犯人》との待ち合わせ日程をフィックスするのが最大の娯楽だ。世の常として恋というのは成就するまでの過程にミステリーとファンタジーが詰まっているが、会ってしまえば色褪《いろあ》せた現実。でもそのミステリーとファンタジーのために彼は事務所の洗面台で右眼に緑のカラコンをブチ込み、とっておきのおめかしをするのだ。

「朝イチで聖山のところに行ってきたんだ」

洗面所から出てくるなり暗黒院はそう言った。ということはつまり、カラコンをつけずに聖山刑事と会っていたってこと？　たまに暗黒院のキャラブレを垣間見るたびに、徹底できないならやめればいいのに……と言いたくなる。言ったら言ったで面倒になりそうだから言わないけれど。

警察は現在、先日から行方不明になっている一色緑こと畑中千穂を重要参考人として探している。死体の手元に残されていた〈緑一色〉から事件に関与していると見ているそうだ。

「つまり〈緑一色〉はダイイング・メッセージで、警察はそれを根拠に一色さんを犯人と睨んでいるってワケですか？」

「そうでもない」暗黒院は来客用ソファにドスンと身体を沈めた。「むしろ中平の発見状況から本場犯人説を有力視しているそうだ」

聖山がペラペラ喋ったところによると、本場が中平のマンションを訪れたのは暗黒院たちがやってくる十二分前。これは中平の自室のインターフォンの記録にも残っているし、エントランスの監視カメラにも本場の姿は映っている。そして本場の証言では、エントランスでインターフォンを鳴らしたときは、中平はすぐに対応した。つまり、この時点で中平は生きていたということになる。しかし、自室の前でインターフォンを鳴らしたとき反応はなかった。ドアノブに手をかけてみると鍵がかかってなくて、なにかがおかしいと思って本場は中に入った。すると、暗黒院たちが見た光景とまったくおなじ状態で中平が死んでいた。

「エレベーターから中平さんの部屋まではだいたい五分くらいですよね？　じゃあ十分ほど本場さんは中平さんの部屋にいたわけですが、なぜその間に警察に通報しなかったんでしょうか？」

「腰を抜かしてとのことだ。我々がインターフォンを鳴らしてようやく我に返って、なんとか玄関の自動ドアを開けたと言っているらしい」

「なーんか、わかるようなわからないような……って話ですね」小鳥遊は肩にかかるじぶんの髪の毛を指でジリジリいじり回す。「というか、そもそも本場さんにインターフォンで応答したひとって、ほんとうに中平さんなんですかね？　インターフォンだと家からは相手の顔が見えるけれど、相手からは家主の顔は見えないじゃないですか。なんなら私たちのときみたいに、喋らなくてもドアを開けるだけってのもできますし」

「中平のインターフォンのログには本場との短いやり取りが残っている。本場が名乗って、それから数秒後に返事をしている」

「インターフォンのログって相手の声しか残らないですもんね」

「とにかく本場は中平の声を聞いて、彼がこのときはまだ生きていたと考えている。そしてこの日のログに残っていた来客は二件だけ。21：46の本場と、21：58の我々だけ。エントランスの監視カメラのログによれば中平が帰宅したのは21：04だ。中平の帰宅から本場の到着までにエントランスを通ったのは住民が七人だが、全員にアリバイがあり、警察が到着するまでに外に出た者もいない。つまり――」暗黒院はソファから立ち上がって小鳥遊の位置から逆光になる位置まで歩き、顔の右半分だけを彼女に向けて言った。「あのタワマンは巨大な密室だった」

「密室……」小鳥遊は息を呑んだ。「自殺ってことはないんですか？」

「今のところ、遺書も見つかっていないとのことだ。ここで重要になるのが本場の証言だ。本場は、じぶんが来る前に中平の部屋には誰かいたと主張している」

たしかに現場にはビールを注がれたグラスがふたつ残されていた。一方はヤバい毒を飲んだ中平のもの。そしてもう一方には手をつけられておらず、中平の指紋のみ検出されたらしい。指紋は現場に散らばっていた雀牌や家具やドアノブからも中平以外の指紋は検出されなかった。

「じゃあ、四十六分から三十五階の部屋に着くまでのおよそ五分で、犯人は中平さんに毒を飲ませ部屋を出た……」

「いや、四十六分から五十八分までだ」暗黒院は言った。「本場が嘘をついている可能性もある。我々が着いた時点で中平はまだ生きていたというケースもなくはない」

「まとめると、中平さんは二十一時に帰宅し、そこから本場さんが来るまでに誰かが自宅に訪ねてきた。それもビールをふるまうほどの親しい人物だった。だけどログを見る限り外部の人間がタワマンに出入りした形跡はなく、中平さんの死体の手元には〈緑一色〉が残されていた。そしてアタリ牌の〈發〉は中平さんが握りしめていた……ということですね」

「そうだ。だから警察は一色緑を探している」

「なんか今日はいつもよりちゃんとしていますね」

「私はいつもちゃんとしている」暗黒院は顔を顰めた。「私はいつもちゃんとしている」大事なことなのか二回言った。

「だっていつもなら、このへんで被害者の黒歴史エピソード祭りをブッ放すじゃないですか？」

暗黒院は応えない。応えられないのか無視しているのかは小鳥遊にはわからないが、応えなかった。彼のことだから、千のアカウントによりネットに遍在する彼のサイバーパンク的実存を駆使した捜査によって、中平の過去はだいたい調べているに違いない。**デジタル《アカシック》・タトゥ《レコード》へのアクセス——名探偵とはそれが許された存在だ**——かつて彼はそう言ったが、猥雑《わいざつ》極まるネット空間には事実性が不確かなゴミ情報しか落ちていないようにしか小鳥遊には思えない。そういえばかつて、そんなことを直接聞いたことがあった。

情報の事実性が大事なんじゃない——暗黒院の口癖だ。大事なのは、そのときインターネットに刻み込まれた実存であり、当人の情念。たとえ書かれたことが事実でなくても、そこに書き込む人間の実存の痕跡が刻み込まれ、決して消えることはない。

奇《く》しくもそれは、今日の午前中に一二三が言っていたことに一致していた。詳しいひとにしてみれば言葉だけがおなじで真意はまったく違うのかもしれないけれど、どれだけ違うのかよりもどれだけおなじなのかが重要だと小鳥遊は直感する。似ているのは探偵と小説家か？　現実とフィクション？　あるいは暗黒院真実と一二三か？　やっぱりふたりはむかし付き合っていたのか、それともはたして。

暗黒院の沈黙は不気味に長く続いた。ここまで時間にして十秒、体感にして三年。そのあいだに小鳥遊は思春期のはじまりから終わりを通過して賢者になる。依然と続く沈黙は不気味さが愛しさになって切なさになり、心強さになる前に小鳥遊はグーに握った右手で左手の手のひらをポンと叩く。なるほど暗黒院は今、絶賛爆裂エモくなっている。もう数時間もすれば、知性と美貌を兼ね備えた天才プログラマーの16進法で刻む時限装置が発動するみたいに、夕陽が毒々しい蜜色で事務所を染め上げ、すべてがエモくなる。

「すまない、ちょっと……」

彼はなにかを言おうとしていたが、考えごとの最中に別の考えごとがやってきたように声はフェードアウト。脳みそに着想が殺到しているらしくどこか忙《せわ》しない。ブラインドの隙間に指をねじ込んでカシャっと開き、そこから外を覗き見ている。脳内のシチュエーションに酔っているのか素なのかはわからないが、午前中に調べてきたことに共感なり何なりがあったのか、それともその根っこを探っているのだろうか。どこかの小説家によく似た詐欺師の手法を使って。

その沈黙はそのまま一時間続き、そのあいだ暗黒院はおなじポーズでエモい感じを事務所の空気に垂れ流し続け、おなじ姿勢をとり続けるのに飽きたのか疲れたのか、その後はソファに座って怪我ひとつない右腕に包帯を巻き始めた。そして、

「この戦いが終わったら……」

と、なにやら深刻そうな顔つきになってあまりよろしくはなさそうなフラグをブチ立てると、急に何か思いついたのかフッと笑い、ハンガーにかかった黒いマントを引っ摑んだ。

「出かけるぞ」

「どこにですか？」

なんとなくわかっているけれど、聞いてやるのが礼儀ってもんだ。

「本場のところだ」

雰囲気的に同行しなければならないアレだったが、とりあえずは小鳥遊がまだ家に帰らなくていい理由ができた。

9

中平和が小説を読みはじめたのは小説を読まなかったからだった。

瀬戸内海に浮かぶ島に生まれ、反教養主義の土着的なモラルの環境で中学まで育つも、海や山を駆けずり回る少数の同級生たちにずっと違和感をぬぐえず中学までを過ごした。周りに比べて足も遅く、泳ぎも下手くそで、雑木林に入ってもクワガタひとつ取れない少年だったが勉強だけ

はやたらでき、受験期の担任は本土の進学校を薦めた。

「知性に関して君と競える子どもはこの島にはいない」

その担任は都会の出身で、中平の生活圏で島の方言を使わない唯一の人間だった。

「だから君が向こう三年でしなければならないのは、じぶんが知性で負けることだ。君は自信を持っている分野について圧倒的な敗北を経験すれば、じぶんが生涯をかけて戦うべきものが見つかるだろう。高校の三年間ってのは宿命探しにうってつけの時期で、これより早くても遅くてもいけない。君の場合は特にね」

どうしてわざわざ望んで苦汁を舐めなくてはならないのか中平にはわからなかったが、彼は担任の言葉をおもしろいと思った。俺は負けない。そこまでいうなら、俺はその環境で勝ち続けてやろうじゃないか。そう心に決めて彼は薦められた学校へと進学する。努力の仕方などわからなかったが、努力などしなくても県下一の進学校へ合格できた。

しかし、入学して早々に担任の予言は早くも的中する。最初の定期テストで彼は見事学年トップの成績を納めることができた。それはいい。だが、日常でなされるクラスメイトの会話にまったくついていけなかった。クラスメイトたちは箱のなかの猫の生き死にの話をし、飴《あめ》と鞭《むち》のもと自白を唆された二人の囚人の話をし、異国の音楽の話をし、モナリザに隠された暗号の話をし、百年以上前の小説の話をした。テストのときはテストの話をするがテストのときだけで、そんな時期だけしか会話にうまく入っていけないじぶんを情けなく思った。この情けなさが圧倒的な敗北というヤツだと彼は認識する。中学の担任はそれがテストの点での敗北だとはひとことも言っていなかった。ボクシングの試合では勝てるけれどストリートファイトでは手も足も出ない。そんな状況で得た学年首席は惨めさしかなかった。

そうして中平は本を読みはじめた。クラスメイトたちがする彼の知らない教養の話は彼にとっての新たな指標となった。彼ら彼女らの多くは都会の大学を出た親たちの教養を引き継いだもので、小さな島の漁師町に生まれ育った彼にはないものだった。家に本など一冊もなかった。彼は学校の図書室へ行き、たびたび耳にするドストエフスキーの小説を手に取った。『カラマーゾフの兄弟』を読もうとして挫折して、『罪と罰』を読もうとして挫折して、『地下室の手記』を読もうとして挫折した。読めなかった理由を長さと時代背景の違いだと分析し、彼は同時代の比較的短い国内作品に目を向ける。そこで辿り着いたのが国内で最も権威ある文学賞の夏目賞だった。

彼は最新の受賞作から時間を順に遡って読んでいった。一作目はおもしろくなくて、二作目はおもしろくなくて、三作目はおもしろくなくて、四作目が少しおもしろかった。そして五作目に確信を持っておもしろいと感じられた。

これはどういうことなのだろう、と中平は思う。じぶんの感性に偏りと呼べる傾向があるのは間違いない。しかしその傾向は一作目を開いてから五作目を閉じるまでにずっとおなじだったか？　五作目に絶対的なおもしろさの小説を引き当てたのか、それとも五作目の小説と感性が呼応したのか、あるいは五作の読書を通してじぶんが変わったのか？　わからなかった。小説を構成する要素としてどんな変数がどれだけあるかもわからず、それを特定する手立てもなく、翻って小説を読むじぶんをかえりみてもそうだった。何を根拠に、何を指標に良しとしたのかわからない。本を閉じて残ったのは、意味不明に身体のなかで震える情動だけだった。

二年になり、彼は散々迷ったあげく理系クラスを選択した。履修科目が多くなる理系を選択しておけば文転するにしても融通が利きやすいからだったが、ちょうどその頃、ある天文学者のエッセイが目に留まった。

「天文学をやっていると、よく〈好きな星座はなんですか？〉と聞かれます。しかし私は星座をほとんどなにも知らないし、聞かれるたびに特に興味を持ったこともないのだと気がつきハッとします。そしてつい最近、そのことについて考えてみたのですが、おそらく私が夜空に浮かぶ星座に興味を持てないのは、それが見えているからなんですよ。天文台で働きながら、思えば私は見えない星について考え続けてきました」

中平はこの言葉に心惹《ひ》かれたのだった。ほんの一年前まで、彼の世界は見えているものだけで作られていた。そして予言された敗北を喫して今、その眼に霊感が宿った。この世にあるすべての見えないものたちが、ひとの生き死にやひとのものですらない実存を超え、本をめくるたびにその所在が亡霊のごとく立ち上がってゆく。古きに息絶えたもの、まだ生まれてすらいない死者たる想念に導かれるようにして、中平はじぶんでも文章を書きはじめる。進学に際して買い与えてもらった携帯電話でじぶん宛にメールを送る。その日起こったことについて、読んだものについて、考えたことについてを。ブログを開設し、メール投稿で日々更新するようになる。誰に向けたのでもなく、大海へ向かってあるかどうかもわからない彼岸へとボトルメールを流すように。

映像的な世界が活字に塗り替えられてゆく。島の山間部にある有名なブラックバス釣りスポットのダムの片隅に打ち捨てられていたエッチなサムシングを拾うのをやめ、官能小説で自慰にふけった。なにか超えてはいけない一線を超えたような罪悪感が子ども心に影を落としたが、その影を見つめるさなかニーチェは言った。深淵《しんえん》を覗くとき、深淵もまたこちらを覗いているのだ。

中平は賢者のごとき知力と想像力を得て、この強大なるシコリティを賛美した。シコリシャスとさえ形容した。日に日に饒舌となり、抽象性の高い思弁を熱病におかされたがごとくふるう中平に、同級生たちは「アイツに関わるのはヤバい」と察知し、距離を置いた。高度に洗練された科学は魔法と見分けがつかないように、高度に洗練された知性は有害な狂気と見分けがつかない。

中平は難なく東京大学理科Ⅲ類に合格した。医学部進学が主流のこの進路において、中平は医者になりたい気持ちはほとんどなかった。ひとを助けたい気持ちや、ひとの役に立つことを不浄とさえ感じていた。日本最難関であるハードルを越える野心に突き動かされた選択であり、医者が嫌なら三年で医学部に進まなければ良いだけの話だった。

東京へやってきてすぐ、彼は満を持して小説の執筆に着手した。しかし、書けなかった。これまで通り日記は書けた。ブログは書けた。しかしどうしても小説にはならなかった。書きたいことがなかったから？　わからない。そのわからなさのために、彼はさらに本の虫になっていく。塾講師のバイトをはじめ、使える金も増えると書籍費に可能な限りつぎ込んだ。古典をはなれ、日本文学を離れ、答えを求めるように現代文学を読み漁《あさ》った。ガルシア＝マルケスを読み、ジョン・バースを読み、クロード・シモンを読み、イタロ・カルヴィーノを読み、ロベルト・ボラーニョを読んだ。そして小説を書くことを諦めた。創作という自由において、彼は自由になれなかった。創作にあったのは果てしない孤独で、それに彼は耐えられなかった。

彼は医学部に進まなかった。理学部物理学科に進み、宇宙物理学を志した。きっかけは高校のときに読んだ天文学者のエッセイだ。見えないものへの情動は消えることなく続き、表現における自由が果てしない孤独と等価と知ったこのとき、ならば自由とはなにかを知りたかった。原子さえ凍えて動きを止めようとする三ケルビンの広大な暗闇はまさに孤独だ。だから今度は孤独のなかに潜む自由を見つけたかった。少なくとも彼はそう思った。信じていた。自由を。知性を。世界を。生き死にを超えた生命を。実存を。

小説を読むのをやめた彼に訪れたのは、またもや敗北だった。卒業論文をかき、修士論文のデータも揃った修士課程二年の夏、中平は自身に宇宙への愛がないのを否定できなくなってしまう。繰り上がりで見出した志望は一位になれず、本当は一位を空位のままにしていたツケをいよいよ払わされることになったのだった。書けなかった小説のことを思い出してしまった。

いるんだろ、そこに。出てこいよ。

彼は胸の内に問うた。書きたかった小説は現れなかったが、代わりに出てきたのは読みたかった小説たちだ。俺は小説が読みたかった。彼は思った。俺は読んだことのない小説を読みたかったんだ。残らずすべての、読みたかった小説を見つけ出したかった。

彼は当初予定していた博士課程への進学をとりやめ、出版社に絞って就職活動を開始する。しかしもうすでに出遅れている。定員枠の少ない二次募集に片っ端からエントリーシートを提出し、年末になってようやく内定が出た。修士論文を提出し、彼は晴れて出版社に入社した。

最初の二年は週刊誌への配属だった。一癖も二癖もあるフリーライターとのやりとりに心身を削り取られながらもどうにか生き抜き、そして念願の純文学文芸編集部への配属が決定する。そしてはじめての新人賞選考で読んだ作品に心を動かされた。それは『重力の極光』ではなく『雨宿り』だった。

そのことに彼はひどく当惑した。自身の好みから言えば、前衛的な文体・構成を採用した『重力の極光』を推していたはずだ。しかし、心を突き動かされたのは古臭くてどこかで見たことのある『雨宿り』ときた。作者である一色緑に最終候補に残ったと電話をする前に、中平は『雨宿り』を再読する。二度読み、三度読んだ。そして彼はなぜこの小説がじぶんにとって特別だったのかを理解する。この小説はじぶんが読みたかった小説ではなく、じぶんが書きたかった小説でもなかったから。この小説は、じぶんが書いていたかもしれない小説だったからだと。

そして『雨宿り』は海豚文学賞を受賞し、一色緑が作家になる。

「見えないものを書きましょう」

授賞式の日、まだじぶんがどこにいるのかを理解できずにいた一色緑に彼は言った。

「見えないもの、ですか」

彼女は戸惑いながら彼の目を見た。

「そうです。見えないものを。見えないけれど、たしかにこの世界に存在しているものを」

手を差し出すと、一色緑はまぶたを下ろし、それからゆっくりと持ち上げる。

そして迷いのないまっすぐなまなざしで彼を見ると、差し出された手をとった。

10

暗黒院と小鳥遊がやって来たのは本場の会社オフィス。オフィス街に聳《そび》えるピッカピカの七十階建てのビルで、本場曰く〈バベルの塔〉から出版社をはじめたかったから。そこのスタートアップ支援スペースに事務所アドレスを取得し、いわゆるひとり出版社として事業を起こした。ちょうど一二三も来ていた。五つある会議室のひとつで、打ち合わせをしていたらしい。右と左、片目ずつ緑のコンビが探偵と助手と名乗るのを大いに笑い、一に「この子らで小説でも書いたらどうだ？」と言うも、一はいかなる返答もしなかった。異色虹彩《オッドアイ》のニコイチで扱われるのにもう慣れてしまった小鳥遊は、消えてしまった羞恥心へのノスタルジーを全開にした。

「今朝方まで取り調べを受けていたのに、ずいぶんと余裕なんだな」

　暗黒院が挑発的な質問を投げかけた。

「何が言いたいんだ？」

　本場の柔和だった表情が敵意と緊張に染まってゆく。

「仕事熱心だなと」

「ちょっと田中さん！」小鳥遊が暗黒院を諫《いさ》める。「ケンカしに来たんじゃないでしょ」

　暗黒院は表情ひとつ変えず、その眼はまっすぐに本場を見据えている。

「もともと今日は一二三さんとの打ち合わせだったからな。編集ってのは締め切り仕事だ。仕事の約束は何があっても守る。それが基本だ」

「どうだか……」一が口を開く。「一色緑の原稿をずいぶん放置していたらしいじゃないか」

「俺が頼んだ原稿じゃない。金になるかどうかもわからん原稿に使える時間なんかねぇんだよ。そりゃあ、今だったらすぐ読むだろうけどよ」本場は大きなあくびをして充血した目に涙を滲ませた。「で、探偵さんよ？　あんたはなにしに来たんだ？　ケンカを売りにか？　それとも昨日流れちまった麻雀か？　そこのジャリを入れたら四人だもんな。お嬢ちゃん、打てんのかい？」

「打てます」小鳥遊の頭に血がのぼる。「あなたよりは強いです」

「お前がキレてどうするんだ。あとキレるポイントも謎だ」今度は暗黒院が小鳥遊をたしなめる。

「……本場さん、私はあんたに聞きたいことがある」

「ほう」本場はまたあくびをする。「俺は眠いんだ。とっとと帰らせてくれ」

「私にはあんたが作った密室の謎が解けている」

「助手も助手なら探偵も探偵だな。どうしても俺が中平を殺したことにしたいらしいな」

「そう早まるなよ……」

クックックッ……と不敵な笑みを浮かべながら、暗黒院が事務所で巻いていた右手の包帯をおもむろに解きはじめた。スルスルとカーペットに降りていく白い包帯が足元でとぐろを巻く。そして現れた特に傷も痣も刺青《いれずみ》的なものも何もない腕毛がちょいちょい生えた右腕を、黒いマントの内に差し入れたかと思えば、iPhone を取り出した。

「どういうつもりだ？」

問いかける本場を暗黒院はフンと鼻で笑い、左目を隠すように iPhone をかざすと、右眼の眼光を鋭くした。

「こいつを見てもらおうか」

真っ黒な画面の中央に再生マークが浮かんでいる。

「本場さん、あんたはむかしバンドマンだったそうだな」

「お前……まさか……ッ！」

途端に本場の目が見開かれた。

画素の粗いその動画に現れたのは学ランを着た四人の若者だ。見たところボーカル、ギター、ベース、ドラムで構成され、まだ演奏ははじまっていない。背景に黒板があることから場所は学校の教室らしいことはわかる。ボーカルがなにやら小粋なトークをしているっぽいが音はうまく拾えておらず、画面中央でボソボソなにかしゃべったかと思えば観客の笑いがさざなみのように騒めき立ち、引いていく。一瞬の沈黙。ステージ上の学ランボーイズは楽器を構え、ボーカルはスタンドマイクを両手で包み込むとまるで祈りを捧げるかのようにうなだれ、ピタリと動きを止めた。そして、シャンシャンデデッデーン！　とアップテンポのイントロが流れ出し、ボーカルがマイクを両手で包んで下を向いたまま、縦に激しく揺れてビートを刻む。

「これ……」小鳥遊が言う。「フツーの学園祭ライブですよね？」

「小鳥遊、これを見て何か気づかないか？」

「う～ん……特になにも……」

「あぁ、そうさ」暗黒院がうなずく。「このフロントマンが本場元、あんたなんだよ！」

会話が成り立ってねぇ、と小鳥遊は思った。

「なにを言い出すかと思えば……」本場はあきれたと言わんばかりに肩をすくめてみせた。「俺の高校時代の学園祭ライブじゃねぇか。こんなもんでなにがわかるっていうんだ？」

「キドニィ・ボルテクス」

暗黒院がつぶやいた。

「えっ？」

小鳥遊が首を傾げる。

「キドニィ・ヴォルテクス」

「発音をアップデートしてくんな」

「このバンドの名前だ……そうだよな、本場さん！」

暗黒院のドヤ顔が炸裂する。

「『腎臓の渦』、か」と一。

「生活習慣病レベル99かよ」と小鳥遊。

「訳すな！」

本場は突然声を荒げ、小鳥遊がビクッとした。

「ことの真相はこっちの動画だ！」

暗黒院は指をiPhoneに滑らせた。

暗黒院のiPhoneをみんなで覗き込むと、背景が黒い室内で椅子に座った人物の手元が映されていた。その指は太く骨張っていて、すぐに男性だとわかる。

——間違いありません。私は高校時代『Kidney Vortex』というバンドでドラムを叩いていました。

「お前……！」本場は目を見開き、暗黒院に向かって叫んだ。「平山のところに行ったのか！」

「本場さん、あんたの過去はこの平山・元メンバーがすべて話してくれたぜ」

「まさかコレ……」小鳥遊は目を見開いた。「今日の朝イチに撮りに行ったんですか？」

「ああ」

暗黒院が満足げにうなずいた。

「行動力の化身かよ。あと元詐欺師のインタビューのヤツみたいにすな」

野太く音声を加工された画面の男は話を続ける。

——我々の高校は校則の締めつけが厳しく、当時文化祭も郷土史のパネル発表だけの地味なものでした。そんななか、本場が言い出したんです。高校生活最後の文化祭でバンドをやりたいって。彼は要領が良く、行動力もあったので、生徒会長や教員をなんとか説得し、文化祭でのライブ開催にこぎつけました。旧校舎の教室に暗幕を張り、古い机を並べ、ステージを組み、手製のライブハウスを作ったのです。控えめに言って最高のひとときでした。そして我々の音楽《サウンド》は青春という密室で起こした反逆でもありました。

「いい話だな」と一。

「でも最後のとこはちょっとなに言ってんのかわかんないですけどね」と小鳥遊。

「そうさ！」本場は主張する。「俺には後ろめたい過去などひとつもない！　ここで平山が話している通り、俺は至極まっとうな高校生活を送っていた」

暗黒院は押し黙って、来るべき刻《とき》をじっと待った。

——キボルテはいまも私にとってかけ替えのないものです。

「キボルテって、バンド名の略称ですか？」

「ああ。『腎臓の渦』のな」

「だから訳すんじゃねぇよ！」

本場が叫び声とともにiPhoneを摑み取ろうとした。それを察知していた暗黒院は奪い取られる前に回収するも、本場がすぐさま襲いかかってくる。椅子が倒れ、なんだなんだと集まってきたコワーキングスペースを使うひとたちが会議室のドアの隙間から覗いているのが小鳥遊には見えた。シンプルに恥ずかしいと思った。本場が暗黒院の胸ぐらをつかみ、右手に握り締めていたiPhoneを奪った。そして窓から外へiPhoneを投げ捨てようとしたところ、一が本場を羽交い締めにする。その隙に暗黒院はiPhoneを取り戻すと、音量をマックスにしてさっきの続きから また動画を流し始めた。

——もっとも、我々のバンドはこの一回限りで解散しました。本場は続けたがっていましたが、一回限りという約束だったので。他のメンバーと示し合わせてやんわりと断りました……。バンド名が恥ずかしかったんです。キドニィ・ヴォルテクス、日本語にすると『腎臓の渦』ですよ？ 生活習慣病レベル99みたいじゃないですか。

そこで動画は終了した。

「小鳥遊ちゃんと遠隔で例えツッコミ被りが起こってるじゃん」

一は本場の羽交い締めを解いた。

「うわ〜やってしまった！」

小鳥遊は顔を手で覆い耳を赤くした。

床に転がった本場は魂を抜かれたみたいに呆然としており、それを尻目に暗黒院は真顔でiPhoneを懐にしまった。

「ちなみにKidney Vortexだが、これは流体現象として実際に研究されている。マジで実在する専門用語だ。腎臓のような形状をした左右対称の渦構造な」

「知ってたんなら最初に言ってくださいよ！」小鳥遊は叫んだ。

「お前、知ってて泳がせたな」と一。

「もうなんか……」本場がポツリとつぶいた。「全部どうでもよくなってきたわ」

「じゃあ本題に入ろうか」暗黒院は本場の怯え、虚《うつ》ろな瞳を覗き込む。「あんたは大学時代にはさらに……」

「関係ない話はやめましょう」小鳥遊が声を被せる。「もう十分、本場さんの話は聞いたじゃないですか」利用価値ゼロだけど。「もっと他に聞くべきことがあるはずですよ」

「聞くべきこと？」暗黒院は首を傾げる。

麻雀探偵を通して小鳥遊は少しミステリを学んだ。ミステリでは〈フーダニット〉・〈ハウダニット〉・〈ホワイダニット〉の三つが主たる謎として扱われる。そしてこの自称探偵・暗黒院真実は〈ホワイダニット〉にしか興味がない。あるいは興味が持てない。でも、彼がネットや人脈を使って半ば反則気味にかき集める〈ホワイ〉は事件から程遠いものばかり。程遠いように見えるけど……という思わせぶりすらなく、時に解いてはいけない謎でさえある。たとえば個人の心の傷を抉り、消えかけていた瘡蓋《かさぶた》の痕すら一生傷に変えてしまう暴力性を持ちさえする。どんなに後ろめたいものがなくても、〈なぜ〉と問われればひとは身構え、警戒する。

「この事件、そもそも最初からすごく不自然なんですよ」本場の怯えた瞳が今度は小鳥遊に向けられる。小鳥遊は毅然と続けた。「はっきり言いますよ。中平さんの手元に残された〈緑一色〉はあなたが作ったものですね？」

視界の隅で一がうっすらと笑みを浮かべていた。

「違う……俺じゃ……」

「殺害に使われたのは服用後一分以内に人間を死に至らしめる猛毒です。すぐに昏睡状態に入り、そのときにはもう正常な思考なんかできるわけがありません。ダイイング・メッセージが残っているのがそもそも不自然なんですよ」

「つまり」一が口を開いた。「あの〈緑一色〉の聴牌は犯人が作った偽のダイイング・メッセージというわけか」

「雀牌だけでなく、中平さんの部屋から彼以外の指紋が検出されなかったのも不自然ポイントです。指紋がつかないように雀牌を触ったまではよかったのですが、本場さんはあの部屋にいたのですから、ドアノブとかに指紋が残っていたっていいでしょう。それさえなかったというのは焦ってじぶんで拭き取ったという証拠……つまり本場さんにはあの部屋に指紋を残したくなかった理由があったわけです」

「しかし問題がある」と一。「なぜ本場はそんなことをしなければならなかったんだ？　現場をそのままにしておけば自殺にも見せかけられただろうに」

「あのままの状況でわたしたちが駆けつけたら、間違いなく本場さんが犯人にされていたからですよ。そしてもうひとつ理由があります。本場さんは中平さんが他殺だと確信していたんですよ」

「つまり本場は犯人じゃないと？」

「ええ」小鳥遊は頷いた。「本場さん、わたしはあなたを疑ってなどいません。だから正直にほんとうのことを話してもいいんですよ」

本場は依然として床にへたり込み、うなだれている。何か言いたげな顔をしているが、うまく声が出せないといった様子だ。

「小鳥遊ちゃん、現場を一目見た本場が中平を他殺だと断定した理由を教えてくれないか？」

一は問う。この状況を楽しんでいるようだ。もしかして彼女もおなじ真相にたどり着いている？　だとしたら、なんでそんなことをするのだろう？

「ひとつはグラスです。現場にはふたつ残されていて、中平さんの他に誰かがいた痕跡がありました。それに本場さんがインターフォンを鳴らしたあと、中平さんが応じて、数秒の間があったあとに本場さんが返事をしてドアが開かれています」

「なるほどね」

一が頷く。暗黒院は無表情だ。

「このとき中平さんはおそらく、部屋にいた誰かに声をかけたか、そんなリアクションをしたんじゃないですか？」

本場が震えながらゆっくりと頷いた。

「つまり、その時点で本場はもう誰かがいるとわかっていた」一が言った。「しかしそれだけじゃ偽装する動機にはならない。本場が何の事情も知らずにやってきたとしたら、マンション全体が密室だったなんて気づけるはずがないからな」

「そうです。そこで重要になるのが麻雀牌です」その瞬間、一がフッと笑う。さっきよりもずっと不気味な笑みだ。小鳥遊は続けた。「中平さんの手元にはやはり麻雀牌が並んでいたんです。それはおそらく〈大三元〉の發待ち——本場元を示すメッセージが」

「なるほど……」暗黒院はどことなく釈然としていない表情だ。しかし数秒考え込むとドヤ顔になり、大きく息を吸う。そしてマントを大袈裟にはためかせた。「本場元、あんたは真犯人の偽装工作から逃れるために〈大三元〉を〈緑一色〉に変えたんだ！」

そう言い放つと暗黒院は本場を力強く指差した。

……え？

「そうだ……」本場は声を絞り出しながら立ち上がった。「すべてその緑の瞳をした探偵が言った通りだ……」

いま、わたしの推理、盗られたよね？

11

「中平はな、一色緑を潰した編集者なんだ」

本場がそう言うと、一二三は苦虫を嚙み潰したような険しい表情になった。

「潰した……？」小鳥遊が声を漏らした。

「知っていることをすべて話せ」

暗黒院はスマホをちらつかせ、本場をギロリと睨んだ。

「もういいじゃないですか田中さん」小鳥遊がため息をつく。「こんなやり方では誰も幸せになれないですよ」

「小鳥遊ちゃん」一が抑揚のない声で、冷たく言い放つ。「殺人事件が解決したところで誰も幸せにはならないよ。幸せになるために謎を解いているわけじゃないんだからさ」

「まぁそう言われたらそうですけど……」

歯切れ悪く答えた小鳥遊の声は尻すぼみになり、むぅ、と唸ると沈黙した。

「俺は元々」そこで本場が沈黙を破る。「中平とおなじ〈海豚〉編集部にいたんだ」

「そのとき、妾の担当だったな」一がため息をついた。「文学とかまったく興味がないくせに」

「まったくだ。まあ、人事の巡り合わせだな。俺は小説を売ることには興味があってな。一二三の作風は嫌な芸術主義に思えたんだが、売れるとは思った。なんせまだ十五歳の女子高生が書いたテクニカルな小説だ。文学は嫌いでも才能くらいはわかる。小説を売るのは難しいが、才能を売るのはそんなに難しくない。それでコイツとは合わなくて担当変更になってしまったんだが」

「やれやれ」一が言う。「それで今更じぶんの雑誌で短編を書けなんて、虫の良い男だね」

「それで中平さんが一さんの担当になったんですね」

「ああ」

「その〈海豚〉で編集をしていたとき、中平の教育係になったんだ。教育係っつっても大したことはしていない。あいつにはマーケットを意識したディレクションが足りてなかったから、そのことはよく言っていたと思う」

「エディトリアル・デザイン……それがあんたの口癖だったな。典型的なイキリ編集者だ」

「作家には作家の矜持《きょうじ》があるように、編集者には編集者の矜持がある。それだけの話だ」

「まぁ、いまならわからんでもない」

「今でもじゅうぶん若い……若かったわけだが、中平にも中平の矜持があったわけだな。そしてそれは、編集者的じゃなくて作家的な矜持だった」

「作家的な矜持？」

小鳥遊は訊ねた。

「中平は傑作を作りたがっていたんだ」

「それっていけないことなんですか？」

「いや。だけれども、あいつの場合は作家の作品がじぶんの作品に見えてしまっていた節があった。あいつは作家として作品に接していた。平たく言えば客観的な作品分析ができていなかった」

「それで一色緑と仲違《なかたが》いしたのか？」と暗黒院。

「いや、むしろ一色緑との関係は良好だった。一色は中平を信頼しきっていたのだけれど、それが良くなかった」

「一種の共依存みたいになっちまったんだ」一がうつむいた。「中平はじぶんの理想を語り、その理想を実現しようとした一色はだんだん書けなくなってしまった」

「きみには才能がある——事あるごとにあいつはこのマジックワードを使っていた」

「中平はトガリ散らしていた。古風な一色の作風よりむしろ妾の作風への理解が深いタイプだったが、それを一色に求めてしまったんだ」

中平は一色から提出される作品をことごとくボツにした。たまに中平をパスしても編集長でボツが出た。そうこうしているうちに中平は異動し、彼女は路頭に迷うことになる。作品発表もできていないため、後任は一色の原稿を後回しにし、次第に海豚編集部とも疎遠になった——本場はそう説明した。暗黒院はこのあいだ、なんか iPhone をめっちゃイジっていた。

「編集者としてのキャリアを重ねるうちに中平は一色への罪悪感を増していったそうだ。その罪滅ぼしがしたい——たまに飲みに行くとそんなことを言っていた」

海豚編集部在籍ののち、中平は新書編集部配属となりいったん文芸編集を離れた。そこで八年働いたのち、総合エンタメ文芸誌の〈小説ケバブ〉配属となり文芸編集に復帰した。

「そこで〈麻雀探偵〉の不定期連載がはじまったわけだな」

暗黒院が納得したように頷いた。

「新書の方で中平はヒット作を何本も出した。いま何が求められ、何が売れるかの嗅覚が備わったようだ」本場が言う。「同時に疲れていたのかもしれないな」

「そしてそれはライターとして生計を立てていた一色と共鳴した」一が言葉を継ぐ。

「純粋に楽しいものを書いてみないか？　だったかな、そのときの口説き文句は」

「でも一色さんって、それまで古風な純文学しか書いてこなかったんですよね？　急にミステリなんて書けるものなんですか？」

暗黒院は何か別のことを考えているのかひとり窓の外を見ていた。

「中平が言うに、一色の長所は傾向と対策、そしてディテールの精度だ。ジャンルの定型を習得さえすれば、経験をうまく使って実作することができる。特にじぶんが知っているものについては過不足なく伝える能力が図抜けているのだが、これはライター経験が強化された……というのが中平の見解だ」と本場。「あとエンタメが純文学と違う点で、実際に書き始める前にプロット、つまり筋書きだな、その精査を編集部でおこなう。もちろん、ひとによってはいきなり完成品を持ってくる作家もいるが、〈麻雀探偵〉では実作に入る前の打ち合わせを念入りにしたらしい」

「作品制作の上流工程に中平が深く噛んでいたんだ」一が続く。「麻雀っていうキーワードも中平発信だったそうだ」

暗黒院は iPhone をいじりながら頭をご機嫌にシェイクしている。

「ミステリ作家が言うに、ミステリを書くこと自体はそこまで難しいものじゃないらしい。作品の起承転結はほぼ定型化されていて、人が死に、犯人が見つかれば話は勝手に終わる」

「ミステリ批判にも聞こえますね」

「美学だよ。様式美って言葉があるだろう」

「それで本当に売れた」暗黒院が突然会話に入ってきた。「本来のじぶんの作風と違うもので」

「それはアマチュアの発想さ」一が鋭く言い放った。「我々は求められた文章を納品するのが仕事だ。芸術であれエンターテイメントであれ、それが最低限超えなくてはいけないハードルなんだよ。売れたら勝ち、とは言わないけれど、売れないと職業人として認められないのが現実さ」

小鳥遊の視界の隅にいた暗黒院は床を覗き込むようにして何かを探していた。

「田中さんなにしてんすか？」

全員が暗黒院を見た。

「ちょっ、まっ……」

よく見ると右眼のカラコンが外れていた。拾ってどうするんだ？　衛生的にどうなん？　と思って見ているとまもなく彼は諦め、ため息をつきながらポケットからスペアを取り出した。持ってんのかよ、と思ったが、声に出してツッコむと話が脱線しそうだからやめた。

「分業なんだから、それがいい」一が一連の流れがなかったかのように言った。

「中平はキャリアを積んで、結果を出してもなお、この分業ができなかったみたいだな」本場は言った。「喰《く》われちまった作家に恨まれたってなんにも不思議じゃない」

「つまり、あんたはまだ一色緑が犯人だと思っているわけだな」

暗黒院の右眼が緑色に戻っていた。

12

「仮に一色緑には中平を殺す動機があったとしよう」一二三が言った。「だとしたら彼女はどうやって現場に出入りしたんだ？」

場が重い沈黙に満たされた。本場の証言通りなら殺害時に犯人は現場にいたことになるが、出入りの記録は残されておらずマンション全体が密室だった。

「つまり他殺であれば……」口を開いたのは小鳥遊だった。「犯人は何らかの方法で侵入・脱出したか、マンションに入らずして中平さんに毒を飲ませたかですね」

もし本場が嘘をついていないのであれば——小鳥遊はその一言を飲み込んだが、本人も含めた三人に伝わっていた。現に本場は小鳥遊を睨んでいる。

「そんな目をするなよ」と一。「実際、あんたはすでにひとつデカい嘘をついているじゃないか。ダイイング・メッセージの偽装っていう、とびっきりのヤツをね……」

「ミステリ界の軽犯罪だな」暗黒院が続く。

「いや重いだろ！」いってみたものの、小鳥遊はふと気になった。「てかダイイング・メッセージを書き換えたらガチの犯罪になるんすか？」

「知らん」即答する一。

「考えたくない」不安げな本場。

「もうミステリ軽犯罪……極めようじゃないか」暗黒院が拳を突き上げた。「そして自己啓発本を出そう」

「なんのだよ！」と小鳥遊。

「啓発……していけよ」暗黒院は力強く言った。「お前の叫びで世界を変えろ」

「そういうのやめません？」小鳥遊が暗黒院を睨みつけた。「わたし、自己啓発本とかけっこう好きで読むんですけど、文学好きのあいだに蔓延《はびこ》る自己啓発本クソディスりマンには前々からイラッとしてたんすよ」

「自己啓発本をバカにしちゃいけない」矜持が宿った本場の力強い声だ。「今でこそ、他の編集者や作家連中から部数至上主義とか資本主義の犬とか陰口を叩かれているらしいが」あ、このひと嫌われてるんだ、と小鳥遊は思った。「こんな俺でもむかしは文学好きだった。文学以外の本は全部クソだと思っていた時期があったんだ。だが大学を卒業して出版社に入った一年目、俺は編集じゃなくて営業部に配属されたんだが、そこで教育係の先輩やら上司やらに毎日ゴリ詰めされてだな……心が完全に死んでしまった。良い本を作りたい、愛する本を流通させたいっていう、入社当時に抱いていた野望は一瞬で消え去った。そんなとき、俺を救ってくれたのは自己啓発本だったんだ」

本場はそこで涙ぐんだ。

「はぁ……」と小鳥遊。

「……まぁ話を戻すと」どこまで戻すんだよ、と小鳥遊は思った「そういうのもあって、もしかしたら俺は中平に愛憎めいた感情を抱いていたのかもしれない。嫉妬かもしれないな。アイツが俺のことをどう思っていたか、今となってはもうわからないが……」

「あ、事件までは話が戻らないパターンなんですね」

このどうでもいい話はやく終わんねぇかな、と小鳥遊は思っているが口には出さないじぶんを心底褒めてやりたい気分だ。

「まぁ、中平も中平で作家からはあんまり好かれてはいなかったけどな」一が言った。

「個人的な感情で仕事をするのが鬱陶しいとか、そんな感じですか？」

「いや、それはあんまり。まぁ、我々もプロなんで」一は暗黒院に視線を送るも、当の彼は知らん顔だ。「そういう対応には慣れているし、関係性を壊さずに適当に流すコツだって勝手に身についてくる。それよりも中平は事務作業でちょいちょい抜けているところがあってね……」

「事務作業？」

「ゲラの戻しが遅かったり、戻ってきたと思っても古いヴァージョンだったりとかな……。まぁそれも妾はそんなに気にしない。ただ、原稿紛失事件は界隈では有名かな」

「それは調べた」暗黒院が言った。「大御所作家になると原稿用紙に手書きってのがあるらしいな」

「ああ、あれは超ウザイ」と本場。「文字起こしのコストがかかるから。身体性がどうのこうのとかおっしゃられるんだが、マジ知らんしなって感じだわ。お前の身体性にこっちが生身の身体でキーボードをパチパチ叩くストレスを考えて欲しいもんだ」

「だいぶ前、中平はとある大御所作家の自宅まで原稿をとりに行ったが、その帰りの電車で原稿を車内に置き忘れてしまったそうだ」

「あれは死ぬほど怒られていたな……」本場が詠嘆形で発声した。

「真相はわからんが、それがきっかけで文芸編集部から異動になったらしいって噂まである」

その瞬間、暗黒院は何かを閃《ひらめ》いたのか一瞬ハッとした表情になり、iPhoneを取り出すとものすごい勢いで画面を撫で回した。

「田中さん、どうしたんですか？」

「ウーバーイーツ……」暗黒院は言った。「や、ピザ食べたいなって……」

「もう好きにしてください」

「妾、アンチョビが入った良い感じのヤツ」

「あとサイドでサラダもつけておくぞ」

「あの、事件の話に戻ってもいいですか？」

「それは待て」と暗黒院。「ウーバーイーツの配達員の地図上の動きを見たいから……」

割り振られた配達員はTsuyoshiというスキンヘッドの浅黒い肌の男だった。

「あれ楽しいよな、妾もウーバー頼んだらついやっちゃう」

「俺も」

「いやなんで全員ウーバーイーツマップウォッチガチ勢なんだよ」

一と本場は暗黒院の背後に移動し、三人でiPhoneのちっこい画面を覗き込んだ。

「小鳥遊ちゃん……」一が顔を上げ、哀れみを帯びた表情で小鳥遊を見た。「この事件、妾たちが現状で持っている情報では真相にはどうしたってたどり着けないんだ。みんなそれに気づいている。だからこうやって、ピザでも頼んでのんびり犯人が出てくるのを待つしかないんだ」

「かんたんな話だ」暗黒院が言う。「連立方程式の未知変数と式の数が合っていない」

小鳥遊は目を見開いた。

「とりあえず、話してみな。小鳥遊ちゃんが考えていることを——」

困惑しながらも小鳥遊は話しはじめる。

「いままでの話をまとめると、現場は密室で、第一発見者は本場さん。そしてテーブルには麻雀一式が広げられていて、二人分のグラスがありました。そして被害者の中平さんの手元には緑一色の發待ち——しかしこのダイイング・メッセージはダミーで、本場さんがすり替えたものでした。元々は大三元の聴牌で、じぶんへの疑いを逸らすために本場さんが細工をしたわけです」

三人は無言で浅黒スキンヘッドTsuyoshiがピザとともに迫り来るのをウォッチしていた。小鳥遊はかまわず続ける。

「このとき、本場さんが他殺だと咄嗟《とっさ》に思い込んだのは、現場に他の誰かがいた形跡があったからです。残されたグラス、インターフォンでの中平さんの仕草……これらの情報から本場さんは第三者の存在を確信したわけです。ですが、それはちがうんです」

一と本場が小鳥遊を見つめる一方、暗黒院は依然として地図上のTsuyoshiを見ていた。

「小鳥遊ちゃん、とすればつまり……」

「本場さんが想定していた第三者はいない——犯人は被害者の中平さん、つまり自殺なんです」

暗黒院がオレは知ってたぜ的な斜に構えた笑みを浮かべたが、誰も見ていなかった。

「自殺だと⁉」本場が裏声で叫んだ。

「自殺だと考えると辻褄《つじつま》が合うんです」小鳥遊は続けた。「この事件はそもそも、他殺である方向に推理してもらいたがっています。即死の毒物にもかかわらず残されたダイイング・メッセージ、そして現場に残されたふたつのグラス……。そしてグラスは片方からしか中平さんの指紋がでなかった。ってことは、中平さんは指紋がつかないようにグラスを出したか拭き取ったかしたわけです。あたかも何者かが証拠を隠滅したかのように見せかけるために。それに、出入りの記録が残ってしまうこのマンションで犯人はなぜ本場さんが疑われるような状況を残したのでしょうか？　わざわざ大三元を被害者の手元に残して」

「そんなの、俺に罪を被せたかったからだろ」

「もしそうしたいなら、即死の毒物を飲ませてダイイング・メッセージを残すなんてことはしなくてもよかったんです。物理的に不可能な情報を残すと逆に本場さんが犯人じゃないことが強調されてしまう。ただ殺して、第一発見者が本場さんになるようにすれば、それでじゅうぶんです」

「だからといって、どうして自殺になるんだ？　あんたもさっき推理したように遠隔毒殺の可能性もあるんじゃないか？」

「グラスがふたつ残されていた理由について、考えられるのはふたつの可能性です」

小鳥遊は指を一本立てて本場の前に突き出した。

「ひとつは、犯人が持ち去れなかった。現場にいなかったか、もう死んでいたかのどちらか」

そして指をもう一本立てた。

「ふたつめは、現場に残しておきたかった。そこに誰かがいたと、部屋に最初に入ってきた人間――つまり本場さんに思い込ませたかった」

「で、小鳥遊ちゃんはその両方だったと推理したわけか」一が言った。

「そうです。それに、もしなんらかのトリックを使って遠隔で毒を飲ませたとしたら、グラスが現場に残っている理由は説明できても、本場さんがインターフォンを鳴らしたときに中平さんが誰かが居るそぶりを見せたことの説明がつかなくなるんです。つまり、遠隔殺人は行われていなかった。毒を飲む前に大三元を残した――」

「――待てよ」本場が小鳥遊に詰め寄った。「中平が自殺したとして、なんのために大三元を手元に残したんだ？　俺は中平に実は嫌われていたかもしれないが、にしてもこんな……」

「たぶん、本場さんに罪を着せようとしたというより、本当の狙いはあの大三元を緑一色に変えさせることにあったんだと思います」

「どういうことだ？」

本場は掠《かす》れた声で言った。声のヴァリエーションが多いおっさんだなと小鳥遊は思った。

「中平さんの手元に残されていたのは大三元の聴牌で、アガリじゃなかった」

「發か……！」一が言った。

「そう……大三元も緑一色も發を使った役です。それを握りしめて死ぬことによって、緑一色への改変を誘導したってわけです」

「でも小鳥遊ちゃん、本場は雀牌をバラバラにするだけでよかったんじゃないか？　發を握っていたっていっても死にたてホヤホヤで死後硬直もしてないし、取り出すくらいかんたんだっただろう？　どうして中平がそんなことをしたのかの説明がまるでできない」

「それは……」小鳥遊は口籠った。「アレですよ」どれだよ、とじぶんで言いながら思った。「これからみんなで考えましょうよって感じのソレです」

そこで暗黒院が iPhone を懐にしまい、席を立った。部屋を出ていき、一分後にピザが入った袋を持って帰ってくる。浅黒スキンヘッドの Tsuyoshi が来たんだ、と小鳥遊は思った。

「言っただろ？　この事件には未知変数に対する式が足りていないってな」

調子外れな口笛を吹きながら暗黒院は袋からピザを取り出す。マルゲリータが一枚、シーフードとアンチョビのヤツのハーフ&ハーフが一枚。

「射したぜ……闇のなかに真実の光がな……」

決めゼリフを炸裂させながら、暗黒院はご機嫌に三枚目のピザを取り出した。

「アボカドのピザ……？」

小鳥遊がきょとんとしていると、暗黒院は呟いた。

「いるんだろ？　出てこいよ」

その瞬間、扉が爆発するような大きな音を立てて開かれた。

「あんた……よくもやってくれたわね！」

そこに立っていたのは、息を切らし、肩で息をつく小柄なショートカットの女性だった。

状況が読めず絶句する小鳥遊と同様に、一と本場も声を発せずにいた。ふたりとも目を丸くしているが、しかし小鳥遊とは少し事情が違うようだった。

「あの……めちゃめちゃ怒ってますけど、田中さん、何をやらかしたんですか？」

暗黒院は傾いた陽が射し込む窓の方へと移動し、いい感じの逆光になる位置につくと、手を左眼に当てて自慢の右眼をカッと見開いた。

「その女がこの事件を解くための最後のひとつの方程式、一色緑だ！」

一色緑は怒りに震えながら、うっすら泣いていた。

13

ひとはだれもが生まれながらにできることしかできない。

そう気づいたのは大人になった後の話で、じぶんの限界を思い知ったときだった。

ひとはだれもがなんらかの〈才能〉を持っている――この言葉がほんとうに意味するところは、だれもがみんな何らかの優れた技能を持っているというのではなくて、できることが決まっているということ。個人の人生を導くものというよりは縛りつけるものであり、それは手を伸ばしてまで求めるものではなく、影のようにべったりと貼りついた呪いと言うほうが正しい。

小説を書くことにより〈一色緑〉となった畑中千穂は、もはや〈一色緑〉としてしか生きられないようになっていた。言い換えれば、〈一色緑〉以外の何者かになるのを世界が否定した。だから一色緑は世界を恨んだ。

それでも彼女はその怒りが無意味なものだと心の奥で気づいていた。ほんとうは小説しか書けない人間なんかじゃない。小説を書きたい気持ちと上手くいかない現状の乖離《かいり》を誰かのせいにしたかった。独りよがりで稚拙な憤りにすぎない。けれども、じぶんのなかに溜め込んだ負の感情を何かに肩代わりしてもらわなければとても耐えられなかった。何に？　それこそ世界に。

自己と世界に開いた溝に向かって彼女は言葉を放ち続けた。まるでじぶんの身体のなかに言葉が蓄積されるのを恐れるかのように彼女は小説を書き続けた。どれもが加工もほとんどなされていない負の感情の塊だ。主人公はいつも物書きで、世界や言葉についての思弁で文章が満たされた。担当編集の中平は少しずつ良くなっている、と言ってくれたけれど、まだだ、と言った。一作書き、二作書き、三作、四作と書いて担当が代わる。代わった担当が彼女に言った。

「つらいときにつらいものを書いても他人が読めるものにはなりませんよ」

その一言で糸が切れてしまった。

薄々じぶんでも気づいていたことだった。

彼女は影のように貼りつく呪いや、どこまでも茫漠《ぼうばく》と広がる世界から逃れたい思いで言葉を吐き出し続けていただけで、逃げて逃げて逃げ続けた先でほんとうに世界を失ってしまっていた。

畑中千穂は〈一色緑〉から逃れることができた。逃れることができてしまった。

そして辿り着いた世界の外側で空っぽになった彼女は裁かれる。あなたの小説なんて誰も読みたくない――無期懲役が宣告され、そこが牢獄《ろうごく》であったと彼女は知る。

小説が書けなくなってもせめて文章を書きたかった。彼女は元小説家というキャリアを履歴書に書き、インターネットでライター募集を片っ端から調べ、応募を続けた。山奥の葬式屋、小さな島の中古車店、地方都市の美容室のセールス記事を書いた。それから全国津々浦々の企業の求人広告を書き、近所のレストランのレビュー記事を書き、名前すら知らなかった芸能人のスキャンダル記事を書き、スタートアップ企業の若い経営者の取材記事を書き、メジャーデビューを控えたバンドのライブレポートを書いた。ギャンブル依存症を克服した中年男性のインタビュー音源の文字起こしをし、男性の育児休業実施状況の調査結果を手際よくまとめ、ある日、若手小説家のインタビューの聞き手を担当した。

その小説家は同期の一二三だった。

会うのは海豚新人賞の授賞式以来、十年ぶりだった。当時高校一年生の少女はずいぶんと大人びていた。老けているというわけじゃないけれど、じぶんよりもはるかに歳上に見えた。彼女の余裕と自信に満ち溢れた口調に、じぶんがあの日から、小説家になった日から何も変わっていない——まるで放置された空っぽの砂時計のような、時間の空白を突きつけられたようだった。

一二三は目の前の女性・畑中千穂が一色緑だと気づいていた。当然だ、あの日からなにひとつ変わっていないのだから。いや当然だろうか？　十年間何も変わらなかった同業者のことを、夏目賞作家となったこの元少女がどうして憶えていられたのだろう？　インタビューは滞りなく進んだ。滞りのなさが一色緑を戸惑わせた。デビューしてから夏目賞を獲《と》るまでの話を聞き、夏目賞を獲ってからのスランプが告白される。三年ぶりの新作だった。必要な三年間だったと彼女は語った。そしてインタビューの終わりに一二三は言う——小説は書いているのか？

それはかつて逃げ出した世界からの声だ。じぶんが捨てた一色緑の声。内側の世界からまっすぐと、その外に立つ畑中千穂を見つめる一色緑と視線がぶつかった。そして次の瞬間、彼女は手を伸ばしていた。一色緑は畑中千穂の手をとり、力一杯引っ張った。すると彼女は一色緑になっていた。小説を書きたい気持ちとともに世界への憎悪と一二三への嫉妬と自身の無力さをすべて思い出す。それは失《な》くしたものではなく、すべてはじめからこの世界にそのままのかたちで残っていたものだった。しかし彼女にはそのすべてが懐かしい。憎悪も嫉妬も諦めも、すべてが愛《いと》おしく感じられたのだった。

14

「小鳥遊、お前の推理は概《おおむ》ね合っている」さっきまで窓際にいた暗黒院はいつのまにかピザに手を伸ばしていた。「でもな、その推理は役者が全員揃わないと無効だ。そもそも我々が依頼人である一から受けた仕事は一色緑の発見だったはずだ。最初からすべきことはこの女をここに連れてくることだったんだよ」

「それはそうですけど……」と小鳥遊。「なんで一色さんがここに来たんですか？」

「もちろん、来るように仕向けたからだ」

「仕向けた？」

「そんなことより！」涙目の一色緑が怒鳴った。「いいから早く、あの小説を削除しなさい！」

「あの小説？」

小鳥遊が首を傾げると、マルゲリータを悪意の溢れる緩慢さで口に運ぶ暗黒院がやたら満足そうに頷いた。

「まさか……あんた!?」

そこに一が何かに気付いたのか驚愕《きょうがく》の表情を浮かべ、iPhone で Twitter アプリを開いた。

「やっぱり……」

「どうしたんですか?」

「暗黒院のヤツ、一色緑がアマチュア時代に書いた小説をアップしてやがる」

「暗黒院……」一は顔面蒼白《そうはく》になった。「それは人間のすることじゃない……」

「頼むからお願い……! 本当にやめて! やめてください!」一色緑が泣き叫ぶ。

「ひょっとして田中さん、ちょいちょいスマホをイジってたのって、まさか……」

「ああそうだ」暗黒院が若干ケチャップのついた口元を緩ませた。「一色緑が人生ではじめて書いた小説を小説投稿サイトに〈一色緑〉名義でアップし、本人を釣り上げたところで取り下げて欲しければここに来るようにダイレクト・メッセージで交渉していたんだ!」

「……ッ!」

一色緑は唇を強く噛み締めた。

「探偵さんよォ……」と本場。「あんた、なんでそんなものを持ってるんだ?」

「私はこの十五年ほど、大手の小説投稿サイトは毎日チェックしている」暗黒院は淀みなく語った。「そして初投稿作品はすべてワードに貼りつけて保存しているんだ……こういうものはいざってときに役に立つからな……クックックッ……特に覚えたてのギリシャ神話やら北欧神話を下敷きにしたハイファンタジーとかがホントもう香ばしくてな……」

「やめてやれよ、みんな楽しく書いたんだよ」と一。

「次世代の作家の芽を摘むようなことは感心しないな」

と言ったのは本場。悪どいと評判の編集者の良心を呼び覚ますほどの下劣な行為と邪悪な執着に小鳥遊はガチで引いた。これはアウトだ。アカンやつ。

「わたしは……そんな小説書いてないじゃない！」

「たしかにあんたが書いたのはハイファンタジー作品じゃない。むしろそれとは真逆の、女子大生の日常を綴った日記調のリアリズム小説だった」

「いいじゃないですか。最初はみんな、そういうものから書くんですよ」と小鳥遊。

「小鳥遊ちゃん、書いたことあるのか？」

「え、や……知らないけど」小鳥遊はシラを切った。

「この小説の読みどころは物語じゃない」暗黒院が早口になっていく。「全部で75，653文字の作品で、このうち〈紡ぐ〉・〈紡いだ〉・〈紡ぎ〉が合計で138回登場する。そして主人公の名前は〈紡《つむぎ》〉……いくらなんでも紡ぎすぎだろう。そして作品タグには〈純文学〉が使用されていた――このことからあんたは当時、〈紡ぐ〉という言葉に文学性を抱いていたことがわかる。あんたは生粋の〈ツムギスト〉だったんだよ！」

「ツムギストってなんやねん」

小鳥遊のツッコミをもろともせず暗黒院は続ける。

「あとこの小説はちょっとした入れ子構造になっていてだな……主人公が書いた小説がそのまま本文になっている。そして最後の文章にはこう書いている――**幾千万もの言の葉を紡いで作り上げたこの物語をいま、解き放つ**」

「なん……だと……」驚愕のあまり一は開いた口が塞がらない。「1言の葉で何文字なんだよ……」

「文字数の単位にしないで！」一色が絶叫した。

「仮に本文が１０，０００，０００言の葉だとして計算すると、１言の葉あたり０・００７５６５３文字だな」と暗黒院。

「計算すんなよ。ってか、なんで速くて正確なんだよ」

「こいつは驚いた……」と続いたのは本場。「新人賞の下読みをしていると、応募原稿でいちばんアレなヤツは定年退職文学おじさんが会社での武勇伝をカマしながらピチピチのギャルを侍らせる系の私小説だが、こいつァ……その次くらいに没個性な小説だな……。こういうタイプの小説では中盤あたりで主人公が夜に飲み残したストロングゼロの続きを朝に飲むシーンがブチ込まれがちだ」

「なんすかその偏見」

なんかみんな、ここぞとばかりに言いたいこと言い過ぎじゃない？　一色さんなんか悪いことでもしたんかな？　と小鳥遊は思った。

「一色……」一が彼女の肩を抱いた。「あんた、本当に努力したんだな……」

「努力とか言わないで……」

力なくそう呟くと、一色緑はその場にくずおれて咽び泣いた。

その瞬間、小鳥遊の脳天に稲妻が走った。

「そうか……だから一色さんはいまここにいるんだ……」

そう呟くと、号泣する準備ができていた一色を除く全員が一斉にナチュラル碧眼《へきがん》オッドアイの少女を見た。暗黒院は黒の上着をはためかせ、右眼の人工碧眼オッドアイで何かサインを送っている風のウインクなのか目が痒《かゆ》いひとのまばたきなのか謎のムーヴを送ってくる。圧倒的「私、気づいていましたが？」感がすごい。

イライラ要素の数え役満の直撃に小鳥遊は耐え、渇いた口のなかを無理やり分泌《ぶんぴつ》させたぬるい生唾で湿らせ、どうにかクソ上司をスルーして言葉を繋いだ。

「一色さん、あなたはまだ、何があったかを知りませんね？」

一色緑がゆっくりと小鳥遊へと顔を上げた。なにかを話そうと開けた口が震えているが、言葉がまだ発声の段階にないようだ。

「いったい、どういうことなんだ？」

本場が首をかしげる。

「一色緑さんはまだ中平和さんが死んだことを知らないんですよ」小鳥遊は言った。「事件発生は昨日の夜、そして今回の事件がニュースで取り上げられている様子は今のところありません。しかしおかしくないですか？　人気作家の失踪と担当編集者の自殺――この要素だけ見ればスキャンダラスなこの事件が報道されていないというのは、何か理由があるんじゃないでしょうか」

そして小鳥遊はスッと腕を持ち上げ、人差し指を伸ばした。「一二三さん」

一は無表情で小鳥遊の双眸《そうぼう》から覗く黒と緑の瞳を真《ま》っ直《す》ぐに見つめた。

「まさか一が犯人だと……⁉」

本場の声が裏返った。

「そうではありません。むしろ、一さんにとっても中平さんが亡くなったのは予想外のことだったのでしょう。そもそも発端の一色緑失踪事件が狂言だったんです！」

水を打ったように場が静まり返った。

小鳥遊は依然として伸ばした人差し指を一に向け、一もまた無表情に彼女に視線を投げ返す。

暗黒院はシーフードのピザを食べた。咀嚼《そしゃく》音が室内に浮かんでは溶けるように消えていく――

「……なるほど」一が表情を緩めた。「とりあえず小鳥遊ちゃんの推理を聞かせてもらおうか？」

「いいでしょう」小鳥遊は深呼吸をした。「一さん、田中さんに依頼をしたとき一色さんとは授賞式以来ほとんど連絡をとっていないと言いました。しかしその割には、あなたは一色さんが〈麻雀探偵〉で小説家復帰するまでのキャリアにずいぶんと詳しいようだった。ほんとうは一色さんと密に連絡をとっていたんじゃないですか？」

「中平に教えてもらったんだよ」

「しかし中平さんが言うはずがないことまで、あなたは口にしていたんです」

「なんだと……⁉」

「気づいていないようですね？　今朝、わたしと事務所で話しているとき、あなたはこう言ったんですよ――一色緑は初恋が遅くて二十歳を過ぎてから。その相手が担当編集者の中平だったが、全然気づいてもらえていなかった」

「それがわたしの嘘だったら……」

と一が言い終わる前に、

「いやあぁ！」

と甲高い叫びが一同の耳をつんざいた。一色緑がカーペットをバンバン拳で叩いている。

「これでマジ話ですね……」と小鳥遊。

「ラブ探偵・小鳥遊唯の誕生――」

暗黒院は指でフレーム的な四角形を作り、緑色の右眼で覗き込むスタイルで小鳥遊を見た。

「いい大人が色恋ひとつで騒ぐなよ……」

本場が低い声でだるそうに言った。このまま恋愛の話を掘るとクソ上司とやっていることがおなじになると危惧して、小鳥遊は話題を切り替えることに集中した。

「ああそうさ、妾はたしかに一色の失踪が狂言だったって知っていて依頼を出した」半笑いの一は降参のポーズか、両手を上げた。「だけど、それは一色の新作のためだって中平から聞いていた。一色は経験ベースで小説を書くタイプだから、擬似的な失踪を経験させたいんだとな……。だから警察には相談せず、探偵をやっている暗黒院に話を持っていったわけだ。ついでに暗黒院を久しぶりにちょっとからかってやろうってな」

「そこで田中さんに聞きたいのですが……」小鳥遊はピザを貪る暗黒院を見た。豚と犬の中間みたいな、生物というよりクリーチャーに見えた。「一色さんに脅しをかけるとき、一さんがここにいることは伝えていましたか?」

「脅しとはなんだ脅しとは」指についたチーズを舐めとりながら暗黒院が不満げな顔をした。

「いくらなんでも人聞きが悪すぎる」

「ごちゃごちゃ言わないではやく答えてください」

「一の依頼であんたを探しているとは伝えたさ。それで何を勝手に想像したかまでは知らないがな」

小鳥遊はあたりをぐるりと見渡した。

「本場さん、すみませんが紙とペンはありませんか?」

「ほらよ」

本場はゲラとボールペンを机の上にすべらせた。小鳥遊はそれを手に取ると、ゲラの裏にボールペンで図を描いた。

「つまり、この事件はこういう感じだったわけです」

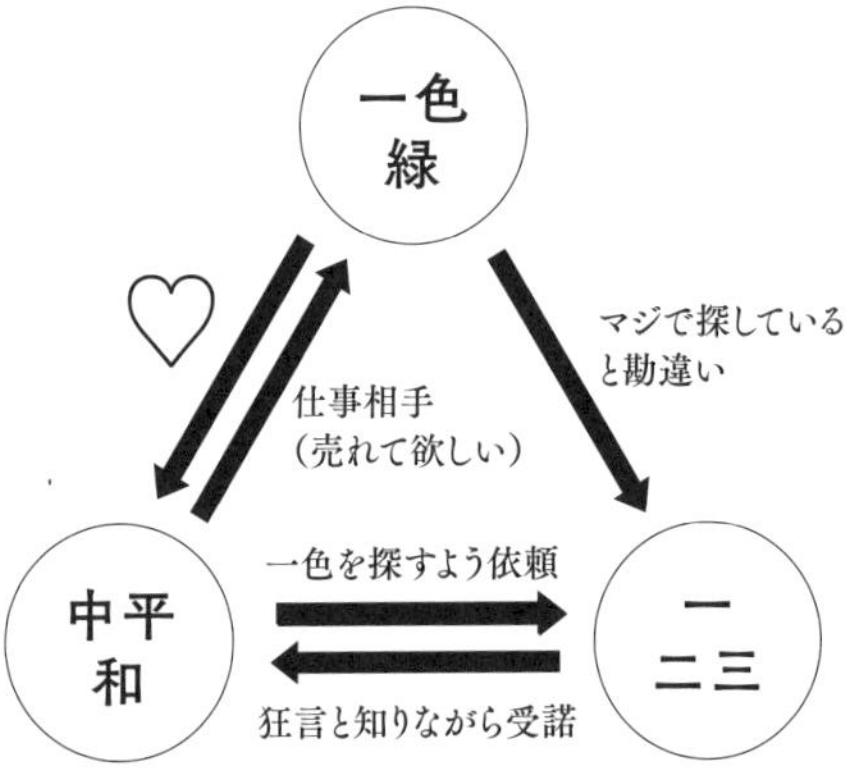

「中平さんは一色さんに狂言失踪を持ちかけ、それと並行して一さんに事情を説明して一色さんを探すように依頼したんです。一色さんは一さんが関与していたことを知らなかった。だから今、

ここにいるんです。この失踪に事件性がないことを証明するために」

「そいつはちがうな、小鳥遊」するといつの間にかピザ食いクリーチャーが小鳥遊の隣にスッと立っていた。「この図は厳密にはこうなんだ」

そして暗黒院が小鳥遊の図に手を加えた。

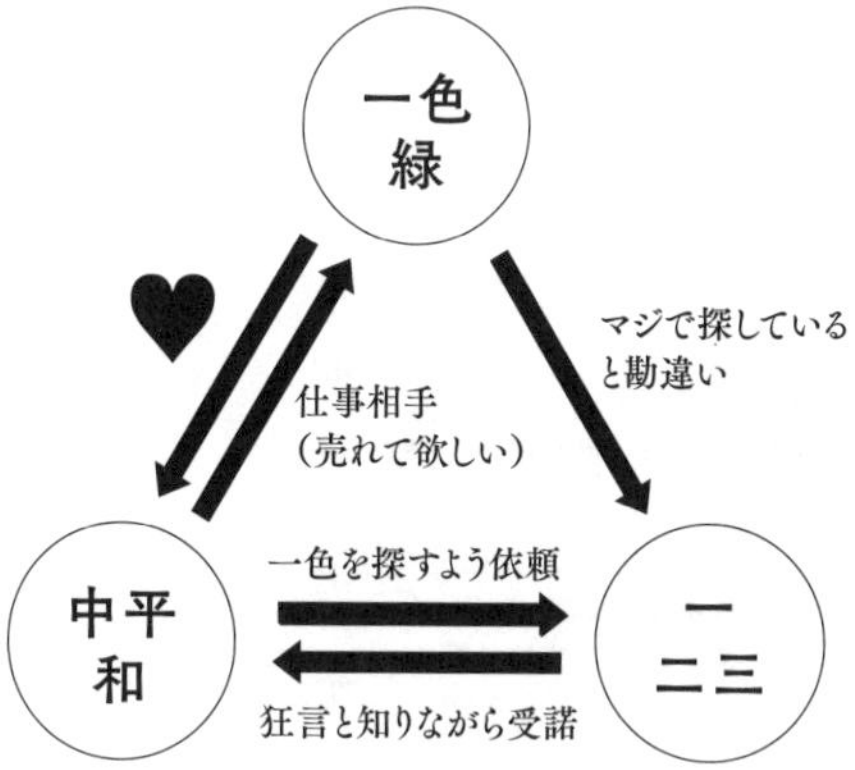

「こっ、これは……」

本場が驚愕し、一は薄ら笑いを浮かべた。

「ハートを塗りつぶしただけやんけ」

小鳥遊はその一言で一連のやりとりをなかったことにした。

「一さんのスマホ――たぶん電源を落としていたと思うのですが、そこに証拠が残っているはずです。一色さんからの鬼電やらLINEが入っているでしょう。そして本場さん、」小鳥遊は話を仕切り直した。「あなたはなぜ現場を見たとき、真っ先に一色さんを思い浮かべたのですか？」

「そんなの……直感というか……そんなの憶えているわけないだろ」

「そうですよね、憶えている方が嘘くさいです。でも確実に一色さんを連想するのを、中平さんはわかっていたんです。むしろ、このシチュエーションで確実に一色さんを連想するように、中平さんは一色さんに消息を絶つよう指示をしたんですから」

「なんだと……！」

歌声からは程遠い調子で本場の声が裏返った。

「あの、まぁ、そうなんだけど……てか、中平さんが……死んだ……の……？」

小鳥遊はどんな顔をすべきか分からない。とるべき態度もわからなかった。

「そう……いいのよ。なんとなくわかっていたから……」

好きなひとを亡くしてしまった気持ちを想像するのは難しかった。気がつけば反射的に小鳥遊はじぶんにとって大切なひとって誰だろう？　と考えていた。じぶんのこととして思い出せない小学校で一番の俊足だった初恋の相手や、女スパイのセクシー動画大好きマンの兄や、緩やかなディスコミュニケーションが数年続いている両親が死んだら、わたしは悲しいだろうか？

「そこの探偵さんのいう通りよ。今回、わたしは中平さんの発案で疑似失踪をしたの」

「いや、そこのコスプレ探偵はガチで何もしていないんですけど……」

小鳥遊の言葉を遮って一色は続けた。

「〈麻雀探偵〉の次回作はアイドルの失踪事件を題材にした遠隔殺人だったのよ。その取材というわけで、中平さんとかくれんぼをすることにしたの。ＳＮＳで流してバズらせようって」

「絶対燃えますよ」

「今更何も怖くないわ。わたし、一回作家として死んでいるから、もう何も感じないの」

「そんなこと、さすがに俺でもしない」と本場。「しかしなんだ、中平らしくない提案だな」

「わたしのせいなんですよ、きっと」

「一色さんのせい？」

「〈麻雀探偵〉がな」口を開いたのは暗黒院だった。「中平が考えた小説だからだ」

「どういうことですか？」

小鳥遊が一色の方を見ると、その後ろに一の曇った表情が見えた。一色は何もかもがどうでもよくなったかのように笑い声をあげた。

「このことも探偵さんにはお見通しなのね」

「どういうことですか？」

「作家には、作風なんて選べないのさ」小鳥遊の質問に答えたのは一だった。「純文学っぽい小説、ミステリっぽい小説……みたいに、普段とは別ジャンルの作品を書くなんて、プロだったら誰でもできる。だけど作風っていうのは持って生まれたボディバランスみたいなもので、先天的に決まっている。そして一色緑は、じぶんが経験したことしか書けない生粋の私小説作家だったんだ」

「私小説……」

「人を殺していない一色には殺人事件は書けない」暗黒院が言った「麻雀は経験できても殺人はいくらなんでも無理だ。それでも書けてしまったというのは、一色が実際に殺人事件を経験したか、他の誰かが物語の大枠を用意したかのどちらかだ。そして当の中平は元々小説書きで、それも一色に似ていた。つまり――」

中平はひとを殺した経験があった。

その一言は語られずとも、場の全員に共有された。

そこへ暗黒院に一本の電話が入る。彼は電話をとり、じっくりと話を聞くと最後に一度だけ「そうか」と言って切った。

「三年前、新宿の雀荘で伝説の玄人〈ぼっちゃん・哲〉が毒殺された事件があっただろ？　聖山が言うに、あの事件の容疑者のなかに中平和がいたそうだ」

「田中さん……」小鳥遊は言った。「ちゃんとお願いをきいてくれたひとには、ありがとうくらいちゃんと言える大人であってください」

＊

秋は続く。

殺人事件なんていうヘビーでショッキングな現実に当てられても腹は空《す》くし、退屈もする。別に毎日メンテを入れなくてもアフィリエイトサイトは好調で、事務所にいても小鳥遊がすることなんてほとんどない。家で寝てればいいのだが、事務所に行けば自動的に労働扱いしてくれるからお金は貯《た》まる。卒業したら親の助けを借りたくないから、落ちている小銭は積極的に拾いたい。

事件以降、一二三はほとんど毎日事務所に来るようになった。最初はチラッと立ち寄ってコーヒーを一杯飲んだら帰る、カフェ的な感じだったのだが、一週間するとノートパソコンを持ってきて仕事をするようになり、二週間目には空いていたデスクを完全に私物化、そして宅配業社が突如やってきたかと思えば、資料やらゲラやら食器一式やらのいるのかいらないのかわからない物品が次々と運びこまれた。ふつうに怒る暗黒院に、

「ここってコワーキングスペースじゃなかったの？」

と、とぼけてみせた。いまではもう完全にいない方が不自然なまでに馴染んでいる。次の新作は女子高生が主人公らしく、小鳥遊は一からいまの流行りやら有名TikTokerのことやらを聞かれたりするが、じぶんを女子高生日本代表にされるのは一般性の面で心許《こころもと》ないと逃げ回る。

「小鳥遊ちゃん、大事なのは一般性じゃなくて唯一性なのさ」

えちえちの真紅のチャイナドレスを身に纏う一はどうやら小鳥遊の恋バナを聞きたいらしい。自身に恋バナに心当たりがないだけに、連想されるのは他人の恋バナだ。十年以上片想いしていたひとが不可解な自殺をしてしまった一色緑のこと。彼女にしてみれば当然だった中平の死を、彼女がどうしてあんなにもすんなりと受け入れたのか、小鳥遊にはわからない。わからないからわからないなりに考え込んでしまう。そんなとき、一に言わせれば小鳥遊は乙女の顔をしている

らしくそのことで揶揄《からか》われるのだが、この不謹慎なノリが小鳥遊は好きじゃない。

「いい加減、やめてもらえますか？」小鳥遊は口調を厳しくして言った。「ひとの人生をなんだと思っているんですか？」

「ひとの人生はひとの人生さ」一は即答する。「すべて平等に重くて軽く、切実でありながら取るに足らない、取り替えが利かないくせに複製の需要が高いもの」

「よくわかんない話をして誤魔化さないでください」

「小鳥遊、お前はまだ前の事件を引きずっているのか？」

少し離れたデスクから暗黒院が突然ガールズトークに割り込んできてウザみを感じた。

「なんか、いろいろわかんないんすよね。一色さんの態度も、中平さんが死んだ理由も、中平さんが一色さんに疑いが向くよう仕向けたことも。そもそも中平さんにとっての一色さんって何だったんだろうって」

「あいつは作家よりも作家以上にフィクションの毒に当てられたのかもな」と一が言う。「良くも悪くもアマチュアだったって訳さ。作家としても、編集者としても」

「良くも悪くも？」

「プロとして商売できる小説を書いているヤツのほうが優れた小説を書くなんて幻想なんだよ。それは幸か不幸か市場に適応できたっていう結果にすぎない。私小説しか書けなかった中平は、私小説しか書けない一色緑にじぶんを重ねたフィクションに生きて、そのフィクションのなかで死ぬ現実を求めたのさ。それが中平の才能《ギフト》だ」

「才能……ですか」小鳥遊は少し考えた。「才能って誰にでも何かしらあるものなんですか？」

「小鳥遊ちゃんが想像している才能とはちょっと違うかもな」一が言った。「なぞなぞをひとつ。小鳥遊ちゃん、この地球には上り坂と下り坂、どっちが多い？」

「それ知ってますよ。おなじでしょ？」

「そう。それとおなじ話さ。才能ってのは人間にとって良いものばかりとは限らない。良い才能があるとして、ならばおなじ数だけ悪い才能があるはずで、まあ表裏一体ってヤツだな。それがわかっていないと才能にとらわれた思考をしてしまうわけだ」

「中平さんは……？」

「あいつはじぶんと文学的にそっくりな一色を見てそれに気づいたんじゃないかな？　だから良し悪しで才能を考えなかった。その代わりに、才能を唯一絶対なものとしすぎたんだ」

「だから死んだ……と？」

小鳥遊は思いっきり眉を顰めた。論理の飛躍が大きすぎる。

「才能を一個の生物みたいに考えたんじゃないか？　人間を乗り物にする生き物としての〈才能〉——そしてじぶんはそれを一色に託して死んでも構わないと思ったんだろうな」

「信じられませんね」

「中平が妾の小説に出てくるならそう書くよ」

小鳥遊はかつての一の言葉を思い出した——フィクションにだって真実はある。

「死人に口なしだな……」暗黒院はそう言ったあと、チラッと腕時計を見て、思いついたように言葉を続けた。「しかしもし中平にとって一色が大事なら、彼女に疑いがかかっても身の潔白は証明できるようにしたはずだ」そしてドアに向かって言った。「いヽるヽんヽだヽろ？　出ヽてヽこヽいヽよ」

「それ言わないと死ぬ病気にでもかかってんすか？」

扉が開かれると一色緑が現れた。

「来客なら来客って先に言っといてくださいよ～」

小鳥遊は席を立ち、キッチンへと移動した。

「一色さん、コーヒーと紅茶どっちがいいですか？」

「ありがとう。でもすぐ帰るから結構よ」

一色は小鳥遊に微笑んだ。今回のゴタゴタはネットニュースやらなにやらの騒ぎになることはなく、新刊も予定通り来年の春に出るらしい。予定通り、アイドルの失踪事件と遠隔殺人の〈麻雀探偵〉シリーズだという。

——わたしは見聞きしたものしか書けない。けれども、それでちゃんと生きていける。

あの事件のあと、彼女はこうかたったのだった。

——もう誰に頼ることもなく、小説でひとを殺せるから。

「よく来たな、ギスト」

暗黒院が笑顔で出迎えた。こういうとき、この男には善意なんてものはない。小鳥遊はそれを経験的に知っている。てか初手でガンガン煽《あお》っている。全裸の悪意が服を着て歩いている。

「ギスト呼ばわりやめてくんない？　てか何よそれ」

「すまん、ツムギスト」

「やめなさい」

暗黒院は来客用のソファへと移動した。

「ところでコイツを見てほしいんだ」腰を下ろすと一色に一枚の写真を差し出した。「あんたが失踪していたとき、この男を見なかったか？」

「見たも何も……」一色が言った。「わたし、そのひととずっといたわ」

小鳥遊は暗黒院の肩越しに写真を覗き込んだ。

そこに写っていたのは、白いタキシードとシルクハットを身につけ、スチームパンクとかでありそうなメカメカした片眼鏡をかけた青年だった。

「なんすか、このどこぞの高校生怪盗みたいなひと……」

「……白歴史探偵」

「は？　なんて？」

マジで何を言ってるのかわからなくて小鳥遊は聞き返した。

「白歴史探偵……界隈ではそう呼ばれている……」

「何界隈だよ」

「中平があんたに疑いがいくようにしたのは、容疑者という経験をさせるためだった。だけどそうなる前に事件が解決してしまったんだが、それはいい。ともかく、中平はダイイング・メッセージ書き換えトリックと同時にあんたに鉄壁のアリバイを与える必要があった。そこで奴が依頼したのがこの男、〈白歴史探偵〉だった」

「白歴史探偵とかじぶんでは言ってなかったけど、とにかく白いひとだったわ」一色が言った。

「このひと何してるひとなんすか？」

さすがに気になって聞いてしまった小鳥遊。

「ホワイトカラーの労働者だ」

「そこも白いんだ」

「ともかく……」一色は続けた。「このひとは、人間が心に隠し持っている古傷を癒やしてくれるんです……あなたが掘り起こしてイジり倒してくれた処女作、実は事件のあとに彼に読んでもらったの……そしたらね……素晴らしいって……一兆部とかイケるって……」

その後も白歴史探偵の話を一色は続けた。話せば話すほど彼女の頰は紅潮し、なんか色っぽいため息をついたりした。このひとたぶんホストにハマるとヤベェ感じあるわ、と小鳥遊は思った。そういうレディコミを最近読んだ。

「一兆部は無理だ」一が言った。「そもそも人間が八十億しかいない」

「たしかにそうなんですけど、そういう問題じゃなくないすか?」

「わたしね……」一色は凜々しい目をした。「幾千万もの言の葉、紡いでいくわ。プロとして──」

「妾はあんたにミステリをやめてまた純文学を書いて欲しかったんだけど……言の葉を紡ぐのはやめて欲しい」ただでさえ超然としている一が悟り切った顔面になった。「なんか、妾まで恥ずかしくなっちゃうというか、小説だの文学だの、何もかもバカらしくなってくるから……」

「小説家・一色緑──第一期・完──って感じですね」

「で、田中さんはその白歴史探偵を探しているわけですか?」

暗黒院は無言で頷いた。

「白歴史探偵──聞いたことがある」一が反応する。「鈴木《すずき》寛信《ひろのぶ》、二十八歳。都内の転職エージェント会社に出社義務のない裁量労働制で勤める会社員だ」

「身元どころか雇用形態までガッツリ割れてるじゃん」

一色の一言に小鳥遊は肩を落とした。

「とにかくこの男に接触した人間は自己肯定感が爆上がりして、やたら行動的になるらしくてな」

「田中さんより社会の役に立っている気がしますけど」

「ざっと調べてみたところ、なんかイケてるスタートアップ創業者との人材マネジメント系オンラインイベントとかしょっちゅうやっていて、歳上だろうがなんだろうが関係なく初対面の社会人相手に勝手にコーチングを仕掛けてくるんだ」

「いいじゃん。田中さんもやってもらいなよ」

「しかしそのうち一部の人間が越えてはいけない一線を越えてしまっているらしいんだ。どうも夏の事件にも関与していたらしい」

「夏の事件って、蛇怨館の？」

暗黒院は頷いた。

「表向きはとにかく白い。だが、その白さゆえに、界隈では〈白の闇〉と呼ばれている――」

「二つ名持ちの成人男性、だいたいヤバくないすか？」

「小鳥遊さん、二つ名を持つ成人男性を複数人知っている女子高生なんてふつういないんだよ」

一色緑によってスーパーフラットなトーンで放たれた一言が胸に突き刺さる。

暗黒院はソファから腰を上げ、事務所の窓を全開にし、足を上げて窓縁に置く。

「来るぜ……〝嵐〟がな……」

小鳥遊は踵《かかと》が浮いた彼の反対側の足がプルプル震えているのを無言で見ながら、たぶん冬ごろに始まるクソどうでもいい仕事《ブルシット・ジョブ》の予感に疲労濃度98％の濃いため息をついた。

第三話

どちらが主人公を殺したか？

X、　双生児その他、瓜二つといえるほど酷似した人間を登場させるのは、その存在が読者に予知可能の場合を除いて、避けるべきである。

——ロナルド・ノックス

（宇野利泰　訳）

ふたりでひとり——なんてこと、あるわけがない。

おなじ食事を与えられ、おなじ服を着せられ、おなじおもちゃを買い与えられ、物心がついた頃には一字違いの名前だけがアイデンティティだった。

あなたたちはふたりでひとりなのだから。

なんてことを親が言いこそはしなかったものの、遺伝子レベルで共有された自我は自覚すれば呪いでしかなく、何者かになろうとする意志はことごとく否定されてしまう。

呪いから逃れることができなければ、その呪いを楽しむしかない。どちらともなくたどり着いたこの結論を、双子はとりあえず実行することにした。火曜日と木曜日、通学路でふたりはランドセルを入れ替え、教室に入ると兄は弟の席に座り、弟は兄の席に座る。そのまま授業を受け、友だちと遊び、家に帰った。

小学校を卒業するまで律儀に続けた運命へのささやかな抵抗はクラスメイトや教師のみならず親にも気づかれず、そこに希望や救いを覚えるどころか、ふたりぼっちの孤独を深めるだけでしかなかった。あとになって考えてみれば、全員が気づいていていちいち指摘しなかっただけかもしれない。しかしそれはそれで、亮太《りょうた》が亮太であり、浩太《こうた》が浩太である必然性が他人にとって皆無だったということに他ならない。かくして交換不可能性は否定的な結論を得た。

——交換可能な生

それがのちに数学の天才と呼ばれるこの双子が最初に証明した定理だった。

1

「で、なんのつもりなんだ？」ムーンウォークの練習をしていた暗黒院真実（本名・田中友治）がデスクに突っ伏した小鳥遊唯を覗き見る。「その参考書」

キーボードを奥に押し退けて広げているのは『チャート式基礎からの数学Ⅰ＋A』、通称「青チャート」。涙と鼻水に濡《ぬ》れた顔面をノートに押し付け、ダイイング・メッセージを残そうとするようにプルプル震える指先が散らばった消しゴムのカスをくりくり練っている。

「ほっといてくださいよ……」

この世のすべてに絶望したかのような声はむしろ救いを希求している。闇あるところにのみ光が射す――ゆえに小鳥遊は心を闇で埋め尽くし光を待っているのであるが、それを客観的に悟ってしまうと光すら届かない深海へと落ちていくような息苦しさがやってくる。

「小鳥遊ちゃんって」暗黒院の後ろから一二三も覗き込んでくる。この日はクラシックなデザインのメイド服に身を包んでいる。「数学苦手なのか？」

冬。

大学入試共通テスト。

小鳥遊は一年後に控えた受験にビビり倒していた。

「こんなの、社会に出て何の役に立つんですか……」小鳥遊は顔面から分泌された体液でベッチヨベチョになったノートに視線を落としたまま呟いた。「因数分解できたからって何？　最大値とか最小値とかわかったからって何？　だいたい動点Pってなんだよ。動くなよ！」

「落ち着け、小鳥遊……」暗黒院がやさしく小鳥遊の肩に手を置いた。「勉強ひとつまともにできないヤツが社会に出て何の役に立つ？」

その瞬間、小鳥遊の右アッパーが暗黒院の顎をとらえた。

先月の市民検診で一七三センチメートル六十二キログラムを記録した二十八歳独身男性の体躯《たいく》が宙に浮き、微《かす》かな無色透明の飛沫を口からばら撒《ま》きながら床へと落下していった。声とも音ともつかないゴフッという空気の震えは物理的距離とは逆に一、小鳥遊、暗黒院の順に鼓膜を揺るがせ、弛緩《しかん》していた空気に緊張を走らせる。

「暗黒院……」一が仰向《あおむ》けに倒れた男の見開かれた目を覗き込んだ。「お前は数学しかできなかったじゃないか」

「そうなんですか？」

小鳥遊は右拳を撫でさすりながら言った。

「ああ。数学は学年トップだったが、文系科目が壊滅的でな……。あ、英語はそこそこできたかな？　現代文がカスの典型的な理系バカだったはず。なんか陰でサイコパス扱いされていた」

「サイコパス扱いなんかしちゃダメっすよ」小鳥遊は軽蔑のまなざしで暗黒院を見下ろした。「そんなことしたらこの中二、ますますイキリ散らすじゃないですか。てかコンタクト、今日はしてないんすか？　キャラがブレブレですよ。やるならやるでちゃんとしてください」

「私はたしかにひとの心なんてものはわからないかもしれない……」暗黒院はゆっくりと身体を

起こす。「しかしそれが私の〈孤独〉を育てたんだ……孤独はひとを唯一無二の存在にする。私は生まれながらの数学の才能によって救われたんだよ……」

「そうか？」

一が眉を顰めるのをよそに、暗黒院はおもむろに両手を広げた。

「センターは英語筆記が１８８点、リスニング50点、数学は二つとも満点、化学が97点で物理は１００点、世界史88点、国語はたしかに苦手で１３６点だったが古文漢文が一問ミスの98点で耐えた。合計で９５０点中８５９点だ」

「キッショ」小鳥遊が悲鳴をあげた。「二十代後半の成人男性がセンター試験の点数を全科目一の位までぜんぶ憶えているの、キモすぎません？　キモすぎの鎌足《かまたり》ですよこれは！」

一が悪意を滲ませた笑みを浮かべた。

「お前、高一のときはお得意の数学すらカスみたいな成績だった気がするけど」

暗黒院の身体がピタリと止まった。

「へぇ……」小鳥遊の表情に一の悪意が感染する。「詳しく聞きましょうか……」

「やめておけ」と暗黒院。「死人がでるぞ」

「やだなぁ……どうやったら数学ができるようになるか、パイセンの話を参考にしたいかわいい後輩の純粋な質問じゃないですか？」

「暗黒院の成績が伸びたのはたしか高二の夏だ。その時期はコイツが妾に一回目の告白をしてきた時期と一致しているんだが、たぶん、それで世界から見捨てられたような気持ちになったんだろうな。友だちとかいないっぽかったし。唯一しゃべり相手だった妾にもフラれて、もう学校生活で逃げ場がなくなった焦りから勉強をするしかなかったんだろう」

「待って待って、気になるサムシングが渋滞してる！」

「どれから聞きたい？」

「え、じゃあ一回目の告白ってヤツを……」

目にアクセントを入れ、小鳥遊は天然オッドアイの左目をウインクする。

「それは数学に関係ないだろ！」

「仕方がない、それはまた今度にしておこう」一が小鳥遊にウインクを送る。「ちなみに全七回の告白のうち六回は妾の過去作に忍び込ませている。興味があったら探してみて」

「小説家怖《こ》ぇ〜」小鳥遊は両腕でじぶんを抱きしめるポーズをしてみせた。「えっ、えっ、えっ？　てか七回ってヤバくないですか？　そもそもなんでイケるって思っていたのかも謎ですし」

「で、小鳥遊。お前は何がわからないんだ？　この私が特別に講義してやろう」

明らかに話題を変えようとした苦し紛れのムーブだが、小鳥遊はなんだか可哀想になってきて追及しないでおくことにした。

「なら特別に教えさせてあげますよ」

小鳥遊はペライチのプリントに印字された問題を指差した。幼気な少女の顔面を体液分泌祭りにしたのはこんな問題だ。

$x=(1+\sqrt{3})/2,\ y=(1-\sqrt{3})/2$ のとき、

（1）x^2+y^2 の値を求めよ。

（2） x^3+y^3 の値を求めよ。
（3） x^4+y^4 の値を求めよ。

「なんだ」暗黒院が鼻で笑う。「初歩的な対称式の問題じゃないか」

「対称式？」小鳥遊は露骨に長いため息を吐いた。「なんすかそのイキリ用語」

「なんだそんなことも……」

と言いはじめた暗黒院を遮って一が、

「いるよね。ちょっと数学できるからって開口一番に専門用語をぶっ放してくるヤツ」

とうんざりしたような口調で言う。

「ですです」

首を激しく縦に振る小鳥遊。

「そんな教え方をするヤツがいるから数学を嫌いなまま数学をやるハメになる生徒が増えるんだ」

「知ったような口を利きやがって……」

不貞腐《ふてくさ》れる暗黒院を尻目に一は続ける。

「まあ、学生時代は塾講師のバイトもしていたからな」

「小説家もしながらですか？」

「そ。なんか学生作家だと人生経験が足りないとか人間が書けていないとかすぐ言われるから、飲食、交通整理、外国人向けの神社の観光ガイド、新聞の拡張員とか……三十くらいやったよ」

「すご〜」

このひといったいどんな時空に生きているんだろ、お仕事系ＳＦかよ、と小鳥遊は思った。

「学生の本分は学問だろ学問」

一矢報いようとした暗黒院だったが、

「あいにく、卒論は総長賞を貰ったよ」

とサラリと返される。

「やばぁ〜」

というより、そこまでやられると呆れる。総長賞がすごいのかどうかはまったくわからないけれど、一のことだからすごいんだろうと小鳥遊は聞く気すら起こらなかった。チッと舌打ちする音が視界の外で聞こえた。

「で、対称式だが……」一は小鳥遊のシャープペンを手に取り、デスクに散らばっていた裏紙に数式を書いた。「この x と y みたいに、文字を入れ換えても結果が変わらない多項式のことだ」

「ふむふむ」

小鳥遊の目にやる気の炎が煌《きら》めいた。

「で、そのうちで一番簡単な対称式、x と y となら $x + y$ と xy だな。これを基本対称式って言うんだけれど、対称式っていうのは基本対称式を使って計算を簡単にできるんだ」

「簡単って？」

「この問題、最後の3番が難しく感じるのは4乗しなくちゃならないように見えるからじゃない？　しかもルートが入っててダルいし。簡単にするっていうのは、わざわざダルい4乗しなくても解けるようにするってことだね」

「つまり……」

と割り込んでこようとしたら暗黒院に、

「や、黙って」

と、小鳥遊が制すと、イキリ成人男性はそれ以降窓際で黄昏《たそがれ》た。陽はまだ高く昇っていた。

一が教えるに、まず簡単な$x+y$とxyを計算する。そして設問の式を$x+y$とxyを使った式に変形していけば楽に解けるが、この変形を練習して覚えておくといい。3乗、4乗、そしてさらに大きくなっても変形にはパターンがあり、そしてそれはひとつ次数が下の対称式を使えばよく、だいたいの問題はそういう誘導になるように作られているらしい。

「数学のコツはなるべく計算しないようにすることなんだよ」

「計算……しない？」

目から鱗《うろこ》が落ちた。

「もちろん基礎的な計算力はいるからそこは練習。でもそれは数学って言うより算数なんだよね。数学はなんというか、構造なんだよ。目の前の問題がどんな材料でどう作られているか……それを考えるのがおもしろいってカンジかな。この問題だと基本対称式っていう言葉はたしかに大事だけれど、双子みたいなxとyの性質がわかっていれば大丈夫。ちなみにzも加えた三つ子もあって、受験だとここまでできたら充分かな」

「双子のxとyかぁ～！」小鳥遊の身体を偏差値が30くらい上がる全能感が貫いた……が、言われてすぐに類題を解けと言われてもできる気はしない。でもなんか頭が良くなった雰囲気にいまだけは騙《だま》されておきたい。「さすがです……どっかのヤバ探偵とは全然違いますね！」

窓の外を見ていた暗黒院がムスッとした表情のまま振り向いたそのとき、事務所の扉が開いた。

現れたのは馴染みの刑事・聖山だ。挨拶もなく彼は我が物顔で来客用ソファに身体を沈めると、なにやら重々しい雰囲気を漂わせながらゆっくりと口を開いた。

「田中、良いニュースと悪いニュースがある」

だが目の前にぶら下がった餌は、カラコンなしの暗黒院の右眼にはよく見えていなかった。

2

「で、どっちからにする？」聖山が言った。「良いニュースと悪いニュース」

暗黒院は聖山の向かいに腰を下ろした。

「良いニュースから聞こうか」

「前から進めていたアドバイザーの件だが、やっと署長の承認が降りた。こないだの編集者自殺事件の解決が決め手になったようだ」

「アドバイザー？」小鳥遊が暗黒院の隣に座る。「なんのことです？」

「ビジネスだよビジネス」暗黒院がぶっきらぼうに応える。「月三十万で警察署の捜査を手伝うっていう契約だ。去年から聖山に提案していたんだよ。判子もらうのに一年もかかりやがって
……」

「そんなのあるんですね」

小鳥遊が感心していると、

「ねえよ」と聖山が苛立ちを隠さず吐き捨てるように言った。「民間の、それもこんなクソ怪しいヤツとの提携なんて前例がない。田中、お前は一年もかかりやがってとかほざくけどな、こっちはこっちで大変だったんだぞ。クソ面倒な書類やら根回しやらを業務の合間にしてきた俺の身にもなってみろ。むしろ一年でまとめたのを評価して欲しいくらいさ」

「でもそのクソ面倒なことをやってくれたんですね。ありがとうございます」

聖山は小鳥遊の笑顔を直視できず、窓際の観葉植物に視線を逃した。小鳥遊の表情は聖山の視界の外でJK天使スマイルから皮算用タヌキ顔へと変わる。これで給料が上がる……なんか駅前のクソかわいいカフェのエイリアンの食糧じみたスカイブルーのルーがぶっかかった謎カレーに食らいつきたい衝動が腹の奥深くで頭をもたげた。

「フン……」暗黒院は必要以上に神妙な顔をしている。たぶんうれしいのだ、と小鳥遊は思った。この男はビジネスだと言うけれど、金に困っているわけじゃないのだから、きっと、じぶんが必要とされているのがうれしいのだろう。「で、悪いニュースってのは？」

「いいか、よく聞けよ……」聖山は暗黒院の目を見つめ、身体を少し前に乗り出すようにして言った。「お前の友だちが殺された」

「いま、友だちって言いました？」

友だち、という言葉に動揺を隠しきれない小鳥遊に、聖山が事実の確からしさを主張するようにゆっくりと大きく頷く。一が場の全員の外へと視線を逃し、一方で暗黒院は天井へと視線をめぐらせ、宙吊りのリアリズムの所在を追った。

「矢野《やの》のことか？」

ゆっくりと、それでいて力強く瞼を下ろす彼の所作は一縷《いちる》の望みへの祈りにも似ていた。

「おなじ研究室の同級生だったそうだな」

「良いヤツだったよ……」ここで暗黒院に矢野との青春が思い出される……はずだったが、彼の記憶は都合の良い感情をもたらしてはくれなかった。引き出された忘却フォルダ行きギリギリのエトセトラは、当時流行した美少女ゲームの貸し借り――一定の周期で反復的に矢野から借りることで友人の知りたくもない性癖を知ってしまった――研究室のジャンプ購入係ジャンケンの記録表――修士一年の夏に悪夢の十連敗を記録した――院試勉強のときに矢野の次に使用した研究室に所蔵されていた過去問ファイル――長くも短くもない縮れた毛が一本転がり出てきて、持ち主を特定したとて誰にとっても決して幸福とは言い難い結末にしかならなかった――などといったものばかり。思わず口走った〈良いヤツ〉という表現の正しさの再考を余儀なくされ、口を噤《つぐ》んでしまった。

旧友の死に言葉を詰まらせる人間に生の重みを加味した同情を示してやるのが社会的生物の常だが、聖山も小鳥遊も、そして暗黒院イジりを趣味とする一でさえ、それを言葉にするような無粋な真似《まね》はしない。どこかの誰かの死を悲しむ深い夜をともに悼みつつ、それでも無慈悲にやって来る朝へと立ち向かうべく時計の針を巻き、過ぎ去りし時間を手繰り寄せ、冷たく無機質な真実への歩みを探偵に促した。

「被害者は矢野賢五郎《けんごろう》。二十八歳。大久保《おおくぼ》工科大学大学院理工学研究科超域数理現象学専攻の助教だ。死因は大学構内の居室にて、何者かに刃物で刺されての失血死。刺し傷は五箇所あり、心臓に至った傷が致命傷となったようだ。あとの四箇所は死後に刺されたもので、かなりの恨みを買っていたようだな。現場には争った形跡があるものの、盗《と》られたものはなく、状況から大学内部の犯行と見て捜査をはじめた……」と、機械的な説明の途中で聖山はいったん言葉を切り、そしてまた話した。「……が、もうほとんど犯人はわかっている」

「ほとんど？」

暗黒院が伏せていた顔を上げた。

「だいたいおかしくないですか？」小鳥遊が眉を顰める。「そもそも犯罪なんて露見した時点で詰んでいるようなものですよね？　いつも思っていたんですが、容疑者が絞られているなら、ひとりずつ徹底的に調べ上げたらそれで解決するもんじゃないんですか？」

「美しくないな」と暗黒院。「それこそ数学の問題とおなじだ。謎は論理的に解いてナンボだ」

つまり探偵と数学者は似ているってこと？　ならばわたしに探偵は無理だ……と小鳥遊は思ってガッカリする。って、なんでガックリしているんだろう？　と心のなかで自問した。いくつかちょくちょく事件を解くなかで、探偵役の快楽みたいなものが無意識的に育ってしまっているのだろうか？　静かに何事もなく過ごしていたい小鳥遊にとって、この密《ひそ》かな気づきには危険なにおいが立ち込めている。てか田中、お前が言うなよ。だいたい謎解きしてるのわたしじゃん。

「まあ聞けよ」聖山が煙草に火をつけ、小鳥遊が大袈裟にむせてみせた。「おそらく事件を解決するのに必要な情報はもう得ている。被害者の爪から犯人のものと思われる皮膚が検出された」

「え、ＤＮＡ鑑定で一発じゃないですか？」

首を傾げる小鳥遊のとなりで、暗黒院が神妙な面持ちで沈黙を守っていた。

「もちろんそう思ったさ。で、鑑定結果なんだが……」聖山は煙草を深く吸い込んで、大量の煙を吐き出した。「該当人物がふたり現れた」

「ふたり……⁉」小鳥遊が裏返る手前の声で叫んだ。「そんなことあるんですか？」

「いやふつうにあるだろ」小指で耳の穴をほじりながら暗黒院が言う。「つまり、そいつらは一卵性の双子だってことだろ？」

一がわずかに口元を緩ませた。

「そういうことだ」

聖山がまださして短くなっていない煙草を灰皿に押しつけた。

「なるほど、話はわかった！」

知らないうちに暗黒院は席を立っており、奥の窓に背を向け、いい感じの逆光になるポジションで顔面あたりに手をグワっとするポーズをキメていた。

「聖山さん、本当にこんなのがアドバイザーでいいんすか？」

小鳥遊は呆れながら黒衣の男を指差す。

「せっかく働くなら退屈しない方がいいからな」刑事が肩をすくめた。

「その金が税金から出ているわけだな」

一がため息をつく。

「なんか言ったか？」

聖山が横目で一を見る。

「ただの事実さ」

一は視線を暗黒院に向けたまま淡々と応えた。

「つまり数学的に言うなら、この事件は〈解の安定性〉の問題ってところだな」

実在不確かだった友人の死など忘れたかのように、暗黒院の声は弾んでいた。

3

「頭の悪いヤツには二種類の人間がいる」

一行《いっこう》は聖山が運転する車のなかにいる。助手席に暗黒院、後部座席に女ふたりが座る。暗黒院がなぜ数学を得意としているのかを一に訊ねると、彼女はおもむろにこう話をはじめた。

「二種類？」

小鳥遊が相槌《あいづち》を打つ。

「ひとつはシンプルに理解力のないバカ。そしてもうひとつが、理解力こそあるが明後日《あさって》の方向にエネルギーを注ぐアホだ」

どうやら一のなかではバカとアホは違うらしい。

「じゃあ田中さんは」小鳥遊は握りこぶしをもう片方の手のひらにポンと叩いた。「アホですね」

「誰がアホだ誰が」

やれやれ主人公系の口調で割り込んできた暗黒院を無視して一は続けた。

「小鳥遊ちゃんのクラスにもひとりはいるだろう？　成績の良し悪しに関係なく、やたら長いカタカナの単語を意気揚々と覚えてくる早口マン」

「はいはい。世界史のリキなんちゃらかんちゃら法とか、化学のパラがどうのこうのベンゼンとか、そういう感じのヤツですか？」

「リキニウス＝セクスティウス法とパラヒドロキシアゾベンゼンな」

「そう。こういうのです」

完全に次の一手を読んでいた小鳥遊は暗黒院を瞬殺し、一が思慮深い頷きで小鳥遊に同意した。

「ああ、それでなんだっけ？　そうそう、暗黒院の高校のときの話か」

「そうそう」そうだったんだ、と思いつつ小鳥遊は言った。「なんで数学が得意なんですかね？」

「私に直接訊いたらどうかね？」

暗黒院の抑揚のない声が前方から響く。

「ウチの高校って偏差値が高かったから地頭は悪くないんだろうとは思うんだけど、アレだな」

「どれだよ」

暗黒院を無視して一は続ける。

「数学には数学特有の言い回しがあるよね？〈同様に確からしい〉とか〈一般性を失わない〉とか。ああいうのに〈中二〉を感じるんじゃないか？」

「完全にアホの子じゃん」

「あと〈次数下げ〉とかもかっこいいぞ。実際使うとテクいし」暗黒院はまったく否定しなかった。「それでもお前より成績はよかったと思うぞ」

正論とも挑発ともとれるこの発言に小鳥遊はムッとする。

「わからないですよ？　いまからでも偏差値爆伸びする可能性がありますし。女子高生は可能性の塊……可能性の化身、可能性そのもの。言ってみれば、わたしこそが〈可能性〉ですよ」

「ならせいぜい現役で東大に受かってくれ」

「え……」小鳥遊はおそるおそる一の方を見た。「田中さんって……もしかして……マジなんですか？」

「残念ながら東大だ」

一はゆっくりと瞼を閉じた。

「ところで田中さん」

「コロコロ話が変わるなおい」

まだ何にも言ってねぇよと小鳥遊は舌打ちを軽く打つ。

「被害者の矢野さんってどんな方だったんですか？」

「あいつは正真正銘の天才だったよ」暗黒院は窓の外を見た。「学部の頃、数論と複雑系で卒論を二本書いて、大学院では悩んだ結果、物理系の専攻に進んだんだよな。だから院ではちょっと疎遠になったんだが、研究棟が一緒だったからたまに飯を食いにいくとかはしていた。で、修士二年の年に博士課程に飛び級して、その次の年に博士号をとって大久保工科大学の助教になった。そこは新設のちょっと変わった専攻で横断的な学問を推進しているとかなんとか」

「超域数理現象学専攻」一が言った。「数学をベースに工学や医学、社会学や言語学、文学も対象としている〈なんでも屋〉が集まるところだよ」

「詳しいな」

暗黒院が振り向いて一を見た。

「妾も少し絡んでいるからな。ディスタント・リーディング、いわゆる遠読の研究をやっている先生がいて、自然言語処理を使ったポストモダン文学の批評を出そうって話がきていてだな……」

わからない単語のオンパレードで小鳥遊の頭がクラクラした。

「田中さんと同い年ですよね？」

「あいつは私の憧れでもあったんだ。なにをやらせても天才って感じでな。主人公みたいなヤツだった」

「田中さんもひとに憧れたりするんですね」

言ってみて思ったが、暗黒院はむしろだいたいなにかに憧れている。日頃のおこないのどれをとってみても、ステレオタイプな奇人変人のパクりである。

「なんか地味な研究をしていたぞ。水をガラス板で挟んで、周りを真空にしてどう乾くかみたいな、そんな研究だ」

「それ、なんの役に立つんですか？」

完全にバカにした暗黒院のデカいため息に、小鳥遊は暴力も辞さない態度で続く言葉を待った。

「そういえば」すると暗黒院はふと何かを思い出したように声の調子を変えた。「矢野はちょっと変わった体質……体質なのか？　まぁそれはいい、一般人《パンピー》とは違っていてな……」

「ついたぞ」そこで車が止まり、手元をなんかカチカチ慣れた手つきでやりながら聖山が言った。

「ちょうど容疑者の二人の取り調べをしているところだ」

聖山は出るときのためにバックで駐車するタイプではなく、頭からズドンと駐車スペースにカチ込んでいく鉄砲玉スタイルの駐車をした。

「ちょっと田中さん！」車から降り、警察署の玄関へと続く石段に足を乗せたところで小鳥遊は暗黒院を呼び止めた。「さっきの、矢野さんの変わっているところって？」

「ああ」暗黒院は言った。「あいつ、心臓が右にあったんだよ」

「田中さん」小鳥遊は気づいてしまった。「もしかして矢野さんに憧れていたって、それですか？」

暗黒院はぴたりと足を止め、振り返ると警察署を背景に黒マントをはためかせ、自慢の異色虹彩《オッドアイ》で小鳥遊を見下ろした。

「めくるめく〈ショータイム〉のはじまりだ……」

小鳥遊はため息をつく。

「それ、名探偵というよりシリアルキラーのセリフっぽくないすか？」

そういえば〈めくるめく〉なんて言葉を実生活で使う人間を見たのははじめてだった。

4

ふたりでひとりと扱われるたび、強調されるのは不完全性だ。

もしふたりで完全なひとりになれるなら、と双子は考える。双子のそれぞれが正の有限な実数で示されるとき、その和が1になれば双子はともに1ではない。

この考えるまでもない、定理とすら呼べない自明の理《ことわり》の先は行き止まりだ。行ってダメなら引き返す。疑うべきは最初の前提で、そもそもじぶんたちが双子であることの特殊性など存在するのだろうか？　たしかにじぶんたちはそれこそ遺伝子レベルでよく似ているかもしれないが、それは単なる物差しのサイズの問題でしかない。人間から見れば道を這う蟻《あり》はどれもおなじで、人間という括《くく》りでみたところで個々はどれほど有意な差を持つというのか？　よく似たおよそ八十億の人間が「人間」たる完全さを全体で作っていると一般化して何が違う？　一人ひとりが正の実数で示され、その総和が1となるなら、人間はどいつもこいつも不完全だ。思考の末に暴き出したのは不完全さを特定のペアに押しつける〈ふたりでひとり〉というイデオロギーの傲慢さだった。ゆえに完全な人間など存在しない。

物質優位の世界からの亡命先は紙とペンの世界だった。どんなおもちゃよりも幾何学模様に惹かれたのは、〈意味〉の意味が変わるからだ。互いを大切に思いながらも鏡像のような互いの姿かたちを嫌でも見続けるうちに深めていった絶望は、紙の上に抽象化された模様では意味を持たない。似ていることが呪縛ではなく構造的性質に置き換えられ、複製可能でありながらじぶんの筆跡さえ二度繰り返せない不確実な揺らぎが、じぶんでありながらじぶんではない生を何度も生き直すような感慨をおさないふたりの感受性の奥底に根を張った。図形は事物を示し、言語として音声を与えられたものは論理によって果てしなく増殖する。1＋1＝2。最初に覚えた数式で既知のものの合成による未知への想像を習得し、2に2を加え、4に4を加え、8に8を加え、たかだか有限の紙面の終わりに向かってイメージが伸びていく。

牧歌的な演算の散策はどちらともなく提示されたこの命題によって終わりを告げる。とは言いつつも、まだ血生臭い戦闘からは程遠い。それはかけっこであり鬼ごっこでありかくれんぼで、散歩にわずかな競技性がもたらした遊戯。それでも他人から見れば高度ななぞなぞだ。出題者は弟。解答者は兄。紙のどこかに身を潜める弟を、兄が四則演算を駆使して捜索する。ときに弟は隠れられないはずの場所へ隠れてしまったり、兄が弟の居場所を通り越して秘密基地を作ったりしてしまうこともあったが、瞬間的な口論ののちに互いの不備が確認される。隠れる場所も逃げるルートも尽きることはなかった。双子は思う。この世界にあるすべての道を通りたい。

そうなるといよいよ邪魔になるのは肉体だった。どれだけ紙のなかに意識を潜り込ませたとて、手にペンを握っている以上、数の庭を駆け回れる速度はしれている。**七桁の素数は何個ある？** そんなとき身体からペンを切り離す手段として飛びついたのがコンピューターだった。**ハワイとアラスカを除くアメリカの全州を一筆書きするときの最短経路は？** 人間が一生のうちに行える演算数をほんの一秒もかからず終えてしまえるこの機械は、双子に第二宇宙速度を超える速さの思考をもたらした。

無限に広い大地があって、そこに切り分けられた無数の国々を塗り分けるのには何色あればいい？ ただし隣り合う国は違う色で塗らなければならない、と条件を付与されたこの問題を持ってきたのは弟で、知恵というよりは分別によって得られたその情報が〈四色問題〉と名付けられているのを知ったのはそれから少し後——一次方程式の解法を義務教育が重い腰を上げてようやく教える頃になってからだった。問題の名前を知ったと同時に、双子は答えを知ってしまう。

それからやっと知ったのは数学という世界だ。じぶんたちだけの庭だと思っていた場所が、実はより広い宇宙のほんの片隅でしかなかったと、双子はそのときまでゆめゆめ思いもしなかった。問題があって答えがあり、そしてその二点を繋ぐ経路がある。

問題と答えがひとつでもその経路は無数にあり、同時に問題に関与する人間の数がそれと同等以上のオーダーで存在する。ある問題の解答がまた別の問題への通り道となっていることもあり、その絶え間ない連鎖によって作り上げられる巨大な地図に、双子はなにより〈人間〉を感じた。身体への呪詛《じゅそ》と排反するはずの感動。呪詛を感動で除した値の極限値はゼロに収束するけれど、しかし身体という有限性のなかで、呪詛を切り落とすに足る微小項と判断していいものか疑問が拭えない。不完全たる人間たちの営みで綾なされた数学という体系の完全性に、人間の完全性を幻視するのは希望だろうか？　それとも悪夢？　ゲーデルやチューリングは死に至る直前に何を見た？　**こき使われるアメリカのセールスマンは幸せか？**

　四色問題にのめり込んでいったのは不完全だったからだ。数学を知らなくても命題の理解が容易で、そしてそれ自体も何かの間違いで子どもが思いついてしまうことさえ考えられなくもない大問題は、遺伝子レベルで区別できないふたりの少年たちの心をたしかに捉えた。紙とペンで解ける理論的でエレガントな解法が未だ見つかっておらず、コンピューターを使った力任せの総当たり戦法を揶揄《やゆ》してエレファントな解法と呼ばれた証明がどこか人間らしい不完全さに映った。

　四色あれば十分だという解答を再現する方法はインターネットのそこらじゅうに落ちていたが、ふたりはそれを見なかった。出題と解答の担当分けが久しくなされていたふたりの、ひさびさの共同作業の分前《わけまえ》はどうすればいい？　紙とペン、コンピューターを駆使した膨大な検証のさなか、ジョークとしてどちらともなく発せられる問い。**重複人間の名誉は重複個数の階乗で割るというお決まりの処理が適切か？　そもそも名誉は欲しい？**　ふたりの出した結論はこうだ。**ぼくらが死んでから、生き残っている人間が考えればいい。大事なことはふたりで考えよう、そうじゃな**

ければ他人に任せるんだ。

検証は続く。中学を卒業しておなじ高校に進学した。部活には入らず、授業が終わればまっすぐ帰宅し、自室にこもった。紙とペンで解くだけの力はまだないと、ふたりは直観していた。というか、そもそもエレガントな証明にはあまり興味がなかった。不完全なエレファントな証明にこそ、希望と呼ぶに足る輝きを感じていた。

高校二年の夏休み、ついにふたりは独自の四色問題アルゴリズムを完成させた。十年分のふたり分のお年玉を注ぎ込んで組み立てた自作PCをぶん回して一週間かけた計算が、平面地図に現れた地続きの国々がどんな配置だろうと四色で塗り分けられると証明した。

終わって現れたのは達成感だ――と思っていた。しかし現実は当初の予想を裏切るという証明不能の第一定理の上にできている。達成感が湧き上がる前に弟がこう切り出す。じゃあこの地図に穴を空けたらどうなる？　その言葉を受け、兄の身体を数学の電気信号が即座に貫く。いいね、それ。

とはいえ仕事としては決して小さくはない。認められたいという感情は、もしこれを世に出したらどうなるだろうという興味によって二次の微小項の烙印《らくいん》を押される。ネットに出してみよう。それは年相応のいたずら心だ。

いたずら心。

のちに指導教官となる矢野賢五郎はそう言った。誰もが最初から持っていて、しかし月日とともに忘れてしまうもの。ある人間が研究者であるための必要条件。もっとも難しいのは、忘れないことなのだ。

双子は問う。

「研究者はいつも人間なのですか？」

5

捜査第一課。

刑事部のなかでも強行犯と呼ばれる殺人、強盗、暴行、傷害、誘拐、立てこもり、性犯罪、放火などの凶悪犯罪を担当する部署。

以上、Wikipedia より。

暗黒院たちの後ろを歩きながら小鳥遊は iPhone で検索した。そう、あの〈捜査一課〉である。テレビや小説でお決まりのあの組織への潜入ともなれば、ビビりながらも胸の高鳴りは抑えられない。先をゆく聖山の足音よりも早く鼓動を打つ。

「ドキドキしますね……」

未だ経験のない気になる男子との初デートの待ち時間のように頰を赤らめ、小鳥遊は暗黒院のマントをちょんと引く。必要以上に難しい顔を作ったその男が彼女を見る。

「小鳥遊、悪いことは言わない。後ろめたいことがあるなら、ここでゲロっとくと楽になるぞ？」

「何言ってんすか？」本人は気の利いたユーモアのつもりらしいが、彼女にしてみればウザいだけで想定の範囲を超えない雑なジョーク。「悪いことなんかしてません……し……」

声に出してみて一瞬考え込む。ホントにないよね？

「ほう……なにか探られたくないことはあるみたいだな……私の右眼が暴いてやろうか？」

「中二キャラのくせにギャグセンがちょいちょいオッサンなのがイラッとしただけですぅ。中二たるものフレッシュであれよ」

フン、と鼻を鳴らして暗黒院は顔を前方に戻した。

「しかし何もはじめてってわけでもないだろう？」

「ぜんぜん違いますよ！」冷え冷えとした廊下に小鳥遊の声が弾み、せかせかと早足で歩く公務員たちが彼女をチラッと見る。「今回は公式アドバイザーとしてですからね。ＶＩＰですよＶＩＰ！」

「小鳥遊ちゃん、意外とミーハーなんだね」

一が笑う。

「意外でもなんでもない。こいつはこういうヤツだ」

暗黒院が訂正する。

「お前らちっとは静かにできんのか？」聖山が肩でため息をつき、頭を掻きむしった。「遊びじゃないんだぞ。わかってんのか？　せっかくパートナー契約のためにいろいろしてやったのに、こんなんじゃすぐ解消することになっちまうぜ？」

「聖山……」暗黒院がなにやら重々しい口調で言った。「いま、どうして語尾に〈ぜ〉をつけた？」

「いいだろなんでもよォ」

「今度は〈オ〉《ちっちゃいオ》が入りましたよね？」小鳥遊が足を止めると三人の大人たちも足を止めた。「聖山さんって、やれやれ系のムーブをしつつ、でもけっきょく言われたことはきっちりやる的なお人好しなんですけど、言われてみれば警察署に来てからはオラオラ系の要素が入ってきてますね」

「あぁ……」ここで暗黒院の緑色の右眼が炸裂する。「まるで、じぶんはここにいると主張しているようにな……」

「はいはいはいはい」聖山は再び歩き出した。「お前らの思った通りのキャラでいいぞ。好きなように推理しとけ」心なしか、さっきより早足になっている。

そして扉が開かれた。

同時にガチャガチャガチャガチャと騒音が時間のすべてを埋め尽くすように鳴っていて、小鳥遊は驚きのあまりよろめいてしまい、倒れそうになったところを一が彼女の身体を支えた。

「な、なんですか⁉　この音は！」

小鳥遊は部屋のなかを恐る恐る覗き込むと、テーブルを四方を囲んでなにやらやっている。黒い服を来たひとが三人。そしてひとりは何から何まで真っ白のスリーピースに身を包み、銀の片眼鏡をかけている。オレを見ろと叫んでいるような、清々《すがすが》しいほどの自己主張だ。

「おまえは……⁉」暗黒院は目を見開き、一歩後ずさった。「白歴史探偵……ッ！」

「でしょうね」

小鳥遊はもはや何が起こっても驚ける気がしなかった。

「暗黒院真実さん」そういうと先ほどまでのガチャ音がピタリと止まり、全身ホワイトの男は傍《そば》に置いていた白いシルクハットを手に持って立ち上がる。「お久しぶりです。白日院正午《はくじついんしょうご》です」

「白日院？」小鳥遊は一の顔を見て小声で話した。「え、あのひとたしか鈴木ですよね？」

「鈴木寛信——自称〈白日院正午〉ホワイトカラーの労働者だ」そういうと一は「Hey, Siri」とiPhoneに口を近づけて発音する。「白日院正午」

見せてもらったのは〈白日院正午〉のGoogle検索結果だ。一番上に〈白日院正午のホームページ〉があり、人差し指でタップすると爆速で表示された。そこには白をバックにした顔写真と、名前と連絡先、そして〈この世のあらゆる謎を、全ての影が消失する〝大いなる正午〟へと導きます〉と書かれている。壁紙には〈HAKUJITSUIN Shogo〉の文字列が薄緑色のフォントで周期的に敷き詰められており、小鳥遊が知らない時代のレトロなインターネットそのものだった。

「大いなる……正午？」

「ニーチェだな。有名な〈神は死んだ〉とセットで出てくる有名なヤツだ」

「あー……」小鳥遊は理解した。「つまりこのひともあっち側ってことですね」

「決めゼリフは〈大いなる正午の訪れだ……〉らしいよ」

「うわー……キテますね」

小鳥遊がＭｒ．マリックのハンドパワーのポーズをとる。

「小鳥遊ちゃん、よくそんな古いの知ってるね」

ハンドパワーを維持したまま白男の動向に注視していると、視線がぶつかった。白日院はにっこりと微笑むとこちらへ歩いてくる。懐から白い革製の名刺入れを取り出し、一と小鳥遊に一枚ずつ名刺を手渡した。

「おや……」

白日院は小鳥遊の顔を片眼鏡のレンズ越しにまじまじと見る。

「な、なんですか？」

「あなた、暗黒院さんとおなじく片目が美しい緑色ですね。それも彼とは逆の左眼……。ひょっとしてお弟子さんでしょうか？」

お弟子さん！　その言葉に小鳥遊は絶句する。つまりこの男は、小鳥遊の異色虹彩《オッドアイ》を暗黒院にならって後天的努力《カラコン》で得たものだと思っているらしい。

「ただのバイトです」小鳥遊は不本意である旨を態度で示した。「わたしのは天然です。生まれたときからこの目なんですよ。あんなコスプレ男爵とおなじにしないでください」

「正しくは業務委託契約だ。雇用契約ではない」

いまそこじゃねえよ、と小鳥遊は思ったが、話が面倒くさくなりそうなので黙っていた。

「まあまあ、いいじゃないですか」白日院は暗黒院に言った。「数々のご活躍を拝聴しております」

「何がご活躍だ」

暗黒院はぶっきらぼうに言った。

「まったくです。田中さん、マジでなにもしてないですからね。強いて言うなら、関係者に取り返しのつかない心の傷をつけただけ。事件現場の通り魔ですよ」

「これは失礼」白日院は小鳥遊にぺこりと頭を下げた。そして暗黒院に向き直る。「なかなか元気のよいお嬢さんじゃないですか」

お嬢さん？　小鳥遊は白日院にメンチを切った。

「まあそれしか取り柄がないがな……」

「田中さんにだけは言われたくないですよ」

ハッハッハッ！　と白日院は声を上げて笑った。

「ずいぶんと仲がよろしいようで。ところで最後にお会いしたのはいつでしたっけ……？」

「蓮見《はすみ》先生の退官パーティーだな」

「蓮見先生？」

小鳥遊が訊くと一が耳元でつぶやいた。

「暗黒院が学部時代に所属していた研究室の指導教官さ」

「なるほど、つまり田中さんと鈴木さんは同級生ってことなんですね」

「ああ。そして今回の被害者・矢野賢五郎もな……」

「ところで暗黒院さん、研究はまだ続けていらっしゃるのですか？」

「お前には関係ない」

研究？　小鳥遊は首を傾げる。最近はムーンウォークの練習しかしてなくない？

そうですか、と白日院は満面の笑みを浮かべた。

「ところでいまのは何なんだ？」

暗黒院は白日院たちが囲んでいたテーブルの上に鎮座する黒いドーム型の物体を指差す。

「バトルドームですよ」

「バトルドーム？」

小鳥遊は一に訊いた。

「妾より上の世代のおもちゃだ。ボールを相手のゴールにシュートする３Ｄアクションゲームさ」

「一さんはなんで知っているんですか？」

「たしなみさ」

たしなみねぇ……と小鳥遊は白黒の二人を見る。てか、何のたしなみなんだ。

「他人の職場で超エキサイティングすな」と暗黒院。

「田中さんの職場でもないですけどね」小鳥遊がすかさず言った。

「バトルドームは脳に良いんですよ」と爽やかイケメン風の余裕を漂わせながら白日院が言う。

「ちょうど、知り合いの脳科学者が Twitter にポストしてましてね……」

「ネットの情報を鵜呑《うの》みにするとは、お前も落ちたもんだな」

「なんかめっちゃ旧交を暖めてますね」

小鳥遊がつぶやくと、一がまた耳打ちをする。

「ふたりとも、たしか犯罪と数理科学の統計的性質についてのテーマで研究してたんだ」

「へぇ……」小鳥遊は少し思考を巡らせた。「なんだろ、興味持てそうな気がしたんですけど、そういうの絶無ですね」

「世間話はそこまでにしてください」

部屋の奥から足音をカツカツ鳴らしながら歩いてきたのは若い女性だった。誰も煙草なんて吸っていないのになんとなく煙幕が立ち込めているようなこの捜査第一課の居室には男しかいないと思っていただけに、彼女に気づくと小鳥遊は完全に死んだと思っていた驚きのセンサーが復活した。美人だ。美人？　綺麗というよりはかわいい、みたいな？　欅坂《けやきざか》とかにめっちゃいそうな、そんな感じ。背格好や髪型は小鳥遊とほとんどおなじだが、顔のパーツとかじゃなくてオーラがちがう。美人の覇気を纏っている。なんか思わず守ってあげたくなっちゃう……みたいな。小鳥遊は思わずハンドパワーのポーズを作り直して「キテます……」と呟いてしまった。

「失礼しました」女性は完璧な角度でおじぎをした。「わたしは花隈《はなくま》もがなと申します。この度はご協力くださるとのこと、誠にありがとうございます、田中さん」

やっぱり〈田中〉のほうで呼ばれるんだ、と小鳥遊は妙に感心してしまった。

「それよりなんで白日院がいるんだ？」

「鈴木さんは」こっちもやっぱ〈鈴木〉で呼ばれるんだ、と小鳥遊はさらに感心してしまった。「田中さんとおなじくアドバイザーとしてわたしがお呼びしたんです」

「余計なことを……」

そう漏らしたのは暗黒院ではなくさっきから黙っていた聖山だった。というか、聖山はじぶんの棲家《すみか》たる捜査第一課居室に来てからやたらモジモジしている。

「先輩とおなじ方法をとったまでです」

「先輩？」

小鳥遊が聖山に訊く。

「もがなはいわゆるキャリア採用の新卒なんだがな、教育係が俺なんだよ」

もがな？

「いわゆるキャリア組ですよね？　ってことは階級は警部補……聖山さん、大丈夫ですか？」

「俺も警部補だ。上司ではない」

「それにしても聖山さん、ホントにわたしと目を合わせてくれないですよね」

花隈もがなが腰に手を当ててフンと鼻を鳴らす。ヒロインにしか許されないポーズだ！　小鳥遊は感動さえ覚えた。小鳥遊の脳内で謎のオッサンが「この人を見よ！」と顔面を真っ赤にして唾の飛沫をバチバチ飛ばしながら叫んでいる。

書類ファイルやらなにやらがごった返した室内に視線の逃げ場を探す聖山に、小鳥遊はふと思う。このひともしかして……？　もしそうだとすると、先ほどの謎の「ぜ」みたいな、不要不急の男らしさにも説明がつきそうだ。それにしてもやり方が中学生男子っぽいのだけれども……。

「*True My Love*…」

暗黒院が言った。すると聖山がおびえるように身体をびくつかせた。ほう、と暗黒院は右眼の緑色の虹彩を輝かせた。

「それ、わたしをイジってるんすか？」小鳥遊が暗黒院を睨みつつ、聖山を肘でつんつんする。

「で、どうなんすか？　Ｙｏｕ言っちゃいなＹＯ」

「ちがうちがうちがうちがう」聖山は首と手をブンブン振った。古典的なアクションだ。「なんか、こう、調子が狂うんだよ。もがながいると……」

「ああ、もがなさんのアレのことですね」

白日院が指でハートマークを作りながら言った。

「アレ？」

小鳥遊は白日院を見る。

「はい。もがなさんにはちょっとした異能がありましてね。まぁ簡単に言うと、彼女はそこにいるだけで周囲の人間の男らしさ《マチズモ》を爆上げするんですよ」

「は？」小鳥遊はポカンとした。「はぁ……」

「よくわからないんですけど、そういう体質らしいのよね」花隈もがなは深々とため息をついた。そのため息から二十数年にわたる疲労を小鳥遊は正確に読み取った。「学生のときからずっとよ。周りの男どもが声を張り上げて自己主張するだけならまだいいし、なんなら気を利かせて荷物を持ってくれるとかは便利っちゃ便利なんだけど、みんな有害な男性性も副産物として撒き散らしていくから……下の名前を呼び捨てってのもイラッとくるし、お前を守る！　とか言われてもハァそうですかって感じだし、ってか〈お前〉呼ばわりが一番嫌だわ。あーなんか、話しているとだんだんムカついてきた」

「あ、それちょっとわかるかも」小鳥遊は同意する。「J-POPとかでも男が女に向けた歌で〈お前〉ってめっちゃ呼びかけてくるけど、マジでお前それやめろし！　って感じですよね」

「それな〜！」

　隣で一も頷いていた。それから女三人で男のイラつくムーブをあげつらいながら一番から九番まで打線（DHあり）を組んだ。場の男性陣の顔つきがみるみる強張《こわば》っていったのに小鳥遊と花隈もがなは気づいていないが、一だけはその空気をじっくりと楽しんでいた。

「つまり、」小鳥遊は指でハートを作った。「聖山さんのオラつきは純粋な恋心ではなく」そこで指のハートを真っ二つに砕いた。「花隈さんの異能のせいってワケですね」

「そこの白男の話が正しいとそういうことになるな」

聖山はすでに疲れ切っているようだった。

「と、言うことは――」小鳥遊はハッとした。「――ここにいる男性警官は全員、マチズモ爆上げ状態ってことなんですか？」

室内の警察官は全員小鳥遊から目を逸らした。

「そういうことになりますね」

白日院は依然として余裕たっぷりの笑みを浮かべている。

「あ、でもこの職場は逆にそれで助かっているのかも」と花隈もがな。「凶悪犯相手の仕事ですからね。元気なくらいでちょうどいいのかも。あとセクハラとかパワハラとかは全然ないですし」

「花隈さんが来てからは検挙率が上がっているとのことですよ」

「チーム・マチズモの栄光じゃん」

そう言って、小鳥遊は暗黒院と白日院の顔をじーっと見つめた。

「どうした？」

ここに来てからずっと不機嫌な表情の暗黒院がさらに顔を顰めた。

「いや、田中さんと鈴木さんは花隈さんの影響を受けてなさそうだなって――」

「グレイト・ディテクティブ！」白日院は寄声とともに指をパチンと鳴らした。「それについてはご心配なく」

小鳥遊はいろんな意味で首を傾げた。もういちいちツッコんでらんない。

「私たちはすでに〈異能〉を持っているから、花隈もがなの異能の影響を受けないんだ」

暗黒院はそう説明したが、そんなことよりわたしはいつの間に異世界転生したんだろう……と
小鳥遊はため息をつく。なんだかここのところ、ため息をついてばかりだ。

6

話は大久保工科大学の殺人事件へと移る。

白日院はバトルドーム推理法でのミーティングを提案したが小鳥遊によって秒で却下された。バトルドームがなくてもこの場はいろんな意味で超エキサイティングしているし、ぶっちゃけもうお布団の国に帰国したいくらいには疲れているのだから。

「話を整理しよう」聖山が場を仕切った。「被害者は矢野賢五郎。田中と鈴木の大学時代の同級生で、大久保工科大学の助教だ。居室で正面から心臓をひとつきされて死亡。さらに四箇所、死後に刺したと思われる傷がある。爪から犯人のものと思われる皮膚片が検出されたものの、その持ち主は一卵性双生児だった。兄・岡嶋《おかじま》亮太、弟・岡嶋浩太。現在、別室で取り調べをおこなって――」

「――あの四色定理の岡嶋兄弟か」

暗黒院が言った。

「四色定理？」

頭に不可視のはてなマークをつけた小鳥遊に一が答える。

「どんな地図でも四色あれば隣り合う国の色が重複することなく塗り分けられるってヤツだ」

「それ、すごいんスか？」

じぶんでもアホの子みたいなセリフだと小鳥遊は思う。一は首を縦にも横にも振らずに続けた。

「史上初めてコンピューターの計算で証明された数学定理ってことで有名な定理さ。逆に従来的な証明法、いわば紙とペンでの証明はまだ見つかっていない。岡嶋兄弟はコンピューターを使った別の新しい証明法を高校生のときにネットで発表したんだよ」

そこへ白日院がスッと手を上げた。

「失礼。凶器をお訊ねしてもよろしいでしょうか？」

「居室のキッチンにあった包丁です」花隈が応えた。「現場には争った形跡もあることから、衝動的犯行だと推測されます。なんらかの事情により被害者と犯人は口論になり、そこでたまたま見つけた包丁で刺したのでしょう」

「指紋は？」

「複数人の指紋が。被害者の居室は学生居室も兼ねていたので、所属学生のものです。もちろん兄弟のものは両方検出されました」

暗黒院は眠っているかのように眼を閉じていた。

「田中さん！」小鳥遊が暗黒院の身体を揺する。「なに寝てんすか？　自慢の眼をいま開かないとダメでしょ！」

「静かにしろ」暗黒院はスッと手で小鳥遊を制した。「もう少しで聞こえそうなんだ――この事件の〝聲〟がな……」

「被害者とかじゃなくて事件の聲なんですね」

逆鱗の一が手を挙げた。

「争った形跡があるってことは、被害者には致命傷になったものとは別に外傷があると?」

「はい」と花隈。「右頬に殴打された痕が」

「あ、そういうことか!」小鳥遊は一の質問の意図を理解した。「ってことは、犯人にもおなじようにケンカでできた怪我があるかもってことですね?」

「グレイト・ディテクティブ!」

白日院が指をパチンと鳴らした。

「あの、さっきスルーしたんすけど……なんですか、それ?」

「小鳥遊さん、あんまり気にしないでください。アレは鈴木さんの鳴き声みたいなもので、特に意味はありません」とうんざりした表情の花隈。「まぁ、どうとでも解釈できるのですべての意味であるとも言えますが」

「なにその万能言語」

「ほう」

瞼を持ち上げた暗黒院はどうもこのセリフに興味を持ったようだ。

「これ以上クソみたいな謎ワードを開発しないでくださいね?」と小鳥遊は釘《くぎ》を刺す。

「お前らな、ちっとは他人《ひと》の話を聞いたらどうだ?」聖山が頭を掻きながら手帳を開いた。「その辺はぜんぶこれから説明しようと思っていたところだ」

「なら早くしてくれ」

暗黒院はふたたび眼を閉じた。全神経を耳に集中させている風のポーズだ。

「事件が起こったのは一昨日。二十時三十五分に第一発見者・岡嶋亮太、双子の兄の通報で発覚した。このときすでに亮太は自身の犯行であると述べている」

「え、もう確定じゃん？」

小鳥遊が眉を顰めると、聖山はキッと彼女を睨みつけ、まだ俺が話しているんだと無言で訴え、それからまた視線を手帳に落とす。

「警察が駆けつけたのは通報を受けた十五分後だな。すると現場にはおなじ顔をした男がふたり──つまり弟の浩太もいたってわけだ。ふたりともシャツは血塗《ちまみ》れ、目の下に引っ掻き傷を作っていた。細かく言えば兄の亮太は右目の下、弟の浩太は左目の下だ」

「問題はここからです」と花隈。「ふたりはともに、殺したのはじぶんひとりだとその場で主張したのです。それでふたりとも署まで同行してもらいました」

「心臓を刺されたって、前から刺されたのか？」一が訊ねる。

「そうだ」

「共犯じゃないのか？　ひとりが羽交い締めをして、もうひとりが刺した──とか」

聖山が首を振る。

「二十時ごろに大学から少し離れたスーパーで岡嶋兄弟のどちらかを見たという学生がいた。監視カメラを確認すると、その人物がスーパーを出たのは二十時七分。そこから大学まで二十分はかかる。つまりスーパーにいた方はシロだ」

「どうして岡嶋兄弟のどちらかまでは特定できないんですか？」と小鳥遊。「いくら顔面一致パーソンでも服装はちがうでしょう？」

「いやその顔面一致パーソン、ふたりともいつもおなじ格好をしてるんだよ。おなじジーパン、おなじ白シャツ、おなじ靴におなじコートときた」聖山が顔を上げた。「ってか顔面一致パーソンってなに？」

「顔面一致パーソンです」

「その推理には誤りがある」そこへ暗黒院が無駄なマントアクションとともに一喝した。「顔面一致パーソンではない。顔面一致パーソンズだ」

「ノン・ディテクティブ」白日院が顔の前で人差し指をチッチッチと左右に振った。「それは推理ではありません」

あ、このひと、ウチのポンコツとは違ってちゃんとツッコミもするんだ……と小鳥遊は謎の感動を覚えた……が、よくよく思い返せば印象に残らないだけで暗黒院もちょいちょいツッコミをしていた気がして、すると直前の〈ノン・ディテクティブ〉の方が気になってきたが、これ以上気にすると負けだと判断した。

「あとちなみに大学の研究棟には監視カメラとか解錠履歴とかないんですか？　それを見たら一発だと思うんですが……」

「残念ながらないんだよ。なんでも被害者の所属専攻の研究棟は建て替えが始まったばかりらしくてな。それで一時的に旧研究棟へ仮住まい状態らしいんだ。監視カメラもないし、玄関はオートロックでもない」

「とにかく、犯人はひとり。そして双子のどちらかってところまでは確定なんだな」

一が話をまとめ、胸元のリボンをさっと直した。そういえばこのひとメイド服というクソ目立つ格好をしているのに誰も何も言わないじゃん、と思って小鳥遊は気づく。メイド服に黒マント、そして全身真っ白の片眼鏡に制服姿の女子高生……じぶんたちは季節外れのハロウィンの一群を成している。あつい！　小鳥遊の顔がみるみるあつくなっていく。

「ああ……」

聖山はこの世のすべての辟易《へきえき》を背負ってゴルゴタの丘に登る聖人のごとく凛《りん》としていた。うんざりゲージがカンストすると悟るらしい。

「ふたりともシャツが血に汚れていたってのはどういうことなんだ？」一がまた質問する。

「テクニカル・ディテクティブ！」白日院は拍手をしながら言う。「私もまさにそれについてお訊ねしたいと思っていました」

「おそらく偽装したのでしょう」花隈が前髪をさっと払いながら言う。「どちらも着ていたシャツは被害者の血でベトベトでした」

「それってつまり……」

小鳥遊が言おうとすると暗黒院がパイプ椅子をパァンと弾き飛ばし、左眼を右手で隠し右眼を見開くと、九〇年代ビジュアル系ロックバンドを彷彿《ほうふつ》させる極端な内股で立ち上がった。

「ブラッディ・ディテクティブ……」

「つまり」小鳥遊は暗黒院を黙殺した。「犯人は正直者で、もう片方はそいつを庇《かば》おうとした嘘つきってことですね」

「ついてこい」聖山が歩き出した。「いまから岡嶋兄弟に会わせてやるぜ」

語尾に露出《ポロリ》したマチズモで小鳥遊の背筋に悪寒が走り、たまたま目が合った花隈が心なしか申し訳なさそうにしていたのだった。

7

いまここに、穴のない平面がある。

隣り合う国を違う色で塗り分けなければならないとき、四色では塗り分け不可能な配置があるとする。考えるべきは、その配置のなかでも最小の国数を持つケースだ。もしそれがほんとうに五色以上を必要とするならば、そこでこの命題はその生を終える。

基本的なアプローチは背理法だ。つまり、みずから仮定した命題が偽であると示すこと。そのためにまず考えるべきは、どんな配置であっても不可避的に登場する配置パターンだ。その不可避な配置パターンが四色で塗り分けられるなら、最初に仮定した最小地図が最小ではないと示すことができる。数学の至るところで使われる初歩的な次数下げ。問題はふたつだ。不可避な配置がどれだけどのようなかたちで現れるか？　ほんとうに不可避配置が不可避的に現れるのか？

こんなにも単純な論理を人間の身体で未だ証明できていないという事実。双子にとっておもしろいのはこれだ。人間が演算能力を身体から切り離し、鉄のかたまりのホームズに託した途方もないアブダクション。静かな、しかし絶え間ない機械の呼吸に耳を澄ませていると、身体の外で行われる演算が自身の身体を別の生物に作り変えていくような感覚にとらわれる。その呼吸はじぶんのものだ。双子は数学をするキメラとしてこの世に生まれ直す。

まばたきをするあいだに一生で数え上げることもない数だけの四則演算を繰り返す機械のとな

りで、双子がおこなうのは原始的な作業だ。紙とペン。不可避配置が必ず現れることを示すための理論設計――嫌でも目に入ってしまった既往研究では、電荷の相殺を利用した手法が採用されていたが、どうせやるならちがうものを作りたいと双子は目論《もくろ》んでいた。コンピューターの演算を超える速さで問題の全貌を見通す視力を得るには、演算の回数を極限まで減らさなくてはならない。考えなくてもよいことを見つけるために長い思考を費やすという、究極の怠惰と見分けのつかない途方もない勤勉さがいくつものノートの山を部屋に積み上げていく。そうして作り上げた証明法に双子は〈経路法〉という名前を与えた。

そうして〈経路法による四色定理の証明〉と題された論文は、論文の体裁への無知をむしろ開き直るようにインターネットの片隅でひそかな産声をあげた。だが日本語の、誰にも打ち明けられない日々の秘密を吐露した匿名ブログの群れにすぐさま埋もれてしまう。まともな数学者なら目に留めることなんてないその論文は、一ヶ月もすれば産みの親たちにすら忘れられてしまう。双子の興味はもう別の問題に移っていたが、忘れられたがゆえにその論文は存在をやめることができなかった。だからこそまともではない数学者に見つかる羽目になってしまった。

「論文拝読しました。一度、お話できれば幸いです」

高三の春、たったそれだけのメールが双子のもとに届く。送り主〈矢野賢五郎〉の署名欄には〈大久保工科大学大学院理工学研究科超域数理現象学専攻〉とあり、Google で検索するとズラリと英語の論文タイトルが並んでいる。双子は喜びよりも恐怖を覚えた。なんらかのリアクションがあればおもしろいとは思っていた。しかしいざまともではない本職の人間に見つかるとなると、それは生き死にの問題に発展する。ふたりにとって比喩ではなく、文字通りの意味で。

大久保工科大学は自宅から乗り換えなし。言われるがままセッションが組まれ、促されるまま電車に乗り込み、これからじぶんたちがどこへ向かうのかに思いを馳《は》せるには時間が少なすぎた。電車と時間の慣性に意識が引きずられるまま iPhone の地図アプリを起動する。散々見慣れたものとは違って整然と区画整備された直線的な地図。大学に着き、視線をあちらこちらへさまよわせながら躊躇いがちな足取りで双子はゆっくりと、矢野のもとへと歩みを進める。

兄が弱々しく二回、研究室の扉を叩く。出迎えたのは朗らかな笑顔の青年で、歳上であるのは一目瞭然だが、表情にはじぶんたちと同等のおさなささえ感じた。精神的な未成熟の結果現れるおさなさとは似て非なる、加齢を拒否するような自覚的なおさなさだ。

「ぼくだよ」青年は言った。「きみたちをここに呼んだ矢野ってのはぼくだよ」

学者というには威厳がなくて申し訳ないね、と矢野は双子を部屋の奥へと案内する。

「まだ個室をもらえるほど出世してなくてすまないね。なにせ着任したばっかりで。学生部屋に間借りしているのさ」

居室の奥はパーティションで区切られていて、そこには大きなモニターとプレイステーション3が三台縦置きで並べられていた。

「ここはミーティングスペースなんだけど、実態はプレイスペースになっていてね。このプレステはずっと昔、ＧＰＵ並列計算テストで使ったものらしいんだけど、用が済んだら持て余してしまって。いまじゃ学生たちが息抜きにウイイレとかぷよぷよとかしているんだ」

双子は無表情と無言を保っていた。どんな顔をし、どんな声を発すればいいのかわからない。記憶をそのままに大学という異世界に転生してきた赤子のような心地で、ひたすら室内のあちこちに視線を這わせることしかできないでいる。

「まず、単刀直入に聞こうか」黐りとられた知恵の実が銀色に輝くラップトップをモニターに繫ぎながら矢野が言った。「あの論文はほんとうにきみたちふたりだけで書いたのかな？」

双子はともに警戒し、互いに目を見合わせて、片割れが頷く覚悟を持ったのを確認すると同時にゆっくりと頷いた。矢野は微笑みを浮かべ、そうかい、とだけ言ってしばらく沈黙し、なにかを考え終えると再び口を開いた。

「別に疑っているわけじゃないんだ。いやね、結論を言えば、あれは――〈経路法〉は非常に良くできている。だからちゃんとした論文にすればきみたちの数学者としての最初の仕事になると思うんだ。ぼくはそのサポートをしたいと思ってね。どうだろう？」

双子は再び互いに顔を見合わせた。〈数学者〉という響きは、まるで七五三で無理やり着せられる衣装のように着こなせる気がしなかった。そもそも数学者になりたかったのか？　双子は考えた。じぶんたちが数学者になる気があるのかは、なんとなく想定の範囲内にあった問いだ。双子が考え込んだのはその問いへの回答ではなく、むしろその問いへの回答をなぜ今日このときまでに用意できなかったのかだ。それは実感だと双子は悟る。〈数学をする〉という行為と〈数学者になる〉ことは次元が違っていた。単純なケアレスミス。じぶんで想定した問いを誤読している。双子が考える術《すべ》を持っているのは〈数学をする〉ということにおいてのみだった。

「経路法は――」双子はともに口を開いた。最初は兄が一息に喋り、息継ぎでできた合間で弟が言葉を継ぐ。その繰り返し。ふたりで作り上げる長いモノローグ。訊かれてもいないじぶんたちの研究の詳細を双子は早く終わって欲しいと思いながらしゃべり続けた。与えられた地図のパターンを状態量としてひとつのパラメータで表現し、平面地図をその相空間として書き換える。紙面にひとつの国も存在しないまっさらな地図を原点とし、特定の配置パターンまで一筆書きで線を引く。するとその線は目的地に到着するまでのあいだに必ず通らなければならない点を持つ——それが経路法の概要だ。独自の記号が現れるとたちまち増殖し、モニター横のホワイトボードに図を描き、数式を書き連ねる。平面地図を相空間へと抽象化する手つきに矢野は息を呑んだ。無知な双子が無知ゆえに作り出した無邪気な言語。ネット上に公開された論文もどきでも見たはずのその文字列はそれ全体がひとつの芸術となる。緻密に編み上げられた文法がたったひとつの意味を持つメッセージ、そのくせ自然言語に翻訳するには無数の意味を要するときた。ここにいると大声で存在を主張しながらも差し伸べてすべての手を振り払うかのような、切実な涙に濡れた天邪鬼。

いくつもの問題がこの言語のなかに含まれているのだろう、と矢野は思った。まだまだロジックへの甘さがみられ、感性へと「わかるだろ?」と直接訴えかけてくるような、力押しの講義だ。その発想、それをかたちにしようとした執着、そしてこれを万人に開かれた学問にするのに必要な労力へと思考を巡らせ矢野は嘆息を漏らした。

「もういいよ、わかったから」矢野の声に双子は我に返った。すみません、の一言が思いつかず、咄嗟にぺこりと頭を下げた。「きみたちがほんものの天才だってことはわかったから」

8

目の前の分かれ道に、ふたりの村人が立っている。例によって一方は正直者の村に、もう片方は嘘つき者の村に続いている。

これから訪れるだろうシチュエーションはざっとこんなところだ。別に質問はひとつに限られてはいないが、質問を重ねるにつれて事態が複雑化することを考えれば、やはりピシャッとひとつで核心をつけることに越したことはない。ならばなにを訊けばいいだろう？　小鳥遊は考える。あなたが来たのはこの道ですか？

「常に嘘をつく人間ってのは正直者とおんなじだよ」

聖山のあとに続いて取調室へ移動するさなか、眉間に皺を寄せまくった小鳥遊に一が言った。

「たしかに」小鳥遊はさらに皺を寄せる。「得られる情報自体は変わらないですからね」

「嘘が厄介なのは嘘そのものじゃない」本職の嘘つきが威厳ある口調で言う。「嘘の基本は、それが嘘だという手がかりを隠蔽することさ」

「殺人事件といっしょですね」

「そうだね。死体がなければそもそも事件が存在しないのと一緒だ」一が続けた。「だけど、ときに正直者のほうが厄介な場合もある」

「どういうことですか？」

「正直者も嘘をつくのさ。ごく稀《まれ》に、じぶんのロジックを侵さないために。それゆえに正直者の嘘は本人に嘘と認識されない」

「まるで小説家ですね」と小鳥遊。「なら普段から一さんに鍛えられているんで大丈夫」

「楽天的だな、小鳥遊ちゃんは」

「正義は勝つ、です」

小鳥遊は力こぶを作って勇ましい顔つきをして見せた。

「正義、ねぇ……」

「岡嶋兄弟は」聖山がなにか煮え切らない一のリアクションを津波のようにさらう。「被害者の教え子だ。大学三年生で、厳密にはまだ研究室に配属されていない」

「まあ、だいたいの大学もふつうは四年生の春から配属だしな」暗黒院は謎のすり足で歩いている。それを見た小鳥遊は身体がムーンウォークの練習を欲しているのだと見抜いた。薬物の禁断症状かよ。「しかしあの岡嶋兄弟なら、教員が先に唾をつけるのもわからんでもない」

「兄弟は入学してすぐ矢野と研究をはじめた。年にひとつのペースで学術誌に共著で論文を発表していたようだ。どうも、ふたりが高校生のときから交流はあったようだ」

花隈が詳細をのべる。

「実際に岡嶋亮太・岡嶋浩太のふたりが大久保工科大学に入学したのも矢野賢五郎の尽力によるものです。高校時代に四色定理の新しい証明方法を発見した功績で推薦入学しました。当初個人ブログに掲載されていたものを学術誌用に清書したのが矢野です。受理されたのは大学入学後。入試では論文提出段階でしたが、矢野をいわば証人にすることで入学が認められました」

「そんな入試があるんですね……」小鳥遊が頷いた。「ってことはわたしも事件解決ポイントを稼いでいけば受験勉強なんてしなくても……⁉」

「そんなポンタとかTポイントみたいなシステムはない」暗黒院がほんとうに可哀想《かわいそう》なひとを見る眼で――緑色の眼とかさえ忘れて――小鳥遊を見た。「学問に王道なし、だ」

　このコスプレ上司になんの捻《ひね》りもないふつうのことを諭され小鳥遊は言葉を失った。

「それはさておき」小鳥遊は白日院にさておかれた。「要するにふたりのうちひとりが嘘をついている。そしてその嘘つきの方にはアリバイがある――つまり、嘘つきは犯人ではないという倒錯した取り調べになっているわけですね」

「そういうこった」聖山が言った。「まあ、白黒ふたりの探偵の公式初仕事にはちょうどいい事件だぜ。ちょうど上の人間もあんたらの仕事ぶりを確認したいだろうしな」

「なんだろうとやることは変わりません。真実を暴き出せばいいだけのことですから」

　コメントがめちゃめちゃ名探偵やんけ、と白日院の涼しげな横顔を見ながら小鳥遊は思った。

　取調室はドラマで見たことのあるヤツとめっちゃ似ていると小鳥遊は思った。日当たり最悪の小部屋はジメジメしていて、薄暗くて、くすんだ机があって、パイプ椅子があって、被疑者がいて、警察官がいる。カツ丼も拷問器具もない、不要なものの一切が取り払われた簡素な部屋……かに思えたが、しかし想定と違うものがいくつかある。そこには被疑者がふたりいて、警察官がふたりいて、机の中央にはバトルドームがある。

「バトルドーム取調法ですよ」白日院が訊かれてもいないのにしゃべり出した。「脳に良いんです」

もはや誰もなにも言わない。聖山が手帳を開き、取り調べをおこなっていた警官ふたりに進捗を訊ねるも、ふたりはため息とともに首を横に振った。

当然ながら、取り調べははじめは別々に行われていた。ふたりの警官が「お前がやったんだろ⁉」というお決まりの文句を叫んだところ、岡嶋兄弟はふたりとも「はいそうですが？」と顔色ひとつ変えずに答えたとのこと。しかし共犯についてはふたりとも頑《かたく》なに否定した。兄・亮太は「通報時にお話しした通りです」、弟・浩太は「兄は嘘をついている」と一点張り。正直に言えば裁判がうまく運ぶような調書を書いてやるという法的にどうかと思うような囚人のジレンマ的な餌を出してみてもまったく喰らいつく気配はなく、その他にもあの手この手で情報を引き出そうとしたがなんの成果も得られず、被疑者を一箇所に集めバトルドーム取調法で超エキサイティングした。

「——で、いまに至る、というわけか……」

完全に心が死んだ顔をして聖山が手帳をパタンと閉じた。

「いや至るなよ！」と小鳥遊は思わず叫んでしまった。

岡嶋兄弟はともにグレーのスウェットを着ていた。ニュースとかで警察に捕まったひとが護送されるときに着ているありがちな服装だ。さすがに血がついたシャツのまま取り調べというのもかわいそうなので警察署にあった服を貸しているらしい。そして季節外れのハロウィン浮かれ集団にしか見えないじぶんたちを見てもまったく動じないことに、只者《ただもの》でなさを感じた。ふたりは一卵性双生児ということだけあってまったくおなじ顔をしている。ちがいといえば目元の傷の位置と、手に持っているモノだ。

兄・亮太は知恵の輪をいじくり回していた。ガチャガチャっとすれば三秒ほどで絡まった知恵の輪はパラパラと机の上に落ち、そしてそれを拾い上げると三十秒ほどかけて繋げていく。もはや知恵の輪を解いているというより知恵の輪を絡ませているといった方が正しい勢いだ。しかし視覚的なインパクトとしては知恵の輪を解いていく所作に現れているので、小鳥遊は兄・亮太を〈知恵の輪パラ男〉と命名した。

弟・浩太が手に持っているのはルービックキューブだ。いちばんオーソドックスな3×3のタイプ。目線をルービックキューブに落とすことなくまっすぐと睨むような目つきを暗黒院一行に向けたままガチャガチャと慣れた手つきでブン回している。小鳥遊は弟・浩太を〈ルービックキューブガチャ男〉と命名した。

「なるほど……」暗黒院が緑色の右眼を見開き、マントをひと払いして言った。「左利きか」

「左利き？」

小鳥遊が首を傾げ、その横で白日院が意味深に笑った。

「貸してみろ」

暗黒院がルービックキューブガチャ男に向けて手を出すと、ガチャ男は投げて寄越す。暗黒院はキャッチするなりニヤリと笑い、なるほど、とつぶやき、そして妙に慣れた手つきでルービックキューブをガチャりだした。

「そういうことですか……」と白日院。

「なるほどな」と一。

「どういうことですか？」と小鳥遊。

「ルービックキューブってのはな、数学でも群論という分野でなかなか興味深い玩具だ」

「群論？」

小鳥遊が問うと、一が応える。

「だいぶ簡単に言えば、数学のなかでも操作を研究する分野さ。演算や公理がどんな数学構造を作っているか、いわば数学の表現法に特化したものってかんじかな」

「へぇ〜」

なるほど、さっぱりわからない。

「ルービックキューブには〈神の数《ゴッズナンバー》〉というものがあってだな」暗黒院がガチャガチャやりながら言う。「どんな配置でも二十手あれば六面すべてを揃えられることが数学的に証明されている」

そして暗黒院はルービックキューブを完成させた。たっぷり五分かかった。

「いやイキるんならチャッチャとやれや」

「それはいいとして」聖山が言った。「なぜ左利きとわかったんだ？」

「ルービックキューブには持ちかたがあって、右手で面を回すのが基本だ。しかしこのガチャ男は――」あ、田中さんもガチャ男なんだ、と小鳥遊は思った。「――左手で回していた」

暗黒院は六面揃ったルービックキューブを浩太に投げ返し、ガチャ男はそれをキャッチするとまたガチャガチャしはじめた。

「フッ……なるほど……」

暗黒院はそれを見て満足そうにうなずいた。

「左利きってまさに天才！って感じですよね」小鳥遊が言った。「左利きは右脳が発達していて、それで発想が豊かとかそんな感じでしたっけ？」

「よくそう言われるが別に天才の必要条件ですらないだろう」と暗黒院。「どうも見たところ、兄の亮太も左利きだ。知恵の輪の手つきを見ると右手はほとんど固定している」

「右利きだけど箸だけは左ってのもいるから、なんとも言えないね。ちなみに妾もそのタイプだ」

「おふたりは共にご自身が矢野氏を殺害したと主張なさっているのですね？」ここで白日院が動く。「動機をお聞かせいただけないでしょうか？」

「またですか……」手を止めて露骨な辟易をあらわに返答したのは兄・パラ男だった。「カッとなってついやってしまったんです」

「だからそのカッとなった理由を訊いているんだ！」

聖山が声を荒らげた。

「なんでしたっけ……まあ、日頃からムカついていたんですよ。雑用を押しつけてくるし、ぼくらの研究成果の論文もじぶんを第一著者にして発表したり。そのことでケンカになりましてですね……そして気づいたら……」

そこでパラ男は沈黙した。

「ではルービックキューブの彼はどうでしょう？」

「またですか……」白日院に促されると、ガチャ男は手を止めて露骨な辟易をあらわにした。

「カッとなってついやってしまったんです」

「だからそのカッとなった理由を訊いているんだ！」

聖山が声を荒らげた。

「なんでしたっけ……まあ、日頃からムカついていたんですよ。雑用を押しつけてくるし、ぼくらの研究成果の論文もじぶんを第一著者にして発表したり。そのことでケンカになりましてですね……そして気づいたら……」

そこでガチャ男は沈黙した。

「またこれだ！　昨日からずっとコレ！」

聖山が突如バトルドームを狂ったようにガチャガチャやりだし超エキサイティングした。

「別々に取り調べをしていたときからこうでした」淡々と花隈が言う。「なにを聞いてももう一方とまったくおなじ回答ばかり。双子のシンクロニシティを軽視していました」

「口裏を合わせているだけなんじゃないですか？」

小鳥遊の質問に花隈は首を横に振る。

「だとしたら、両方がじぶんの単独犯行だとは言わない。どちらかが、あるいはどちらもが嘘をついているのは明らか――でもその嘘がこうも一致するとは……」

いや、バトルドームやりすぎて脳みそが完全停止しているだけなのでは？　と小鳥遊は思ったが言わなかった。となりで涼しい顔をしている白男を睨みつける。なにがバトルドーム推理法だ。するとこの白男は小鳥遊を一瞥し微笑んだ。心のなかを読まれた気がしてたじろいだが、彼女になにかを言うでもなく、白日院は一歩前へと踏み出した。

「おふたりとも、よく聞いてください。私の仕事はたしかに真実を暴き出すことです。しかし、それは犯罪者を社会から追放し、刑罰を与えるためではありません。私の仕事は被害者・犯罪者を分け隔てなく救済すること——たとえどんな過ちを犯そうとも、その魂を解放することです。だから恐れる心配はございません。正直に、ありのままに、ご自身のことをお話しください」

白日院の問いかけに岡嶋パラ男・ガチャ男兄弟は沈黙で応えた。すると白日院は、そうですか……とつぶやき、片眼鏡を床に落とすと、思いっきり足で踏みつけた。カシャンという音が室内に響く。小鳥遊は目を丸くして花隈に訊ねた。

「毎回眼鏡破壊してんすか⁉」

「静かに」花隈は無表情のまま言った。「はじまります」

白日院は続いてシルクハットをふわりと宙に投げ、そしてこう言った。

「大いなる正午の訪れだ……」

暗黒院を見ると奥歯を思いっきり噛み締めている顔をしていた。まだ謎が解けていないのか、それとも決めゼリフのタイミングを取られたのが悔しいのか——それは謎だが、別に解く必要は微塵《みじん》もないので小鳥遊は秒で考えるのをやめた。

「大きな嘘をついいていいいいるのはあなたですよ」

白日院はその人物を指差した。

9

その人物は忙しなく動かしていた手をピタリと止めると、動揺した素振りを微塵も見せることなく——むしろ好奇心からくる余裕すらあった——ゆっくりと顔を上げ、白日院の眼を見た。

「なんでしょうか？」ルービックキューブガチャ男は言った。「ひとを指差すなんてずいぶんと失礼じゃないですか」

　白色院は口角をわずかに吊り上げた。

「これは失礼」白色院はシルクハットを胸元に抱え、慇懃《いんぎん》に頭を下げた。「あなたは聡明なかたです。しかし天才ではいらっしゃらない——これからわたしが白日の下に晒《さら》すのはそのことです」

　天才ではない——小鳥遊は固く結んだ唇の奥でひと知れずホワイトなスリーピースのニーチェマンの言葉を咀嚼した。

「私が最初に疑問に思ったのは、あなたがたふたりはどうしてひっきりなしに知恵の輪やルービックキューブを手慰みにしているのだろうということでした。取り調べの場にこうした無用の玩具が持ち込まれるなどふつうありません」

「バトルドームもじゃん」

「グッド・ディテクティブ」白日院は小鳥遊に軽く微笑みかける。「脳に良いんですよ」そしてガチャ男に向き直る。「つまり私はこのありえない状況からこう推理したわけです——この双子にはなんらかのオブセッションがある。あるいは、どちらか片方がなんらかのオブセッションを抱えていて、もう一方が他方のオブセッションをオブセッションにしている」

　このひとはオブセッションって言葉を最近覚えたのかな？　と小鳥遊は思った。

「いいでしょう」ガチャ男はルービックキューブを高くかざして、それをまじまじと角度を変えながら見つめた。「続きをお聞かせください」

白日院はまたしても慇懃に頭を下げた。

「なかなか手強《てごわ》いぞ……」

暗黒院がつぶやき、生唾をゴクリと飲み込んだ。

「というと？」

小鳥遊が問うた。

「ガチャ男はこの状況を楽しんでいやがる。幾つもの修羅場をくぐり抜けてきたに違いない……」

「いや慣れてるくらい疑われまくってきているならむしろもう天才ポーザーなのバレバレじゃないすか？　最弱じゃん」

「こういう言葉がある――」暗黒院が指をパチンと鳴らし損ねてカスみたいな音を出した。「最弱こそ最強であ――」

「ないよ」

一が食い気味に言った。

そしてわずかに生じた沈黙を楽しむように頷いた白日院がふたたび口を開いた。

「まずふたりとも天才へのオブセッションを抱えているケースについて考えてみましょう。結論から言えばこのケースはミス・ディテクティブです。そもそもおふたりは四色定理の証明の件ですでに天才と認知されています。特殊な入試をパスし、学内でもちょっとした有名人です。そんなふたりがわざわざ小細工を使ってまで天才アピールをする必要があるでしょうか？」

「待ってください」小鳥遊が手を挙げる。「知恵の輪とルービックキューブはむかしからの習慣じゃなかったんですか？」

「おっとこれは失礼……」

白日院がおでこに人差し指を当ててナルシスティックに首を振った。

「高校以前には知恵の輪やルービックキューブへの偏愛は見せていなかったと調べがついていま す」

花隈が手帳に目を落としながら言った。

「え、警察ってそんなことまで調べるんですか？」

「鈴木さんの指示です。ともあれ、ふたりが知的玩具を肌身離さず持つようになったのは大学入学以降だと明らかになっています」

「大学デビュー……ってわけか」

大学デビュー。ここにきて聖山が誰もがなんとなく避け続けていた最悪のワードを口にした。

「以上より私はこう考えたわけです」白日院が推理を再開した。「ふたりが知恵の輪やルービックキューブをこれ見よがしに持ち歩くようになったのは、承認欲求や自己顕示欲ではなく、むしろなにか後ろめたい事実を隠蔽するためではないか——つまり、ひとりがみずからの天才を偽り、それに気づいた他方が隠蔽工作を隠蔽するためにおなじことをはじめたのです」

「それは論理が飛躍している」聖山が言った。「ふたりともが天才を隠蔽していたケースがまだ残っている」

「それはありえないんだ」暗黒院が言った。「そうならば、そもそも発端となる四色定理証明の論文が生まれていない。少なくともどちらか一方が天才でなければこの状況は起こりえない」

「グレイト・ディテクティブ！」白日院が豪快に手を叩いた。「まさにその通りです。さすがですね、暗黒院さん――いや、黒歴史探偵さん」

「おまえと戯れるつもりはない」暗黒院はフンと鼻を鳴らした。

「消極的黒歴史だね」一が呟いた。

「なんすかそれ？」と小鳥遊。

「いま雰囲気で作ったワードだけど、止むに止まれず作り出したポーズだね。ふつう、中二ムーブってのは、みずから積極的にやるもんだろ？　あの双子の場合、それとはどうやら逆ってこと。積極的黒歴史であれば黒歴史そのものが黒いが、このケースでは黒歴史の奥に真の闇がある」

「黒を黒で塗りつぶしてしまえば見えなくなる、ってわけですね……」

気づけば一にガン見されていた小鳥遊は、いましがた口にした言葉のキマッてる感に赤面した。

「岡嶋兄弟はふたりとも嘘をついています。一方はみずからのアイデンティティに関わる大きな嘘、もう一方はそれを隠すための比較的小さな嘘です」白日院は咳払いをした。「要するに、我々がいま解くべき謎とは、どちらがどの嘘をついているかということで、それはここで見た事実から答えを出すことができます」

「まるで読者への挑戦状のような口ぶりだな」

「クール・ディテクティブ。悪くない解釈です」

フン、と暗黒院はガチャ男に近寄り、その手からルービックキューブを奪いとった。

「だいたい大袈裟に言いすぎなんだ。こんなこと、考えるまでもない」そして暗黒院はルービックキューブをガチャガチャやりだした。フォームは様になっているが計画性絶無の解く気ゼロの回しかただ。「さっきも言ったように、ルービックキューブは右手で回すのが基本だ。そしてガチャ男は左手で回していた。しかし、最初ルービックキューブを私に渡すとき右手で投げた。つまりだ、ガチャ男は意識的に左利きのフリをしているんだ。天才といえば左利き。頭でごちゃごちゃ考えるのではなく、右脳がバチバチに発達しまくった豊かな発想の持ち主——そう他人に思わせたかったんだろう」

「田中さん、さっきもチラッと出ましたけど、ふだん右利きだけどお箸だけ左利きみたいなケースもあるじゃないですか？　別にステレオタイプな天才像に寄せたわけじゃなくて、ルービックキューブだって大学に入ったタイミングでめっちゃハマっただけかもしれないじゃないですか」

「それならいまここでかんたんに証明できるさ」

暗黒院は不敵な笑みを浮かべ、左眼を右手で覆い、顎を突き上げ見開いた緑色の右眼でガチャ男を見下すポーズを取りながらルービックキューブを彼に投げた——が、体勢に無理があったのかコントロールが終わっていて明後日の方向にルービックキューブが落ちた。さいわい壊れることはなかった。花隈がそれを拾いに行き、小さくスミマセンと言ってガチャ男に手渡した。

「さあ岡島浩太。これをいまここで解いてみろ」

岡島〝ガチャ男〟浩太は手のなかのルービックキューブに視線を落とし、ゆっくりと一回、二回と回し出した。その指先が震えているのは虹彩の色によらず誰の目にも明らかだった。そして神の数《ゴッズナンバー》に達しない回数で手を止め、机の上にそっとルービックキューブを置いた。

それは一面たりとも揃っていなかった。

「負けましたよ、探偵さん。こうも理路整然と追い詰められちゃあね……」その顔はどこか晴れやかですらあった。「その通り、ぼくは大学に入ってから天才ぶってルービックキューブを持ち歩いて他人の迷惑もかえりみずガチャガチャやりまくって左利きのフリをしていました」

こいつスゲェなと小鳥遊は思った。

「てかなんでわかったんすか？」

「小鳥遊ちゃん、それはこの部屋に入ってからのふたりを見ていればかんたんにわかったことなんだよ」一が言った。「兄のパラ男は」一さんもパラ男って脳内あだ名をつけていたんだ、と小鳥遊は思った。「知恵の輪を何度も解いていたのに対し、ガチャ男は一度もルービックキューブを完成させなかった。ルービックキューブの解きかたなんてネットに死ぬほど落ちているし、なんなら買ったときに入っている説明書にも書いている。それなのに三年持ち歩いてルービックキューブを完成させようとしないなんて不自然極まりない。ってことはルービックキューブにそもそも興味がない――つまり、他の目的があってルービックキューブを持ち歩いているってことさ。そこからこの男の嘘を切り崩していくと、ルービックキューブを持ち歩いているフリと左利きのフリをしているのがおなじ目的である可能性が浮上してくる」

へぇ、と小鳥遊は思った。左利きじゃないんだ、以外の感想がでてこなかった。

左利きじゃない。

小鳥遊の翠色の左目が反射的に大きく開かれた。

「ぼくはですね、兄ほど天才じゃなかった。高校のときにハマった四色問題のプログラムだってほとんど兄が書いたんですよ。ほとんど役に立っていないのを痛感して、でも世間じゃ双子の天才として評判がひとり歩きしてしまって。ぼくだけの問題なら勝手に凹んで終わりだったんですけど、そこに矢野先生を巻き込んでしまった。矢野先生の尽力で大学に入ってしまったから、せめて卒業するまでの四年間は天才でいなければならなかったんです。だからルービックキューブをガチャガチャして、左利きのフリをして、何か抽象的な質問をされたら答えになっていないフワッとしたソレっぽい言葉を慎重に選んで意味深な笑みとともに答えるようにしていたんです」

「もういいんですよ」白日院はやさしく言った。「何もじぶんで我々が知りもしないキャラ作りの努力について語る必要はないんです」

「いや、たしかにそうですけど」花隈が言った。「それを鈴木さんが言います？」

「グレイト・ディテクティブ！　もがなさんはやさしいですね」白日院はハッハッハッと高笑いし、ガチャ男に語りかける。「どうです？　気持ちが楽になったでしょう？　ここから先は私に身を委ねていただければそれで大丈夫ですよ。あなたの魂を解放しましょう……」

「それはぶっちゃけ後にして欲しいんだが」聖山が言った。「じゃあ矢野を殺したのは弟の岡島浩太ってわけだな？」

「最初から言っているじゃないですか。ぼくが殺したんですよ」ガチャ男は深く息をついた。

「積年の恨みに加えて兄の悪口を言ったのでついカッとなって……」

「待ってください！」小鳥遊が背伸びをしながらピンと手を挙げて叫んだ。「矢野さんを殺したのはそのひとではありません――」

場にいた人間が全員一斉に小鳥遊を見た。

ただひとり、一連のやりとりのなかでもこっそり練習をしていたムーンウォークをついに会得した人工異色虹彩《オッドアイ》の黒衣の男を除いて。

後ろ向きのまま目の前をドヤ顔で横断する暗黒院は視界中央に入るとピタリと止まり「射していたぜ……闇のなかに一筋の光がな……」と言ってまたムーンウォークを再開した。決めゼリフが謎の完了形だったことにツッコミそうになるもそこは腹筋に力を入れてグッと耐え、赤道直下の島で百五十年くらい生きているデケェ亀みたいにチンタラのそのそプルプル歩く暗黒院を見送ってから小鳥遊は犯人の名を呼ぶ。

「――矢野賢五郎さんを殺害したのはあなたですよ。パラ……じゃなくて岡嶋亮太さん！」

10

理解可能と理解不能の境界。

その原体験は幼少期のなぞなぞだ。それがどんな問題でどんな答えだったかは覚えていないけれど、とうのむかしに細胞がすべて入れ替わったころになっても体験として身体の奥深くに刻み込まれている。構成要素がすべて変わろうとも維持される構造。さっきまでわからないはずだった物事の答えを一度知ってしまうと、もうわからなかったころには戻れない。その不可逆が生み出すカタルシスの正体を求める旅として矢野賢五郎の人生はあった。

難問題と呼ばれるものは大きく分けてふたつある。自我の芽生えよりもはやく矢野はそう考えていた。ひとつは問題それ自体が難解であるケース。そしてもう一方は簡単な問題が群をなし、複雑に絡まり合うことによって難解さを帯びるケース。矢野の両親ははやくから彼が数学の才に秀でていたことに気がつくと、小学校低学年のうちに地元の進学塾へと彼を通わせた。と言っても、我が子の天才に浮かれていた訳ではなく、それなりに力があるなら子どものうちにそれを試す場を与えてやろうという意図があった。力試しが自信になろうと挫折に終わろうと、それが後々の人生に大きな分別を与えるのだという経験に裏打ちされた両親の実感に基づいたレールを歩くうちに、矢野の人生は〈問題を解くこと〉に費やされていったのだった。

解けるようになるのがおもしろい、というわけではなかった。それでも強迫観念を超えてもはや依存症と言えるほどにまで問題を解き続けたのはカタルシスの中毒症状だ。テキストを捲《めく》ると現れる問題をまずはじっくりと一語一句味わうように読み、それから目を閉じる。問題によって隔てられたこちら側からあちら側へ向かう道を儀式的なこの所作によって探してはいけない。探そうとすればするほどカタルシスが薄まっていく。手がかりを探す方法とは、問題を細かく砕き、読み替えていく作業だ。およそすべての問題はその作業を機械的に繰り返すことで〈理解可能な問題〉へと落とし込まれていく。しかし、理解可能な問題に堕した問題はただそれだけのものでしかなかった。聖域が失われ、無数の足跡に踏み荒らされた土地。じぶんの足跡はすぐさま有象無象の足跡に紛れてしまい、求めたカタルシスと全能感の枯渇を思い知る。解けることは絶望だった。しかし絶望をどれだけ深めても矢野は解くことをやめられない。闇のなかにのみ光が射すように、絶望を深めることでしか求めたカタルシスには辿り着けないのだ。

問題の手がかりを追えばスケールダウンした単純な問題へと分解されていくように、解いた問題は新たな問題の細部へとなる。後ろへ前へ脈々と伸びる問題は歴史を織りなし、その複雑さにひとびとは神秘を幻視する。**しかしどうして？** 〈かんたんな問題＋かんたんな問題＝かんたんな問題〉とはならない非線形性に惑溺《わくでき》するじぶんが客観的に見えてしまった瞬間、矢野はみずからが今後いっさい天才たりえないと確信した。なぞなぞと一緒だ。天才たりえないじぶんに一度気づいてしまうと、天才たりえたかもしれなかった過去のじぶんには二度と戻れなかった。

それでも矢野は優秀な成績をおさめ続けた。学力におけるすべての競争に勝利し、差し出されたすべての問題の解答欄を埋め続けた。差し出された問題など所詮はすべて他の人間が考え終えた問題にすぎない。それはすでに解かれたかこれから解かれるかのどちらかであり、その文脈に立つのがじぶんである必要など微塵もない。何かのために数学をしているというわけではないけれど、わざわざじぶんが数学をする理由がわからなくなる。進み続けた道は行き止まりだった。

大学に入学する。研究室に配属される。

数学の袋小路で矢野は道を探すのをやめた。

結局のところ、目にするすべての数学問題はひとが考えたものでしかない。ひとが考えた箱庭で遊ばされているだけなんじゃないか？　**それが解けたところでなに？**　〈難しい問題を解く〉ことに虚無を感じてしまっていた。他人の文脈に続く道を探したところで、それは他人の文脈、他人の数学でしかないのだから。

だから彼は待ち続けた。待つことしかできなかった。

大学院で矢野は最愛の数学を裏切って物理に浮気をする。非線形科学という専門選択は彼にしてみれば二股だ。抽象化に抽象化を重ねた空間に彫刻されたオブジェから視線を物理現象に移し、それでも数式をこねくり回すみずからの手つきをかえりみれば数学が免罪符になっている。

できたばかりの研究室だった。教授はおらず着任したばかりの准教授が主宰する研究室で、実験室には文字通りの意味で何もなかった。

言われるがままに与えられたのは擬二次元系の液体乾燥の研究だった。ホームセンターでアクリル板やら真空ポンプやらを買ってきて、ガラス板で挟んだ水を乾かす装置を作らされた。マジで虚無の実験だと思った。俺の人生はこれからどうなるのだろう。数学者を目指して大学に入ったのに、気がつけばガラス板で挟んだ水を乾かしている。俺は水乾かし師になるのか？　学部の同級生たちと教室や廊下で顔を合わせるたびに、彼らの憐れみのまなざしが胸につき刺さる。どうしてあいつは水を乾かしているんだ？

そんなある日、矢野はあることに気づいた。ガラス板に水を浸したケースとアルコールを浸したケースで乾きかたが違う。水の場合はガラスの外側から中央に向かって乾いていく一方、アルコールでは液体部分の形状が樹上に変形して乾いていく。矢野はこれについて考えた。水とアルコールではガラスへの濡れ性が異なる。水よりもアルコールの方がさらさらしているから乾燥した部分に液体が流れ込む。樹状であれば液体の表面積は最大化され、はやく乾く。つまり、液体は最速で乾くようにみずからの形状を環境に最適化させている。

これをひらめいたとき、彼はまだ誰の足跡もついていない道を見出した確信を得たのだった。知性は生物の特権ではない。これは言ってしまえばポテンシャルを最小にするようにみずからを変化させる物理的リアクションでしかないわけだけれど、自然の摂理とされる物事が知性の本質とするならばどうだろう？　我々が知性と思っているものを分解していった最小単位が最適化問題だとしたら、知性と知性ならざるものの境界は――生物と生物ならざるものはどこにある？

矢野はこの現象を数学の言葉で説明づけた。学術論文で発表し、それは散逸構造理論を更新する成果として多くの研究者に引用された。それに関する一連の研究を博士論文として提出し、学位を得た。〈擬二次元系液体の外部環境適応変形〉を執筆する過程でそれとは縁遠いはずの数学定理を三つ発見し、分野横断を体現する若手研究者として注目を浴び、若くして名門大学の助教のポストを得た。奇しくも数学を離れたことによって数学を理解することができた——それはほんの僅かな一歩に過ぎないのはわかっていたが、その一歩のために費やした時間を思えば誇らしくなった。じぶんではどうしても乗り越えられないものがある。しかし偶然や関心の外にあるものが引き起こす小さな揺らぎによって重い足がふっと浮かび上がることがある。知性とはそれだ。人間の意志の外側にも存在する。水が俺に発想を与えてくれたのだから。

「研究者はいつも人間なのですか？」

数学の才に秀でた双子が、ある日そんなことを訊いてきた。四色定理の新たな証明方法を高校生のときに発見した彼らに、矢野は懐かしみと憧れが交錯する感情を抱いていたのだった。

彼らは正真正銘の天才だった。すでに他人の足跡にまみれた問題から未踏の大地を見つけ出せた天才だ。所詮はすべて他人の仕事だと思っていたじぶんとはちがい、この双子は他人の地図をじぶんの色に塗り替えてしまう力がある。いずれふたりはじぶんたちだけでまったく新しい問題を見つけ出すことができるだろう。天才とは問題を解く能力ではなく、問題を見つけ出す能力を備えた存在のことなのだから。

しかし双子は言ったのだった。

「ぼくらは数学者にはなりません」

そして、なれないです、と続き、なりたくないです、と続いた。大学入学と同時に矢野と取り組んだ研究は、すべて矢野名義で発表して欲しいと双子は申し出る。

「数学という空間でのみ存在するのが、きっとぼくらの理想だったんです。高校生のときにあの論文を発表してから、いや、それよりもずっとまえから、ぼくらはぼくらのありかたについて、どう言ったらいいのかわからない違和感がありました。それはきっと、数学がひとの営みとして回収されてしまうことなんです。論文に著者の名前が書かれてしまうのがきっと許せなかったんです。そうすることでぼくらはいつか、きっと生きるために数学をしてしまう。この肉体を生かすために数学をしてしまう。人間社会の構成員として組み込まれるために」

言葉を失った矢野を尻目にふたりは続けた。

「ぼくらは生まれてからずっとふたりでひとつとして扱われ続けました。これはいわば呪いです。ぼくらの生は交換可能で、小さいころからそれでずっと争ってきた。だけれどもふたりが別々の人間であろうとすればするほど、枝分かれしたはずの道がおなじ場所へとどうしたって辿り着いてしまう。ぼくら自身が作り出した経路法は、いまにして思えばこの呪いの証明に他ならなかったんです。どうしてこんなことが起こるのでしょうか？」

「……それが名前だというのか？」

「この問題はどこから難問になったんでしょうね」双子は首を縦にも横にも振らなかった。「構成要素はぜんぶ単純な問題でしかないというのに」

11

警察署の一室の、その閉ざされた空間に配置されたすべての目から放たれた半直線が一点で交わる。その交点こそが矢野賢五郎を殺した犯人、知恵の輪パラ男こと岡嶋亮太だった。彼は重い沈黙が堆積した室内で、制服姿の少女の翠色の眼をじっと見ていた。知恵の輪が手からすべり落ちて甲高い音を立てて机の上に落ちる。そして彼は瞬《まばた》きすることなく、無表情で、しかしどこか怒りか狂気かただならぬ感情を宿した顔つきで小鳥遊を見つめていた。対してガチャ男は険しい顔つきになり、ギリギリと歯軋りをたて、唇に血を滲ませた。

沈黙に耐えきれなくなったのか酸素を求めて水面に顔を出そうとするように彼は宙を仰ぐ。そしてもう一度小鳥遊を見た。相変わらず無表情だが、今度はどこか挑発的で余裕さえ感じられる。負けてはいけない——小鳥遊はそう直感したが、喉がつっかえて続く言葉を吐き出せずにいた。

「つまり、こういうことだ」

代わりに沈黙を破ったのは暗黒院だった。やれやれ、と小鳥遊は頭を抱えた。

「教えてくれ」

聖山が問うと、パラ男はただ興味深そうに彼らを眺めた。

「クックックッ……これはな、こんなにもかんたんなことだったんだよ……解決のポイントは四つしかなかった……」暗黒院はマントをはためかせ、顔の前で指を四本立てた。「右足のつま先をたて、そこに重心を置く」暗黒院は右足のつま先をたて、そこに重心をおいた。「次に右足をそのままに、かかとをつけた状態で左足を引く」暗黒院は右足をそのままに、かかとをつけた状態で左足を引いた。「そして左足のつま先をたて、重心をそちらへ移す」暗黒院は左足のつま先をたて、重心をそちらに移した。「左足をそのままに、右足のかかとをつけて後ろへ引く」暗黒院は左足をそのままに、右足のかかとをつけて後ろに引いた。

するとあん黒院は前方を向いたまま逆方向へと緩慢に滑っていく。

その場にいた全員は息を呑んだ。

――ムーンウォークだ。

――一応できてはいる雰囲気だけど、なんか微妙にぎこちないムーンウォークだ。

「ミス・ディテクティブです、暗黒院さん！」白日院が叫んだ。「四つではなく、五つです」

にこやかな表情の白日院に暗黒院が微笑みを返す。

「暗黒院さん……」白日院は言った。「あなたはそもそもムーンウォークの練習法を間違えていらっしゃる」

すると白日院は靴底を響かせながら前へ進み、机越しに岡嶋兄弟と対面した。

「なにが始まるんですか？」

小鳥遊が問うと、一は何かに気づいたようにハッとして、口角を吊り上げる。

「なるほど……そういうことか」

白日院は机の縁を力強く摑み、右足のつま先を立てて重心をそちらへ移した。

「ムーンウォークの難しさとは、暗黒院さんが挙げなかった五番目のポイント〈それぞれのプロセスをシームレスにつなぐ〉にあります。プロセスそれぞれはとてもかんたんな動きですが、それらがつながれ、ひとつの全体となることによって難しさが発露されるのです。ムーンウォークの習得に重要なのはこの全体にあります。それを抽出し、反復的に練習する方法の開発が違和感のないムーンウォークを実現するのです」

白日院は机を摑んで上体を固定しながら、一連の所作をおこなった。ジリジリと机から下半身が後退し、ワンストローク終わるたびに元の姿勢へと戻す。それを五回ほど繰り返した。

「これは自宅でもスターバックスでもどこでも、手軽にできる基礎練習です」

すると白日院は両手を机から離し、一度大きく深呼吸をすると右足のつま先を立てた——

「なっ……⁉」

次の瞬間、暗黒院の両目が見開かれた。

それはムーンウォークだった。

ただのムーンウォークではなく、完璧なムーンウォークだ。

小鳥遊はこの一連のくだりがこの世に存在していないものとして推理を始める。

「この事件——矢野賢五郎さんを殺害した事件——犯人はやはり岡嶋兄弟のどちらかであることは確実です。証拠はやはり被害者の爪から検出された皮膚片。双方がじぶんこそ犯人だと主張していて、片方にはアリバイがあることより、どちらかが嘘をついているのは明らかです。しかしこの事件が衝動的な殺人であることから、どちらが嘘をついているのかは明らかなんですよ」

「利き手、だね」と一が言った。

聖山と花隈は目を丸くし、白日院は微笑み、暗黒院は白日院が提案した練習法を実践していた。

「そう。この事件、犯人は左利きなんですよ」

「どうしてそんなことが断定できるんだ！」口を開いたのは弟・岡嶋浩太だった。「たしかにぼくは右利きで、兄は正真正銘の左利きですよ。でもそれだけで犯人だと決めつけるのはあんまりじゃないですか。矢野を殺したのはぼくだ。兄はぼくを庇って嘘をついているんです」

「みなさん思い出してください」小鳥遊は続けた。「矢野さんは犯人と口論になった末、キッチンの包丁で正面から心臓をひとつきされて殺されました」

「なにを言っているんですか？　ならなおさらぼくでしょう」浩太が食い下がった。「正面から心臓を刺されたなら、犯人は右利きのはず。心臓は左でしょ？　そんなの小学校レベルの理科でわかることじゃないですか」

小鳥遊は喚《わめ》く浩太ではなく、沈黙を守ったままの兄・亮太を見た。彼は依然として小鳥遊を無表情で見つめている。怒り、余裕、諦観――さまざまな感情が面の皮一枚から滲み出していたが、それらは混ざり合って苦しみを形成していた。追い詰める小鳥遊の心を締めつけるような空気感染する苦しみだ。

「いいえ、矢野さんの心臓は右にあるんですよ」小鳥遊は机にしがみついてつま先を立てたり下ろしたり足を引いてみたりする暗黒院を睨みつけた。「ですよね」

しかし暗黒院の世界はマイケルで満たされ、彼女の声が潜り込める余地など微塵もなかった。

「はい」答えたのは花隈だった。「たしかに被害者の心臓は右にありました」

「そういうことなんです」小鳥遊はゆっくり息を吸って吐き、呼吸を整えた。「だからあなたたちのどちらかが犯人ならば、それは左利きである兄の亮太さんということになります」

「ああ！　そうでしたそうでした！」浩太は解けもしないルービックキューブを手のひらで忙しなく弄びだした。「計画的な犯行だったんですよ。ぼくは矢野先生を殺すつもりで研究室に残っていて、兄のアリバイが完璧なタイミングを見計らって先生に適当な因縁をつけて殺したんです」

「その割には杜撰《ずさん》な犯行ですね。皮膚片が検出されなくてもすぐにバレるじゃないですか」

「自首するつもりでしたから」

「通報は兄の亮太さん、でしたよね」

「さすがにひとを殺したあとだと準備していても混乱くらいします」なおも食い下がる浩太。

「まさか兄が、じぶんがやったなんていうとは思いませんでしたけどね」

「浩太……」岡嶋亮太が静かに重い口を開いた。「もういいんだ」

その瞬間、取調室が水を打ったかのように静まり返った。

「……兄さん」

浩太は俯いて動かなくなった。机の上にぽたぽたと大粒の涙が落ち、ひしゃげた楕円《だえん》をいくつも作った。亮太が立ち上がり、弟の背後にまわると、彼の肩にそっと手を置いた。

「もういいんだ」そして亮太は小鳥遊の目をまっすぐ見た。「小鳥遊さん、でしたっけ？　すべてあなたの言った通りです。あの夜、矢野先生と口論になり、気がついたら包丁で何度も刺していました。頭が真っ白になっているあいだに弟が研究室に帰ってきて、すると弟は何も言わずに目の下に傷をつけ、じぶんのシャツを血で汚しました。ぼくを庇うために……」

亮太はそう言って後ろから弟を抱きしめた。兄弟はまるでふたりでひとりかのように固く身体を寄せ合い、まったくおなじ声をあげて泣いた。

「それだけじゃないよな」

その声の主は暗黒院だった。まるでムーンウォークのことなどすっかり忘れてしまったかのような、しれっと場に馴染んだシリアスな表情になっている。

「田中さん⁉」

小鳥遊が前に出ようとすると暗黒院は手でそれを制した。横目で小鳥遊を一瞥すると何も言わずに首を横に振り、それでも前に出ようとすると彼女の肩を一が叩く。その表情は悲哀を帯びており、小鳥遊の真意をふたりが気づいているのを無言で伝えた。

「あんたはまだ嘘をついている」暗黒院は言った。「たしかに矢野はあんたのひと刺しで死んだ。しかし、あんたが刺したのはその一回だけだ。弟の返り血は、紛れもなく矢野を刺した返り血なんだ。まだ死んで間もない矢野の血を浴びるために浩太は刺したんだ」

暗黒院が言い終わると同時に、亮太は床に倒れ、獣じみた叫び声をあげた。

弟の咽《むせ》び泣く声とは似ても似つかない、岡嶋亮太そのひとだけが出せる声だった。

＊

白い扉を二度叩くと、どうぞ、と声がした。開くとそこにいたのは全身ホワイトで片眼鏡のあの男。しかし、前に会ったときとは違ってラフな格好だ。なんかモコモコしたヤツ。

「わたし、ジェラピケを着ている男を信用しないようにしているんですよ」

小鳥遊が抑揚のない声で言った。

「グッド・ディテクティブ」男は椅子から立ち上がり、くるりと背を向けた。「よく来てくださいました。お飲みものはコーヒーでいいですか？　お砂糖とミルクはいかがしましょう？」

「いえ、結構です」小鳥遊はつとめて表情を無に保って応えた。「すぐに出るんで」

部屋は床も天井も家具もどれもこれもが白で統一されている。単に白が好きとかではない、執着を超えて狂気すら帯びた強迫観念《オブセッション》。その真っ白な部屋のなかには黒がふたつ。コーヒーメーカーのなかの液体と、応接スペースのテーブルの上に鎮座した物体——バトルドームである。

「脳にいいんですよ」

背を向けたままの白日院が言った。小鳥遊の視線の動きを予知していたかのようだ。ちょっとした牽制《けんせい》だ。小鳥遊は奥歯を強く噛み、決して相手のペースに乗らないように気を引き締める。

「やりませんよ？」

「それは残念」振り向いた白日院は柔和な表情を浮かべた。「どうぞ、お掛けになってください」

小鳥遊は白い革張りのソファに腰かけ、その向かいに白日院が座る。

十秒ほどの沈黙。

たったふたり、それも狂気じみた白い部屋での十秒には、学校で教わる物理の知識では説明がつかない時空の歪みが感じられた。警戒を怠らない小鳥遊は必要以上に眉間に皺を寄せ、白日院への不信を無言で訴え続けていた。

「それにしてもよく来てくださいました。高校生をお誘いさせて頂いたのは十年ぶりでしょうか。もっとも、そのときは私も高校生でしたが——」

「そういうつまらない小話はけっこうです」相手が言い終わる前に小鳥遊は口を開く。「わたしが今日来たのは、あなたの嘘についてのお話のためです」

「ほう」白日院は目を丸くし、小鳥遊の顔をまじまじと見つめた。しかしその表情に硬さはない。疑いや警戒とは真逆の、純粋な好奇心によるまなざしだ。「嘘、ですか……」

「単刀直入に言いますね」小鳥遊は続ける。「そこにいるだけで周りの男の男らしさを爆上げするという花隈もがなさんの〈異能〉ですが、そんなものは存在しません」余裕に満ちた白日院の表情を小鳥遊は挑発と解釈し、語気が強まった。「この前の事件では、たしかに警察官のうち何名かは――少なくとも聖山さんは――必要以上にカッコつけたり謎にオラついた言葉遣いをされていました。しかし、田中さんはそうじゃなかった。その理由を鈴木さん、あなたは異能を持っている者は影響を受けないと説明しましたが、田中さんに異能なんてないんですよ。あれ、ただただ無邪気にイタいだけですから……」

「なるほど」白日院は声を出して笑った。「たしかに、暗黒院さんはイタいですね」

「あなたが言えたことではないですが」

「グレイト・ディテクティブ！　その緑の瞳を裏切らない素晴らしい洞察力ですね。否定のしようがありません」白日院はバトルドームに手を伸ばしたが、小鳥遊が鋭く睨みつけて超エキサイティングが回避された。「でもそれは嘘でも本当でも他愛のない話でしかないじゃないですか」

「わたしが話したいのはこの先です」

「どうぞ」

「あなたはそもそも探偵ではありませんよね。ホームページを見れば肩書きはコンサルタントと書かれていますし、前の事件でも目的は〈魂の救済〉とかそんなことをおっしゃっていました。必要があれば謎を解いているだけで、それが目的ではありません。そして花隈もがなさんも元々はあなたのクライアントです。つまり、あの〈異能〉とは花隈さんを救うためにあなたがついた嘘です。花隈さんの自己肯定感を上げるための」

「では〈異能〉が嘘として、それでなぜ花隈さんの自己肯定感が上がるのでしょうか？」

「ルッキズムからの解放です」

「なるほど」

白日院の片眼鏡の奥の瞳が一瞬だけ大きくなった。

「花隈さんは非常に端整な容姿をしています。ぶっちゃけ、アイドルとして歌って踊れば武道館で右から左、左から右の大ウェーブを作れるほどの逸材でしょう。しかし、これはわたしの推測でしかないですが、それゆえに彼女は容姿だけで人間性を決めつけられ続けてきたんじゃないでしょうか。いつまで経《た》っても〈かわいい女の子〉としてしか見られない。一度そう見られてしまうと、男っぽい格好をしたりしても男装キャラとしか見られないし、やはり外見・容姿による他者の判断からは逃れられません。人間である以上、衣服は脱げてもその身体を脱ぐことができない。あなたはその呪いに抗するための呪いをかけた。田中さんが言っていました。ひとは恋をするとき、その理由を外見であることを意識的に否定し、心だと言いたがる」

「いいでしょう。白状します。すべてあなたの考えの通りです」白日院は立ち上がってオーバーリアクションで手を叩いた。「パーフェクト・ディテクティブ！　私がしたのは暗黒院さんとまったく逆のことです」

「あなたは外見でひとを判断させようとしている暗黒院さんとは逆に、花隈さん自身に男性から浴びせられるまなざしやよそよそしい態度はすべて、外見ではない要素によるものだと暗示をかけました。それが〈異能〉の正体です。それで彼女は自身の容姿から解放されました。本来の問題をまったく別の架空の問題にすり替えることによって。意識を変えることで世界も変わります。実際、いまどき職場で女性職員の容姿に対する言及なんかしたら一発でセクハラですからね。まわりも学生みたいに容姿がどうのこうのなんて言わなかったでしょう。その変化と〈異能〉を前提とした世界観によって、花隈さんは自身の人生を肯定的に解釈できるようになった」

そこまで言い終えて、小鳥遊は大きく息をついた。

「まだ言いたいことがあるようですね」白日院は左手の指先で片眼鏡の縁をなぞった。「そんな話を聞かされても、私はイエスかノーかで答えるしかない。あえて答えるなら、たしかに私が行為として——物理的な働きかけとしておこなったことは、あなたがおっしゃる通りです。しかしその分析については残念ながら、バッド・ディテクティブ、雑と言わざるを得ません。容姿や外見についてのお悩みはあったかもしれませんが、これについてはすみませんが、一切お答えできません。ただ言えることがあるとすれば、人間の問題は探偵が推理と言葉によってなにもかも暴き出せるほど単純ではないということです。探偵の悪いところですね。物事を細かな要素に分解し、単純化し、独りよがりな理解が可能な領域に落とし込んでしまう。それは対象の矮小化でしかありません。もちろん、私もそれを必要に応じておこないますが、本当に重要なのは複雑なことを複雑なままに受け入れることです。ルッキズムだのなんだの、覚えたての言葉を使ってそれらしく取り繕うのは幼稚としか言いようがありません——おっと失礼。話が逸れました。否定形の言葉がずらりと並んだ、つまらないお説教になってしまいましたね。そもそも、あなたはこんな話のためにここに来た訳ではないでしょう？」

小鳥遊は深呼吸をした。

「蛇守〝ディスティニー〟佐清さんと、一色緑さんのことを聞きに来ました。ふたりとも、わたしたちが関与した事件の重要人物です」

「たしかにおふたりとも、うちに来られましたよ」白日院はあっさりと応えた。「しかし、まぁ当然ですが、事件とは一切関係ありません。私は私の仕事をしたまでです。それはちょっとしたカウンセリングの域を出ないですし、犯罪性を問われても困りますね……」

想定していたはずの回答だ。しかし小鳥遊は黙り込んでしまった。言葉が出てこない。あるいは、思いつく言葉のどれもがまったく意味のないものばかり。三手先、五手先、十手先、どれだけ読んでみても、堂々巡りにしかならない。予定されていた千日手に陥る未来しかない。

「では私の質問に移ってもいいでしょうか？」白日院は小鳥遊の返答を待たずに続けた。「小鳥遊さん、あなたはなぜ、前の双子の事件で、兄・亮太がついた嘘をわかっていて推理しなかったのでしょうか？」

想定外の質問。

小鳥遊の頭のなかへ部屋の白が瞬く間に侵食した。言葉を失った小鳥遊に白日院が畳み掛ける。

「矢野賢五郎を殺したのは岡崎亮太で間違いありません。しかし、死後の死体損壊まで彼がしたとすると、弟・浩太の返り血の説明がつきません。あなたは亮太が犯人だと気づけるくらいですから、そのことがわかっていなかったとするほうが不自然なんですよ。まぁ、証拠はありませんが。しかしそれはどうでもいいんです。今日、私がお声がけしたのは、なぜ知っていて黙っていたのかを知りたかったからです」

小鳥遊は沈黙を守り、俯いた。

「いいでしょう。もうわかっていますから」白日院はクスリと笑った。「もがなさんから聞きましたが、後日の取り調べによれば岡崎亮太が矢野賢五郎を殺した本当の理由は、弟・浩太を矢野が見捨てようとしていたからだったそうです。兄弟はこれまですべての論文を連名で——筆頭著者は矢野ですが——発表してきました。しかし矢野は今後の研究から浩太を外すと言ったそうです。それを聞いて、亮太は必死に訴えたそうです。じぶんは数学者になるつもりはない、数学者になるとしたらそれは浩太だ、と。弟・浩太はみずから天才のフリをしていましたが、それはじぶんの数学的才能が兄に遠く及ばないことからくる絶望や焦りゆえでした。しかし兄・亮太にしてみれば弟こそが数学の天才だったのです。亮太は1を100にするような演算能力に非常に長《た》けていましたが、0から1を生み出す発想力は平凡だったのです。そして浩太はその逆。四色定理をはじめ、すべての論文の着想は弟・浩太によるものだったのです」

「何が言いたいんですか？」

小鳥遊は声を絞り出した。

「いえ、気になるかなと思いまして」白日院は続けた。「しかしただ発想しただけではアカデミックな価値はありません。優れた発想ほど、スタート地点と結論に大きな飛躍があります。途方もない距離です。その旅路に迷い、何もなし得ることなく死んでいった数学者だって少なくありません。兄・亮太はどんなに長く、複雑な旅路でも必ず最後まで踏破できたのです。つまり、ふたりとも天才だったわけですよ。それぞれまったく異なる才能でしたが、どちらが欠けても大仕事は決してなし得ない——そういう意味で、本当に彼らはふたりでひとりだったわけです。ふたりの物語では、ちゃんとふたりとも主人公でした」

白日院はなおも続けた。しかし、双子はそれぞれ他方の天才に圧倒されながらも、自身の天才に気づくことはなかった。それゆえにどちらも、じぶんが相手の足を引っ張っていると罪悪感を抱いていた。相手が数学者となり、じぶんは数学から身を引こうと心に決めていた。天才の邪魔をしてはいけない、そう思っていた。

「そしておそらく小鳥遊さん、あなたはそれにも気づいていた。だから弟が兄を庇って死体損壊をおこなったことまでは推理しなかった——そういうところでしょうか？」

小鳥遊は依然として下を向いたまま黙っていた。

「そうですか……では、これはひとりごとなのですがね……」白日院の声が穏やかになる。しかしその穏やかさは小鳥遊の心にずしりと重くのしかかってきた。「矢野はなぜ弟を研究チームから外したのでしょうか？　自身の思いつきを類まれなる演算能力で実現してくれる亮太の力を独占するためでしょうか？　真実はこうです。矢野はふたりとも紛れもない天才であることに気づいていた。なんといっても本職の数学者で、双子のすべての論文を添削している人間ですからね。我々なんかよりずっと双子の突出した才能に気づいていたはずです。それを伸ばしてやりたいからこそ、特殊なルートを用意してまで大久保工科大学に入れたのです。論文はすべて矢野が筆頭著者ですがこれは双子から申し出があったから仕方なく、というところは証言が取れているので、教育意識が強くあったと考えて妥当でしょう。それでも研究チームから外したとなると、これは、かわいい子には旅をさせよ、ということなのでしょうね。しかしその親心が岡嶋亮太には伝わらなかった。この事件はつまり、劣等感・畏怖・親心のすれ違いが、三人の主人公を殺してしまった悲しい事件と解釈できます。しかし小鳥遊さん、あなたがもし、岡嶋浩太が兄を庇うために矢野の死体に包丁を刺したことまで暴いてしまうと、浩太まで罪に問われ、この事件は三人の天才の死という最も悲劇的な結末で幕を下ろしてしまう。その悲しさに耐えられなかった——そういうところでしょうか。これはこれは、実にお優しいかただ！」

「やめてください……」小鳥遊の口からか細い声が漏れ出した。俯いたまま、翠色の瞳からだけとめどなく涙が流れて膝の上に滴が落ちた。「ひとりごとならひとりごとらしく言ったらどうです？　わたしに向かってしゃべっているようにしか聞こえないのですが」

「きっとあなたにも似たような経験がおありだったんですね。それも、赤の他人を庇いたくもなるほどの経験が……おっと、低俗な探偵のようなことをしてしまいましたね。じぶんで言っておいてお恥ずかしい限りです」

小鳥遊は席を立った。

「さようなら、見送りは結構です」

白日院は座ったまま、彼女ににこやかに頭を下げる。

「また近いうちにお会いしましょう」

玄関に差し掛かった小鳥遊の背中に向かって白日院は言った。

小鳥遊は振り返らない。扉を開き、閉め、エレベーターに飛び乗る。建物を出ると一秒でも早くここから逃げたくて走り出した。しかし白の闇が影のようにぴたりと足下に張り付いている。オフィス街を無我夢中で走り続けた。片眼鏡の奥の冷たい瞳。しかしどこまで走ろうとも、あの探偵の気配を振り払えない。マンホールにつまずいて転んだ。膝から血が滲んだ。あたりを見ると無数の眼が彼女をじっと見ていた。そのなかのひとりがヘタクソなムーンウォークをしていた。

第四話

黒歴史について語るときに我々の語ること（前編）

我は我自身が汝より遠く離れて『異』の領域にあるを知り

——アウグスティヌス『告白』

廃墟の王へ続く道が閉ざされて久しい。

大正時代、鉄道会社の福利厚生施設として八光山《はっこうさん》の中腹に建設されたその建物は、西洋文化の影響を強く受けたモダニズム建築として当時から高い評価を受けつつも、二度の大戦や社会の奔流によって何度も所有者を変えてきた。

ある時代は異国の要人を迎え入れる迎賓館《げいひんかん》として。

またある時代はリゾート施設として。

またある時代は大企業の保養所として。

かつて高級車が往来した道は錆《さび》で赤茶け、ところどころセーターのほつれのように鉄線がほつれたフェンスで塞がれていて、〈立ち入り禁止〉の看板が下げられている。

しかしそんなものは「死」の魔術的な囁きに誘われた者たちにとって足枷《あしかせ》にもならない。地元の子どもたちが秘密基地を探し歩き、寝床を失った放浪者が雨風をしのぎ、遠くから噂を聞きつけた若者たちが肝試しをし、「建築の死体」を愛してやまないネクロフィリアたちが高性能カメラを抱えて練り歩く。

フェンスの先は二十年前の震災の爪痕《つめあと》が当時のままに残され、隆起し、蛇行した道がだんだん細くなっていく。頭上の空をたくましいばかりの自然の生が覆い、冒険者の視界を生が奪う。なおも歩き続けた先に待つのは渇望した「死」だ。巨大な自然の生のなかに含まれながら生に飲み尽くされることなく死としてあり続けている。

その日、そこへ足を踏み入れたのは三人の小学生だった。

危険だから行ってはいけないという親の言葉が三人の心に火をつけた。禁じられた地へ足を踏み入れるのは一種の英雄的行為であり、フェンスの向こう側の写真を持ち帰る「手柄」をたて、それをクラスで威張り散らかしているアイツの目の前に叩きつけてやってはどうだろうか——三人が目論んでいたのは革命だった。恵まれた体軀と俊足で幅をきかせてイキリかましているアイツよりもヤバいと証明できれば、クラス内の政治力学を刷新できるはずだと考えたのだった。

フェンスを乗り越え、蛇行する緑のトンネルを通り抜けた先に廃墟があるのは知っている。そのなかを可能な限り深く探索し、ヤバい写真を撮影するのが目標だった。

しかしヤバいものは建物に入るまでもなく玄関口に転がっていた。

——黒猫

三段だけのひび割れた石段の上に横たわったその黒猫はだらしなく開いた口から舌を垂らし、白眼を剝いて、水浸しの身体中には金色の画鋲《がびょう》が刺されていた。

黒猫を囲んでいた少年たちのひとりがふと視線を亡骸《なきがら》から外す。彼は短い叫びをあげ、腰を抜かしてその場に尻餅をついた。

どうしたんだ？　他のふたりが訊ねると、少年はちょうど彼らの背後にある半開きになった玄関ドアを指差した。**どうしたんだ？**　とふたたび問うふたりに返答はない。まるで誰かに奪われたかのように、声を出したくても出せない。出せる声がない。

ふたりは振り返り、外開きの扉の内側を見る。

——春

そこにあったのは、大きく血のように赤い文字だった。

1

「で、なんなんすか？」小鳥遊唯が上司の皿を覗き込みながら言う。「それ」

「素パスタだ」

麺が絡みついたフォークを口のなかにブチ込む寸前にピタリと手を止め、暗黒院真実（本名・田中友治）は少女の顔を見た。

「いや、それはね、わかるんですよ」彼の緑色の右眼にじぶんの顔が映っている。「でも素ってなんすか素って。うどんとかラーメンならわかりますよ？　素パスタって謎フードすぎません？　なんというか、人間の食べ物というよりヒューマンのエサですよ。それ」

「厳密には塩とオリーブオイルをかけてはいるんだが……」

「や、それはわかってるっつってんすよ！」

暗黒院は眉を顰め、五秒ほど彼なりに真剣に考えた。

「……食う？」

「いらねぇよ！」小鳥遊はデスクを両手でバン！　と叩いて頭を上下にシェイクした。「なんでそんな貧しさの象徴みたいなメシを食ってんだ！　見ているこっちまでひもじくなるんだよ」

「そんなキレ散らかすほどのことでもないだろう……」暗黒院はため息をついてふたたびフォー

クを持ち上げた。「最近な、ちょっと節約しようと思ったんだよ」

「節約って、あのこと気にしているんですか？」

暗黒院の事務所の主たる収入源はアフィリエイトだ。科学的エビデンスや効果の信憑性《しんぴょうせい》がグレーゾーンの健康食品や化粧品、社会経験が乏しい人間が手を出してはいけない類の金融商品やらブラック企業がこぞって掲載している求人広告などを紹介するサイトをいくつも運営し、その成果報酬でそれなりの稼ぎを叩き出している。しかし最近、その売り上げがガタッと落ちた。原因はGoogleの検索アルゴリズムのアップデート。検索上位の主力サイトが軒並み圏外に飛ばされてしまい、成約数が激減した。

「アフィリエイトってのは結局はプラットフォーム依存の商売だろう？」暗黒院は素パスタを頬張る。「Google様の一存で稼げたり無収入になったり、なにかと安定しないわけで、何十年もできる商売じゃない。まだ懐には余裕があるいまのうちに事業見直しを……と思ってだな」

そこへノックもなしに勢いよく玄関のドアが開いた。こういう開け方をする人間は暗黒院を除いてひとりしかいない。

「なんだふたりとも、シケたツラしてんなおい」

一二三だ。史上最年少夏目賞作家として現代文学の最前線を走る作家にしてこの事務所をシェアオフィス扱いしている彼女は、ピンクを基調とした色彩のフリフリの衣装で玄関口に仁王立ち。コンセプトは魔法少女で翼の生えたステッキを持っている。

「そのへんの棒にレッドブルでも飲ませたんですか？」

「小鳥遊ちゃんは相変わらず元気だね」一は豪快に笑う。

「いつまでそんなところにつっ立ってんだ？」暗黒院はムスッとした表情で素パスタをズルズルとラーメンみたいに音を立ててかきこんだ。「ふぁやふふぁいってほいほ《はやく入って来いよ》」

「黙って食えや」

「そういえば、すぐそこに客がいたんでな。連れてきたんだ」一が言った。「ほら、来なよ」

すると一の後ろからスッと出てくる人影。小鳥遊が通う黒陵《こくりょう》高校の制服を着た少年だ。その前髪は異様に長く、サイドは覚えたてのツーブロックでキメている。

「うわ、天野川《あまのがわ》」

小鳥遊が露骨に嫌悪の表情になる。

「あれ、知り合い？」と一が訊く。「まぁおなじ高校だから不思議もなにもないけど」

「クラスメイトです」一応、と小声で小鳥遊は付け加えた。

「無駄だよ、小鳥遊」少年が口を開いた。「君がボクにどんな感情を持とうが、そしてどんな感情を向けようが、それでボクが変わることなどあり得ないんだから……」

少年は断りなく事務所のなかへと歩みを進め、窓側に立つと下ろしたブラインドを指でカシャとこじ開け、その隙間から外を見る的な黄昏ムーブをした。暗黒院とまったくおなじ所作である。

「用事がないんなら帰ってくんない？」

棘《とげ》のある小鳥遊の声に応じることなく、少年は暗黒院の方へと移動した。

「お久しぶりです、暗黒院さん。その眼、いいですね」

暗黒院はフレミングの法則的な手のかたちを作ってカラコンの右眼を強調するポーズをとった。

「なんだ、知り合いなのか」

一はどこか納得したような口振りだった。

「よく来たな――」

暗黒院は少年のまなざしにまっすぐ応えたが、一瞬だけ目を離した。微妙にコイツが誰なのかピンときていないっぽいな、と小鳥遊は察する。思い出せそうでギリ出てこないレベルだ。

「よしてくれよ暗黒院さん……」と天野川。前髪ちぎりとるぞと小鳥遊は思うものの、暗黒院はこの芝居がかったやりとりにわりと乗り気だ。「オレはもう……」一人称がオレに更新された。

「……〝感情〟ってヤツがなくなっちまったんですよ……」

「そういうことか――」暗黒院が自嘲気味に嗤《わら》う。

「どういうことだよ」と小鳥遊。

「あったよ――私にも、そういう時期がな――」

いつまでこの茶番を見せられるんだろう。小鳥遊はTwitterを開くと大喜利アカウントがお題を出していたので回答をリプで飛ばした。

「あの日……二年前にあんたに世話になってから、ボクの身体から」また一人称がブレた。「感情が抜けてしまったんですよ……なにもかもがくだらない。茶番だ。すべてが虚しくて、悲しみのあまり夜になると涙が流れてしまうんだ」

「めちゃめちゃ感情あるじゃん」食い気味にツッコんだのは一だった。「ねぇ小鳥遊ちゃん、この子っていつもこんな感じ？」

二十八歳の魔法少女の眼は嬉々《きき》としている。無垢《むく》も童心も一切ない、新しいおもちゃを見つけた悪い大人の表情だ。

「まぁ、友だちはいませんよね」いるわけがない、というニュアンスを醸して同意を求めるように小鳥遊は言う。「一年のときから変わったヤツではあったんですけど、最近は輪をかけてイタイ行動が増えて。こないだ、体育の前の休み時間に、体育館の隅っこに畳んでいたマットになんかブツブツひとりごとを言いながらローキックを無限にブチ込んでましたし。あと〈探偵部〉っていう部活、というか人数不足で同好会なんですけど、それをぼっちでやっています」

「へぇ」一は思慮深く頷いた。「小鳥遊ちゃんのすきぴ？」

「やめてくださいよ！」小鳥遊の全身に強烈な悪寒が駆け巡った。「アイツが視界に入っているだけでなんかもう、前髪をちぎりとる妖怪になってしまいそうになるくらいです」

「その感情表現はイマイチよくわからないけど、〈探偵部〉ってなにをするの？」

「あー、なんか、生徒とか先生とかから持ち込まれた相談を解決するとかそんなんです」

「ラノベとかでよくあるヤツだな。やれやれ系主人公の。それで、やれやれ系がインフレして感情消滅系にクラスチェンジしたってところか……」

「や、それはわかんないですけど……」

「小鳥遊！」天野川が急にデカい声になる。小鳥遊は彼に聞こえるように舌打ちをし、お前ごときに返す自然言語は存在しないと知らしめるため嘔吐物を見下ろすような視線を彼に送った。

「黒猫事件、知っているよな？」

天野川は暗黒院が食べかけの素パスタの皿の横にiPhoneを置いた。そこに映っていたのは、全身に金の画鋲が刺され、水浸しになったまま横たわる一匹の黒猫の死骸だった。

「ほう」暗黒院は顔色ひとつ変えず写真をまじまじと見つめた。「邪馬《やま》観光ホテル跡か。お前らの高校の近くにある、通称〈廃墟の王〉――」

「どうしてわかったんですか？」

天野川は目を丸くした。

「猫が死んでいる石段に五芒星《ごぼうせい》のマークが映っているだろ？」暗黒院の口調が探偵のそれというよりオタク特有の早口になる。「これは大正時代に活躍した建築家・南藤忠《なんどうただし》のものでな。彼は玄関に署名がわりにこの紋をつけたんだ。南藤自身は建築家としての後年の評価は高くないものの、現存する南藤建築はすべて廃墟になっているがゆえに廃墟建築家として現代ではちょっとした有名人だ。彼の作品は死してはじめて〈生〉を受け、完成するのだ――」

「さすが、暗黒院さん。パねぇっす。つか、むしろパです！」

「田中さんはただの気合いの入ったしっぱなしの小鳥遊を一瞥し、スマホの画面をスワイプした。

天野川はちらとイライラしっぱなしの小鳥遊を一瞥し、スマホの画面をスワイプした。

現れたのは扉に大きく書かれた赤い〈春〉の文字。

「この二枚は一週間前、近所の男子小学生三人が撮った写真です。まぁ秘密基地探しでもしていたんでしょう。彼らはこの写真をTwitterにアップしたんですけど、これがそれなりにバズっていましてね……。地元民じゃなくても知るひとぞ知る名所だったのもあって、さっき暗黒院さんが推理したように場所がすぐ特定されて、ちょっとした騒ぎになっているんです」

「あれ、田中さん？」小鳥遊が疑問を口にする。「なんで知らなかったんですか？　あなたみたいな悪質なネットストーカーが知らないほうが不自然ですよ。それも廃墟ネタなのに」

暗黒院は口ごもり、視線が露骨に泳いだ。彼の代わりに一が口を開いた。

「というと？」

「……そんな悠長なことを言っている場合じゃないのかもしれない……」

ここで突然、一が神妙な面持ちになる。

「デジタル・デトックスしてたんじゃねぇのかよ！　てめぇは素パスタでも啜ってろ！」

「いや」暗黒院が素の表情で首を傾げた。「小鳥遊はここのところ Twitter 大喜利しかしてないぞ？」

「探偵ごっこなんて好きにすりゃいいけどさ」小鳥遊が天野川に厳しい口調で言った。「頼まれたわけでもないんでしょ？　わたしらさ、あんたのお遊びに付き合っている暇なんてないの！」

「見つけて欲しい、というよりは捜査協力のお願いです」

前の依頼はその黒猫を殺した犯人を見つけてくれというところか」

ントアクションをしてこの場を勢いで乗り切ろうとしたが、最後の発話からマントアクションまでに一分くらいかかり、その間に大小様々な舌打ちが七回ほど室内にこだました。「天野川、お
「とにかく――」暗黒院は席を立ち、ハンガーからマントをとって身につけ、バサッと派手なマ
「あ、わたし、田中さんブロックしてるんで」

「ってか、トレンド入りしてたんだけど小鳥遊ちゃん、気づかなかった？」

「知らんがな」

「逃げているんじゃない。デジタル・デトックスだ」

もやっているからな。それでネットからリアルに逃げ込んでるのがいまってわけさ」

「暗黒院な、最近 Twitter でえげつない炎上をしたんだよ。探偵業の傍ら、〈表現の自由戦士〉

訊き返す小鳥遊の視界の外で、感情豊かな天野川が奥歯を噛み締めた。

「二枚目の写真を見てみなよ。〈春〉ってあるよね？　これがなんらかの意味をなす記号なら、このあと〈夏〉〈秋〉〈冬〉と三回事件が起こることを暗示しているかもしれないだろ？」

「そうなんですよ」天野川が言った。「ただでさえ凄惨で悪質な犯行なのに、これがまだ続くとなると……これからもっと酷いことが起こる可能性が高い。直感ですけどね」

「お前はこれを止めたい――」暗黒院が左目を手で覆い、カラコンの右眼を大きく見開いた。

「止めなければならない、そう考えているのはよくわかった」

暗黒院はデスクに戻るとカピカピになった素パスタの続きを食べた。

「なかなか正義感の強い少年じゃないか」

一は小鳥遊にそう囁いたが、イマイチなにか釈然としないものが小鳥遊にはある。

「ありがとうございます」天野川は頭を下げた。「首尾よく犯人を捕まえられたら、この手柄を校内に広報して新入部員の獲得が期待できます……これで〈探偵部〉の廃部を阻止できる……」

そういうことか、と小鳥遊と一が肩を落とした。

2

というわけで黒猫の変死体が発見された現場に行ってみようという流れになった四人。いつもなら誰かの車かタクシーか電車かなのに交通費をケチりたい暗黒院が自転車を提案するも、学校付近を魔法少女連れのチャリンコ四人組で徘徊するのはさすがに避けたいと小鳥遊が抵抗し、最終的に一が全額身銭を切るかたちでタクシーを呼ぶことになった。

「で、その格好なに？」

タクシーのなかで暗黒院が小鳥遊に訊ねた。上下ともに学校指定のジャージだ。

「ほら、あの辺って道らしい道がないし、邪馬観光ホテル跡ってフェンスをよじのぼって越えないと入れないじゃないですか？　スカートはさすがに……」と言った彼女の隣にはニーハイでフリフリの魔法少女が腕組みをして座っている。「……一さん、その、大丈夫……ですか？」

「案ずるな」二十八歳の魔法少女が堂々たる口ぶりで応えた。「ところでさっきの〈探偵部〉の話を詳しく訊いてもいい？」

「オレの城でありすべて……」

「中身カスッカスじゃん」小鳥遊の冷ややかな声。「部員もいなければ依頼もないし、そもそも部室もないし。あんたが放課後に教室でオッサンがピンを抜く謎のスマホゲームしてるだけじゃん」

「小鳥遊ちゃん、天野川ガチ勢なんだね」

一がクスッと笑った。

「本当にやめてください」

「で、〈探偵部〉は天野川くん、きみが作った部なんだね」

「研究会ですよ」

小鳥遊が間髪いれず訂正する。

「あれから二年か……」天野川は窓の外を見た。「いろいろあったな……」

「興味深い」一は iPhone を取り出しメモをとる構えをとった。「たとえば？」

「入学して、部活立ち上げ申請をして……」

「申請して？」

「いまに至る……」

一は iPhone をしまった。

「その〈探偵部〉だが――」

助手席の暗黒院が口を開いた。声が半笑いである。

「本当にやめてください！」

小鳥遊が甲高い声を上げた。

「――小鳥遊も在籍していたらしいぞ」

言い終わるとほんの数秒の沈黙。小鳥遊は黙ってうつむき、シートの上に体育座りになった。

「小鳥遊ちゃん……ガチへこみ仕草のときでもちゃんと靴を脱いでいるの、超えらいよ……」一がやさしく彼女の頭を撫でた。「というか、それ探偵部エピソードでめっちゃ重要なやつだよね？天野川くん、なんでさっき言わなかったんだ？」

天野川が窓の外を見たまま聞こえないフリをしているあいだにタクシーが停まる。暗黒院がすかさず万札を運転手に渡していて、支払いは一のはずだったのにちゃんとじぶんで出していて小鳥遊はちょっと感心する。けれどもいちばん消したかった過去をサラッと喋りやがった恨みは余りあるもので、結局トータルマイナス１兆ポイントといった心地でタクシーを降りた。

タクシーを降りたのは小鳥遊と天野川が通う黒陵高校の近く。黒陵高校は郊外都市の私立高校で市街地から少し距離を置いた山の上に建っている。駅から歩いて二十分ほどで、学校へ続く長い坂道は〈校門坂〉と呼ばれ、自転車通学者の多くは降りて押して登る。

進学校としては上の下といったところで、微妙な自尊心を燻《くすぶ》らせた生徒も多く、高校三年生になってからも「都心部の偏差値70のドコソコ高校に受かったけれど近所だからこっち来たんだよね」という〈あり得たかもしれない未来マウント〉をカマしてくることもちらほら。暑苦しい連中が多い環境でどれだけ涼しい顔をできるかという我慢大会じみた風土があって、その象徴的な事例として〈校門坂を立ち漕ぎで駆け抜けるのはダサい行為〉と見做《みな》され白い目で見られる。つまりそれは〈がんばっている姿を見せるのはダサい〉というテスト前の〈全然勉強してないわ〉ムーブの亜種であると小鳥遊は思っていて、彼女にしてみればそれがいちばんダサい。

がんばっているひと、かっこいいじゃん。

目立たないように相互監視してみんなで一緒にバカになるみたいな、日本社会の悪いところを勉学にギュッと凝縮したようなこの学校で、彼女は居心地の悪さを感じている。友だちではないけれど会えば話くらいはする同級生がいるにはいて、先生に嫌われているわけでもないし、成績だってどちらかといえば良い方で、家にいるよりは学校の方がまだずっと良いのだけれど、その良いはあくまでも相対評価で居心地が悪いのは変わらない。どこにいてもここじゃない感じが拭いきれず、眠れない夜なんかがやってくると生きているだけで引っ張り出される法廷の裁判官が目の前に現れ、「世界のどこにも居場所がないのだ」って頼んでもない真実を教えてくれる。でもそれはきっと〈場所〉の問題じゃないのだ。

例の廃墟、〈邪馬観光ホテル跡〉は学校の裏からの一本道だ。最初はアスファルトだった道はだんだん色褪せていき、五分もあるけばひび割れや隆起が目立つようになって、砂利道になったところに〈立ち入り禁止〉と書かれたボロッボロの板切れがぶら下がったフェンスがある。錆だらけのフェンスは触っただけで赤茶けた粉が付着するし、金網がちぎれて飛び出した部分とかはふつうに危ない。こんなところを好き好んで徘徊《はいかい》する気持ちなんて小鳥遊にはまったくわからないけれど、困難が好奇心に転化する少年心を想像できないわけではないから一応の理解はできる。

「足跡がありますね」

小鳥遊がフェンスの向こうを指差した。

「そういえばこないだ雨が降ったよな」

天野川が前髪をジリジリと指ですり潰しながら言った。

「三日前にな」と一。

大小いくつか、複数の足跡が砂利の隙間にある。そのうちいちばん真新しいものはだいたいじぶんの足のサイズとおなじくらいだろうか？　iPhone でとりあえず写真を撮っておく。暗黒院はフェンスに背を預け腕を組み、ペシミスティックな表情で斜め下を見る的なポーズをとってシャッターチャンスをアピールしていた。小鳥遊は iPhone をジャージのポケットにしまった。

「てかここ、私有地ですよね？」と小鳥遊。「許可とりました？」

「もちろん抜かりない」

暗黒院が iPhone の画面を小鳥遊に見せる。管理人から「おけ」とだけ申請メールへの返事があった。

「軽いッスね……」

「こういう連絡がしょっちゅうあるんだろう。想像に難くない」

「あれ、これ……」

小鳥遊は暗黒院が背をあずけていたフェンスから繊維がわずかに引っかかっているのを見つけた。

「暗黒院のものじゃないな」一が近づいて観察した。「色が違う……」

繊維はライトグリーンだ。

「ウチのジャージとおなじっすね」天野川もその繊維を至近距離から観察した。「ジャージの色は学年ごとに違うんですよ。いまの一年はエンジ色、二年は青、三年がライトグリーン。ほら、小鳥遊がいま着ているヤツです」

「ってことは、ウチの三年の誰かが最近ここに入ったってこと？」

「それも女だ。この三日以内にな」

暗黒院が繊維を指で摘み上げ、カラコン入りの緑の右眼でガン見した。

「田中さん、どうしてそこまで……」

「わからないか？」フンと暗黒院が鼻を鳴らす。「三日より前に付着したなら雨で流れ落ちている可能性が高い。それにあの新しい足跡、小鳥遊とほぼおなじサイズだ。それにこのあたりは足元が悪く、運動部がランニングで来るみたいなこともないだろう。つまりヤマカンに行くためにジャージに着替え、このフェンスを登ったことになる。で、わざわざジャージに着替える必要があるのは女生徒だ。それは小鳥遊、お前と天野川の服装を見ればわかる」

たしかに……と小鳥遊は思った。小鳥遊はジャージで、天野川は制服だった。

「さすが暗黒院さんです！」

天野川が感情を炸裂させて歓喜の叫びをあげた。

「えっ、今日どうしちゃったんですかちゃんと推理できてるじゃないですか。腐った豆腐に賞味期限が三年くらい切れた醤油《しょうゆ》でもかけて食べました？」

「小鳥遊、言っていいことと悪いことがあるぞ」

「まぁ小鳥遊ちゃん、いまのは良い方だ」

クスクスと笑う一を暗黒院が睨みつけた。

「じゃあさっそくなかに入って行こう」

天野川が金網を摑むと、待って、と一が止めた。

「どうしたんですか？」

小鳥遊は首を傾げる。

「見てわかるだろ」暗黒院が露骨にうんざりした表情になった。「一の服」

「あっ……」

小鳥遊は一がニーハイのミニスカのフリフリ衣装であることをすっかり忘れていた。

「というわけで妾から行くよ。ひとまず野郎二人はフェンスに背を向けてじぶんの卑屈さを省みて下を向いていてくれ」

暗黒院と天野川はツッコミひとつなく、おとなしく彼女の指示に従った。手前に天野川、フェンス側に暗黒院。そして一は天野川を中腰にさせ、少し離れたところから助走をつけ、魔法のステッキをぎゅっと握りしめて二人の方へ向かって走り出した。

続く光景が小鳥遊の網膜にしっかりと焼き付いた——

駆け出した一は徐々にその速度を上げ、右足を力強く踏み切ると左足で天野川の背中のど真ん中を踏みつける。オッフという少年のかすかな呻《うめ》き声が消え切らないうちに続いて右足が暗黒院の肩へ飛び移り、デュッフという気持ち悪い鳴き声が響き渡る空へとその身体は瞬く間に投げ出された。フェンスに触れることなく最高点に達したそのとき、小鳥遊は傾き始めた太陽を背景に、白い太腿《ふともも》の隙間に輝く星を見た——流れ星《シューティング・スター》だ——それは官能とは次元を異にした恍惚《こうこつ》を伴いながら視界に現れた瞬間に姿を消し、初夏の始まりを待たずにして茹だる大気のなかで蜃気楼のように時空を歪め、幼い子どもが指先で時計の針を弄ぶような無邪気さで緩慢に落下する彼女は、まるで着地の自重など存在しないかのように優雅かつ軽やかに向こう側に着地した。

見てしまった。小鳥遊に罪悪感が芽生えた。同性であり、自覚的なやましさがないとはいえ、見てしまった金色の下着を反芻《はんすう》するように脳内で克明に描いてしまったこの事実に、彼女は一を性的に消費してしまった後ろめたさを否定できない。無意識だからセーフなのか無意識だからこそアウトなのか判断できず、こちらを振り返る一の視線から反射的に逃がれようとしていた。

「案ずるな……」一は高らかに言った。「見せパンだ」

布地面積的に絶対見せパンはありえなかった。ガチパンである。勝負レベルはわからないけれどガチパンなのは疑いようもない。しかし小鳥遊は超然とした態度で見せパンと言い切る魔法少女スタイルのこの女性作家に圧倒的なカッコ良さを感じていた。一は見せパンと言い切ることでガチパンを見せパンに変えて見せた。現実を乗り越えた。小鳥遊の罪悪感を肯定的な昂《たかぶ》りへとすり替えた。一のカッコよさは内なる暗い欲望を肯定し、癒してくれた。本物の表現者とはきっとこうなのだろう。言葉で現実を更新する力——それに小鳥遊は救われたのだ。一は言った。

「これが詐欺師のやり方さ」

3

森のトンネルを抜けた先で過去と現在が混在していた。

伝統的な日本庭園をモチーフとした石造りのオブジェが点在する開けたスペースには西洋風のコンクリートの建物。ひとの手で作られたそれらは朽ちたそのときからそのままで、つまりはそれ以上朽ちることがないほどに傷み、苔《こけ》むして、石やコンクリートの硬い表面を突き破って生を謳歌する深い緑の草に抱かれる格好でそこにあり続けている。いま現在を生きる生がはるか過去に死んだ者を喰らうようにして、四人の眼前に広がる光景を形作っている。

広い庭園の先、真正面に例の黒猫が横たわっていた玄関がある。低い石段が三段の上、自己顕示欲の強い建築家が残した五芒星の紋章の傍《そば》にびしょ濡れの死骸があったのだがその痕跡はもうない。おそらく誰かが——管理人かもしくは依頼された業者か——片づけたのだろう。それでも大きな玄関扉には動画よりも少し色褪せた赤で〈春〉の文字が残っている。

現場に着くと、暗黒院はペットボトルの水を取り出し、石段の上にびちゃびちゃと撒き出した。

「ちょっと田中さん！　何しているんですか？」

暗黒院はしゃがみ込んで石段の上に広がる水をじっと観察した。石はみるみるうちに黒い影のような染み跡を広げ、そしてすぐにその色を薄くした。

「石段に使われているのは大谷石《おおやいし》だ。大理石や御影石《みかげいし》よりも三十倍ほど吸水性が高く、加工性も高いことから広く使用されている。そして動画撮影日の天気は晴れ。気温も今日とおなじくらいで、四月の終わりだが夏日と言えるほど暑かった」

「それがどうしたんですか？」

「そんなこともわかんねぇのかよ」天野川がやれやれと嫌味ったらしいため息を長く吐いた。感情表現が豊富な感情ないマンである。「石段の吸水性と暑さを考えてみろよ。水が乾ききるまでそんなに時間はかからないはずだ。で、動画がこれだ」

天野川が iPhone で小学生たちが撮影した動画を再生した。

「YouTube のヤツってもう削除されてたんじゃないの？」

「それを見越してスマホに落としておいたに決まってんだろ」

「いま石段に撒いた水の色と動画のものはほとんどおなじだ」暗黒院がノーモーションで言った。ふつうだ。ふつうなんだけど、ふつうじゃないのがふつうだから小鳥遊には違和感がすごい。

「つまり、あの黒猫は水をぶっかけられてからそんなに時間が経っていなかったってわけだ」

「犯人はすぐそばにいた」一がステッキをクルクル回しながら言った。「というか、犯人は黒猫を濡れた状態で発見させたかったんだろう」

「濡れた状態で発見させたかった？」

小鳥遊は一の言葉を繰り返した。

「放っておいても猫の死骸は残る」一がステッキで扉の文字を指した。「文字も残る。ここは有名な廃墟だし、いつか誰かが発見する。だが、水だけは消える。犯人が猫を水びたしの状態で発見させたいなら、発見される直前に水をぶっかけておかなくちゃならない」

「犯人はここに誰かが来たのを確認して猫に水をかけた」

暗黒院がいつのまにかマントを脱いで腕にかけていた。運動不足のひと特有の大粒の汗をむちゃくちゃ吹き出していて、白いワイシャツの脇に楕円形の染みを作っていた。

話もひと段落したところで、ほな一丁ここらで廃墟探索とでも洒落込みますか……というそのときだった。

一筋の甲高い叫びが青々と広がる快晴の空に響き渡った。

若い女の声だ。

それもひとりじゃない。

「あっちか!?」

暗黒院はそう言うと同時にもう駆け出していた。声がしたのは庭園の隅にある小道の方から。スタートダッシュで差をつけた暗黒院の後を他の三人が追う。

その小道は石畳を腐葉土が覆い、灌木《かんぼく》がいくつも倒れていて、走り抜けようとする身体を左右から長く伸びた手のような雑草が執拗《しつよう》に撫でてくる。

草の擦れる音はまるで、そこに足を踏み入れた者たちを嗤《わら》う幽霊たちの声に聞こえた。

そこにいたのは三人の少女だ。

三人とも小鳥遊とおなじジャージを着ていて、ひとりが腰を抜かしてその場にへたり込み、ひとりが呆然と立ち尽くしていて、そしてもうひとりが暗黒院らに気づいて四人の方を見ていた。

「天野川くん⁉」

「綾野《あやの》か⁉」

「なんでこんなところにいるの？」

その少女・綾野綾《あや》は他のふたりと違い、冷静さを失っていなかった。冷静さが混乱を完全に抑え込んでいて——後に一が言うところによれば——それはひとつの狂気のありかたでもあった。

「そんなことはあとだ！」天野川は息も絶え絶えになりながら叫んだ。「なにがあった⁉」

「あのなかに……」

綾野が指差す先には、蓋が開けられた古い井戸があった。

暗黒院がすぐさま駆け寄り、そのなかを覗き込む。

「なるほどな——」

続いて天野川、一、小鳥遊もなかを覗き込む。

暗く深い井戸の底で薄く張った水が、覗き込む者たちの隙間から差し込んだ光の粒を弾き返す。その中央には金色のドットを纏った黒い物体。四本の手足、尻尾、頭、そして光を失った瞳がごろりと眼窩《がんか》のなかで転がっている。

井戸に立てかけられた朽ちた木製の蓋を見ると、〈夏〉という赤い文字がそこにあった。

4

井戸の底に沈んだ画鋲まみれの黒猫。

そして残された〈夏〉の文字。

一同の脳裏をかすめたのは〈同一犯〉という言葉だ。

誰が何のために？　小鳥遊は思った。ただ殺すだけでは飽き足らず、その身体に大量の画鋲を突き刺す残虐さと、春夏秋冬になぞらえたマーキングをほどこす邪悪な自己顕示欲に胸が悪くなる。じぶんのものではない他者の感情が胸のうちに入り込んでくるような感覚。じぶんの感情を乗っ取ろうとする異物に、恐怖とはまたちがうゾッとする感覚がたしかにある。

第一発見者はおなじ高校の三年生、綾野綾、相生葵《あいおいあおい》、長野蝶《ちょうのちょう》の三人。小鳥遊は彼女らと面識があった。正確には、ありすぎるくらいに。

「むっ……」暗黒院は彼女らの顔を見るなり何かに気づき、それをきちんと思い出そうとしているのか、たまたま近くにいた気が弱くて小動物みたいな相生葵に接近。いたいけな少女が身の危険を感じるには十分なほど顔面を接近させた。「君ら、ウチの事務所に来たことあるだろう？」

小鳥遊が暗黒院の首根っこを摑んで相生から引き剝がした。

「……二年前ですよ」小鳥遊が躊躇いがちに言った。「ホラ、こいつと……」

小鳥遊が天野川の方へ視線を流す。彼はさっき走ったせいで毛穴という毛穴から汗をドバッドバ吹き出し、不器用な手つきで学ランのボタンをチンタラポチポチ外しているところだった。

天野川が学ランを脱ぐと、小鳥遊と三人の女子高生は一斉にゴクリと唾を飲み込んだ。

学ランの下に着ていたカッターシャツから浮かび上がる黒いTシャツ。

「天野川……」小鳥遊は悪い予感がした。「ちょっとそれ、脱いでみ？」

はぁ……とため息をつきながらもどこかまんざらでもない様子の天野川はポチポチとカッター

シャツの小さなボタンを上から外していき、最後のひとつが外された瞬間、四人の女子高生は示し合わせたかのようなユニゾンで悲鳴を上げた。

——所狭しと敷き詰められた英字新聞を模した謎の英文
——中央に構える鎖と薔薇《ばら》が絡みついた十字架
——そして頭蓋骨に重大な損傷を受けた髑髏《どくろ》がその上に鎮座し、嗤っている……

「小鳥遊さん！　アレ……！」

顔面蒼白の相生が震えながら伸ばした指先が示すのは髑髏が乗った十字架の下だ。そこには〈since 2014〉の文字——

「いや最近じゃねぇか！」小鳥遊の怒号に羽を休めていた鳥たちが一斉に木から飛び立った。「since って書くなら歴史を感じさせてくれよ！」

「っつーかさ……」続いて口を開いたのは見るからにギャルな風貌の長野だ。ほかのふたりからは〈てふてふ〉というあだ名で呼ばれている。「そもそもどんなセンスしたらそんなTシャツを着ようと思うワケ？」水泳部特有の色素が薄い髪をしていて、その髪と性格の明るさ、そしてあっけらかんとした物言いが彼女のギャル度をキンキンに上げている。「ウケる」

「私の魔眼にはすべての真実が見えている——」

突然カットインしてきた暗黒院に場は一斉に静まり返り、一同のあいだを一陣の風が吹き抜けた。暗黒院は腕にかけていた黒いマントを羽織り直し、バサッとはためかせ、緑色の右眼をいい感じに強調するためにカッと力を入れて見開こうとしたが、あんまりうまくいかなくて細目のひとががんばっているときにありがちな、眼の付近の皮膚こそ突っ張っているけれどそんなに開いていない的な、なんかそういうかんじになった。暗黒院は一重だった。

「魔眼か……」

天野川の自慢の前髪の先端にしがみつく汗粒が、自重に負けて地面へと落下した。

「人間がどこかからやってきて〈イマ／ココ〉に至る過程を考察する上で最も重要なものがある」暗黒院は早口だった。「小鳥遊、それが何かわかるか？」

「いや知らんし」

小鳥遊は秒で答えた。

「そう、〈選択〉だ」

「あ、わたしそう答えたことになってるんだ」

「黒いTシャツ、十字架、鎖、薔薇、髑髏、since 2014——」暗黒院は続けた。「これがすべて揃うのはいわゆる〈役満〉だが、果たしてそれは偶然なのか？　論点はそこだ」

「能動的中二と受動的中二——」一が知らない日本語を口にした。「つまり天野川がその洗練されたクソダサTシャツをここに着てくるまでの過程で、じぶんの意志による選択がどこにあったかをいま問われている」

「絶対問われてないと思うけど」と小鳥遊。

「プロセス分解をしてみよう」

「いや分解すんなし」

「ひとが服を選ぶとき、それを購入し、他の服とのバランスを考慮し、着用を決心する——それぞれの意思決定が能動的か受動的か、ていねいに見てやれば真実が彫刻のように削り出されてくる」

「でもどうやって……？」ここで入ってきたのは綾野だった。「わたしたち、天野川くんに一ミリも興味ないんですよ？」

彼女に同意するように相生、長野が頷いた。

「安心しろ」暗黒院が口角を吊り上げる。「だいたい調べがついている」

暗黒院は iPhone の画面を一同へと突き出した。そこに映っていたのは、ニックネーム〈コウセイ〉なるユーザーのミクシィのプロフィールページだった。

「なんすか、ソレ？」

小鳥遊が首を傾げ、他の三人の女子高生もおなじ方向に首を傾げた。

「そうか」一が物悲しげな表情を浮かべた。「きみたちはミクシィを知らない世代なんだな」

「天野川は主要ＳＮＳすべてでアカウントを持っているが、主戦場としているのはミクシィだ。その証拠に友人《マイミク》以外は日記を閲覧できない設定にしていて、頻繁に長文日記を公開している。もっとも、友人全員の稼働形跡はなく、せいぜいアカウントを乗っ取られて某有名ブランドのサングラスの広告ＤＭをぶん投げてくるだけだがな――」

「だったらどうして田中さんは天野川のページを見れるんですか？」と小鳥遊。「それにＤＭまで……ってまさか……⁉」

「パスワード〈SealedDarkDragon《封印されし暗黒龍》 生年月日〉」暗黒院が緑色の右眼を見開いた。「常識だ」

「蛇怨館の Twitter ナンパおじさんとおんなじかよ！　あんたらの常識どうなってんだよ」

天野川は頬を赤らめた。

「この日記を見る限り――」暗黒院は淡々と続けた。「天野川は毎月一日に二千円のこづかいをもらい、その用途は自販機で浪費、学習参考書の購入、おっさんがピンを引き抜くスマホゲームへの課金。このことから、彼は服をじぶんで買う経済的余裕がなかったとわかる」

「金の使い方でそいつの為人《ひととなり》がわかるってもんだ」一が言葉を継いだ。「天野川はファッションに興味がなく、それ以上に将来の心配――差し当たっては大学進学だろう――を気にかける真面目なヤツで、他のことへの関心が薄いと見られる。なにせおっさんがピンを引き抜くスマホゲームに課金するくらいだ。おそらく、こいつが言う〈何もかもが虚しい〉って心境はあながち嘘ではないんだろう。感情がないどころか、豊かではあるがな……」

「意志薄弱感情豊富マンかよ」と小鳥遊。

暗黒院は〈意志薄弱感情豊富マン〉を iPhone でググった。〈検索条件と十分に一致する結果が見つかりません〉とトップに出てきた。

「いや何を期待してググったんだよ！　脳みそが直接 iPhone に接続されてんのかよ！　わたしより現代っ子かよ！」

「つまり、天野川は」暗黒院はまだ続けた。「カッターシャツの下に色シャツを着ることに違和感がなかったし、それ以外に思いつきもしなかった。受動的な選択だったと言うわけだ。そう、私でも着用を躊躇うあのTシャツは、お母さんが買ってきたからなんだ！　これは母親が息子を想《おも》う気持ちが遠因となった受動的中二と、天野川自身が独自に持ち合わせていた拗らせによる能動的中二が引き起こした悲しい事件なんだよ……」

「母のＢＩＧ ＬＯＶＥじゃん」長野が言う。「てかさ、そもそもなんだけどカッターシャツってなに？」

「ワイシャツのこと……じゃない？」と相生。

「カッターシャツは関西の言い方……」と綾野。

「田中さんって関西だったんですか？」と小鳥遊。

「中学までは」と暗黒院。

「学ラン自体が最近珍しいよな？」天野川がシャツのボタンを留めてお母さんチョイスのTシャツをさりげなく隠しながら言った。「最近じゃうちくらいしか見ないな。だいたいウチの学校、適当すぎるんよね。男は学ランで女子はブレザーって、何がしたいんか謎だわ」

「お前がファッション語るなよ」

小鳥遊が刺々《とげとげ》しい口調で言った。

「制服デザインの見直しってのは最近多くてね」ここで一の解説が入った。「学ランやセーラー服といった性別的分類を強化する制服を教育の現場で無批判に使用することの是非が問われていてね。そこで男女統一のブレザー、スカートとスラックスを自由意志で選択できるシステムの導入が進んでいるわけさ。ちなみにカッターシャツってのは関東だけでなく関西でもあんまり使われていないようだ。が、学ランの下に着る時だけ例外的にワイシャツはカッターシャツと呼ばれているようだ。まぁ、妾の印象でエビデンスをとったワケではないがな」

「へぇ～学び～」

小鳥遊の異色虹彩《オッドアイ》から鱗が落ちた。

「ところでお前たち、こんなところで一体なにをしていたんだ？」

暗黒院は三人のジャージ女子高生に問うた。

「ハァ⁉」反抗的な態度で長野が答えた。「なんでもいいじゃん。アンタには関係ないし」

「ちょっと、てふてふ……」

怯えた表情の相生が長野の腕をひっぱり、ケンカ腰の彼女を宥《なだ》めようとした。

「あのね」そうだ黒猫のことを調べに来たんだ、と小鳥遊は思い出した。「ここに来る前にフェンスがあったでしょ？　そこにウチの高校の三年ジャージっぽい繊維が絡まっていたんだよね。それ、たぶん長野さんたちのでしょ？」

「あの繊維の状態からして」天野川が続く。「オレたちが採取したのは今日付着したものではなかった。つまりお前らはここのところ継続的にここに来てるってことだよな？」

「てふてふ……」

半分泣いているような目で相生は長野を見た。長野は歯を食い縛り、顔を顰めた。硬直するかに見られたが、そこで綾野が動いた。

「学祭の練習。来月、黒陵祭があるでしょう？　てふてふの発案でアカペラをやろうと思って、ここで練習していたのよ」

「へぇー……」天野川は半信半疑といった面持ちだ。「お前らが？　アカペラ？」

「うっさいし。ネクラは黙れし」長野が言った。「あーしらは黒猫虐待なんかに関係ないし。そこまで疑うならあーしらの音楽《サウンド》を聴かせてやるから、いまのうちに耳の穴でもかっぽじっておきな。葵、綾、いくよ！」

三人は互いに顔を見合わせるとコクリと頷き、長野をセンター、向かって右に相生、左に綾野のフォーメーションを組んだ。綾野がポケットから笛のようなものを取り出しピィーと音を鳴らすと、その音に合わせて長野と相生はンマーという声を出した。

「あの笛は？」と小鳥遊。

「調子笛。チューナーだ」答えたのは暗黒院だ。「基準となる440Hzをとっているんだ」

「へぇ」

チューニングが終わると三人は目を閉じ、動きをピタリと止めた。風が吹き、草木がざわめき、遠くで発情した鳥が喘《あえ》ぎたてた。

そして長野が目を開き、グロスで厚ぼったく光る唇をプルンと震わせる――

ドップスチープッドゥ　ドゥッドゥチー
チーチクチキチキチッチッキドゥプッス
（チーチキチーチキチキチキチキチキ）
ドゥルドゥル　ドゥッ　ドゥルドゥル
ドドドドドドド
（チーチキチーチキチキチキチキチキ）
ププスドルルル　ピャッピャピ
ドドドドドドド

ピヤァーーーーーアァァァァア
チーチキチーチキ　チーチキチキチキチキ
ドゥップス　ポン！

※
ドップスチープッドゥドゥッドゥチー
チーチクチキチキチッチッキドゥプッス
ピャップスチキチキドミノスドミノス
ドルッパッ　ドピュッ　ドピュッ
ドドドドドドドプップス

※　繰り返し

「「「プシー」」」

パフォーマンスを終えた三人の顔は清々しく、晴れやかで、小鳥遊や天野川とはかたちを異にしながらもたしかに存在する青春のありかたを、その表情に湛《たた》えていた。

「いやプシーじゃねぇよ！」小鳥遊は叫んだ。「なんで三人ともボイパなんだよ！　歌えよ！　ハモれよ！　ってかチューニングなんだったんだよ！」

あとたまにどうやって鳴らしているかわからない音とか混ざっていたのも気になったが、ツッコミが追いつかない。

「ボイパじゃない……」綾野が抑揚のない声で言った。「ヒューマンビートボックス……」

「どっちでもいいよ！」

彼女の隣で対抗心を燃やした暗黒院がプップスプップス囀っていたが無視する方針を採用した。

「せっかく聴かせてやったのになにそれ」長野は怒りを露《あら》わにした。「最悪。今日はもう帰る」

「待て」

一が彼女を呼び止める。

「なによ、オバさん」

重いブローが入ったな……と小鳥遊は息を飲んだが、一はオバさん呼ばわりを軽く鼻で笑ってイナしてみせる。

「この事件のことは他言無用だ。前の事件と同一犯かは断定できないけど、妙な噂がこれ以上出てしまうと模倣犯が出るかもしれないから」

「脳みそすっからかんのガキみたいな扱いはやめてよ」

長野は天野川を睨みつけた。

「なんでオレを見るんだ」

「もういいでしょ？」長野は舌打ちをした。「葵、綾、行くよ！」

「てふてふ、待ってよ……」

ドンと小鳥遊を押し退けて去っていく長野を相生が追いかけた。

キレたいのはむしろこっちのほうだ。二年前、あんたのためにいろいろしてやった恩をもしかして忘れた？　それとも都合よくなかったことにしている？　ふざけるな、と小鳥遊は思う。なにか罵倒のひとつでも去っていく彼女の背中にぶつけてやりたい。

「ごめんね、小鳥遊さん」怒りに我を忘れかけていたとき、耳元に囁きかけてきたのは綾野だった。「てふてふもさ、きっと彼女なりに気にしているのよ」

気にしている？　それ以上に、この言葉をかけたのが綾野だったことに小鳥遊は驚いた。彼女が知る限り、それを一番言うはずがない存在が彼女なのだから。

綾野もまた、ふたりの後に続いて井戸を去っていった。

「おい、小鳥遊、一、天野川。ボサッと立ってないで手伝ってくれ」

暗黒院が腕まくりをしていた。

「えっ、田中さん、いまから何をするんですか？」

「決まっているだろう」暗黒院はため息をついた。「この黒猫を引き揚げて、墓を作るんだ」

5

暗黒の中学時代を繰り返さないと心に誓い、ゲロを吐き散らしながら死ぬ気で勉強して荒みきった地元の中学からただひとり黒陵高校に進学した天野川恒星《こうせい》は、まさか入学から二週間後に百均で買った十徳ナイフを教室の隅で舐めるような人間になるなどゆめゆめ思いもしなかった。

できることはすべてやったはずだと彼は思っていたのだが、逆を言えば踏める地雷をすべて踏み抜いたわけだ。まだ毎週家に送りつけられる進研ゼミの高校デビュー無料マンガに素朴な憧れを抱いてしまった頭ではメタ認知などとうていかなわず、その結果がこれである。ハードワックスで髪をツンツン立ててみれば背後から忍び笑いがざわめきたち、会話をしても特に他人に興味がないので気づけばじぶんの話ばかりしてしまうし、LINEを送ればうさまるスタンプ一発だけの返信だったらまだいい方で、上履きの踵を踏んで学ランのボタンも上から二つ開けてみたがいまではイタいヤツ認定を受けて既読もつかない。

なにもかもがくだらない。この世はまるで滑稽である。

彼が新生活に抱いた期待が大きかっただけにその裏切りはひとしおで、あらゆる希望が絶望へとまるでカードを裏返すかのごとくパタパタと感情が塗り替えられていき、五月を待たずしてはやくも孤立した。そして孤独を慰めてくれるナイフがさらに彼の孤独を深めているときた。

そんな彼にもひとり、気になるクラスメイトがいた。

小鳥遊唯——翠色の左眼を持つ少女。

天野川の隣、窓際最後列の席で、いつも不機嫌そうに座って誰とも交流しない彼女が、天野川にはこの世界になにも期待していないかのように映っていた。

じぶんと似ている。はじめて見たときから、彼はそう直感していた。

入学直後、小鳥遊唯のまわりはクラスメイトで溢れていた。小学生みたいな背丈に、こけしみたいな真っ黒なショートカット、そして大きな異色虹彩の瞳。まずは女子たちがこぞって「かわいい」と彼女に寄りついたが、何を訊いても「別に」としか答えない無愛想さのせいで、愛《め》でる声はあっというまに陰口に変わった。

女子の波が引くと待っていたと言わんばかりにやってきたのは男子。LINE交換を狙う者はどんなに遠回しに誘導してみても即看破されるや否や国語の偏差値70オーバーの語彙を駆使した罵倒を浴びせられ、日直で一緒になったのをチャンスとばかりにレディファーストを実践した者は全業務を礼のひとつもなく押し付けられ、特にひどかったのは仲間と勘違いして接触したタフなオタボーイズ。彼らが何をされたかは誰もわからなかったが、接触の翌日になると決まって教室の隅で百均で買ってきた十徳ナイフを虚ろな眼をしてしゃぶりつく廃人となり果てた。

その点、天野川はちがった。彼は小鳥遊と非接触のまま百均十徳ナイフペロペロマンになったわけで、すなわち眼は死んでない。自由意志で、すなわちじぶんの意志で、百均十徳ナイフを舐めているわけだが、それゆえに女子はおろか男子からもガチで引かれている。ともかく、そうした経緯から入学後わずか二週間で天野川と小鳥遊はクラスの垣根を越えて学年の有名人となった。

翠眼の荊姫《いばらひめ》──それが天野川の主観世界でのみ使用されている小鳥遊唯の二つ名だ。

「お前、いい眼をしているな……」

それが誰もいない早朝の教室で、天野川が小鳥遊にはじめて話しかけた言葉だった。小鳥遊は露骨な嫌悪を目つきだけで示すとすぐにそっぽを向いてなにも返事をしなかった。ただ彼にはわかっていた。まだ誰もいない朝早くにわざわざ学校にやってきてそのくせ特になにをするでもないような人間は必ず心の裡に闇を秘めている。たとえば家族とうまくいっていないとか、トラウマがあって下駄箱やロッカーなどのテリトリーを絶対に侵されたくないとか──

ゴールデンウィーク前のある朝だった。

クラスメイトの長野蝶が「上履きがない！」と騒ぎ立てた。登校すると下駄箱のなかが空っぽだったという。

長野は来客用スリッパに足を滑らせスペスペ教室を歩き回りながら誰が何のために盗んだのかと行き場のない怒りを撒き散らす。事件というにはちっぽけで、説明しようにも説明に値する要素と呼べるものすらないこの上履き紛失の一件を面倒くさくしたのは、彼女がすでにスクールカースト上位の地位を確立していたことに尽きる。おなじ中学から進学した生徒も多く、派手で人当たりも良い彼女は入学してまもなくクラスの中心的存在になると、天野川のバイアスがかかった視点からはまるでじぶんが世界の中心かのような振る舞いを見せていた。

天野川の二週間にわたる分析によれば、進学校には二種類の人間がいる。ひとつは、勉強もスポーツもなんでもそつなくこなせる〈なんでもでき子ちゃん型〉。水泳部に期待の新人として入った長野はこの典型だ。そしてもうひとつが天野川のような〈エスケイプ進学型〉だ。ただその土地にその時期に生まれただけという理由から押し込められた学校に馴染めず、そこから抜け出す方法が勉強だった人間がこれにあたる。

長野蝶は〈エスケイプ型〉を嫌悪しているふしがあった。もっとも、彼女が天野川の理論など知る由もなかったけれど、このタイプというのはいわゆる勉強以外に取り柄がなく、そしてそういう連中はたいていがオタク的雰囲気を全身から発していた。完全に偏見ではあるものの、長野にとってはそれが普遍的事実に思えてならなかったのだろう。なので彼女はじぶんの上履きがなくなっていると気づいたその瞬間から犯人は間違いなく陰気な雰囲気を出す男に違いないと断定した。わたしの上履きできっと卑猥《ひわい》なエトセトラに興じていること請け合いだ……

そんなわけで長野とその取り巻き女子に召集されたのは教室の隅で百均十徳ナイフを舐めしゃ

ぶっていた天野川を含む五人だった。

「あーしさ、キモオタみたいなの許せないタチなんだよね」証拠もなしに問い詰める彼女を前に、彼らは俯き、無言で十徳ナイフをペロペロすることしかできなかった。濡れ衣もいいところである。「犯人はね、アンタら十徳ボーイズのなかにいるのはわかってんの！」

「てふちんの上履き、見たらすぐわかるんだからね」別の女子が言った。「踵の部分に蝶の絵を描いてんの。だから隠し持っていたら言い逃れはできないよ？」

続いてまた別の女子が口を開く。

「五秒以内に名乗りでな。いまだったら怒らないから！」

もう怒ってんじゃん……天野川が言い返そうとしたその時だった。

「おい犯人探しはやめろよ！」割って入ってきたのは委員長の渡辺《わたなべ》渉《わたる》だった。サッカー部で人望も厚い、なんでもでき子ちゃんタイプの男子生徒だ。「長野さんがうっかりしていただけとか……」

「うぅ……」渡辺が来るや否や、長野の勢は途端に失速した。おや、これは……と天野川は思う。

「でもさ、毎日履いているし、下駄箱以外のどこかに置くなんてありえないし……」

「だったら誰かが間違えたんだ」渡辺は口調を和らげた。「そうだとしたらこれは悪意で起こった事件じゃないんじゃないか？　犯人探しをして、断罪してだと、たぶん誰のためにもならないよ。だからしばらく様子を見てみるのもいいんじゃないかな？」

「ちょっと渉くん……！」

おろおろしながら彼の傍に来たのは、地味で目立たない系の女子の相生葵だ。このとき天野川ははじめて彼女の声を聞いた気がしたが、思い返せば入学後の担任主導の自己紹介で一人ひとり名前と出身中学とプラス一言は話していて、そのとき蚊の羽音くらいの声量でボソボソしゃべっていた。たしか渡辺渉とおなじ中学出身……

長野はキッと眼光鋭く相生を睨みつけ、すると相生は長野から逃げるように渡辺の後ろにスッと隠れた。そこでチャイムが鳴った。

長野は舌打ちを一度打ち、わかったわよ、とつぶやくと席に戻った。取り巻きの女子も彼女に続いて十徳ボーイズから離れた。

様子を見ようとのことになったものの、朝っぱらから目立つ女子が騒ぎ立てたものだから、疑われた者たちは当然のようにクラスメイトから白い目で見られた。

ボサっと席に座っているとあちこちから投げかけられる冷たい視線がチクチクするし、小声で交わされるすべての会話がじぶんの悪口に変換されて鼓膜を揺らしてくる。天野川は机に突っ伏して眠った。しかし寝ようと思うほどあれこれ思考が活発化して眠れず、向けられる視線と耳に流し込まれる話し声にただ耐えるしかできなかった。

そんな昼休みだった。

「ねぇ、あんた」

授業開始五分前に席に戻ってきた小鳥遊が話しかけてきた。彼女がじぶんから誰かに話しかけるのはこの二週間ではじめてのことで、天野川は一瞬なにが起こったのか理解できなかった。

「なんだよ」

天野川はクールでワルなガイみたいな雰囲気を作ろうとした。小鳥遊は目線を前に向けたまま彼と目を合わせず、ノートの切れ端で四角く折ったその手紙をポイと投げてよこしてきた。

天野川は野生の女子を人類史上はじめて発見した探検家のような昂揚《こうよう》を抱きながら、それを開く。するとこう書いていた。

〈上履きがどこにあるか、知りたかったら放課後教室に残ってて〉

十六時。

校舎の内外あちこちから吹奏楽部の楽器の音がこだまするが、意識にのぼる音といえばこれだけなのが黒陵高校の特徴といえば特徴だ。ふつうの学校ならここに野球部をはじめとするグラウンドを使う運動部が発する声やらなにやらが混ざるのだが、運動部グラウンドや体育館、屋内プールは校舎から五百メートルほど離れた第二校庭にある。だから放課後になった途端、運動部はあっというまに校舎から出て行き、残るのは文化部だけになるのだ。

誰もいない天野川たちが在籍する一年三組に、一人の生徒が戻ってくる。

その人物は真っ直ぐじぶんの席まで歩くと、肩にかけた学校指定のバッグを机の上にドンと置いた。そしてジッパーを引き、まだほとんど汚れていない上履きを取り出し、廊下側からの視線から隠すようにそれを机の上に置く。続いて筆箱をバッグから取り出し、ピンクのマジックのキャップを引き抜いた——

「待って」

その声の主は翠色の異色虹彩を持つ少女。教卓の下に隠れていた小鳥遊が姿を現した。

「まさか……犯人はお前だったのか……」

続いて掃除用具入れのなかからガッシャンバッコンと不器用な音とともに天野川が登場する。その人物は弾かれたように立ち上がり、前と後ろから現れた闖入《ちんにゅう》者をクルクルと交互に見てブルブルと震えていた。声を出そうにも出ない、というような素振りだ。

「犯人だなんて、そんな言いかたはやめてあげて。あんたは黙って十徳ナイフでも舐めてな」小鳥遊の口調は落ち着いていた。「朝に渡辺くんが言っていた通り、なにもこの事件は悪意で起こったわけじゃないんだよ。そうでしょう――相生さん」

相生葵は後退りした。上履きを摑んで走り出そうとしたが、それを持って逃げ出したところで明日からも学校生活は続くと気づいて観念したのか、虚脱して椅子にだらんと腰掛け、手で顔を覆い、ほとんど叫び声のような声をあげて泣き出した。

「小鳥遊、お前はいつからわかっていたんだ？」

「最初から」小鳥遊は淡々と続けた。「厳密には相生さんが履いている上履きを見てから」

「上履き？」

天野川が彼女の足元を見ると、上履きの踵はへこんでいた。そして紺のハイソックスに包まれた踵の下には、長野の持ち物であることを示す蝶のマークがピンクのペンで描かれていた。

「それを見ればもうわかるでしょ？　相生さんはね、長野さんが言い出すまでじぶんが上履きを間違えていたって気づいてなかった。でも長野さんが事を騒ぎ出して疑わしい男子連中をさらしあげるものだから言うに言えなくなってしまったってこと。犯人探しがはじまって、決定的な証拠を隠すために踵を踏んだんだけど、するとこっそり下駄箱に戻せなくなってしまった。どこの誰だかわからない人間が履いた形跡が残った上履きなんて気持ち悪いし。幸か不幸か、彼女と長野さんは靴のサイズが一緒で、それも言われるまで気づかないくらい足の癖まで一緒だったから、じぶんの上履きに彼女のマークをつけて戻そうとした——それがいま、彼女が取り出したピンクのマーカーってこと」

「待ってくれ」天野川は反論する。「上履きを間違えただけだったら下履きが長野の下駄箱に残るだろ？　その場合、下駄箱を開けた瞬間に犯人がわかるんじゃないか。そいつの靴があるわけだし」

「長野さんの下駄箱に残った相生さんの靴は別のある人物が相生さんの下駄箱に移動させたんだよ。彼女をかばうためにね。それはあとで話すから」

「そうかい」

天野川は小鳥遊に微笑みかけた。

「キモ」

小鳥遊は容赦なかった。

「じゃあ別の質問だ」天野川は話を戻す。「お前はどうして相生が教室に戻ってくるとわかった？」

「あんたにお前呼ばわりされたくないんだけど」

小鳥遊は言葉に静かな怒気をこめた。

「ごめんて」

小鳥遊の舌打ちが教室に響く。

「いつ誰がくるかわからない下駄箱じゃあそんなことできないしね。相生さんは帰宅部だし、他に居場所がなかったんだよ。となると選択肢はふたつで、教室か一年の女子トイレ。だからわたしは放課後すぐに女子トイレをぜんぶ内側から鍵をかけて閉鎖して、ここにくるように仕向けてみた。まぁ、確度はそこまで高くない賭けではあったけど。あと、真相に気づいていたのはわたしだけじゃなかったみたい。その人物が靴を移動させたんだと思う」

「渡辺か」

「意外と勘はいいじゃん」

小鳥遊がうっすらと、ほんの少しだけ笑っているように見えた。いつも無表情の小鳥遊がはじめて見せた微笑に、天野川の胸の奥でなにかが疼《うず》いた。

「渡辺、犯人探しを極端に否定して、休み時間も他人に探りを入れないように目を光らせていたもんな。相生のことをよく知っている風だったし、いま思うとかばっていたのか」

「ま、そんなところかな」

「でも直接相生に指摘するなり、真相を明らかにして正面から相生を庇うなり、他にもやりかたがあっただろうに」

「あんただったらわかるでしょ？　そんなことしたらスクールカースト上位女子に目をつけられるじゃん。渡辺くん、かなりモテる感じっぽいし。そこまで彼は気にして、こっそりサポートするのを選んだんだよ」

「つまり渡辺はじぶんがモテるのを自覚していたんだな……」

「そこなん？」

小鳥遊はやれやれとため息をついた。

「ごめん……なざいぃ……」相生は泣きじゃくりながら謝罪の言葉を反復した。「わだじ……ほんと、ごめんなさい……」

「どうして謝るの?」小鳥遊は言った。「別に悪いことなんて何もしてないでしょ? ただ間違えただけなんだから。それに朝、あの場で言い出せなかった気持ちもわたし、わかるよ。でもやっぱり、正直に話せることは正直に話しておいたほうがいいと思うよ。じぶんのなかだけに残ってしまったものってさ、誰にも許されることなくじぶんのなかで生き続けてしまうから。それって呪いとほとんど変わらないんだ。心のなかに溜め込んだそれは、時間とともにどんどん大きくなって、気づいた頃にはもう取り除けないほどの黒い結晶になっちゃうんだから。だからさ、わたし、一緒についていくから。長野さんに正直に話そうよ」

「小鳥遊さん、アンタめっちゃ語るじゃん」

その声は教室の入り口から放たれた。気怠そうに引き戸にもたれかかり、三人を見ていたのは長野蝶。あきれた、とでも言いたげな表情で相生の席まで歩き、机の上の上履きをバッととると、持っていたペンでその踵に蝶のマークを描き込み、床に叩きつけるとそのまま足を滑り込ませた。

「長野さん……わたし……」

すがるような相生のまなざしと目を合わせることなく、長野はさっきまで履いていた来客用スリッパを手に持ってそそくさと教室を出ようとするも、出口でせっかちな足取りをピタリととめた。

「こんなしょうもないこと、別に謝んなくていいよ。いまあんたが履いているヤツはあげるから。

おそろだね、あーしら」

彼女は一瞬だけ相生に笑顔を見せると、教室を去っていった。


「小鳥遊！」

校門を出ようとした彼女の背中に向かって、天野川は声をかけた。ダメでもともと、無視されるつもりだったが、小鳥遊は足を止めて振り返った。

「なに？」

それはいつもの無表情で、以前と変わらない嫌悪を帯びた口調だったが、しかし天野川の続く言葉を待っている。

「小鳥遊はさ、なんで相生を気にかけたんだ？　ボ……オレさ、小鳥遊のこと、もっと冷たいヤツだと思っていたよ」

「あっそ」

小鳥遊は汚物を見るように顔を顰《しか》めたが、そこにはたしかに表情があった。親密とはまだ言えないけれど、無関心な他人に向けられるものではない、感情を帯びた表情だ。

「……いい眼をしているな」

「キモ」

辛辣な言葉とは裏腹に小鳥遊は笑っていた。思わず吹き出した、といった感じで。

「ひとつ、お願いがあるんだ」天野川は真剣な顔つきになった。「名探偵になってくれないか？」

「無理」

　彼の目の前には翠色の左眼を大きく見開いた莉姫の、純度一〇〇%の穢《けが》れなき嫌悪に染まった表情があった。

6

　黒猫の亡骸をじぶんたちで処理しようと提案した暗黒院だったが、それは一に即刻却下された。曰く、飼い主不明の犬・猫などの処理は各地方自治体が指定した手続きがあるとのこと。

「ググれよ」

　二十八歳の魔法少女は iPhone とインターネットという現代の魔法を駆使した極めて現実的な方法で探偵を説き伏せた。黒陵市のホームページには私有地内で発見した場合はまず土地所有者に連絡するように記される。そしてその飼い主が不明な場合、家庭ごみとして燃やせるごみステーションに出してくださいとのこと。首輪のない画鋲まみれのこの猫は、ごみとして処分されるのだ。

「それにしても惨い殺しかただな……こんな死にかたじゃ猫も浮かばれないだろう……」

　天野川が井戸の底を覗き込み、顔を顰めた。

「なんだか、嫌な気分になりますね……」と小鳥遊。

「天野川くん、小鳥遊ちゃん……」一は瞼を閉じ、少し沈黙して言葉を続けた。「人間様の手厚い供養をこの猫が望んでいるとでも思うのかい？」

　人間の視界に入ることなく生きてきた猫が、死んだときだけかわいそうな猫になることを小鳥遊は考え、猫や人間、すべての他者に向けるべき言葉を失った。

「なにひとつ知らない猫が死んでいて、そしてその死を悼むのを、私は否定しない」暗黒院が言った。「一よ、お前だってそうなんだろ？　なのにどうしてそんな意地の悪いことをわざわざ言う？　じぶん以外の誰かの、生物の死を、みずからの尊さのために消費してしまうなんてまぁ、結果的にそうなっちまうことだってあるさ。死への祈りってのは、そうした消費欲求と必ず結びついてしまうものなのか？　私はそうは思わない」

「暗黒院、ならお前が言う祈りには常に所作が必要なのか？」

「所作が祈りなんだよ」

「妾はその所作こそ、祈りと消費欲求を結びつけているような気がするよ」

「たとえそうだとしても……」暗黒院は歯切れの悪い口調になった。「記憶を歴史にすることが祈りなんだ。所作はそのために必要だ」

「ふたりとも、もうやめてください！」小鳥遊が叫んだ。ふたりの只事ではない執着に、彼女は狂気のようなものを感じとった。「わたしが管理人さんに連絡しますから。そのとき死体を埋めないにしてもお墓にあたるものを作っていいか許可をとりますので。ふたりとも、それでいいですよね？」

ふたりは黙り、互いに目を逸らした。

その日は現場で解散、業務終了となった。

管理人は猫の墓について好きにすればいいと了承し、暗黒院と小鳥遊と天野川が茂みにあったひとの頭ほどの石で墓を作った。一はその作業には加わらず、三人が黙々と作業するのを毒々しい夕陽を背に黙って見つめていた。

小鳥遊が帰宅すると二十時を回っていた。玄関には兄のスタンスミスがあった。他人行儀に踵をピタリとつけるその置き方はむかしから変わらずで、きっと兄は実家があんまり好きじゃないのではないかと思い始めたのは中学の頃だ。家族相手にも敬語で、食卓でもじぶんから話題を出すことはなく、訊かれたことだけ端的に過不足ない回答をする兄。

律儀の律と書いて「律《りつ》」という名前の通りに育ちすぎたのを両親は少し心配しているが、そんな心配を妹である唯はかけられたことがない。それがなんだか微妙な気持ちになるのだが、もしかして嫉妬だろうか？　事実、兄は両親のそうした態度を表情にこそ出さないがどことなく鬱陶しそうな空気を醸すが、そのたびに小鳥遊唯はじぶんの感情を嫉妬だと自覚して胸焼けがする。なぜ？　どうして？　わたしはお母さんもお父さんも嫌いだというのに。

リビングには誰もいなかった。食卓はもう綺麗に片付けられていて、シンクに三人分の食器が沈んでいた。小鳥遊はレンジのなかにラップをして残されていた豚肉と野菜を適当に炒《いた》めたヤツと見ただけで茹《ゆ》ですぎとわかるほうれん草のおひたしを取り出し、マイ茶碗《ちゃわん》に米をよそう。すべてじぶんで言い出したことだった。ひとりだけの食卓で手を合わせて「いただきます」と呟いて、不在の家族を思うのだった。主に母のことを。何をやっても否定してくる母のことを。

「なに？　帰ってたの？」

箸をつけたのと同時に背後から母の声。帰ってこないとでも思っていたの？　と言い返しそうになるも、白米で口を塞ぎ、喉元まで迫《せ》り上がってきた言葉を飲み下した。

母がのそのそと小鳥遊の視界にフェードインしてくる。限りなくすり足に近い歩行のくせに、やたらドスドスと威圧的な足音がする母の足音が本当に嫌いだ。茶碗の横に置いた iPhone に視界を移して母から逃れようとするも、母の気配が思考を母で満たしてしまう。母がいてもいなくてもこの家にいる限り母が彼女の心の大部分を占めてしまい、逃げ場がない。

「食べてるときぐらいスマホ、やめたら？」

無視する。

「やーめーたーら？」

一音ずつ、指でテーブルをコツコツ叩きながら母は繰り返す。うっざ、と声に出さずに Twitter で呟いてから仕方なく顔を上げると、母が鋭い目つきで睨んでいた。翠色の両目。母の目を見ると、片目だけが緑のじぶんは欠陥品だと言われている気分になる。

「ねぇ、なんでわたしを Twitter でディスってんの？」

母の感情の一切を排除した声は、それゆえにただならぬ怒気が強調されている。

「娘の Twitter 見るのやめたら？　キモいと思わないかな？」

煩悩の数だけ存在する母のアカウントはすべてブロックしているはずなのだが。

「見られたくないんなら鍵アカにすりゃいいじゃん。中途半端な承認欲求を撒き散らしながらSNSやってんじゃないよ」母のクソ長いため息。「つか、いまわたしスマホ持ってないじゃん」母のクソ長いため息パート2。過呼吸なんか？　医者に見てもらえよ。「あんたのフィンガーアクションを見ればわかるっての」

「なにがフィンガーアクションやねん」

「まぁなんでもいいんだけど」そして母は勝手に話を始めようとする。「あんたさ、こんな時間までほっつき歩いて受験勉強大丈夫なの？　またバイト？　例の探偵ごっこの」

「ごっこじゃないし」ぶっちゃけごっこであっているのだが、身内相手には――特にこの母相手には――絶対にマウントを取られたくない。「職場は警察と提携しているし、ちゃんと成果も出しているし」そのせいか、職場では絶対にやらないようなマトモな正義の探偵ムーブをかましてしまう。話しながら小鳥遊は耳が真っ赤になった。

「あんた、ホントに勉強大丈夫なの？　高望みして身の程知らずな目標を持つとかはやめてよね」

小鳥遊が返事をするより先に母は勝手にしゃべり散らかす。いつものように兄の過去と現在だ。高三のゴールデンウィーク頃の律の偏差値はこれこれで志望校は余裕でA判定だった、あの子はあんたと違って地頭が良いしそれに真面目だから受験で親に苦労をかけることはなかったけれど、あんたはよくわからないバイトばっかり。律は就職活動を控えた学年になって、夏はインターンに行くと言っている。外資系コンサルや投資銀行やらを中心に考えているみたいで、大学の単位だってすでにほぼ取り終わっている。あの子は常に将来のことを考えて行動しているけど、あんたはどうなの？　いまのじぶんのことばっかりの近視眼で、そのせいで子どもの代わりに親が心配しなくちゃいけないって、こんな意味不明な状況ある？

母が一方的に言葉を浴びせる四分三十三秒を通してすべての原子が静かに動きをとめ、ただでさえ冷え切っていた小鳥遊の心がさらに凍りついた。小鳥遊は夕食を食べ切らないまま席を立ち、これ見よがしに残したおかずを生ごみ入れに放り込んで食器をシンクに沈めると、逃げるように二階への階段を上った。

自室の電灯もつけずにベッドに飛び込むと、いましがた言われたことだけではなく過去のさまざまな憎しみの記憶と混濁した感情で覚醒して高速回転する脳を落ち着かせようと目を閉じた。母は何かにつけて小鳥遊に不平をぶちまけたが、そのどれもがいつもおなじ。優秀な兄と不出来な妹の安っぽい二項対立。なによりそれに抗おうにも、抗うだけの努力ができないじぶん自身に腹が立っていた。母に対して言い返せるのは外見や身振りや口調の悪口ばかりで、それは中学の頃、じぶんが同級生たちに浴びせられた稚拙な言葉とまったくおなじものでしかないのはじぶんがよくわかっている。翠色の眼。目で見えるものでレッテルを貼り、他人を決めつけることしかできない浅はかさ——その暴力しか選択肢にのぼらないじぶんの惨めさは、母をはじめとする家族に対する憎しみをトリガーとして心身のすべてを覆い尽くしてゆく。

夢を見ていた。しかしその夢のことはなにも憶えていなかった。夢を見た感覚だけが意識を覆う霞《かすみ》として残っていて、時計を見ると二時だった。シャワーを浴び、そこからまた眠り起きると八時だった。

遅刻！　と一瞬あせったもののその日は休みだとすぐに気づき、そのまま二度寝をしようにも眠る気分も失《う》せてしまっていて、小鳥遊は制服に着替え、朝食もとらず事務所へ向かった。行ってきますは言わなかった。言わなくなって二年ほどになる。

事務所に着くと知らない高校の制服（ブレザー＋スラックス）を着た一がノートパソコンに向かって「制服デート……」とか「壁ドン……」とか「顎クイ……」とか断片的な単語を呟きなが

ら鬼気迫る形相でキーボードを乱打していた。

「なにか食べる？　とりあえずコーヒーでも淹れようか？」

没頭しているかに見えた一だったが、小鳥遊が入ってくるや否や視線をディスプレイに向けたまま気配を察知し、指をピタッと止めると席から立ち上がりキッチンへ早足で歩いていく。

「小説家の勘ですか？」

「なにが？」

「わたしが朝からなにも食べてないってわかったの」

「小鳥遊ちゃんが十時までに来るときは」一はコーヒーメーカーにフィルターをセットしながらうっすらと笑った。「85％の確率で朝ごはんを食べて来ない」

事務所の時計を見ると九時四十分だった。

「統計的な推測なんですね」

「統計的なデータはその使用法以上にソースが大事なんだ」

「ソース？」

「つまり妾は」そういいながらツカツカと早足で一は小鳥遊を壁際に追い詰めるように寄って来て、ドンと一発、手のひらで壁を鳴らし、吐息がかかるほどの距離まで顔を寄せた。「〈十時までに小鳥遊ちゃんが事務所に来た日の85％は朝ごはんを食べていない〉と知れるほど、小鳥遊ちゃんの近くにいるってことだよ……」

「かっ、からかわないでくださいよ！」思わず視線を逸らす小鳥遊。「ってか、個人データっていざ取られるとめちゃめちゃゾワッとしますね。一さんの性格からしてエクセルでまとめてそう」

「見る？」

「見ないけど！」

小鳥遊は一の脇の下をくぐって壁際から室内中央に移動した。一は満足そうに声を出して笑い、再びコーヒーメーカーのもとへとゆっくり歩いていった。

「小鳥遊ちゃん、家があんまり好きじゃないってことは知っているよ。前に聞いたし。バイトのために家を出ているんじゃなくて、家を出るためにここに来てるってことも。ミルクいるよね？」

「お願いします」

一は二人分のコーヒーを持って小鳥遊のデスクまでやって来た。

「仕事関係なしに休日に来る理由はわかった。でさ、妾が気になったのは、小鳥遊ちゃんの出勤時間にムラがあることなんだ。そもそも出勤義務とかもないような緩い職場で、来たら来ただけアイツもお金出すけどさ、まぁそれはいいとして、早く出勤してくるときと遅く出勤してくるときとでなにが違うんだろうって。早く来るのは、ただでさえいたくない家に本当にいたくないときなんじゃないかな？　たとえば、昨夜お母さんと喧嘩した、とか……」

小鳥遊はじっとコーヒーを見つめていた。

「一さんはなんでもわかっちゃうんですね」

「そうさ」一は芝居がかった口調をしてみせた。「妾はなんでも知っている」

「夢を見たんです」

「へぇ」

「どんな夢かは憶えていないんですけど、それは知らないことじゃなくて忘れたいくらい知っていることで……ってなに言ってるんですかね、わたし」

「話、続けてよ。整ってなくていいから」

小鳥遊はコーヒーを一口飲んだ。

「わたし、母に認められてないんですよ。ありがちですけど優等生だった兄と比較されて」

「ずっと？」

「ずっと、っていうか、なんだろう、気づいたときにはって感じですかね……。たぶん中学の頃からだと思います。そのときわたし、学校でイジメられてたんですよ」

イジメ、と声に出してみて、なんか違うような気がした。

一は無言で次の言葉を待っていた。

「名字もタカナシでも小鳥が遊ぶほうで、目も……片目だけこんな色だし。それでイジられまくったんですよ。名前も目も、じぶんで選べないものなのに、それでどういう人間か決めつけられるのが嫌だった。それかも知れませんね、家族のことをなんとなく嫌悪しはじめたのは。それが母に伝わっちゃったのかも。あのひと、じぶんのことが嫌いなひとが嫌いだから」

「なにそれ」一が吹き出した。「小鳥遊ちゃんとそっくりじゃん」

「ないないないない」

小鳥遊は顔の前で手を激しく左右に振った。

「小鳥遊ちゃんの説が正しいとして、お母さんの当たりが強くなったのは、そのときお母さんが小鳥遊ちゃんの一番近くにいたからなんだと思うよ。愛してくれるのも、邪険に扱うのも、まずは近くにいないとできないから。そのひとの感情が伝わるのは近くにいなくちゃできないしね」ここで言葉をいったん切った。「だから何って話だけど」

「ただの反抗期なんですよ。兄には反抗期ってなかったみたいで、余計にカッとなっちゃったのかも。わたしは学校も家も嫌になっちゃって、それで家から遠くて偏差値の高い高校に入ろうって思ったんです。わたしを知らないひとしかいない場所に行きたくて。母を見返したくて」

本当に見返したかったのだろうか――話す言葉のすべてが、まるでじぶんの口から出たものには聞こえない。言った言葉のすべてが間違っている。それでも堰を切ったように言葉は喉の奥から、勝手に出てこようとするのだった。まるで間違えるために生まれてくるように。

「大丈夫だよ、小鳥遊ちゃん」一は言った。「いまの小鳥遊ちゃんの言葉で大事なのは意味じゃなくて運動だから。出てこようとする心だから」

小鳥遊は俯いた。

「だからさ、小鳥遊ちゃん。好きなだけ話してみな」と一は言った。「好きなだけ間違えて」

7

「で、なんなの?」小鳥遊が訊ねる。「その鉢巻」

放課後の教室。一年三組。夕方。ふたりだけ。六月。

窓やドアをすり抜けて流れ込む吹奏楽部の調子外れな音階練習。

「ああ、これか……」

探偵部部長・天野川恒星はたっぷり間をとってから答えた。部長たる威厳を示すためにもったいぶってみたのだったが、小鳥遊の顔を見るとむちゃくちゃメンチを切っている。

「はよ答えろや」

翠色の左眼を持つ異色虹彩の少女は静かな口調ながら、その静謐《せいひつ》さを重力に変えているような魔術的な発声法を心得ているかのようだった。

「いや、その、小鳥遊はオッドアイでキャラ立ちもしているし、ボクもなにか必要かなと思いましてですね……」

「キャラ?」小鳥遊は足の数が異様に多い虫を見るかのような目をしていた。「いや、あんたのそれ、第三の眼を額に隠しているヤツかお前より強いヤツに会いに行く系のコスプレにしかなっていないから。キャラとかじゃなくて、なんだろうな、内面の浅さとヤバさが三年くらいで涸《か》れそうな温泉みたいにドバドバチョロチョロ湧き出している感じ?」

「なんで涸れる前提なんだよ」

そこで会話はプツリと途絶えた。

探偵部〈虚無の闇研究会《ダーク・ヴォイド》〉。いろいろツッコミどころがあるけど英語と和訳らしきものが微妙に間違っている感じがする。小鳥遊はその名を口にすることはないが、天野川が部活設立申請書に書いたのはそれだ。よって事務的には正式名称ということになっている。

虚無の闇《ダーク・ヴォイド》とは天野川によれば、人間の正義を吸い込む不可視の穴であり、次元の断層であり、簡単に言えば宇宙のアレがこうなったソレということらしく、眉ひとつ動かすことなく一通りの説明を聞き終えると小鳥遊は聖母然とした柔和な表情になった。しかし天野川がその微笑みから感じとったのは優しさではなく憐れみで、かといって自身の言動を真摯にかえりみるみたいなことは一切なく、百均の十徳ナイフをカシャカシャ弄びながら「あれ、オレ、またなにかやっちゃいました？」と内心思うのだった。

進学校である黒陵高校のモットーは文武両道。勉強か課外活動かの二者択一ではなく、それらは青少年の成長において相互依存の関係を成すというのが創始者の理念らしい。生徒の自主性を尊重した校風であり、そのため新規部活動の立ち上げにも寛容だ。

とはいえ、部活動としての承認を得るためには一人の顧問と五人の部員が必要で、それを満たさなければ〈研究会〉という扱いになる。部活であれば部室と部費が学校から得られるが、研究会にはそれがない。生徒会に提出した申請書に生徒会長のノールック押印が炸裂した。

名探偵になってほしい。

天野川の誘い文句に、この無愛想な少女がホイホイついてきた理由はわからない。部室がわりに使っている放課後の教室には毎日律儀に残っているのだけれど、だからといって会話が弾むわけでもない。天野川さえ居心地が良くないのだから、小鳥遊だって早くどっか行きたい的なマインドだとは思いはする。ということは、ここがいちばんマシってことなのか？

天野川は鉢巻を外しては締め直すのを七回繰り返し、オッサンがピンを引き抜くスマホゲームで三回スコアを更新し、十徳ナイフをカシャペロし、小鳥遊のリアクションを横目で盗み見ながらいい感じの逆光ポイントを探したりしていると、立て付けの悪い教室の引き戸が開かれる。

「小鳥遊さん、ちょっといいかな」

現れたのは三人の女子生徒。威勢よく発話したのは二ヶ月前の上履き紛失事件で騒ぎ立てた長野蝶だ。その後ろにいるのは先の事件の犯人だった相生葵、そしていつも教室の隅で本を読んでいる綾野綾。控えめな女子二人とスクールカースト最上位の長野という、珍しい組み合わせだ。

「よくきたな」

「てめぇは黙ってな」

長野が睨みつけると天野川は秒でビビッてシュンとした。

「なに？」

小鳥遊は文庫本から顔を上げて長野を見た。

「あんたたちって、困ったことがあったらなんでも相談に乗ってくれるんでしょ？」

「そういう感じになっているの？」

「学校の謎を探して解くんだよ」

「うわダッサ。ダサすぎの鎌足じゃん」小鳥遊はフォルムからは想像もつかないほどのスピードで大地を駆けずり回る系の虫を見たときの顔をした。「で、どうやって謎を集めてるの？」

「小鳥遊さんなに言ってるの？」長野が呆れながら言った。「学校の掲示板とかトイレとかそこらじゅうに質問募集のビラが張ってるじゃん」

相生が iPhone の画面を小鳥遊に見せた。〈虚無の闇《ダーク・ヴォイド》研究会～貴方の謎を解き明かします～〉と新聞の見出し文字を切り抜きしたむかし懐かしの誘拐犯の声明的なデザインのビラが写っていた。

「天野川、あんたよく新聞見出しから〈ヴォ〉の文字を見つけてきたな……」

「小鳥遊さん、数あるツッコミポイントでそこから切り崩していくんだ……」

相生がよくわからないけれどいたく感心していた。

「で、長野さんらはダーク・ヴォイドを研究している連中に相談を持ってきたってわけだね？」

「小鳥遊さん……あんたそれ、じぶんも被弾してるんだよ？」

ここだ！　と天野川が前に一歩踏み出し、鉢巻きをシュルッと解き、両手を広げた。

「さぁ！　お前たちのダーク・ヴォイドを曝してみろ！」

「テメェは黙って十徳ナイフを舐め腐ってろ！」長野が固形物ではない系の生物を見る目で天野川を見た。彼はぴぇんフェイスになった。「あーしらだってさ、あんたらみたいな中二バディとはできれば関わりたくないよ？　でも……小鳥遊さんはこの前の実績があるからね。あの時はありがとう。おかげで葵とも仲良くなれたし。それでまたお願いしたくって」

小鳥遊は手元で開いたままだった文庫本をパタンと閉じた。

「で、なにがあったの？」

長野はここまで一言も発していない綾野の腕を軽く引いた。

「綾にね、変なあだ名がつけられたの」

——言葉の綾
それが文学少女・綾野綾につけられたあだ名だった。

「二つ名カッケェ……」

天野川は思わず嘆息を漏らした。

「ダサいから困ってんの」

長野はため息をつく。

天野川はもしじぶんが心のなかで小鳥遊を〈翠眼の荊姫〉と呼んでいることがバレたら半殺し

は確定だろうなと思った。

「言葉を飾って巧みに言い表すこと。言葉の巧みな言い回し。現代では幾通りにも解釈できるような複雑な表現を指す」

綾野綾の声だった。正面から発せられたのに天から降ってくるような、不思議な響き。少し青みがかった黒い瞳が天野川を見ていた。視線と視線がぶつかると、彼は胸の奥の導火線が自然発火した心地になる。まだ起こってない大惨事の時がジリジリと近づいてくる危険な予感。

「〈言葉の綾〉ってそういう意味だったんだ。ってか、そういう言葉があったんだね。あーしは語彙力が豊富な綾の二つ名みたいなもんだと思ってたけど、まさか悪質なイジりだったとは……」

長野が目を丸くした。

「てふてふ。本、読まないもんね……」

相生がボソッと、言ってしまったみたいな雰囲気で漏らしたが、それは長野には聞こえていないみたいだった。

「本とか関係ない……常識がないだけ……」

「綾野さん！　拾わないであげて！　スルーできる流れだったたじゃん！」

小鳥遊が絶叫した。

「いや小鳥遊が叫んだらもうスルーできなくなるから！」と天野川。

「えっ、なになに？　あーし、なに言われたの？」

「てふてふ……わたしたち、何があってもズッ友だよ……」

目を潤ませながら微笑む相生。

「ズッ友って今どき言わんし！」

とは言いつつ相生を力一杯抱きしめる長野。

「女の友情ワカラン……」と天野川。

「女とかじゃないと思うけど……」と小鳥遊。

「ともかく、このクソみたいなあだ名が出回っちゃっているワケよ」と長野。「かわいそうじゃん？」

「かわいそう？」天野川は首を傾げた。「綾野は本当にこの名前が嫌なの？」

「うーん……別に……」

「いいの？」

綾野の顔を相生が覗き込む。

「わたしが他人からどう呼ばれようとどうでもいいけれど、ただ……」

「ただ？」

小鳥遊が反応した。

「誰がなんのためにこんなことをしたのかは知りたい。なんというか、知っておきたい、かな」

8

iPhoneがデスクで振動する。ディスプレイに浮かぶのは〈田中友治〉の文字。小学校四年生くらいまでにすべて習うその漢字から、小鳥遊は未だにすぐ暗黒院の顔を思い浮かべることができない。

「友治って誰だよ……ってなっちゃうんですよね」

「アイツ、友治顔してないもんな」

一が同意する。

「非・友治の極北なんすよ」

「じゃあ〈暗黒院真実〉で登録すりゃいいじゃん」

「それはやだ」

「じゃあ〈バイト先〉とかは？」

「あ〜それでいっか」

小鳥遊は着信を拒否して電話帳を開き、〈田中友治〉の登録名を〈バ先〉に変え、LINE通話で暗黒院に折り返す。

「なんで切ったんだよ」

ワンコールもならないうちに繰り出される暗黒院の声。

「キモ。LINEの呼び出し音くらい聴かせてくださいよ。耳小骨に心地よく響くトゥトゥトゥトゥトゥトゥンって音楽を」

「意味のわからんことを言うな」

暗黒院は溜め込んだ疲れを一気に吐き出すような長いため息をつく。

「田中さんが電話なんてめずらしいじゃないですか。いつもは他人の時間に同期してくるな！

とか、イケイケのスタートアップ企業のろくろ回しお兄ちゃんみたいなこと言って業務連絡はSlackなのに」そこで小鳥遊は声色を真面目にする。「なにかわかったんですね？」

「あぁ」

「いまどちらですか？」

「駅前の〈にゃんにゃんパラダイス〉だ」

「なにそれ？」受話器をスピーカーにして、小鳥遊は一に言う。「田中さんはいま、駅前のなんか一年くらいで潰れそうなラブホみたいな名前のどっかにいるらしいです」

一はガタッと椅子を弾き飛ばして立ち上がった。

「〈にゃんパラ〉か⁉」

「めっちゃ略すじゃん」

一の小慣れた言い振りに、なんだか裏切られたような気分になる。

「にゃんにゃんパラダイス――通称〈にゃんパラ〉」暗黒院が電話の向こう側から勝手に解説をはじめた。「運営母体は猫の保護団体であるNPO法人で、カフェは猫と人間の交流の場という謳い文句で、里親マッチングを意図している」

「で、田中さんはどうしてそこに？」

「殺された猫たちはどこからやってきたのか気になってな。そこでこの近辺の野良猫に詳しいこの店主に訊いてみたんだ」

「で、なにかわかったんですか？」

「ああ、それでなんだがな……」小鳥遊はゴクリと生唾を飲んだ。「猫を事務所で飼おう」

「ミイラとりがミイラになってんじゃねぇよ！」小鳥遊は叫んだ。「あれ、でも猫を連れて帰るんだからミイラとってきてるってことになるんかな……」

論点が完全に迷子になってしまう小鳥遊。

「いや、勝手に混乱されても困るのだが……」

「暗黒院よ……」一が威厳たっぷりの声で言った。高校生みたいな服装なのでなんだか生徒会長みたいに小鳥遊の目に映った。「お前にはちゃんと生き物を飼う覚悟があるのか？」

そして一は怒濤《どとう》のごとく保護猫についてのあれこれを説きはじめた。最近の猫ブームによって保護猫の引き取り率はかつての六倍ほどに上昇し、殺処分せざるを得ない状況に陥った猫たちの環境は大きく改善されてきたかのように見える。一方、猫の殺処分数は犬に比べて約五倍にのぼる。

「猫っていうのはな、犬よりもめちゃめちゃ繁殖するんだよ。生まれて半年くらいで性成熟するし、交尾排卵だから妊娠しやすい。犬は狂犬病予防の観点から野犬保護は鉄則になっているから、野良猫ってのは野良犬よりずっと多くてな……だから増え散らかした猫が交通事故で負傷したり、母親がいないうちに子猫を見つけた人間に保健所へ連れていかれたりして、保健所に猫は多いんだよ。猫は警戒心が強い動物だ。人間の営みで怪我をした猫は人間への恐怖が一生拭えないまま攻撃的になってしまうこともあるし、人間の身勝手な愛でどうこうなるわけでもない。子猫については、それこそ人間の赤ちゃんとおなじで付きっきりで相手をしてやらんとな。哺乳、排泄《はいせつ》の介助、あと体力がないから保温も大切だ。保健所送りになった子猫の多くは殺処分になるまでもなく衰弱死してしまうくらいだから」

あぅ……と電話から成人男性のものとは思えない弱々しいうめきが聞こえた。

「生後一年くらいの元気な猫にするから……」

「いい加減にしろ！」一がiPhoneに向かって怒鳴った。なんだかお母さんと子どもみたいに見えてきた。「お前が猫を飼いたいだけのエゴを満たすための命じゃないんだぞ！」

「頼む！　猫の気持ちがわかれば事件もすぐ解決できるだろうし、あと名前は〈所長〉に……」

「ダ・メ・だ！」

あ、猫が上司になる流れだったんだ……と小鳥遊は思った。

「で、田中さん」小鳥遊はひとつ咳払いをして話を戻した。「事件のことでなにかわかったことは？」

「ああ、それだがな」暗黒院は心なしか若干涙声だ。「ここ一ヶ月で新規の里親は三家庭あったが、引き取られた猫はどれも黒猫ではないらしい」

「じゃあ殺されたのはやっぱ野良猫なんですね」

「お前らの高校が建っているあの山な、野良猫のクラスタが複数あるみたいでな」

「――〈黒猫ギャングスターズ〉だな」

「一さん、知っているんですか？」

てか猫が自称するわけでもないから、誰かがつけた名前なのは明らかである。誰だよ。

「邪馬山には三つの野良猫クラスタがある。他は〈雑食チャンピオンズ〉、〈白銀ヤンキース〉だ」

「いろいろツッコミたいんですけど、猫ってそもそも群れるんすか？」

「メスは群れを作ることがある。あとは血縁かな。といっても日中のほとんどは単独行動で、たまに拠点に集まってくるとかそんな感じだ」

「暴走族の集会みたいですね」

「とにかく猫カフェの店主は黒猫変死事件のことは知っていた。現場からして、あのあたりで群れている野良猫だろうとのことだ」

「つまり猫から辿っても犯人は特定できそうにないってことですね」

「暗黒院、わざわざ電話をしてきたくらいだ。他にもなにかあるんだろう」

「さすが一だな——」

電話の向こうで布がバサっとはためく音がした。

その場にいなくてもポーズを忘れない徹底ぶりに呆れから一転して感心すらする小鳥遊だったが、もしこれがポーズとかキメずに音だけ鳴らして電話越しに聞かせているだけだとしたら、そっちの方が狂気じみているなと思った。


ふたりがやってきたのは高校近くの河川敷。

野球のユニフォームを着た子どもたちが四チームいて、バッチコーイ！　とか、ピッチャービビってるゥ〜ヘイヘイヘイ！　とか、甲高い声をキンキン叫ぶ、ピッチャーが投じた軟式の白球をバッターのスイングがとらえ、ぺム、と音を立てて青空に高々と舞い上がる。牧歌的な風景だ。

「早く暗黒院を見つけないと！」

「ですね！」

暗黒院が言うに、最初の黒猫の第一発見者の小学生たちは少年野球チームに所属していて、今日は市が主催する大会に出場予定とのこと。

――Twitterアカウントはもう削除されているから、直接会いに行くしか聞き込み方法はない

暗黒院がそう言った瞬間、ふたりは何をしてでも彼を止めなければならないと目を見合わせた。

――このままでは数時間後に通報されてしまう

暗黒院がなにかをやらかしてヤバい怒られが発生しようがぶっちゃけどうでもいい。だけれども、警察さんのご厄介になるのだけは阻止しなければならない。色々あって警察公認アドバイザー契約までできて、探偵事業も少額ながら定期的な利益が見込めるようになってきたのにこんなことで終わらせるわけにはいかない。というか知らない黒衣の男にまだ傷も癒えていないトラウマ級の記憶をほじくり返されるなんて小学生にはキツすぎる。笑い事とかじゃなくてマジで。

小鳥遊も一も黒猫死骸を発見した小学生たちの顔はわからない。学年も学校もわからない。せめて所属チームさえわかればそこに張り込んでやたら黒い成人男性が来るのを待てばいいだけなのだが、細かい情報を聞く前に暗黒院は電話を切ってしまった。

「小鳥遊ちゃん、アイツに電話はつながった?」

「いえ、全然。とってくれません」

「Slackは? LINEは?」

「どっちも反応ないです。LINEは既読がつきません」

「たぶんいま移動中なんだよ」

「あのひと、このへんの移動はチャリですからね」電動アシストを積んだママチャリだ。「なん

て名前でしたっけ？」

「レッド・バロン号」

「そこは黒じゃないんですね」

「コンセプトは〈赤と黒の衝撃〉らしいね」また話が脱線していることに気づいて一はハッとする。「とにかくまだ暗黒院はここに着いていない可能性もある」

「どうしましょう？」

「二手に分かれよう。妾は駐輪場にアイツの自転車があるか探してみる。なかったらそのままそこに張り込んでおくから、小鳥遊ちゃんは野球少年に接触を試みる怪しい成人男性を探してくれ」

「ウス」

小鳥遊は上下関係厳しめの運動部の返事をした。バックネット、グラウンドの脇でお弁当を食べている保護者集団や外野の遠くでアップをしている少年たちを汗だくになって見回りながら、なんか運動量が不公平な気がしてきたが事務所と見知らぬ少年たちの未来を思うとそんな愚痴を垂れている場合ではない……と思っていたら、一からの着信。どうやらレッド・バロン号が見つかったようで、一はこれから駐輪場あたりや三塁・レフト側を中心に探してみるとのこと。

一刻を争う展開に皮膚を這う汗が冷たくなる。

そのときだった。

ピロロロロロロロロロロロロ！　と、懐かしい耳障りの子ども用警報器の音が小鳥遊のいた位置のすぐ近く、ライト側から鳴り響いた。弾かれたようにそちらを見ると、黒いマントを右腕にかけ、白のワイシャツに首からおじいちゃんのオシャレの紐をぶら下げた見知った顔面の成人男性があたふたしているのが視界に飛び込んできた。ああ……間に合わなかったか……と思うも、不幸中の幸いというか、その場にいたのは彼の他、少年が三人だけだった。

「ちょっとちょっと！」息を切らしながら全力で駆け寄る小鳥遊。五十メートル走の自己ベストは九・三秒の脚力だ。「田中さん！　ホントなに考えてるんですかッ！」

「なんでコイツら……」チャリで爆走したせいか警報器を鳴らされたせいか定かではないが、とにかく汗でビッチョビチョになりながら目が泳ぎまくった暗黒院が言う。「野球大会の日にも警報器持ってんだよ……ランドセルにぶら下げとけよ……」

「アンタみたいなひとがいるからに決まってるでしょ！」小鳥遊は暗黒院に背を向け、少年たちの方を向いた。彼らは口と眉をへの字に曲げ、まっすぐ暗黒院を見上げていた。「君たち大丈夫？怖い思いとかしてない？」

だいたい小学二年生か三年生くらいだろうか？　背が低い小鳥遊が屈《かが》んでようやく目線の高さが合うくらいだ。警報器を鳴らした少年は厳しい顔つきで睨んでくる。

「汗だくのオッサンから話しかけられたら常識的な小学生なら誰でもピロピロ鳴らすよ。これも社会勉強さ。オッサン、覚えときな」

オッサン、という呼称に暗黒院はさらに狼狽えた。

「わたしたちね、こういう者なんだけど……」

小鳥遊は財布のなかから名刺を取り出した。リーダー格の少年がパッと奪いとるように受け取ると、眉間に縦皺を入れながらまじまじと見つめた。

「ふーん……ねぇちゃんとオッサン、探偵なんだね」

「まぁ、うん、一応」

わたしは助手だけど……と言おうとしたけれど、話が変な方向に行くのは控えたいので少年が思うように思わせることにした。

「へぇ〜スッゲェ〜！」するとしかめっ面がパァッと花が咲くように笑顔になった。「じゃあねぇちゃん、その緑の片眼で真実を暴くんだね！」

「これは違うよ！　ふつうの眼！　生まれつきなの！」

「へぇーつまんないの」生まれつきのオッドアイの話題でつまんないと言われたのは初めてで、小鳥遊は妙に新鮮な気分になる。少年は暗黒院を指差す。「じゃああのオッサンの眼もそうなの？」

「あれはカラコン。緑の眼で真実を暴く的なヤツを頼みたいんならあのオッサンに頼んでみ？」

「カラコン⁉　ヤバ〜！　スッゲェ〜！」

カラコンがやばくてすごい……だと……？

イジられるのは嫌だが、カラコンに負けるのは死ぬほど悔しい。悔しい？　悔しいというより悲しい。少年たちは小鳥遊を速攻で捨てて暗黒院へと駆け寄った。

「なんだ……少年？」

警報器を鳴らされた上にオッサン呼ばわりされたのが堪《こた》えたのか、暗黒院はまだしょげていた。

「ねぇオッサン！　そのカラコンどこで売ってるの？　中学生みたいでカッコイイ！」

「ちゅ、中学生……みたい……」

膝がガクガクと震えた暗黒院。瀕死《ひんし》状態だったヒットポイントがついに尽きた。まさにその場に崩れ落ちんとする瞬間、足を前に力強く踏み出しなんとか持ち堪える。全体重が乗せられたその足は河川敷の少し柔らかい土にめりこみ、季節をフライングして照りつける太陽とのコラボレーションがあたり一帯の重力を何倍にも増幅させる。その気迫に気圧されたのか、リーダー格の少年が尻餅をついた。暗黒院は少年マンガとか格ゲーに出てきがちなダークヒーローの基本姿勢である項垂《うなだ》れつつの極端な内股になって少年らに立ちはだかり、廃人的な無表情が一転して闇のエネルギーを滾《たぎ》らせた不敵な笑みとなっていた。

「ど、どうしたんだよ……オッサン……」

暗黒院は意気揚々とマントをはためかせ、左目を骨張った手で覆ってカラコンの右眼をカッと見開くお決まりのポーズをキメた。

「クックックッ……ジャリボーイズよ……私の右眼にお前らの過去が映っているぜ……」

「オレたちの……過去だって⁉」

尻餅をついたままの少年は生唾をゴクリと飲み、立ち尽くしていた他ふたりも一歩後ずさった。

「少年たちよ……お前たちは最近、見てはいけない、いけないものを見たようだな……」

おっ、Twitter 情報がここで炸裂か？　と小鳥遊は手に汗を握る。

「そ、それは……」

少年たちは暗黒院の追及の視線らしきネチョッとしたものから目を逸らした。

「私たちはな、例の廃墟で起きた黒猫の事件を捜査しているんだ。そこで YouTube や Twitter をはじめ各種ＳＮＳのフォロー・フォロワー、ネット掲示板の便所の落書き以下の文字列を書き散らす連中のＩＰアドレスもろもろを公には言えない秘伝のテクニックを駆使して入手し、君たちが第一発見者であの動画の投稿者であることを特定したんだ」

「ヒィ！」

三人は涙目になり、立っていた二人も尻餅をついた。二十八歳の自営業の男性が小学生三人を泣かせている――そんなある意味で恐ろしい光景に小鳥遊は息を呑んだ。

「君たち、」小鳥遊は言った。「こういうのをデジタル・タトゥって言うんだよ」我ながら謎の説教である、と小鳥遊はひとり頷いてから首を傾げた。「ま、まぁ、これからは気をつけてね。世の中にはこんな大人気ないひとだけじゃなく、ガチで危険なひともいるんだから」

「ごめんなさい！　でもオレたちじゃないんです」

「一旦それを信じてやる」口調を和らげた暗黒院の脇汗がすごかった。「ここだけの話、二件目がまた近くで起きてな。それで君らが猫の死体を発見したときの話を訊きに来たってわけさ」

三人は震えながら互いの顔を見合った。そしてやはりリーダー格の少年が口を開く。

「オレらは秘密基地の場所探しに行ってたんだ。そのときに偶然アレを見つけちゃって……」

「でもどうして動画なんて撮ったの？　廃墟であんな異様な死体を見ちゃったら怖くて逃げ出しそうなものだけど」

小鳥遊が訊ねた。

「たしかに見つけたときはびっくりしたよ。びっくりして腰抜かして声も出なくなったし。でも、三分くらい見ていたら、なんだか本当のことに思えなくなってきちゃって。なんだろう、夢を見ているみたいな？　そしたらなんか大丈夫になってきて。それに何かおもしろい動画っていうか衝撃映像みたいなのを撮りたかったってのもあって、大丈夫になってくると逆に楽しく……楽しくってのは変だな、なんかこう、興奮してきちゃって。スゲーって」

「うーん……なんか腑《ふ》に落ちないけど、男の子ってそんなもんなんですか？」

小鳥遊は暗黒院に目配せをした。

「男の子、というのは主語が大きすぎるな。しかしあり得ない話ではない」

「そういえば怪しいひとたちならいたよ」少年はひらめいたとばかりの表情になる。「近くに井戸がある場所があるんだけど、なんかドゥップスドゥップス言ってた女子高生のねぇちゃんらがいたし、あのひとたちじゃない？」

きっと長野たちのボイパオンリーのアカペラチームのことだ。

少年の話を聞いた暗黒院が左眼をさらに見開いて、ふつうにイッてる感じのひとの顔になった。

「君らがそのねぇちゃんたちを見たのは猫の死体より先か？　それとも後か？」

「先だよ」

「待ってください」小鳥遊が手を挙げた。「それ、ちょっとおかしくないですか？　だって猫の発見現場は庭の真っ正面にあって、猫が転がっているのは見落としても、玄関扉のでっかい〈春〉の文字は嫌でも視界に入っちゃうじゃないですか。それに長野さんらの練習場所は庭を通らないといけないし、この子の話を信じるなら長野さんたちが最初に発見しているはず……」

ふむ、と暗黒院は沈黙した。あれ、なんか今日は意外と真面目だな、と小鳥遊は思った。

「ねぇ、もう行っていい？」少年たちは立ち上がった。「そろそろ集合時間だから……」

「ああ、ゴメンね！　大丈夫、お話聞かせてくれてありがとう。野球、がんばってね！」

小鳥遊が少年たちに微笑みかけると、三人の緊張した表情が緩んだ。

9

長野たちから持ち込まれた〈言葉の綾事件〉について天野川と小鳥遊は、翌日から動きはじめた。朝の七時半。さすがにまだ誰もいないだろうと思っていた天野川だったが、すでに小鳥遊は窓際の自席に座り、文庫本を読んでいた。

「小鳥遊さ、なんでいつもそんなに早いわけ？」

小鳥遊は天野川を一瞥《いちべつ》しただけで何も言わなかった。小鳥遊の出身中学は学校から遠く、なのにどうしてこんなにも早く来るのだろうと純粋に不思議だったが、しかしそれはじぶんもまた早く学校に来てしまう理由と重なるのかもしれない。

この日は調査の打ち合わせも兼ねて小鳥遊とふたりで話したかったからではあるけれど、じぶんにしたって取り立てて用事がなくとも早く来る。なぜ来るのかじぶんで明快な説明ができるだろうか？　誰もいない朝の教室が好きだから？　イキっているサッカー部の男子の席にこっそり座って腹いせに屁の一発でも振りかけておきたいから？　あるいは家に一秒でもいたくないから？　すべてが正しく、すべてがそうじゃない。全体は要素の単純な足し合わせで成り立っているわけではないとしたら、じぶんの眼に映る全体とは幻に近いものなのかもしれない。

「綾野の件なんだけど……」天野川は気を取り直して小鳥遊に話しかけた。小鳥遊はやはり返事をしなかったが、無表情のままパンと音を聞かせるように文庫本を閉じて彼の方を向いた。「綾野が〈言葉の綾〉なんてあだ名で呼ばれてるの、聞いたことある？」

このシチュエーションに違和感がないと言えば嘘になる。名探偵になってくれと誘ったのはじぶんだ。しかしなぜ彼女はそれにホイホイついてきたのだろう。楽観的というよりは都合の悪いことは考えないようにしている天野川でも、小鳥遊が明らかに中二病的な要素を毛嫌いしているのは無視できない。

――中二病

その概念を知らないでここまで生きてくる方が難しい。もちろん十徳ナイフを舐めたり鉢巻を巻いたり、立ち上げた部活に〈虚無の闇《ダーク・ヴォイド》〉と命名するなどの行動に、自我レベルで〈存在の耐えられない中二感〉と無縁でいられるわけがない。天野川はむしろ〈中二病のオレ〉というメタ認知を持つことによりオレはじぶんの意志でオレの実存を選んだという自意識をビルドし、スクールカースト上位集団に蔑まれて虚な瞳の廃人然とした他の十徳ボーイズを下に見て優越感を抱いているが、小鳥遊とふたりきりになる朝や放課後の教室ではその自我が揺らいでしまうのだ。


「知らんし」小鳥遊はそう言って、少し考える素振りを見せた。「綾野さんと話したことないし。あと綾野さんのことを話しているひともそんなに見たことないっていうか、まぁー……」

そこで小鳥遊は口ごもる。

「そういえば最近、小鳥遊に話しかけるクラスメイトを見たことないな」

それを聞いた小鳥遊が汚物を見る目になった。

「うわ、ずっとわたしのこと見てんじゃん。キモ」

天野川は小鳥遊の眼を見た。黒い瞳と、翠の瞳。あだ名がどうのこうのなんてことよりも、彼は表情の変化に乏しい彼女がなにを考えているのかを知りたかった。本当に表情のヴァリエーションが乏しいのか、それとも意識的にそうしているのか。成立しているのか微妙な会話を重ねるほど、天野川は小鳥遊の語彙の豊富さと偏りを知る。語彙とは言葉の表情で、小鳥遊唯という目の前の少女はもっと人懐っこく、誰かと関わり合うのを求めているのかもしれない。意識と無意識。その混在を認めながら、じぶんのなかで渦巻く相反する感情のどちらがどちらなのかを本当のところ解りかねているのではないか？　ならば天野川は小鳥遊に共感できそうな気がした。

「ちょっと思っただけだよ」天野川は鉢巻を額にきつく巻いた。「とりあえず、聞き込みだな」

……とは言った天野川であったが、いざ教室にひとが集まり出しても鉢巻から飛び出した前髪を指ですり潰したり、おっさんがピンを引き抜くスマホゲームをするばかりで、誰にも話しかけることができずにいた。

「さっきの威勢はどこにいったんよ？」

話しかけてくる小鳥遊は心なしかたのしそうだ。

「オレが知りたいのはリアルだ。まずはこの空間に溶け込んで、耳に全神経を研ぎ澄ます……」

天野川はカッと目を見開いた。そしてスマホゲームでハイスコアを叩き出した。

「めっちゃ気が散ってんじゃん」と小鳥遊。

「いまのところ、綾野が例のあだ名で呼ばれている感じはしないな」

「だいたい綾野さんの話題とかならないもんね」

「……そういうことか」

「どしたん？」

天野川は小鳥遊の机をバンと叩き、目つきを鋭くし、下から覗き込む感じで彼女の顔を見た。

「小鳥遊、どうしてみんなが綾野の話をしないと思う？」

「な、なんでって……」先ほどの打撃音で集まった視線に狼狽える小鳥遊は周りをキョロキョロ見回した。「そもそも話す必要も意味もなくない？　静かだし、本読んでるばっかだし、なにかイジるポイントがあるわけでもないし……。なんだろな、背景に溶け込んでいるというか……」

「そこなんだよ」

天野川は指をパチンと鳴らした。

「いちいち音立てんな」

「みんなが綾野の話をしないのは、みんなに綾野が見えていいないいからなんじゃないか？　お前の異色虹彩《オッドアイ》と、オレの第三の眼にしか彼女が映っていないとしたら――」

ふたりが綾野をじっと見ていると、彼女の隣の席の男子が落としたシャープペンを拾った。綾野が落とし主に「これ……」と手渡すと彼は「ありがとう」と言った。

「ガッツリ見えてんじゃん」

小鳥遊が綾野と男子生徒を指さした。

「謎は深まる……」

「浅瀬にすら浸《つ》かってねぇよ。探偵界の陸《おか》サーファーかよ」

たとえツッコミとかするタイプなんだ、と天野川は思った。

「でもさっき、〈言葉の綾〉は出なかったな」

「そりゃ直接本人に言うわけないでしょ。てかあんたさ、直接聞かないの？　みんなに。そういう話じゃなかった？」

「そ、それは……」

そのとたん、天野川の肩が、全身が、ガタガタと震え出した。

「オレは闇の住人だから……すべてを〈見る〉ために、ここで息をひそめているんだ……」

「いやあんた、女子にビビってるだけでしょ」

「そ、そんなわけ……」

「図星やん」

なんでいま関西弁になったんだろう、と天野川が思ったとき、授業がはじまった。

事実、天野川は女子が苦手だった。

より正確には、女子が苦手、というより、女子がわからない、だった。

早い話、天野川恒星は女子と会話らしい会話をしたことがないのだった。

休み時間のたびに小鳥遊に「なぜ女子に話しかけないのか」を聞かれ続け、それだけでは飽き足らないのかノートの切れ端を手裏剣みたいに畳んだ手紙を投げつけてきて、なぜ手裏剣？　と思いつつ開くとやはりそこには「なんで女子に話しかけないの？」と書いている。それで根負けした、というか、なんかどうでもよくなって、昼休みに天野川は白状したのだった。

「だからさ、小鳥遊、マジでオレ無理だから……なんとかしてくれないか？」

「え、やだよ」

「なんで？」

「それは……」

口ごもる小鳥遊に天野川はピンときた。

「小鳥遊さ、友だちいないな？」

「あんたにだけは言われたくないわ」

食い気味で返ってきた。

「小鳥遊は友だちを作ろうとしてない感じあるもんな。そういうスタイルだろ。わかるぜ」

「あんたはそうじゃないじゃん」

完全に食って返ってきた。

きっと小鳥遊には中学時代になにか、具体的にはイジメに類するようなコミュニケーションに関するトラブルがあったんだろうなと天野川は思う。思う、というよりじぶんの経験と重ねるとそれに思い当たるものがあったのだった。地元から遠い進学校にわざわざ通っているという共通点からたどると、合流点はそこになるのが必然のような気がした。

ハイパーじぶん語りをここでブチかますべきかと思案した。中学時代、相談を持ち込んできた友人を救いたいがために彼の席にコンパスの針でオリジナルの魔法陣を彫り込んだ記憶が脳裏をかすめる。誰もいなくなった放課後の教室、いい感じに陽が傾き、現実と幻想のあわいかのような蜜色に染め上げられた教室で、なにを相談されたのか忘れたけれどとりあえず彼の幸福を一心に祈りながら作り上げた一世一代の芸術が、心を覆う暗闇に神秘的という形容を超えた神秘そのものの光が差し込むはずだと信じていた。しかし翌朝、机を見るなり彼は天野川の胸ぐらを掴み、涙を浮かべ、しゃがれた声でひとの目も気にせず叫び散らすのだった。

――これじゃあ配られたプリントに字が書けないじゃないか！

光属性だった天野川が闇落ちした瞬間だった。

それ以来、天野川は彼としゃべっていない。彼だけでなく、だれともしゃべっていない。担任に死ぬほど怒られた。器物損壊だと言われた。しゃべったことのない女子から〈彫り師〉というあだ名を陰でつけられた。

陰で言われていたあだ名をどうしてじぶんは知ってしまったのだろう？

「彫り師……」

天野川はひとりごちた。

「あんたのあだ名じゃん」

小鳥遊は生理的に無理そうな顔をした。

「なんで知ってんの？」

「みんな言ってるよ」

「みんなって？」

「みんなだよ」

「あれ、そういえば誰がつけたんだろうな……」

天野川がそう言った瞬間、小鳥遊の顔が急に真剣になる。

「そもそも綾野さん、じぶんにダサいあだ名をつけられていたのを知っていたのかな？」

「それは知っていたんじゃないか？」

「依頼したのは綾野さんじゃなかった」

「だから？」

「そんなあだ名、そもそも存在していないとしたら？」

「不在の証明、か」天野川は大袈裟にため息をついた。「どうやるんだよ」

「あんたもちょっとは考えたらどうなん？」

「レーゾンデートル……」

「それは言いたいだけじゃん」小鳥遊が言う。「その不在の証明ってやつをするなら、やっぱ全員に聞き込みしないとダメだよ。可能性を全部潰してはじめて存在否定ができるから」

天野川は考えた。沈黙が訪れた。彼は沈黙が苦手で、空白を絵具で塗りつぶすように意味のない話をしてしまう性格だったが、それすら忘れてしまうような沈黙だ。そして口を開く。

「存在を仮定してそれだと矛盾があるって示せれば、聞きこみをしなくてもいいのでは？」

天野川は先週、塾で背理法を習ったばかりだった。

「どうしても女子とは話をしたくないんだね」

小鳥遊は見るからに呆れている。天野川はめっちゃ鼻がむずむずしてきた。スラックスのポケットに何日か前に駅前で配っていたティッシュをつっこんでいた記憶があったのでそれを取り出した。

「男子ってなんでもポケットにつっこんでクシャクシャにするよね」

天野川はクシャクシャのポケットティッシュを見ると、全身を雷が貫くが如き衝撃が走った。

「クックックッ……」

気がついたら食い殺しきれなかった嗤いが口から漏れていた。

「どうしたの天野川？　中二嗤いの失禁がおきてるよ。要約するとキモい」

要約すな、のツッコミも忘れて天野川は嗤い続けた。次第にヴォリュームをあげ、ヴォリュームをあげすぎて息切れするとなんか微妙なタイミングで嗤い声が途切れ、それから尿意を我慢しているみたいな内股になって項垂《うなだ》れた。ひとしきりポージングが終わると、天野川は小鳥遊に向かってポケットティッシュを突き出す。

「闇の住人としての選択が、どうやらひとつだけ残されているようだ――」

「なにこれ？」

そこにはこう書いていた。

謎が織りなす暗闇に真実の光を――暗黒院探偵事務所
※ご新規様向け名探偵お試しパックはじめました！

「なにこのコピー。フォントもだっさ。よくティッシュ広告の二行でここまで迷走できるよね」

気が抜けたといえば抜けているような、ぼんやりとした小鳥遊の表情だったが、広告を眺めているうちに一本二本と顔面にシワが穿《うが》たれていき、ついには険しいものになった。「……まさかと思うけど、あんた、ここにコンタクトを取ろうとか言い出すんじゃないよね？」

天野川は頷いた。

10

また夢を見ていた。眠っていた、と思うより先に、夢を見ていた。駅前のファミレスで、いちばん安いペペロンチーノの食べ終わったお皿が下げられずに残っていて、ドリンクバーのアイスコーヒーは氷が溶けて悪夢みたいな濃淡をしていた。小鳥遊の目の前にあるグラスは一晩中うなされた子どもみたいに汗をかいていた。

テスト勉強のふりをして広げた参考書とノートに見覚えのない水滴が落ちて乾いた痕跡があった。背後のボックス席の大学生くらいの男女がかなしいお話の映画の話を楽しそうにしていた。ここは勉強をしてはいけないファミレスだった。

河川敷での聞き込みが終わり、そこで別に用事があるらしい一とは別れて、暗黒院とふたりで事務所に戻り、受験勉強をして、夕方あたりに出て、それからここにやってきたときはまだ明るかった。家に帰りたくなかった。起きたいまも陽は夜と呼べば夜だと思えそうな暗さや明るさで、眠っていたのはほんのわずかな時間だったのかもしれない。店員に起こされることもなく、勉強することも眠ることも黙認された意識のない時間が、小鳥遊にすら気づかれず存在していたのを彼女はさみしく思う。

iPhone のロック画面に LINE の通知がずらりと並んでいた。メッセージが五件と着信が三件。天野川だった。ロックを解除することなく、というかロック解除という発想すら頭にのぼらないままぼうっと眺めていた。前にもこんなことがあった気がした。

天野川からLINEが連続的に投げつけてこられるのは二年ぶりのことで、ダークなんとか研究会にいたときの、思い出すのに気が進まない時期のこと。二年を経て、天野川や長野たちと改めて接触することになったいまは逃げ出した過去のツケをいよいよ取り立てられているようで、しかしそうであるならば訪れるべき切迫がともなわない。なにもかもが他人事のようだった。わたしは物事を真剣に悩んだり思いを寄せたりするのがとても下手くそなのかもしれない。そう思うだけで小鳥遊の思考はそれ以上深まらなかった。電話がかかってきた。天野川だ。

「暗黒院さんと連絡がつかないんだ」

「いつから？」

「さっきから」

時計を見ると十八時四十六分だった。

「それ、急ぐの？」

「そういうわけではないんだけどさ、あのひとと連絡を取れないって滅多にないじゃん？　どんな体勢からでもシュート打ってくるファンタジスタ的な身体能力でLINEとかTwitterとか反応くれるのに、そういうことってあんのかなって気になったんだよ」

なにか悪い予感がするんだ、と天野川は言った。

「今日の昼とか連絡つかない時間があったけど」

「じゃあ昼からずっと連絡がつかない状況だったのかな？」

「や、それはチャリを爆速で漕いでいたからかも。そのあとわたしたち、河川敷の野球場で会って聞き込み捜査的なことしたし」

「そのあとは？」

「事務所に戻って、受験勉強してた。時間はよく見ていないけれど夕方くらいに事務所を出て、そのとき田中さんはまだ残っていたよ」

「小鳥遊はいまどこ？」天野川が訊く。「家……じゃないよな」

「うん。ファミレス。駅前の」

「いまからオレも行くわ。ふたりで事務所に行かないか？」

「どうして？」

「言ったじゃん」天野川は少し苛立っていた。「悪い予感がするんだよ」


それから四十分ほどで天野川がファミレスにやってきた。ジーパンとTシャツだった。Tシャツは白地に〈LOCK ON YOU〉と書いていて、ROCKじゃなくてLOCKなんだと若干気になったけれどsince 2014の薔薇十字髑髏Tシャツに比べたら無難なチョイスでツッコんでも先がないなと思った。それよりもなんかつけている謎のリストバンドのほうに可能性の広がりを感じたけれど、気分的にもそれをイジるのはなにか違っていた。

「早かったじゃん」けっきょく小鳥遊は当たり障りのない言葉を選んでいた。「近くにいたの？」

「昼間、例の廃墟を調べていたんだよ」

「なにか見つかったの？」

「なにも」天野川の声には疲労が滲んでいた。「そっちは？　聞き込みに行ったんだろ？」

「あー特にこれといったものは……」

透明な筒を斜めに切った物体に差し込まれた注文票を抜き取り、二年と少し使って色褪せてきた紺のスクールバッグを肩にかけてレジでお金を払い外に出た。もうすっかり暗くなった街路を歩きながら、小鳥遊は〈春〉の黒猫の第一発見者の小学生たちと接触したことを話した。

「やっぱりふつうに考えて小学生たちなんじゃないか？」五メートルおきに街灯が輝く雑踏をふたりは足早に歩いていた。「だってさ、長野たちが練習していたあの井戸は正面の庭を通らないと行けないわけだろ？　そんで黒猫の死体は玄関にどーんと捨て置かれてて、それに気づかず井戸に行くのは不自然だよ。小学生らが長野たちを知っていたんだったら、あいつらが先に廃墟に到着してたってことだろ？　なら長野たちが最初に〈春〉の黒猫を見つけているはずなんだよ。でもそうじゃなかった。つまり、長野たちよりも後から来ただれかが玄関の石段の上に画鋲まみれの黒猫死体を放置して水をぶっかけた。だったらもう、犯人は小学生たちじゃん」

日中の熱気がかすかに残り、道ゆくひとびとの汗を含んだぬるま湯みたいな空気が、天野川のぬめぬめした声とともに小鳥遊の身体の表面を覆った。不快な汗をかいた。

「廃墟のなかにだれか隠れていたとか、じゅうぶんありえるでしょ？」廃墟探索でいちばん注意すべきは生きた人間だ。かつて暗黒院がそう言っていたのを小鳥遊は思い出した。無断で廃墟に住んでいるなんてことは珍しくもなんともなく、もしそこに住み着いたひとが生き延びるためなら手段を選ばないタイプだったら、侵入者への加害を厭《いと》わない可能性だってある。「あそこにこっそり隠れ住んでいるひとがいて、そのひとがじぶんの住処を守るために、いわば呪いのまじないみたいに不吉で残酷な猫の死体を侵入者に見せつけ追い払っているとか」

「じゃあ〈春〉と〈夏〉の文字はどう説明するんだよ」

「不吉さ爆上げ狙いとか？」

「そうだとしても、〈春〉と〈夏〉ときたら、あとは〈秋〉と〈冬〉しか残ってない。いつ何人くるかわからない侵入者を追っ払うために四つしかない見立て文字を使うか？　使うとしたら数に限りがないものを使うだろ」

小鳥遊は返す言葉がなかった。喧嘩している訳ではないのだけれど、こうした議論の居心地はいつも悪い。ひとつのものを争うような、競技性の高いコミュニケーションに身を投じるほど、話者が互いの身を切りつけるようなやりかたが世界の真理みたいになっていくのが小鳥遊は怖い。加害と紙一重のコミュニケーションへの違和感が高まるなか、街灯の光に照らされる天野川の横顔は自信と好奇心に満ちていた。最後の夏の大会前の運動部のキャプテンみたいな顔だった。

「それに今日、邪馬観光ホテルのなかを見てきたんだけど、最近だれかが生活していたみたいな形跡はなかったぞ」

「最近ってことは、むかしのはあったの？」

天野川が言うに、インスタント食品の残骸やボロボロの畳や毛布、積んでベッドみたいにしていたマンガ雑誌はあるにはあった。しかし埃や泥がすごくて掃除された形跡はないし、物品のデザインはだいぶむかしのもので、うっすら残っていた賞味期限の表示は二十年前で、雑誌に掲載されていたマンガは十年くらい前に連載が終わっていたものばかりだった。

「あそこは廃墟の王とかなんとかで有名だろ？　なにかとひとがフラッと入ってくるから、住むのには向いていないんじゃないか？」

「あそこに住むひとたちがネットで話題的なものに詳しいわけないと思うけど」

「そこは何度も鉢合わせして、あそこは住めないって経験的に学習したんだろ。そういう情報はそういうコミュニティで回るだろうし」

「そんなもんかな」

「そんなもんだよ」

言われたらわかるけど、どうも小鳥遊は腑に落ちない。

「でもさ、この世のすべての人間で、あのとき〈春〉の黒猫を不自然なかたちで発見できたのはほんとうにあの小学生たちだけだと言い切れる？　わたしたちがぜんぜん知らないだれかが、あそこに住んではいなくても隠れていたってのもあるわけじゃん？」

天野川はふと足を止めた。

「そうだとして、なんのためにそんなことをするんだ？」

「知らないよ」小鳥遊は言った。「小学生たちや長野さんたちが犯人じゃないとしたら、その犯人はタイミングよく小学生たちに黒猫の死体を発見させたかったとしか思えない」

「だからなんのために？」

「知らないよ」小鳥遊は繰り返した。「知らないってば」

事務所の前に着くと、二階のテナントは真っ暗だった。駐輪場にはレッド・バロン号が停まっていて、これは暗黒院が帰宅したあとのいつもの光景だった。天野川は事務所を見上げながら電話をかけ、すぐにやめた。小鳥遊が iPhone で時間を確認すると二〇時二分だった。

「暗黒院さんの電話、繋がらない」

「この時間はたいてい事務所にいるんだけどなあ」

「そうじゃない！」天野川は声を荒げた。「電話に出ないんじゃなくて、電話が繋がらないんだ！」

「どういうこと⁉」小鳥遊もつられて声を張り上げていた。「ちゃんと説明してよ！」

「やっぱり悪い予感がする！」

天野川はそういうと走り出した。

「ちょっとあんた、鍵持ってないでしょ⁉」

小鳥遊も彼の後を追って走り出す。

築三十年のビル。去年の夏に補修工事で外面は小綺麗になったくせに、まったく改善されなかった狭くて勾配が急な古い階段が長く感じる。まったくテンポを合わせる気がない天野川と小鳥遊の不揃いな足音が上下左右の壁にぶつかっては跳ね返り、鼓膜の振動を乱し続けた。

「鍵！」

息を切らしながらスクールバッグのファスナーの隙間に手をつっこんで鍵を手探りで探しているあいだ、脳内で主人公汁分泌フェスティバル大開催中の天野川には聞こえてないみたいで、彼はドアノブをガチャガチャ乱暴に回していた。すると小鳥遊がバッグをほじくり返す手を止めるよりも先に扉が開いた。

「鍵がかかっていない？」

天野川は小動物的な忙しなさであたりをキョロキョロ見回しながら暗闇の室内に入る。奥からちゅらちょろとぼぼ的な水音が聞こえ、天野川は電気もつけずずんずん前に進んでいった。

天野川が完全に正しかった。おおそうだった！　と小鳥遊が電灯のスイッチをパチンと入れる

「小鳥遊……」天野川はすっくと立ち上がる。「くだらないことを言ってないで早く電気を！」

「お前に釘付けだわ。ってかだから ROCK じゃなくて LOCK なのかよ。謎はすべて解けたわ」

〈LOCK ON YOU〉の青白い文字は伸びたり縮んだりした。

と奥歯を強く噛み締めながらその場にくずおれ、彼の身体の動きにともない

「こっ……こんな……」

天野川は地元のオシャレ泥棒たちが集まるホットな古着屋の名前を挙げ、

「どこで売ってんだよ、それ」

天野川の声が裏返った。

「うわっ！　なんだこれ⁉」

「それ蛍光塗料なんかい！」

特にツッコミ甲斐《がい》もないダサいが比較的無難な部類に入るTシャツの胸にプリントされた文字は着用者の存在のすべてを背景化し、まるで世界に向かって見せつけるように光を放っていた。

——目の前に青白く浮かび上がる〈LOCK ON YOU〉の文字

小鳥遊は声を失った。

天野川が振り返る。

「電気をつけてくれ！」

小鳥遊が叫ぶ。

「ねぇ！」

とフワッと天井からＬＥＤの白い光が降り注いだ。

「どこ⁉」

依然として絶え間なく室内に流れ込む水音に急《せ》かされるように、天野川は訊く。

「奥のバスルーム！」

小鳥遊が指差すと、天野川はまた慌ただしく駆け出した。小鳥遊はバスルームの電灯スイッチを弾いた。光が灯るのと同時に天野川は戸を押し開けた。

――〈秋〉

ふたりの目に飛び込んできたのは、いまこの世でいちばん見たくない文字だった。

バスルームの壁に、赤字ででかでかと、律儀を超えて神経質なほどトメハネがしっかりした楷書体で書かれたその文字の傍、浴槽のなかで手足をガムテープで縛られ、画鋲を無数に押し刺された黒衣に包まれた家主・暗黒院真実が窮屈に足を折りたたんだ胎児のような格好で眠っていた。

細い氷柱《つらら》みたいに蛇口から嫌がらせのごとくゆっくり注がれる水は浴槽の半分を満たし、すべてを見通す魔眼を静かに閉じたその男の足元に見慣れた iPhone が沈んでいた。

11

――良い眼をしているな
それがその男〈暗黒院真実〉が小鳥遊に向けて放った最初の言葉だった。なんらかの道を極めた年長の者がその道に足を踏み入れたばかりの若者の素質を見抜いた際に口にされるシリアスな雰囲気を表面上は纏っていたけれど、当の発話者が痛い名前を自称する黒衣の男だったせいで彼女にはまったく別のニュアンスに響いた。男は露骨に羨ましそうに小鳥遊の左眼を見ていた。

そもそも〈探偵部〉との看板を掲げながらじぶんで謎を解くべく調査やロジックの詰めのすべてを放棄し、ソッコーで怪しげなプロに依頼するのを提案した天野川にはほとほと呆れた小鳥遊だったが、じぶんたちの力だけでやるべきだとの反論を打ち出すやる気なんてあるわけがなく、謎の行動力だけには長けたこの少年の思うようにやらせておけばいいかと特に意見を述べることはしなかった。厳密には「ハァ⁉」と非難の色をそこそこ強めに示した声と表情を提示していたが、これに小鳥遊に教育的な意図があった訳ではない。

それに対して当の天野川は小鳥遊の心情を察し損ねたかはなから考えさえしていないのか定かではないけれど、

「正直オレは探偵としてのキャリアはないし、そんな才能が備わっているとも思っていない。そこまで愚かな自惚《うぬぼ》れなんて抱いてないさ。足らない頭は足でカバーする。そういうタイプの探偵もカッコイイと思うんだよね」

とかなんとか言った。頭が足らないならまず聞き込みをしっかりやるべきではないの？　と思いはしたが、彼にその頭すらないのか言い訳にかけて頭が少しばかり回るのかはさておき、足を使おうとすることによって頭《オツム》がどんどん弱くなるのだと教訓を得たようで、なにやら歪んだかたちで腹落ちしたのだった。

暗黒院という目の前の男は小鳥遊の眼をじっくりと、いろんな角度から舐め回すように黒いふたつの瞳で見ていた。黒いマントの下は白のワイシャツに黒のスラックス、首からはファッション偏差値高めのおじいちゃんがぶら下げているなんかヒモみたいなヤツで、全体的にブラックジャックのパチモンみたいなコーデだ。来客用ソファに座らされ、会話もないまま過ぎていく時間を半分スケルトンで歯車が見えるタイプのメカメカした機械式掛け時計の秒針がやたら重い音を立てて刻んでいた。

「翠か……」暗黒院は言った。「良いチョイスだ」

「なんの話です？」

小鳥遊が睨み返す。

「そのカラコン」

「いやこれ、生まれたときからこの色ですから」

「左眼だけ？」

そしてまた沈黙。隣の天野川はなぜかわからないが対面の暗黒院に勝ち誇った顔を向けていた。

生まれ持ってのオッドアイと知るなり、さらに興味を持った暗黒院は身を乗り出して小鳥遊の眼を覗き込んだ。尻をソファにつけたまま上半身だけグイッと伸ばすポーズがキツいのか――それとも近寄ってはいけない系の成人男性なのか――心なしか息がハァハァフゥフゥ荒くなって、なにかを守りながら何かを得ようとする男の生き様に深い憐れみを小鳥遊は抱いた。

「わたしの目の話はどうでもいいんですよ」

小鳥遊が逸れはじめた話題を本題の方へ切り返す。

「そうだったな」

暗黒院は身体を引っ込め、右手を顔に当ててポーズを決めた。指の第一関節と第二関節が曲が

「チャンスじゃん。こんな探偵、絶対いないって」

って耳打ちをしてきた。

小鳥遊は彼の手を払いのける。すると天野川も立ち上がって無理やり肩を組んでくる格好にな
「これからなに？」

「待てよ、小鳥遊！」天野川が立ち上がろうとした小鳥遊の袖を掴む。「これからじゃん！」

「あの、わたし……」小鳥遊は言った。「帰ってもいいですか？」

ノートの罫線《けいせん》をガン無視したデケェ字で「マント」と書いていた。

スプレ成人男性の口元は明らかに緩んでいる。なにやらメモをとる天野川の手元を覗き込むと、
天野川めっちゃヨイショするじゃん！　と衝撃を受ける小鳥遊。フンと澄まし顔を決め込むコ
「超クールっすね！」

小鳥遊はいまのマントアクションなんだったんだろうなと思った。

そういうと暗黒院は立ち上がり黒衣をバサッとはためかせて、それからスッと着席した。

「まぁよかろう」

やっぱりってなんだよ、と小鳥遊は思ったが話をややこしくしたくなかったので黙っていた。

「やっぱり殺人じゃないとダメですか？」

「日常の謎――」暗黒院が指をパチンと鳴らした。「誰も殺されてないのか」

ここで天野川がカットイン。

「ちょっとした日常の謎なんですがね……」

らないひとみたいな手のかただった。

「絶対いないでしょうね」天野川がどういうつもりでこんな探偵と言ったのか小鳥遊にははかりかねた。「ってか、なんのチャンス？」

「探偵術を盗むのさ」

「探偵術？」小鳥遊は暗黒院をチラ見した。「いやこのひと探偵じゃなくて探偵のコスプレしてるひとじゃん」

「さっきからなにをコソコソやってるんだ？」

暗黒院は足と腕を組んで威圧的な態度をとった。

「アッ、すみません！　事件の話でしたね……」

そこでようやく天野川が〈言葉の綾事件〉の概要をふんぞり返る探偵風成人男性に話した。かくかくしかじかだ。そして天野川は言い終わるとなにやら紙切れを取り出した。

「なにそれ？」と小鳥遊。

「ウチのクラスの名簿だよ」

「個人情報流出じゃん。ってか、部活だけじゃなく誕生日とか血液型まであるし」

「それはオレが調べた」

「キッショ」

小鳥遊の肌がゾワッとした。

暗黒院は名簿を受け取り、顎をクイッとあげて上からやや見下ろすような角度で見る。

「ふむ……」

暗黒院はかたく眼を瞑り、皺を寄せた眉間を指先でつまむ格好になって沈黙思考。そういうポーズいいから、と言ってやろうと思ったその瞬間、一重瞼を顔面の筋肉全体で引っ張り上げるように開眼すると羽織ったマントを翻し事務所の奥にあるデスクへと向かった。来客ソファに置き去りにされた小鳥遊はポカンとしたが、隣の天野川といえばはじめてファンタジー色の強いアニメを見た少年の眼になって、「来るぜ……」的なことを呟いていた。

暗黒院は iMac に向かって凄まじい勢いでキーボードを叩いている。銀のボディに白いキーという Apple 社の純正品ではなく、人気のプログラマー系 YouTuber 御用達のキーの隙間からなんか緑色の光を発している黒くて黒すぎるボディのキーボード。彼の姿はさながら現代社会というオーケストラを背景とした協奏曲の独奏者《ソリスト》だった。輪郭の際立つ打鍵音が奏でる分散和音《アルペジオ》は牧歌的な前奏《プレリュード》だ。次第に多声性《ポリフォニー》を帯び、幾度となく現れる主題は調性を目まぐるしく変えながら解決進行《ドミナント・モーション》を頑なに拒み、ついには遁走曲《フーガ》の森で立ち往生、迷ったことにようやく気づいて足取りが重くなり、ひとつずつ音が消え、やがて完全に沈黙する。もちろんこんなところで彼の音楽は終わらない。止まったかに思えた彼の手はまたしても動き出す——続くのは一音ずつ確かに、しかし戸惑いながらぽつりぽつりと吐き出される独白《レチタティーボ》。暗闇に一筋の光が射す。そこから真実が謎のなかに領土を拡大していく。その闘争の激しさを表現するのが単位時間あたりに繰り出される音の数だ。モデラートではじまった円舞曲《ロンド》はアレグロを超えてプレストへ。謎が生まれて死ぬまでのこの一大叙事詩の壮絶な最後《フィナーレ》に相応《ふさわ》しい一音は問うまでもない——Enter《ツターン！》だ。

「射したぜ……暗闇の中に、一筋の真実の光がな……」

暗黒院は若干爪先立ちになりながら窓の縁に腰をチョンと置いた。

降ろしていたブラインドに身体が触れ、金属音がカシャカシャ耳障りで不快だったのだが隣の天野川はすごく満足そうだ。どんな世界にも需要と供給はあるもんだと小鳥遊は学習した。

暗黒院は窓際で解決ポーズをキメたまま動こうとせず、どうやらふたりが暗黒院のところへ行くべきらしい。そう勘づいたものの、小鳥遊は暗黒院の〈設定〉の駒になるのは嫌で、絶対ここを動いてなるものかとさらに深くソファに身体を沈めて待機していたのだが、逆に彼の世界の住人になりたがっている天野川は察するや否やホイホイと暗黒院のもとへと駆け寄った。

「話を整理しよう……」天野川が暗黒院の近くに着くなり、暗黒院が話を進めはじめたので、小鳥遊も重い腰をしぶしぶ持ち上げる。「綾野綾という同級生に変なあだ名がつけられた。お前らはそのあだ名を最初に言い出したヤツを見つけて欲しい、またあるいは――」ここで暗黒院は少しタメを作った。「――このあだ名が存在しないなら、その不在を証明してほしい」

シリアス顔の天野川は無言で頷いた。

「もったいぶってないでさっさと教えてくださいよ」

小鳥遊はつとめて無機質な声質で言い放った。

「結論からいこう。〈言葉の綾〉というあだ名は、お前たち、つまり長野から依頼を受けた〈探偵部〉のふたりが存在すると思えば存在する」

「マ?」と天野川。「パ……」

「は?」と小鳥遊。これは暗黒院と天野川の両方に向けられた言葉だ。

「ひとまず、ネットでお前らの高校のことを調べた。Twitter や Instagram、Facebook あたりだな。ちなみにミクシィをしていたのは坊主、お前だけだ」

「めっちゃ嫌なことしますね」

天野川は赤面した。その情報はいらなかったのでは？　と小鳥遊は思ったけど言わず、ひとまず Twitter アプリを起動して暗黒院のアカウントをブロックした。

「すると長野が Twitter で鍵アカをやっているのを見つけた。フォローは１００人くらい、フォロワーは五人で、メンバーはお前らのクラスの女子バスケ部や女子バレー部を中心とした、たぶんスクールカースト最上位の面々だけ。そこに綾野や相生はいなかった」

「どうやって鍵アカをこじ開けたんですか？」

天野川が食い気味に訊ねた。

「ダメですよ！　こんなヤツに教えたらロクなことになりませんから！」

天野川が小鳥遊を睨みつけるのを尻目に暗黒院は続ける。

「長野はおそらく中学時代、カップル共同アカウントを持っていたんだ。そのアカウント名が〈tefu-naoki-ippai-no-happy-20210707〉だ」

「なっが」

「これってアレですよね」天野川が顎に手を当てて〈オレ考えてますポーズ〉をとった。「naoki は相手の名前、20210707 は付き合いはじめた日ですよね？」

「おそらくな」暗黒院は言った。「しかし長野とナオキはもう別れている」

暗黒院は iMac のディスプレイにそのアカウントを映した。

「固定ツイートには〈別れました。（蝶）〉とありますね……」

小鳥遊が覗き込む。

「重要なのはそこじゃない」

暗黒院は左上のアイコン画像を指差した。

「真っ黒でなにもありませんね……」と天野川。「これでなにがわかるんですか？」

「よく思い出してみろ……Twitterアイコンの初期設定は？」

「あっ！」天野川は短い叫びを上げた。「灰色と白のピクトグラムみたいなヤツ！」

「そういうことだ」暗黒院は口元で軽く笑った。「つまり長野は、別れたあとカップル共同アカウントに〈別れましたツイート〉を投稿し、真っ黒の画像をググってダウンロードし、それをここに貼り付けたってわけだ！」

「やめて差し上げて！」小鳥遊は大声で叫んだ。「それはただの長野さんの黒歴史だから！ぜったい事件と関係ないから！」

「ググったのではないかもしれません」天野川がやけに落ち着いたトーンで口を開いた。「スマホを伏せた状態で写真を撮ると真っ黒な画像になります。それを使ったのかも」

「お前は黙ってろよ」

小鳥遊はこの世でいちばん冷たい声で言った。

「もちろんそれも想定の範囲内だ」と暗黒院。「画像のカラーデータ分析はもちろん済んでいる。もしカメラで撮った画像なら、色素が不均一なはずだが、このカップル共同アカウントのものは均一だった。わざわざパワポとか使って自前で作るのは手間がかかる。十中八九、長野は〈黒画像〉で検索したとみて問題ない」

「そんなことに手間をかけてわたしらを待たせていたんかい」

「そうですよ!」天野川が小鳥遊に同意した。「これとTwitterの鍵アカこじ開け術になんの関係があるんですか?」

「いや、Twitterの鍵アカこじ開け術と事件の関係性をそもそも問えよ!」

気がつくと口数が多くなっていることに小鳥遊は気づいてハッとする。この会話が少し楽しいのかもしれない、そういう内なるじぶんの存在が妙に恥ずかしく感じられた。すると天野川と見つめあったまま一瞬だけ微妙な沈黙ができ、彼は彼女の心の裡を見透かしたかのように微笑みかけてきた。小鳥遊、楽しいんだろ? とでも言いたげに。

暗黒院はクックックッ……と笑いを噛み殺し、まるでわかっていないお前らに教えてあげるぜ的な笑みを浮かべた。

「アルファベットと数字を使ったそれなりに長い文字列で、かつじぶんが絶対に忘れない自信があるものを、お前らはいくつ持っている?」

「なるほど、パスワード」

回答したのは小鳥遊だった。

「そうだ」

暗黒院は指をパチンと鳴らし、小鳥遊が知らないショートカットキーを駆使してディスプレイのウインドウを切り替えた。そこにはプログラムコードらしきものがあった。

「そこでひとつ仮説を立てたわけだ」暗黒院が続けた。「長野は適当な英数字列が思いつかないとき、〈tefu- 男の名前 -ippai-no-happy- 日付〉にしているのではないか——そこでこいつを作った」

「python ですか?」

天野川が固有名詞でイキろうとしてきて小鳥遊はピクッとした。

「まぁそうだけど……」暗黒院すらそれはどうでもいいだろと言わんばかりにうんざりした口調だった。「ともかく、もらった名簿を使って〈男の名前〉と〈日付〉にそれぞれ名前と彼らの生年月日を自動代入するプログラムを組んでみたわけだ」

デリケートな部分を自動化されるとなんか生理的にキツいな……とまたしてもゾワッとしてきた小鳥遊だが、ひとつ気になることが転がり出てきた。

「ちょっと待ってください」小鳥遊は手を挙げた。「カップルアカウントの日付って、だいたい付き合った日じゃないですか？」

「筋がいいな、翠眼の」

「ちびっ子錬金術師みたいな二つ名を勝手につけないでください」

「名前を知らん」

そういえばじぶんはまだ名乗っていなかった。

「小鳥遊です」

「タカナシ？　小鳥が遊ぶほうか？」

「なんでそっちが先に出てくるんですか」

合ってるけど、合っているのが癪《しゃく》だ。

「長野にいまかれぴはいない」暗黒院はこめかみに指を当て、悩ましげにゆっくりと首を振った。

「しかしすきぴがいるとしたらどうだろう？　実際にビンゴだった」

「……誰だったんですか⁉」

天野川は身を乗り出した。たぶん興味の関心が変わっている。なんか汗をかいているし声も震えているし目がギンギンになっているしで、おそらく彼はじぶんの名前がコールされる可能性にアドレナリン分泌祭りを起こしているのだと小鳥遊は悟った。

「渡辺渉、2005年12月13日——」

天野川の目から涙がこぼれ、頬にリアル天の川を作った。

「実際に、鍵アカでは〈すきぴ定点観測ツイート〉がずらりと並んでいた。どうやら四月に一目惚れしたようだ。その渡辺渉を調べてみると、相生葵の幼馴染らしいな。そこで相生葵のアカウントを調べてみた。こっちも鍵アカだったがな」

「Twitter界のルパンかよ」

「こっちはすぐだった。相生葵は坂道系アイドルオタクの趣味アカだったのだが、こちらはフォロー申請をすればタイムライン精査ののち承認する使い方をしていた。そこであらかじめ作っておいた百八のサブアカウントのひとつ、坂道系アイドルオタクアカウントを使った」

「本当に気持ちが悪いですね」

小鳥遊の隣で天野川が凄まじい速度でメモをとっていた。

「相生のアカウントは趣味だけでなく日常の愚痴も少なくなかった。そのなかにあったのが幼馴染の男子に相談されたというツイートだ。その男子は相生の友だちを好きになった」

「それってまさか……」

「そう」暗黒院はニヤリと笑ったつもりだが、小鳥遊視点からはニチャアと笑っているように見えた。「それが綾野綾だ」

場が水を打ったかのように静まり返った。

「つまりまとめると……」天野川は近くにあったホワイトボードに歩み寄り、人物相関図を描きはじめた。なくても特に大丈夫な単純なヤツだった。「長野は相生の幼馴染の渡辺が好きで、渡辺は綾野が好き……」

「長野さんは綾野さんに嫌がらせをする動機があったってことでしょ？」

小鳥遊が言うと暗黒院は指をパチンと鳴らした。なんか言えよ、と小鳥遊は思った。

「しかし綾野に変なあだ名を定着させて長野になんのメリットがあるんですか？」と天野川。

「人間ってのはじぶんのメリットのためだけに行動を起こすわけじゃない」暗黒院が答える。

「優位な立場の人間を――少なくとも主観的にそう見える人間をじぶんのところまで落としたい。それだけで悪事を働くにはじゅうぶんだ」

「そうだとして証拠は？」小鳥遊が問う。「ちゃんと調べたわけじゃないんだけど、わたしたちが知る限り〈言葉の綾〉なんてあだ名は存在しないんですよ？」

「ネットにもそれらしい痕跡はなかった」暗黒院が言う。「それだけで不在の証明はできないがひとつの可能性が浮上する。存在しないあだ名の調査を長野が持ちかけたのだとしたら？」

長野から依頼を受けた〈探偵部〉のふたりが存在すると思えば存在する。

暗黒院が最初に提示した結論が小鳥遊の頭に浮かぶ。

ただ、それがどう繋がるか論理の道筋はまったく見えない。

真顔になって口を閉ざすふたりの顔を交互に眺め、暗黒院は続ける。

「長野が存在しないあだ名の調査をお前たちに依頼する。するとどうなる？　お前たちはこう聞き込みを始めるはずだ。綾野さんのあだ名って誰が言い出したの？　当然それに回答できる者はいない。知らないと言われるか、せいぜい返ってきて、どんなあだ名？　くらいだろう。つまり、お前たちが情報を集めようと聞いて回れば回るほど、逆に多くの人間が綾野に変なあだ名があると知ることになるんだ。長野はあだ名の犯人探しを依頼することで、あだ名の拡散を目論んだ」

「やはりオレが正しかったか……」天野川がドヤ顔になる。「誰にも接触しない方針をとったのが功を奏したな」

「シンプルにコミュ障だっただけじゃん」呆れきった小鳥遊はため息すら出なかった。「でも犯人が長野さんとして、その証拠はないじゃないですか」

「証拠がないなら作ればいい……」

ここで暗黒院がふと言葉をとめ、慢性的な緊張感不足の顔面が急に真顔になった。

「どうしたんですか？」

天野川が訊ねると暗黒院は数秒ほど考え込んだ。

「早い話、長野本人にふっかけたらいい。それはいい。重要なのはその後だ。その真実を彼女らに告げることで失われるものがきっとある」

「失われるもの……」

天野川が反芻する。

「そのうえでお前たちがこれからどうするか決めたらいい」

「あの、全然違う話なんですけど、ひとついいですか？」小鳥遊は小さく手を挙げた。「これってやっぱりお金かかるんですか？」

暗黒院は無言で電卓をパチパチ叩き、その数字をふたりに見せた。

「マ？」小鳥遊は目が点になった。「あんたこれ、払えるの？」

「金はいらんよ」完全に目が泳ぐふたりを見て、暗黒院はやれやれと口と鼻の穴から長めに空気を出した。「しかしこれから起こることがちょっとした授業料になるはずだ」

そして暗黒院はこう付け加えた。

失われるものを失うのもいい。

失われるものを失わなかったとしても、代わりのなにかが失われるだけだ。

12

「コレでいいスか？」

事務所に戻ってきた天野川はコンビニのポリ袋をソファに身体を沈める暗黒院に渡す。珍しくTシャツだ。紳士服肌着の白い綿のヤツ。下半身にはタオルを巻いていて、小鳥遊は彼に背を向ける格好でじぶんの事務椅子に座っている。

「すまんな」天野川の指から暗黒院の指へとポリ袋が渡る。暗黒院はなかから新品の黒のボクサーパンツを取り出し、ピッギャギャギャギャと音をたてて包装を剝がし、手を止める。「レシートは？」

「アッ、はい！」

天野川は財布を開き、くっちゃくちゃになったレシートとお釣りを摘み出した。

「天野川……」レシートとじゃら銭をガン見しながら暗黒院は言った。「この焼きそばパン一三六円はなに？」

「腹減ったんで」

小鳥遊がちらと天野川を見ると口じりに茶色いソースをつけていた。わんぱく小僧かよ。

「いやこれ経費だから」暗黒院がマジな顔になる。「返せよ、一三六円」

「サッセン！」

天野川は運動部の後輩みたいな威勢のいい発声をした。本人はちゃんと謝っているっぽいのだが、側《はた》から見れば限りなくDQN《ドキュン》に近い。限りなくDQNに近い陰キャだ。

天野川は開いたままの財布から一三六円を取り出した。五十円玉一枚、十円玉七枚、五円玉二枚、一円玉六枚。

「ついでにじぶんの買い物をするなとは言わんよ」小銭を数える暗黒院。「ただ事務所の金を申告なしに使うのはやめろ。横領だ。ってか、お前はうちの従業員でもなんでもないから窃盗だぞ。あとせめてレシートは分けてくれ。経理処理の手間が増える」

そこで暗黒院がその場でパンツを穿こうとしたのを気配で察知した小鳥遊が、

「着替えはバスルームでしてください」

と先手を打つ。

「そのまま後ろを向いていれば問題ないだろ」

「デリカシーの問題です」セクハラですよ、という言葉を使ってもいいくらいだ。「あとでそのソファ、ちゃんと拭いて消毒しておいてくださいよ。そこ、お客さんが座るとこですから」

へいへい、とダルそうに返事をして立ち上がり、暗黒院は黒いパンツとともにバスルームへ歩いていく。その足音が戸を閉じる音を最後に消える。

入れ代わりに聖山正義がやってきた。暗黒院が警察署公認のアドバイザーに就任するにあたり尽力した馴染みの刑事。その後ろから花隈もがなが顔を出した。スーツが似合わないのが似合っている。

「花隈さんもいるってことは、あのひとも来てるってことですか？」

「グレイト・ディテクティブ！」

花隈よりも後ろ、狭い階段のあちこちに乱反射しながら室内に潜り込んで来た声は若干のエコーを帯びていた。遅れてぬっと現れたのは全身白で統一されたスーツに身を包んだ片眼鏡の男──白日院正午だった。

「来なくていいのに……」

「さすが小鳥遊さん。今度正式にヘッドハンティングのオファーを出させてもらいましょう」

「いたいけな高校生つかまえてなに言ってんすか」

「なんだなんだ」続いてやってきたのは一。「暗黒院がヤバいって聞いていたはずだが、やけに楽しそうじゃないか」

元々着替えていたのか電話してから着替えたのか定かではないが、昼間とはちがうコスチュームだ。ストリートでブイブイいわせるタフなB-BOY風のダボダボのパンツとフリーサイズのTシャツに赤い帽子を斜めにかぶってサングラスをしている。

「役者が揃ったな……」

と天野川が囀る。なにかオリジナルの主人公的ポーズでもとるのかと思いきやポージングを繰り出す初期動作は○・三秒でキャンセルされ、少年はピタリとフリーズ。なにかと思えばその視線は花隈もがなへと注がれていた。

少年に視線を返す花隈。

見つめ合うふたり。

あどけなさを残した薄いピンク色に染まる天野川の頬。

トゥンク……という効果音がどこからともなく聞こえたような気がした刹那、花隈もがなの薄い唇が開かれる。

「部外者は速やかに退席をお願いします」


地獄の炎のような赤い〈秋〉の文字、押しピンまみれで浴槽に捩《ね》じ込まれていた暗黒院はさいわいにも気を失っていただけで、発見した小鳥遊のビンタ数発で目を覚ました。他に外傷らしきものはなかった。暗黒院曰く、ちょっと散歩でもしようかと事務所を出た瞬間、何者かに後ろからハンカチみたいなもので口と鼻をおさえられ、そこで記憶が途切れた。ドラマやマンガでよくあるアレだ。クロロホルム的な。

聖山に言わせればクロロホルムでコロッと気絶するなんてありえない、とのことだが、最近は昨年秋の事件で使用されたような即効性の強い〈ヤバい毒〉もあるのだから、そういうものがあってもおかしくないだろうとのこと。

水、画鋲、そして〈秋〉の赤文字。

先の二匹の黒猫事件との関連を否定する方が難しいといった状況だ。一一〇番通報したところで近くの交番からひとりふたりおまわりさんが来るだけと思われ、それだったらと小鳥遊は聖山に直接連絡し、事務所のSlackにもことのあらましをポストした。

着替えた暗黒院の対面の来客用ソファ、聖山の定位置でもあるそこは、さっきまでノーパンの暗黒院が座っていた場所だ。

「どうした？　助手のお嬢」

凝視していたせいか視線を感じ取られたのか。聖山と視線がぶつかって小鳥遊の顔の筋肉に緊張が走る。まだ拭いてない。除菌もしてない。ヤバみ沢俊彦《ざわとしひこ》である。不幸中の幸いにもそこに座るのが花隈じゃなくてほんとうによかったと胸を撫で下ろす。

「それはそうと――」暗黒院の隣に腰を下ろした白日院がどこからともなくデカくて白いモノをテーブルの上に置いた。「こちらをどうぞ」

「なんすかこれ？」と天野川。

「真っ白じゃないですか」と小鳥遊。

「宇宙パズルだな」答えたのは安定の一二三だった。「宇宙飛行士試験で過去に出題された真っ白なジグソーパズルだ。二〇一〇年のディスカバリーに搭乗した山崎直子《やまざきなおこ》氏が選抜試験の際に解かされたそうだ。たしか制限時間九〇分で一〇〇ピースだったが、これは……」

「三〇〇ピース版ですよ」白日院が片眼鏡をクイッと持ち上げた。「脳に良いんです」

「マジで良さそうですね」

「宇宙パズル推理法です」

年明けのバトルドームに比べたら説得力が向上しているが、これから推理しようってときに必要なものとは小鳥遊には到底思えない。

「なるほどね……」

暗黒院はすでにパズルに手をつけている。右下あたりのパーツをテキパキと組んでいる。

「グレイト・ディティテクティブ！」白日院は満足そうに微笑んだ。「なかなかやるじゃないですか」

いまのはぜったいディテクティブ関係ない……と小鳥遊は思ったがダルいので黙っていた。

「むかしからこういう妙に器用というか要領が良いというか、チマチマしたことにかけて謎のスペックを発揮するところは変わらんな」

「そう言う一さんのほうが得意そうですけど」

呆れ顔の小鳥遊に一は首を横に振った。

「妾はこういうチマチマしたヤツはダメなんだよ」

「それ、なんかわかりますね」

割り込んできた天野川を一が睨む。

「あんたさ、好感度レベルが知人以下のステータスで一さんによくそんなことを言えるよね」

小鳥遊が毒づいているとまたしても玄関にひとつ影が立つ。

綾野綾だ。胸にハードカバーの本を抱きしめ、きょろきょろと肉食動物を警戒する小動物のように立っていた。

「部外者は立ち入らないでください」

花隈の抑揚のない声に疲れが翳《かげ》っている。

「オレが呼んだんだ」

天野川は得意げだ。

「部外者が部外者を呼ばないでください」

困り顔で戸口に立ち尽くす綾野を見て、小鳥遊は申し訳ない気持ちになる。

「いや、関係者さ」一が言った。「犯行現場に残された赤い文字から、一連の黒猫事件と関連があるのは明らか。一匹目の〈春〉の事件ではネットで不特定多数の知るところになったのだが、二匹目の〈夏〉に関しては第一発見者である彼女らに口止めしている。つまり、〈夏〉の事件を知る者でなければ浴室に〈秋〉と書けないんだ」

「いいでしょう」花隈はふぅと一息ついた。「認めます」

「クール・ディテクティブです、天野川さん。ちなみに他のかたにもご連絡されましたか?」

しれっと追及をかわす白日院の隣で暗黒院は宇宙パズルに熱中している。すでに四分の一ほど完成させていた。

「長野と相生、それから例の廃墟の管理人に」

天野川はハキハキしゃべった。癪に障る口調だ。管理人は、知らん、のひとことで、女子ふたりには電話をとってもらえなかったらしい。LINE しても既読がついていないとのこと。そういえばさっき、なんか部屋の隅っこで天野川が電話をしているのを見た。

「あんたそれ、ブロックされてるんだよ」

小鳥遊はここぞとばかりに可哀想なヤツを見る眼をした。

「普通の電話も繋がらなかった」

「着拒と合わせ技じゃん」

「プルプル鳴ってたし」

暗黒院は右上の角に着手した。

綾野の目は思いっきり泳いでいた。そりゃそうだ。無駄に個性の強い大人がたむろしている部屋にこんな夜に呼び出されたのだから。

「時間も時間なので無駄話はここで終わりだ」と聖山。時刻は二十二時五分前。「こんな時間に未成年が三人もいるのは避けたいところだ」

「それで、わたしはなにをしたら……」

「綾野さん、でしたか？」

白日院は立ち上がり、戸口まで歩み寄る。後退《あとじさ》る綾野。壁にドンと手をつく白日院。目を逸らす綾野。顔を近寄せる白日院。ピピイィー！　と体育教師とかが持っている笛を鳴らす花隈。

「未成年への壁ドンは公序良俗に反します」

笛を携帯しないといけないくらいやってるんだ……と小鳥遊は逆に感心した。

「失礼」白日院はファウルをとられたサッカー選手みたいに両手を胸の前に小さく挙げた。「今日の夕方ごろからいままで、貴女《あなた》はなにをされていましたか？」

暗黒院のピース捌《さば》きが加速する。

「なにと言われましても……」綾野の目は潤んでいる。「ふつうに……家で本とか読んだり……ごはん食べたり……本とか読んだり……」

「ずっと家にいたわけですね」花隈がメモをとる。「アリバイを証明できるひとはいますか？」

「ア、アリバイですか……」アリバイ、という言葉の物騒さに綾野は怯《ひる》んだ。当然と言えば当然のリアクションだ。「家族が……両親と弟が……」

「家族ですね」

と書き留め、花隈は手帳を閉じた。

「てかさ天野川。話を聞くだけだったらこんなとこに呼ばなくてもよかったじゃん」小鳥遊は言った。「家にいたんなら電話で綾野さんの家族にも訊けたわけだし」

暗黒院はラストスパートに入った。宇宙パズルの残りは左上の一角のみである。

「オ、オレだって呼ぶ気はなかったよ！」じぶんは無実だと言わんばかりに天野川は訴える。「でも綾野が……綾野が来るっていうから……」

「綾野さんが？」

綾野は抱えていた本をさらに強く抱きしめ、身体を丸めると白日院をすり抜けた。

足を止めたのは一の前だった。

「一二三さん。ここに来るとお会いできると思っていました」そして本を彼女の前に差し出す。

「ずっと好きでした。サインください！」

それは一二三の最新刊となる短編集『奇数』だ。

「覆面でやっているのによくわかったね」一は表情を和らげ、綾野の頭を愛おしげにひと撫でして付箋だらけになった自著を受け取ったその瞬間、暗黒院のパズルが完成した。

※

それから小鳥遊ら高校生三人は聖山が運転する車でそれぞれの自宅へ送り届けられた。家が近い順に綾野、天野川、小鳥遊。

家に着くたびに聖山と花隈はそれぞれの保護者に頭を下げ、事情を説明した。事件の詳細に踏み込むことなく、詫びを入れるというわけでもなく、ただの出来事としての事務的な報告。小鳥遊の家に着いたのは二十三時五十分。午前様だけはギリギリ回避された。

小鳥遊の母は無表情かつ淡々と説明を聞いていた。はい、と、そうですか、だけの返事だが、緑色の両目には娘だけがわかる怒りを燃やしている。ときおり聖山から外された視線が小鳥遊に向き、彼女は可聴領域の外で母の声を聞く。余計なことをしてくれるな、と。

「あんた、いつまでこんなことをするつもりなの？」

聖山の車が去るのを見送り、玄関に入ってすぐ、母は批難を隠さない声音で言い放った。小鳥遊は返事をしない。靴を脱ぎ捨て、スリッパも履かずスタスタ歩き、母親と距離をとる。

「バイトはもうやめなさい」

背後から放たれた矢のような声から逃げるように歩行を速める。階段は一段ずつ、怒りを込めて踏み鳴らす。

「うるさい！　何時だと思ってんの！」

あんたのほうがうるせぇよ、とは返さない。追撃に応じるのは負けだ。

部屋に戻ると電気もつけずベッドにダイヴする。

今日は汗をかきすぎたからお風呂にはすぐ入りたい。でも母が起きているうちは避けなければならない。そんなことを考えているうちに疲労が身体中に広がっていき、心身に溜め込んだすべてを睡魔が飲み込んだ。

長野蝶の変わり果てた姿が赤い〈冬〉の文字とともに発見されたのは、それから八時間後のことだった。

第五話

黒歴史について語るときに我々の語ること（後編）

くろ‐れきし【黒歴史】

俗に、人には言えない過去の恥ずかしい言動や前歴

――『デジタル大辞泉』（小学館）

部活の練習は九時からだ。これは全体のアップがはじまるのが九時という意味で、本当に九時にプールにやってくるともっと早く来なさいと怒られる。彼女はそれを理不尽だと思っている。だったら実質の時間——みんなが部室に集まり、真面目な者はもうプールサイドに出てストレッチをしている八時半——を練習開始時刻にすればいい。こういう暗黙のルールがあるから四月は遅れてくる新入部員が多いのだ。彼女は練習時間ちょうどに来る新入生を不真面目どころかむしろ好ましく思う。時間厳守の原則はN分前行動とずっと教えられてきたが、本当の時間厳守は予定時刻ぴったりに行動をコントロールするセルフマネジメント力であるはずだ。三十分遅れるのがダメで三十分はやく来るのは良しとする風潮はチキンレースでおよび腰になっている連中の文化で、それは勝負の場に出ていかねばならないスポーツにおいて負け癖を作る悪習だ。

しかしその日はいつもよりはやい八時にやって来た。ゴールデンウィーク初日の休日だ。目覚めがいつもの休日より三十分早かった。彼女には二度寝の習慣がなく、というよりは二度目の眠りに入るとその日はもう身体が起きなくなってしまう——もちろん意識は目覚めているが、目覚めながらもどこか眠ったように身体に力が入らなくなる——ので、運動部に所属する人間としてそれは適切に思えなかった。したがって、目覚めの時刻が彼女の一日を決めるわけである。そのときから彼女のスケジュールはプログラム通りに進行し、三十分早ければ三十分前倒しの一日になり、それが奇妙な角度から日常を切り崩すことになる。彼女は早起きが苦手だ。できないという意味ではなく、はやく起きてしまうことによる世界の時間とじぶんの時間のズレが苦手だった。

——嫌な予感がする

自転車通学の最中、規則正しいリズムでペダルを漕ぎながら彼女は直感した。もっとも、それは特別なことなどではない。早く起きてしまった日はいつもだった。目下の時間は八時から八時半までの三十分。世界とじぶんのあいだに生まれた溝。この時間に来ているのは部長の長野か男子水泳部の生真面目な二年。黒陵高校は文武両道とはいうものの全国大会に縁があるのは文化部ばかりで、運動部はどれも弱く、三年の夏まで部活を続ける生徒なんて数えるほどだ。五〇メートルの屋内プールなんてもつ水泳部はむかし——彼女が聞いた話ではたしか男子が——強かった時代があったようだが、いまでは見る影もない。男子と女子では比較的男子のほうが部活をがんばる生徒は多く、長野にいたっては体型維持のためにやっているだけと公言さえしている。でも彼女にはそれがキャラクター由来のポーズだとわかっていた。長野は誰よりもはやく部活に来る。部室と屋内プールの入り口の鍵を開け、軽いストレッチとランニングを済ませている。長野は真面目だ。誰よりも。最近は文化祭の準備で放課後練習を休みがちだったけれど、休日は必ず鍵を開けにくる。鍵なんて二年にまかせておけばいいのに、と彼女は思う。

——それくらいしないと、あーしの部長ぽいとこなくなるじゃん

長野は弱い。大会で勝ったことなんてたぶん一度もない。経験者でもなく、息継ぎがダルいからと背泳《バック》ぎを選び、誰もやりたがらない部長を引き受けて辞めずに続けている。

じぶんは三年夏まで部活を続けるだろうか？　駐輪場で彼女は考える。黒陵高校に入学した時点で部活は二年の夏に辞めるつもりでいた。とりあえず一年は何かの部活に入らないといけない

校則があるから入っただけで、でも入ったからにはそれなりにちゃんとやりたい気持ちがあり、でももっと大切なのは将来で、進学のことで。そういえば中学の頃、運動部で目立っている男子をこぞって好きになっていた同級生を見てシラけた。プロになれるわけでもない中途半端な運動神経でよく好きだのなんだの言えるなと、疫病のように蔓延《まんえん》する安い恋愛に胸焼けがした。そんなものよりじぶんの意思で選んだ感情を彼女は欲した。確かなものを彼女は欲した。それはじぶんの意思で努力し、じぶんの意思で獲得した能力で、将来の食い扶持《ぶち》に直結する技能だ。

頭ではわかっている、けれどもじぶんの信念と論理では説明できない感情がある。

水泳を続けたい。

なぜ、なんのために。

彼女にはそれがわからなかった。

部室の鍵が開いていなかった。そこでこの日、男子水泳部が休みだと思い出す。長野がまだ来ていない。じぶんがいつもより早く来てしまったのだから、他人がいつもより遅く来ることなんて当然ありえる話だ。しかし、先ほどまで長野に対する尊敬にも似た感情を抱いていただけに少しだけ失望した。水泳部、やっぱりやめようかな。ささやかだけれど大きな――少なくとも高校二年生の春を終えようとする彼女にとっては――決断に関わる感情の揺らぎ。

職員室に行き、部室の鍵を借りる。部室の鍵とプールの鍵は一緒だ。水泳部の部室は運動部部室棟ではなくプールに併設されていて、更衣室も兼ねている。

用務員から鍵を受け取ると〈職員室で鍵を借りました〉と部活の LINE グループに連絡を入れる。すぐに三つほどスタンプ――白くてふわふわした耳を上下させて歓喜を炸裂させる青い瞳のサンリオのキャラクター（シナモン）——鋭く錐揉《きりも》み回転する人気アニメのキャラクター（ポプテピピックのポプ子）——〈それは明日の朝刊の一面じゃないですか！〉と驚愕する二頭身劇画調のいかにも冴《さ》えない中年男性（出典不明）——が飛んでくる。じぶんのメッセージにつく既読はあっというまに二桁を超え、スマホが現代の高校生にとってどれほど生活必需品かを思い知らされる。彼女はあまりスマホを見ない。勉強の邪魔になるからだ。

プールの鍵を回し、身体をあずけるようにして重い内開きの扉——本当は観音開きだが片方は閉め切りだ——を開く。

目の前にすぐ飛び込んでくるのは八つ並んだ飛び込み台。いつもの見慣れた風景だ。しかしその傍らに赤いペンキがぶちまけられているのを彼女は発見する。

やれやれ、と彼女はここでため息。自転車に乗っているときに感じた嫌な予感が的中した。練習がはじまるまでにこれを掃除しなくちゃいけない。しかもまだ誰も来ていないからとりあえずはひとりではじめなくちゃいけない。ダルいな、と彼女は思うも、しかしどうせ手持ち無沙汰だった三十分だ。ものは考えようだと彼女はじぶんを納得させる。ペンキはすでに乾いていた。

よく見ると——大きすぎてわからなかったのだが——赤いペンキは無造作にぶちまけられたものではないようだった。パッと見た印象では節々の飛沫から模様に意味を見出す発想はなかったが、近づけば連続的な曲線になっているのがわかる。単なる曲線ではなく、トメハネもしっかりしている。近づいては離れまた近づいて、それが〈冬〉の文字であるらしいと確認する。

たしか不気味な噂が先週くらいからあったはずだ。

学校の裏山にある廃墟で、黒猫の死体がひどい装飾を施された格好で発見された事件。たしかそのときにも近くに文字が残されていたはずだ――そう、〈春〉の文字が。

眠りについたかと思われた嫌な予感がまたゆっくりと頭をもたげる。

依然として床に書かれた〈冬〉の文字に目を落としたまま、いったん周りを見回してみる。

変わった様子などはとりあえず見当たらない。

だとしたら部室かプールのなか……

もしプールのなかに猫の死体が放り込まれでもしていたら面倒だと彼女は思う。そうなると今日はとても練習はできない。水は入れ替えになるだろうし、誰がなんのためにこんなことをしたのかを探すことになるだろう。不要なイベントが芋づる式にどんどん日常に押し寄せてしまう。

彼女の座右の銘は〈いつもどおり〉だ。〈いつもどおり〉が守られるからこそ自身の小さな変化――勉強により習得した知識――練習により習得した技能――体調の悪化と改善――に気付ける。ほんとうの意味での〈いつもどおり〉はありえない。毎日は変化に満ちている。しかし毎日が少しずつ違っているのを理解するためにこそ〈いつもどおり〉は欠かせない。外的要因によってもたらされる理不尽で大きな変化は彼女の毎日を彩る変化から色彩を奪ってしまう。

どうせ確認しなければならないならさっさとやってしまおう。

彼女は制服のまま3番の飛び込み台に立ち、プールを一望する。

その中央には黒いなにかが沈んでいた。

目を凝らすと黒いものは球状の個体で、そこに長いものがうねうねと伸びている。ひとつ言えることがあるならば、猫ではない。

嫌な予感はさらに大きくなり、気がつけば彼女の鼓動を強く——そして速く——打っていた。

飛び込み台から降り、プールサイドに回る。より近くからそれがなにかを見ようとした。そして物体のちょうど真横、陸地からの最短距離の位置からそれを見たとき、その全貌が明らかになった。

黒陵高校指定の女子ブレザーとスカート。

黒い球体は頭で、そこにまとわりついていたのは女の髪だ。

彼女は声すら上げられなかった。

動くこともできなかった。

ただその場に座り込み、じぶんの声を取り戻してくれる誰かを待つ以外になにもできず、世界とじぶんの溝に横たわる三十分を過ごすこととなった。

1

長野蝶、と被害者の名前を花隈もがなは手帳に書き留めた。

黒陵高校三年三組。水泳部部長。手足をガムテープで縛られた状態でプールの真ん中に沈められた状態で発見された。制服を身につけており、三十八個の画鋲が刺されていたが被害者の肌に達していたものはなく四十一個が遺体付近の水底に散らばっていた。他は部室のものと兼用のプールの入り口の鍵と被害者が日常的に使用しているiPhone12で、これも同様に被害者の近くに沈んでいた。

「ついに殺人になっちまったか……」

教育係の聖山正義が紋切り型の正義感を滲ませたことをつぶやく。

「いろいろ世間から言われるでしょうね」花隈は手帳をパタンと閉じる。「未然に防げたはずの事件だったのではないか、とか、警察の怠慢だ、とか。昨日、田中さんが襲われた時点ですぐに本格的な対策に講じるべきだったかもしれませんね」

「後の祭り、だがな……」

悪趣味に凝った死体の装飾に加え、飛び込み台の傍に残された大きな赤い〈冬〉の文字。先の黒猫事件や暗黒院襲撃事件との類似から、無関係と見る方に無理がある。

「同一犯か模倣犯か――」曇り空みたいな聖山の声とは対照的な、澄み切った晴天を思わせる爽やかボイスとともに白日院正午がここでカットイン。蒸し風呂みたいになった屋内プールで上下真っ白なスーツを汗ひとつ垂らすことなく涼しげに着こなした通称〈白歴史探偵〉は、銀の片眼鏡をクイッとあげ、死体が発見されたプールへと視線を投げた。「――単独犯か複数犯か」

花隈はうなずいた。

「死亡推定時刻は昨夜二十二時から二十四時のあいだとみられます」

「ちょうど俺たちが暗黒院の野郎のところにいた時間くらいか」聖山が歯軋《はぎし》りを立てる。「ヤツが襲われたのは十七時だったか？」

「十七時半前後です。そうでしたね、田中さん」

花隈は襲撃された本人に視線を向けた。その彼――暗黒院真実は磨き立ての黒い革靴で踵から接地する方法で必要以上に音を立てて歩いて靴音の反響を楽しんでいる風だった。

「小学生かよ」その彼にツッコむのは助手の女子高生・小鳥遊唯。現場となった黒陵高校の生徒でもあり、被害者とは同級生だ。「てか田中さん、すでに汗だくじゃん。最近ただでさえクソ暑いのに、半分サウナみたいになってるここで謎の黒マント羽織ってたらそりゃそうなるわ。クソダサ探偵がクソダサ汗だく探偵になるとクソダサ度が爆上がりするんでせめてクソダサクールビズにアップデートしてください。暑苦しくて見てらんない」

花隈の手帳に小鳥遊はこう記されている――〈一言多い〉。一方で、そこまで親しくない人間に対してはどちらかと言えば寡黙。小鳥遊の言葉には親しさゆえの殺意が込められている、と花隈は感じているが、そこまでは手帳に書き留めてはいない。

「うむ……」

暗黒院は事件の情報を整理する探偵のような顔つきで唸った。

「あとそのジジーの頻出トレンディファッションのヒモみたいなやつとか首からぶら下げてんのマジなんなんすか。そんなもんぶら下げてないで公園のデケェ鉄棒とかに田中さん自身がぶら下がったらどうです？　こないだも健康診断の結果が悪かったとかガチ凹《へこ》みしてたし」

暗黒院は調子の外れたタップダンス――をイメージしたと思われるダンスというよりは未発見の生命体の蠢《うごめ》きみたいな動きをしていた。彼の誰にも気づかれることなく会話から離脱するスキルの高さについて花隈は手帳に書き留めた。

「そんなことより鈴木」と聖山。

「そういえば白日院さんってそんな名前でしたね」と小鳥遊。

このひとたちはどうしてこうも無駄な話ばかりするのだろう、と花隈は思う。

「第一発見者の清水明菜《しみずあきな》は黒陵高校の二年生。水泳部の練習のためプールに来たところ、飛び込み台付近の赤い〈冬〉の字とプールに沈められた被害者を発見したとのことです」彼女の座右の銘は〈必要最低限〉だ。これ以上、手帳に無駄情報が増えるのは我慢ならない。「みなさん、もう少し緊張感を持ってください。ちなみに事件現場は図にするとこうです」

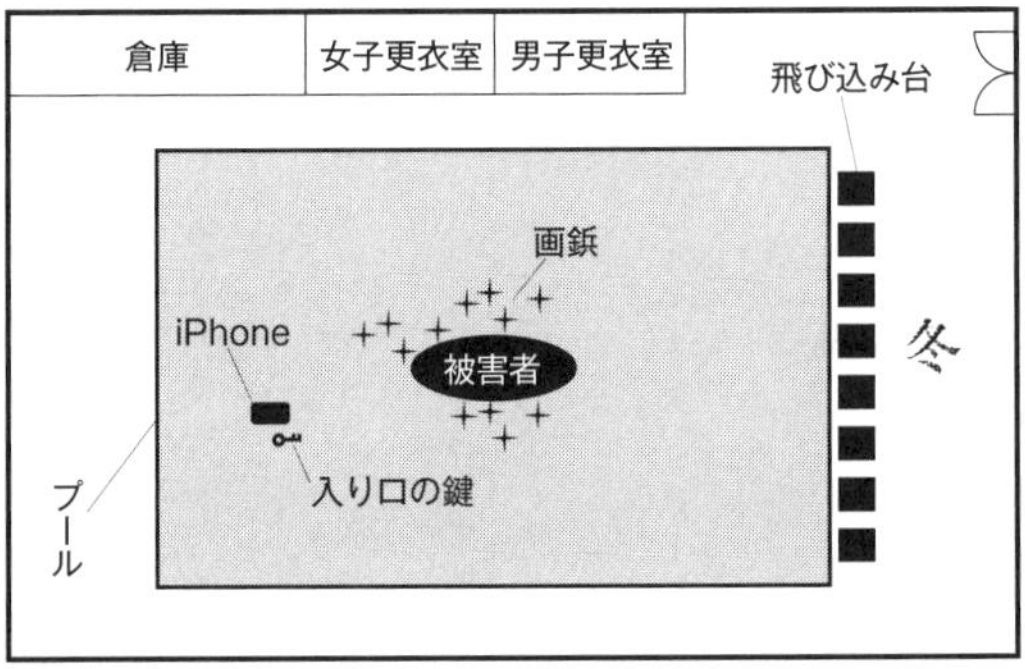

「失礼」白日院が咳払いをした。「これはやはり同一犯行だと考えています」

「妾も同感だ」一が言った。〈今日の服装は忍者〉と花隈は手帳に書き留める。「ここに……」床に書かれた赤い文字を指差す。「〈冬〉と書かれたことがその証拠だな」

白日院が小気味良く指をパチンと鳴らした。

「グッド・ディテクティブ！　まさにそうです」

「どういうことなんだ？」

聖山が首を傾げる。

「暗黒院の襲撃のときもそうだったけど」一が説明する。「〈夏〉が既出でなければ〈秋〉は書けなかった。それと同様に〈冬〉も暗黒院が襲われたことを知らなければ書けない」

暗黒院はしたり顔でムーンウォークをしながら花隈の視界にカットインしてきた。

「犯人は何人でしょう？」と小鳥遊。「田中さんが襲われたのは十七時半ごろ、長野さんの死亡推定時刻が早くて二十二時ごろ。事務所から学校まで歩いて三十分ほど、自転車だと十分ほどだから、単独でもぜんぜん余裕ですね」

「ニア・ディテクティブ……」花隈の経験上、これは〈惜しい〉と翻訳できる。「殺害現場がことは限りません」

「長野蝶の自宅は学校の最寄駅から三駅離れたところです」花隈が言った。「当日は十三時から水泳部の練習で十七時に終了。この空白の五時間も気になりますね」

「それともうひとつ気になることがあるんですけど……」小鳥遊が控えめに手を挙げた。「長野さんはプールの真ん中に沈められていたんですよね？　どうやってあそこに沈めたんでしょう？

うちのプール、競泳用で五〇メートルあって大きいし……」

「グレイト・ディテクティブ！」白日院がまた指をパチンと鳴らした。「良い着眼です」

「たしかに、何も使わずにあそこに沈めるとなればひと仕事だな」と一。

「あそこに死体を沈めるならプールに入らなくちゃいけないですね」花隈は一瞬だけムーンウォークに励む暗黒院と目が合った気がした。「あるいは長い棒みたいなもので奥へ押したとか」

「それはないんじゃないですかね？」と小鳥遊。「ほら、画鋲も死体のまわりに固まって散らばっているじゃないですか。棒でつついたならこれの説明がつきませんよ」

「浮き輪とかボートとか使えばいけるのでは？」一が指摘する。

「倉庫に浮き輪やボートはありました」と花隈。「しかし使用された形跡は見られません」

「安物のショボいヤツなら自前で持ち込めそうですね」と小鳥遊。

「しかし濡れないためとはいえ、わざわざ外から持ってきてまで浮き輪やボートを使うのも不自然な話です」白日院がクスリと笑った。「倉庫にあるなら現地調達でいいはずですから」

「うーん……」

小鳥遊が唸り声を上げているところ、入り口のKEEP OUTのテープをくぐって制服姿の少年が小走りでやってきた。

「遅れてすまん！」

「部外者は入って来ないでください」

花隈は汗だくの天野川に言った。

ガコン、と缶コーヒーが自販機を落ちる。

花隈はベンチに腰を下ろし、プルタブを引いてふぅと一息。そこに小鳥遊がやって来た。

「お疲れさまです」花隈が言った。「なにか飲まれるなら買いますよ」

「えっ！　いいですよ、そんな」

「ちょっとくらい大人らしいことさせてください。と言っても、缶ジュースひとつで大人ぶるのも恥ずかしいですが……」

「それならお言葉に甘えて〈力水〉お願いします」

チョイスが小学生だなと花隈は思った。ガコンと〈力水〉が自販機を転がり、ありがとうございます、と取り出した小鳥遊が花隈の隣に座る。

「心情的にへビーな事件だと思っていますので、こう、ご協力をこちらから積極的にお願いしていいものか正直ためらいがあるのですが……」

「気にしないでください」花隈が詫びると小鳥遊は首を横に振った。「もともと首を突っ込んでいた事件でもありますので」

「とはいえ同級生が亡くなったというのは……」

「それなんですけど、なにも感じないんですよ。特に仲が悪かったとかそういうことはないんですけど」小鳥遊は花隈から視線を逸らし、汗をかいた缶に目を落とした。「慣れちゃったんですかね。ひとが死ぬことに」

花隈は返す言葉をうまく見つけられず、沈黙が降りた。

「小鳥遊さん、黒陵だったんですね」出たのは前からわかりきった話だった。「頭、いいですね。

わたし、高校受験のとき黒陵に落ちたんですよ」

「そんなことないですよ!」小鳥遊は大袈裟に否定した。「まぐれで合格できたようなものですし、入ってからは全然だし……!」

「ごめんなさい」高校生に気を遣わせてしまったと花隈は申し訳なくなった。「いまのに特に意味はないんです。それに黒陵に落ちたから高校時代がんばれましたし、あのとき落ちていたのは正しかったと思っています」

なんでじぶんの話になっちゃったんだろう。話に窮するとじぶんの話をしてしまうのは悪い癖だ。それでもしゃべってしまったせいで、花隈はむかしのことを連鎖的に思い出してしまう。

「これは嫌だったら答えなくて全然大丈夫なんですけど……っていう言いかたがなんか上から目線でヤバくて恐縮なんですけど、挫折ってやっぱり大きな学びみたいなものあるんですか?」

「挫折ですか……」

花隈は床に視線を落とし、ぽろぽろ溢れでる記憶を拾い集めた。地元の公立に進学し、一年生の頃から学年トップを守り続けた高校時代。国立大学に推薦で入学し、入学したその日から国家総合職に向けて勉強した大学時代。

「ごめんなさい! 変なこと訊いてしまって……」

「急がば回れってことですかね」花隈は言った。「最適解への最短距離は、想定しているよりもずっと遠回りってことですかね」

「やっぱり遠回りって大事なんですかね……」

花隈のじぶんの座右の銘〈必要最低限〉とは相反する言葉だ。

「しないに越したことはないと思いますが」

「そう言えば花隈さんって、なんで白日院さんをアドバイザーにしたんですか？」

「えっ、鈴木さん？」思ってもいない角度から質問が飛んできてびっくりする。「さて、どうだったかな……」本当にどうだったっけ？

花隈は笑った。

「花隈さんもそういう感じでしゃべったり笑ったりするんですね」

小鳥遊は笑った。

2

じぶんのことは器用ではないと思っている。しかし不器用でもない。

器用と不器用の中間がない二項対立で考えてしまっている時点で不器用なのかもしれないけれど、白黒がはっきりしていないとなにかを間違えているような不安に駆られてしまう傾向が小鳥遊にはあった。中学のときから？　小学生のときから？　それとももっと小さいころから？　記憶がはじまる前に戻ろうとして、しかし人生最初の記憶がそもそも思い出せずに立ち止まる。ただ、原因ははっきりとわかっていた。左だけ翠色のこの瞳と、現実世界の人口よりフィクション人口が超えてしまった〈小鳥遊〉という名前のせいだ。どちらもじぶんで選べなかったもので、欲しくもないのに押しつけられたもので、他人による恣意的な意味づけの標的になりやすく、かと言って宿命と呼ぶにはちっぽけで、取るに足らないもの。

この現実にわたしは生きているというのに、他人はいつもわたしをフィクションの世界の人間にしたがる。小鳥遊が日々の生活のどこにも居心地の良さを感じられなかったのは彼女の現実が絶えず他人の想像力に曝され続けてきたからだった。翠色の瞳に真理やら不可視の存在やらが映るわけなんてないし、どんな名前をしていようとも単なる記号でそれ以上でも以下でもない。みんなだってそうだ。身体の特徴も、名前も、どんな容姿をしていて、どこに所属していて、どんな性格をしていて、何が好きで何が嫌いであろうともそれはたとえ世界でひとりみたいなどれだけたいそうなものであっても記号であるのには変わらない。

誰もが平等に意味づけの機会に曝されていながら、じぶんにばかり集中するのは不条理だと言えた。〈中二病〉というカテゴリに属する想像力がどこにいても全方位から押し寄せてきて、暴力的になすりつけられた意味をひとつずつ剝がしながら、ああ、わたしはこんなにもくだらない人間なんだと何度も落ち込んだ。行き場のない想像力の掃き溜めにされる程度には陳腐ってことだから。どれもこれも誰でも思いつくことで、誰かのパクリで、でもパクリだからこそ不特定多数が蜘蛛《くも》の巣のような理解と共感のネットワークを構築して大小さまざまな社会を作り、属性Aかそれ以外の世界に分割していく。白と黒の世界。ちがう。世界が七色であっても、名前がつけられていないすべての色を含め、さらに波長のさまざまな見えない光までオマケしても、世界が無数の〈属性Aかそれ以外〉に粉砕されるだけで多様であればあるほど〈わたし〉よりも〈わたしたちを隔てる境界〉が存在感を増してしまう。個性が憎い、と小鳥遊は思った。

「こんなところでずいぶんと怖い顔をしてますね」彼女の正面に白日院がカルピスウォーターを持って立っていた。「探偵というよりは殺人者の顔ですよ」

「飲み物も白いんですね……ってかめっちゃ飲むじゃん」ロング缶だった。「ジュースの摂取量が小学生なんよ」

「相変わらずですねぇ」白日院は穏やかに笑った。「どうです、気晴らしにやってみませんか？」

白日院はどこからともなく現れたアタッシェケースを開けようとした。

「宇宙パズルは結構です」

「脳に良いんですがね……」

白日院は露骨に残念そうにアタッシェケースを足元に置き、小鳥遊の隣に腰を下ろした。

「で、なにかわかったんですか？」

「それはどうでしょうね」

白日院は顔の前で指を一本立て、メトロノームみたいに左右にゆっくりと揺らした。

「なにもったいつけているんですか」

「チェック・ディテクティブです。まだちょっと気になることがあるんですよ」

「いつでもツッコんでもらえると思ったらそれは甘えですよ」

「これは相変わらず手厳しい」白日院がじぶんの額を指先でペンと弾いた。「そこでひとつお願いがあります」

「なんでしょう？」

「最初の事件があったという廃墟に連れて行って貰えませんか？」

「ふたりで？」

「ふたりっきりで」

悪意さえ感じるウザい言い換えだ。

「なに考えてるんすか」

「大事なことですよ」白日院が意味深に笑った。「この事件にとっても、貴女にとっても」

長野が殺されたと警察から連絡を受けた綾野綾は学校に呼び出され、昨日は一日なにをしていたかとか、被害者は何か人間関係のこじれはなかったかとか、そういうことを微妙に掘りきれていない絶妙な緩さで訊かれたのだけれど、それは昨日、探偵事務所で訊かれた内容と若干被ることもあり、警察も警察でそれをわかっていたからかもしれないと綾野自身は考えた。ほぼ同時に相生葵も学校に呼ばれたみたいで終わるのを待っていたが、彼女のほうはまだ時間がかかりそうだったのでひとりで帰ることにした。一応制服を着て来たけれど、別に私服でもよかったような気がした。相生の事情聴取が終わる可能性に賭けて微妙な牛歩戦略をとってとぼとぼ歩いていて校門まで辿り着いてしまったところで、忍者のコスプレをした女性と出会《でくわ》した。一二三だった。

「お疲れさま」憧れの作家のねぎらいの言葉に心臓が止まりそうになる。「このあと少し時間ある？」

死んでもいい、と綾野は思った。はい！　とすぐに答えたいけれど、〈はい！〉を超越した〈はい！〉を全身の全細胞が叫んでいて言葉という概念で返事をすることができずにいると、

「迷惑だった？」

と困惑と申し訳なさをミックスした表情になった一に綾野は〈すみません！〉を超越した〈すみません！〉が発生してさらなる沈黙の海に沈んでいきそうになるも、そうなるとこのチャンス

が――じぶんにとっての物語のすべてを生み出した作家と会話する千載一遇のチャンスが――永久に失われてしまうかもしれない。それだけは避けたいと脊髄《せきずい》で反応し、綾野は口をあわあわ開けて声無き声を上げていた。

それから学校と駅のちょうどあいだくらいにあるスターバックスに入った。入ったことのない茶色いスターバックスだった。一番安いブレンドコーヒーのショートでも五百円くらいしたけれど、それは一が奢《おご》ってくれた。コーヒーの味はよくわからないけれど味がしっかりしていた。美《お》味《い》しい、というよりは、こういうのが美味しいんだろうな、と思った。

「昨日の今日で大変だろう」

「わたし……いま、大変なんですかね？」

まだ定まっていないじぶんの感情を先に言われると、それが正しいような気がしてくる。

「大変だってことにしておくといいんじゃない？」椅子に座った一は大きく背を伸ばした。「少なくとも、日常的にそう起こることでもないし。非日常は大変なんだよ」

「大変ってことにしておいた方がいいんでしょうか？」

「ちなみに綾野ちゃんはテレビの映像がどうやって送られているか知っているかい？」

「知りません」理系は苦手だ。知らなさすぎて逆になにが難しいのかもわからない。「電波的な感じでウワッ！　とみたいなイメージです」

「ごめん、質問が良くなかったね」一が言った。「動画ってのはパラパラマンガだ。大量の画像を送ってようやく動画を受信できるってわけなんだけど、それだと荷物が多すぎる。一秒間に三十コマ。それだけのものを電波に乗せるために、荷物を選んでいるんだ」

「選ぶ？」

「たとえば綾野ちゃんは引っ越しするとしたら、何を持っていって何を新しく買う？」

「そうですね……」綾野は考える。「引っ越しの理由にもよりますが、これから進学してひとり暮らしをするとしたら、電化製品とか家具とかは買わなきゃなんないですね。ぜんぶ買うとけっこうお金がかかりそうなので、親に出してもらうにしてもなるべく買わなくていいものは買わないようにします。本はなるべく持っていきたいですが、新しい本を買うことになるから、読み返す可能性があるものだけを持っていって、他は実家に置いていこうと思います」

「それとおなじさ。動画も流用できるものは流用し、新しい情報だけを電波に乗せる。新しいものというのは変化で、変化というのは特別で、特別なものに特別な処理をするから特別になる」

「特別？」

綾野の問いかけに、一はまるですべての未来が見えているかのような確信をもった頷きをする。その確信に綾野は戸惑う。まるでじぶんの感情や思考を未来から逆算しているみたいで、あるいはじぶんのありかたを決めつけられているようで、それが正しければ正しいほど、正しさの強さに比例して間違っている気がした。

「きみの小説、実は読んだことがあるんだよ」

思いがけないひとことに、綾野の心臓が今度こそ止まりそうになった。

定位置はじぶんの席。

休日の学校に朝っぱらからやって来たというのに、花隈に軽くあしらわれた天野川恒星はとりあえず三年二組の教室に向かった。この時期、夏のコンクールに向けて吹奏楽部が朝から夕方まで練習しているけれど、事件のせいか楽器の音は聞こえない。追い返されても野次馬がすぐにプール近くに湧いてくるものの、騒ぎたてる声が教室まで届くことはなく、清潔な沈黙が室内を満たしていた。ずっと手慰みになっているスマホゲームをやる気にもなれず、ただぼうっと天井を見ていた。何も考えていなかった。

そこに引き戸が開かれる音が静謐な空気をかき乱す。何も言わず、スリッパを引きずる間伸びした足音で入ってきたのは黒衣の探偵――暗黒院真実だ。

「ご苦労様です」天野川は言った。「昨日の今日でもうお仕事ですか」

「〈ご苦労様〉は目上の人間が使う言葉だ」暗黒院の平坦《へいたん》な声が教室に響く。「正しい日本語をまずは覚えるんだな」

「ご助言ありがとうございます」天野川は微笑んだ。「それでいうと小鳥遊はダメじゃないですか。ですます調でカムフラージュしていますが思いっきりタメ語ですし、オリジナルの固有名詞をすぐ作りますし」

「そうだな……あいつは0点だ」

暗黒院は黒板とは反対側、教室の後ろにある掲示物を見るともなく見ているようだったがそのひとつに足を止める。それは大学の偏差値ランキングだった。

「暗黒院さん」天野川は声のトーンを低くした。「どうして小鳥遊なんですか?」

「ど、どうしてとは?」

「どうして小鳥遊を雇っているんですか?」

　オレではなく、とまでは言わない。

「相変わらず感情が豊富だな」暗黒院は懐からボールペンを取り出し、大学偏差値ランキングの〈東京大学理科一類〉をマルで囲んでから天野川を見た。「感情は失ったんじゃないのか」

「暗黒院さん……これは真面目な話なんです。オレだってふつうに訊きたいことのひとつやふたつあるんですよ。はぐらかさないでください」

「簡単な話だ」暗黒院が言う。「お前が解雇した助手を私が受け入れたまでだ」

「辞めさせたんじゃないです」知っているはずのことをなんでわざわざ言うのだろう？「小鳥遊がじぶんで辞めたんですよ」

「私にとってはどっちでもおなじだ」

　二年前、長野蝶から探偵部に持ち込まれた〈言葉の綾事件〉は暗黒院の協力を得ることによってひとつの可能性にたどり着いた。しかしそれはあくまでも可能性でしかなく、真実と断定するには証拠がなかった。

　暗黒院によれば犯人は依頼主の長野。〈言葉の綾〉なんていう綾野のあだ名は存在していなくて、探偵部のふたりが捜査することによってそのあだ名が現実に存在するように仕向けられているると彼は推理した。つまり、被害を最小限に――というか架空の被害が実現しないために――探偵部がとるべき行動は〈なにもしない〉だった。

「でもだからって、どうしてそんな当てつけみたいなこと……」

　天野川にはわかっていた。

　小鳥遊がやめたのは、じぶんがなにもしないではいられなかったからだ。

「なにかを得るとなにかを失う」暗黒院が言った。「そういうことじゃないのか？」

「暗黒院さん。あんたが間違っていたとしたら、オレが行動を起こしたことで失われたのはひ、と、つ、じ、ゃ、な、か、っ、たということですよ」

暗黒院は緑色の右眼を大きく見開いた。

「別にひ、と、つ、と言った覚えはないが」

〈話がある。放課後、教室に残っておくように——天野川〉

真実未満の可能性を真実にすべく、長野の下駄箱に放り込んだダイソーで買ってきた青い便箋はあろうことか長野より先に、彼女と一緒にスクールカーストのトップを張る女子バスケ部の柊《ひいらぎ》に見つかってしまった。

——天野川、てふてふに告る気じゃん！

腹を抱え、涙を流しながら大爆笑をぶちまける柊とその仲間たち。そして日本国内には生息しない系の両生類を見つけてしまった顔になる長野。天野川のあずかり知らぬところで噂はクラス中に流布された。天野川が長野に告るらしい、い、い、い。

「真実も、心安らげる場所も、そして小鳥遊も……なにもかもオレは失いました」

なにも知らなかった天野川はひとり、屋上（には出れないのでそこに続く施錠されたドアの前）で昼ごはんを済ませ教室に戻ると、十徳ナイフを舐める四人のクラスメイトに囲まれた。

——ここでやるのか⁉

臨戦態勢に入った天野川に、十徳ボーイズは手を伸ばしてきた。攻撃ではなく、むしろ尊敬さえ含んだ手。彼らは天野川に握手を求めた。なにがなんだかわからないまま握手に応じる天野川。

——天野川くん、応援しているよ。あいつらに一泡吹かせてやってくれ！

「ぶっちゃけ、私が思っていた感じとは違ったんだけどな……」暗黒院が言った。「なんか、こう、長野らの友情とかがギスギスするというか、三人がこれまで通り表面上は仲良くできても決して修復できない傷が生まれるとか、そういうニュアンスで言ったつもりだったのだが——」

暗黒院がなんか渋めの顔をした。

「なんだって⁉」

天野川は音を立てて席から立ち上がった。

「いいだろう……」暗黒院は天野川のリアクションを見てなにか思いついたのか気分が乗ってきたのか、得意のマントアクションからの人工オッドアイをグワッとするポーズをとった。「お前がなぜあのときそうなったのか——その真実をこれから教えてやろう」

黒衣の探偵の気迫に気圧された天野川は歯軋りとともに一歩後退った。

3

「素晴らしい……！」

邪馬観光ホテル跡、通称〈廃墟の王〉。

着くや否や、白日院正午は素晴らしいと嘆息を漏らした。

「白日院さんも廃墟マニアなんですか？」

ジャージ姿の小鳥遊が汗だくになって彼の背中に向かって声を絞り出した。まだ四月の終わりだというのに気温は上がり続け、今日の最高気温は三〇度を超えるという。こんなに暑いのに黒男といい白男といい、暑苦しい長袖を着てよく涼しい顔をしていられるなと呆れを通り越して逆に感心さえする。この白男にいたってはシルクハット的なものまで被っているのだ。

「いえ、私はただの建築好きですよ」振り返って片眼鏡をクイッと上げる。「自然も好きですが、やっぱり心に迫るものがあるのは人工物ですね」

曰く、万物はそこに存在しているだけでそれぞれ固有の時間を内に秘めているとのこと。

「その時間ってヤツが自然と人工物では違うってことですか？」

わたしは飲み屋のおねぇちゃんみたいに心地良い感じには合いの手を入れてやらねぇぞという自我により、小鳥遊の目つきは鋭くなる。

「グレイト・ディテクティブ！」白日院は指を鳴らし、それから手を銃を模したかたちにし、この世のすべてのダサさを指先に集約してＢＡＮＧ！　と放った――その見えない銃弾の餌食となった小鳥遊の右眼に小さくも巨大な宇宙が映り、すぐさま消失する。白日院は指先にふぅと息を吹きかけた。「小鳥遊さん、あなたもイケるクチですね」

「それよりさっさと済ませましょうよ」

なにもふたりで廃墟見物をしにきたわけじゃないのだ。

「おっと、失礼」

「で、なに見たいんですか？」

白日院が真面目な顔つきになる。

「気になったのは最初の事件。あの〈春〉の文字です」

「アップされた動画やらわたしらが撮ってきた写真やらでもう何度も見たんじゃないですか？」

「それは確かにそうです。しかし、この文字だけは実物を見ておきたかったんですよ」

「実物？」

ふたりは黒猫の死体が発見された本館入り口まで移動した。現場にはスニーカーの足跡が増えているようだったが、先日事務所のメンバーと来た状態からさして変わっていないように見える。

「なるほど……」白日院はしげしげと赤い〈春〉の文字を眺め、おもむろにその字のてっぺんに手を伸ばした。「大きいとは思っていたのですが、これくらいの大きさだったんですね」

「それがどうしたんですか？」

「ここでこそディテクティブですよ、小鳥遊さん」

「ディテクティブて」

小鳥遊は今後もうこのひとの言語感覚については触れないことにした。

「第一発見者の小学生たちにお会いしたんですよね？　彼らはどれくらいの背丈でしたか？」

「そうですね……」小鳥遊はじぶんのアゴと口のあいだくらいで手のひらを水平にした。「このくらいだから……一三〇センチくらいだと思います。小学二年生とか三年生ってかんじ？」

「貴重な情報に感謝します」白日院は帽子のつばを指先で弾いた。「これで例の小学生たちが第一の事件の犯人という説はなくなりました」

「え⁉」

「簡単な話ですよ」白日院が片眼鏡を外し、おもむろに懐から取り出したクロスでレンズを磨きはじめた。「こんな大きな文字、それも綺麗な楷書体でそんな小さな子どもが書けますか？」

「何か台とか使ったらイケるのでは？」

「フェンスをよじ登らないとここまで来れないので外から持ってくるのは無理です。そこらへんにある大きな石とか建物のなかに使えそうなものがあったとしても、そこまでして大きな文字を書く理由が彼らにはありません。証拠が残ると〈台を使わないと書けない人物〉という重大な情報に繋がりかねませんし」

「それは考えすぎだと思います。てか、台を使わなくても肩車とかでイケるでしょ？　ほら、三人もいたんだし」

「安定しない状況でこんなに綺麗な楷書で〈春〉と書けるでしょうか？」白日院は眼鏡にハァと息を吹きかけた。「よく見てください。この字はきっちり一筆で書かれています。書道の作法に乗っ取って二度書きをしていません。なかなか律儀な犯人ですね」

「つまり、このサイズできっちり〈春〉と書ける能力がある人物が犯人ってことですか」

「グレイト・ディテクティブ！」白日院はクロスをしまい、指をパチンと鳴らそうとしたが上手く鳴らせず、何事もなかったかのようにもう一度指を弾いて小気味良い音を響かせた。「まぁそんなところですね」

なにか腑に落ちない。小鳥遊は違和感を感じていた。この推理自体に違和感があるわけではない。問題はまるで白日院は最初から小学生たちが犯人ではないことを知っていたみたいに思えてならないことだ。

「白日院さん」小鳥遊はつとめて声を低くし、真剣なのだと伝わるように言った。「ほんとうにこれだけのためにわたしをここに連れてきたんですか？」

「なんのことでしょう？」

白日院は白々しく言った。

「ここじゃないとできない話があるんですね」

誰も邪魔が入らない、という意味で。

「この前のお話の続きでも、と思いましてね……」

――きっとあなたにも似たような経験がおありだったんですね
冬に起きた双子の事件のあとの、白日院の声が小鳥遊の脳内に響く。

――それも、赤の他人を庇いたくもなるほどの経験が……

「いいでしょう」小鳥遊は自らを奮い立たせる。「受けて立ちます」

「そんな物騒な」白日院は声に出して笑った。「私たちは紳士淑女としてお話をするだけです。決闘めいたものではありませんよ。お望みなら手袋でも投げましょうか？」

「けっこうです」

「拒否されるとそれはそれで残念なものですね」白日院は言った。「少し貴女の過去を調べさせてもらいました」

ここからはひとまず想定通りの話が続いた。かつて小鳥遊が天野川の〈探偵部〉に所属していたこと。その〈探偵部〉の名前が〈虚無の闇研究会《ダーク・ヴォイド》〉であること。二年前の〈言葉の綾・あだ名事件〉のこと――

「なにが言いたいんですか？」これはまだ足場を整えているだけのやりとりに過ぎないと小鳥遊もわかっている。「そんなの、脅しにもなんにもならないですよ」

「失礼」帽子の定位置がズレたのか、白日院はつばを摘んで角度を整えた。「例のあだ名事件、天野川さんは真相を明らかにしようと動きましたが失敗に終わりました。そして彼は長野、相生、綾野の三人が——厳密には犯人の長野を除くふたりですが——真相を知らないものと思っています。でも真実は違いますね、小鳥遊さん。そう、貴女が動いたのです。貴女はおなじ日に綾野綾に接触していた。そしてあなたはじぶんがあのあだ名を流布したと嘘の自白をした……」

小鳥遊は俯きながら頷いた。

「……どうしてわかったんですか？」

「企業努力ということにしておきましょう。だいたいのことは調べればなんでもわかるものです」白日院は盛大に拍手をした。「感心しましたよ。実に貴女らしい！」

「わたしらしい……？」

「ええ、そうです。ひとの痛みに敏感で、些細なコミュニケーションの不具合にさえ思い悩んでしまうような貴女だからこその行動です。貴女は天野川さんが長野さんに真相を確かめようとしていたのを知り、依頼に来た彼女ら三人の関係性に亀裂が生じるのを回避したかったんです。だからじぶんがやったのだと、天野川さんと長野さんをみんなが見ているところに飛び出して嘘の自白をし、天野川さんの推理を間違っていることにしようとしたのです」

「そうじゃない！」

小鳥遊は叫んだ。

「ほう」白日院は眼を丸くした。「実に興味深い」

「あの状況で、みんな天野川が告白すると思い込んでいる状況で、もしアイツがあだ名事件の話をしても誰も信じない。長野さんが自白なんてするわけない。天野川がホラ吹き扱いされて終わるだけ。そうなると一緒に部活をしているわたしまで変な眼で見られるじゃないですか」

「バッド・ディテクティブ」白日院が冷めた眼で小鳥遊を見つめた。「じぶんでも筋が通っていないことを話している自覚はありますよね？」

「……」

小鳥遊は否定も肯定もできずにいた。

「どのみち誰かが傷つかねばならない状況だったんです。それを全体奉仕の無私の精神で、貴女は身を削って最小の被害になる選択をした。そういうことですね」

「わたしはあの三人が仲違いしようがどうしようがどうでもよかった」

「それはそういうことにしておきましょう」

やけにあっさりした口調から、白日院の本当の興味はこの先にあるのだと小鳥遊は察知した。

「で、それがなに？」

「断言できることがひとつあります」白日院は言った。「貴女は自己肯定感がかなり低い」

「いきなり話が飛びますね」

「まぁ、私の本職はこれですのでご勘弁を」白日院は帽子を取って軽く頭を下げた。「続けてもいいでしょうか？」

小鳥遊は答えなかったが、彼は軽く鼻で笑って彼女の沈黙をイエスと捉えた。

なにをするにも母と一緒だった。

友だちよりも家族が好きで、勉強もゲームも本もなんでも教えてくれる兄も、休日は絶対に家族のために時間を作ってくれる父も、じぶんが考えていることを言わなくてもわかってくれる母が好きだった。なにより美しい母の、翠色の瞳が好きだった。

その瞳を片方だけでも受け継げたのが幼い小鳥遊唯にはしあわせだった。美人のお母さんの綺麗な娘さんとして、どこを歩いても誰もが誉《ほ》めてくれた。

「お人形さんみたいな女の子」白日院が言った。「幼い頃の貴女は街を歩けばいつもそう呼ばれていたそうですね。緑色の瞳を持つ母親と並ぶ異色虹彩《オッドアイ》の少女。他人から見れば貴女たちはどこか現実離れをした存在だった」

小鳥遊は動揺した。

――お人形さんみたい

小さい頃、この言葉を言われるのが嬉《うれ》しかった。それはじぶんが他のひとたちと容姿が大きく違うと自覚していたから湧いてきた感情だった。

「ここで親切な私は貴女のなかに堆積した言葉未満のあれこれを代わりにお話ししましょう」片眼鏡の奥の白日院の眼が小鳥遊の翠色の瞳をまっすぐに捉えていた。「それは自己矛盾ですよ」

白日院はおもむろに口笛を吹いた。やたら上手い。彼の唇の隙間から流れ出る音は誰にも想像されなかった歴史で、未来永劫、語られることもなければ思い出されることもないが、虚無が忘却の奥底で重い頭をもたげた。小鳥遊には余裕綽々《しゃくしゃく》で口笛をピースカ吹いてみせる白日院に呼び覚まされた内在的な空虚が恐ろしく感じた――ちょっとでも気を抜けば最後、あっという間に人間の身体くらいなら飲み込んでしまうほどに巨大な虚無といま、わたしは対峙《たいじ》している。

「貴女という人間を作っているのはフィクションです」白日院は淡々と続ける。まるであらかじめ記述された不可視のメモを読み上げるような平板な口調だ。「お人形さんみたいという褒め言葉も、異色虹彩や小鳥遊という希少名字に定型的な個性を見出すのも、どちらもおなじ想像力です。貴女は同一の想像力によってときに励ましを得て、ときに傷つけられてきた。一方で縋《すが》りつき、一方で拒絶する自己矛盾に貴女は苦しんできた。そしてそれはすべて貴女の力ではどうにもならない生得的なものであり、悩めば悩むほどそれを憎しむことしかできなくなっていったのです」

そうなのだろうか？

「そうなのですよ」白日院は小鳥遊の心の声に断定調で応答した。「しかしそれはそれで良いのですよ。それこそが――そう、自己矛盾こそが自我、貴女固有のものなのですから」

「わたし……固有……」

「そうです。自我は裂け目から生まれるのです。身体に宿した想像力の裂け目から。自己矛盾がその裂け目を開くのです」白日院はそこで来た道を引き返す方向へと歩き出した。「大丈夫です。貴女はいま、本当の貴女になろうとしているからじぶんの手に負えないものを憎しむことしかできないでいるだけです。そのためにはその憎しみを最後まで徹底的に憎しみ抜くのです」

「憎しみを……憎しみ抜く……」

小鳥遊は白日院の背中に向かって言葉を反復することしかできなかった。

「戻りましょう。ここまでご一緒いただきありがとうございました」

彼は思い出したかのように足をピタリと止め、小鳥遊の方を振り向いた。

「まだなにか？」

真顔で、多種多様な感情が渦巻き逆に〈無〉となった白色雑音的な表情を見せる小鳥遊に白日院はひとつの翳りもない笑顔を見せた。

「プールの密室殺人トリックはもう解けています。そして犯人もだいたい目星がついています」

なにそれ。教えてくださいよ。といつもなら秒で返していたはずだ。しかし気の利いた返しはおろか、他人向けの聞き取れる声を出すことすら難しい状態にあった無言の小鳥遊に、全身真っ白の紳士風成人男性は立てた人差し指を唇に押し当て、みずからの優位を彼女に解らせるかのように、どことなく教育的な声音でこういうのだ。

「トライ・ディテクティブ。自力で真相にたどり着くのが本格ミステリの醍醐味《だいごみ》です」

4

「綾野ちゃんさ、前回の海豚新人文学賞に応募してたよね」

コーヒーカップをそっと手元に置いて、一二三は言った。

「はい」綾野は頷いた。「でも予備選考も通過していないし、誰にも見せていないのに……」

「下読み選考が妾だったんだよ」

カップに伸ばした綾野の手がピタリと止まった。

「天下の夏目賞作家がですか？」

「趣味でね」

「つまりわたしは一さんに落とされたんですね」

「いや」一は静かに首を横に振った。「絶対評価の満点でこそなかったけれど、割り当てられた七〇作品のうちで最高評価はつけた。でも編集者判断で落とされたようだ。まぁ、妾がそれだけ信頼されていないってわけさ」

単純に褒め言葉と受け取っていいのか判断がつかず、綾野は全身が固まった。返す言葉も、指先ひとつどう動かせばいいのかもわからなかった。

「究極的には好みの問題さ」一が続けた。「小綺麗にまとまった小説より、とっ散らかっているけれど大きなスケールを持つ小説が妾は好きなんだよ」

「どうしてわざわざそんなことを言うんですか？」

「言っておきたかったからだよ」つかみどころのなかった一の表情が真面目になる。「新人賞に応募して予選も通過していなかったら、じぶんの小説が誰かに読まれている実感がどうしても持てないでしょう？　だから伝えたかったんだ、ちゃんと君の小説を最初から最後まできちんと読んだ人間が実在するってことを」

「別に……わたしは誰かに読まれたくて小説を書いているわけじゃないです」

言いながら、じぶんはそうなのかどうかを考える。少なくとも、本当に誰かに読んでもらうのを求めているならばネットに公開しているはずだ。

「そうだろうね」一は咳払いをした。「それは君の小説を読めばよくわかる。妾がずいぶん無粋な真似をしているっていう自覚もあるよ。ごめんね、失望したかい？」

「すこし……」

「めっちゃ正直じゃん」一は声に出して笑った。「小説家ってのは嘘をつく商売でもあるけれど、実際は嘘だけじゃやっていけない。本当のことを書くために嘘をつくひとだっている。そして君は本当のことを書くひとだね」

「考えたこともなかったです。嘘を書いているのか、本当のことを書いているのかなんて……」

「職業作家になることと小説を書くことはちがう。妾ははじめて書いた小説で高校生のときに職業作家になってしまったから、それに気づくまでけっこう時間がかかったんだ」

「……」

それ、そんなに重要なことなんですか？　と綾野は聞きたかったがうまく声が出せなかった。

「妾は小説が書きたかったから小説を書いた。でもそれは、純粋にそうだったのは、最初の『重力の極光』だけだったかもしれない。お前は作家なんだと大人に言われ、じぶんが作家なんだと自覚して、すると原稿を書いているとき向こう側にたくさんの人間が見えるようになった。読者、批評家や書評家、編集者、校正さんとか、まぁ色々だ。もっといえばそこにはじぶんの読者ではない人間さえも含まれる。ひとりで小説を書いていたとき、そんなことはなかった」

「つまり、いまのわたしの小説は独りよがりだと言いたいわけですか？」

「そうじゃないさ」しかしそのリアクションを予期していたかのように、一は眉ひとつ動かさなかった。「妾が言いたいのは原稿と書き手の関係性の変化だよ。原稿の向こうに他者が見えるのは原稿の絶対的な良し悪しにはあまり関係がない。ただ、職業として小説を書くならば見えているに越したことはない」

そこで言葉が途切れた。途切れたと同時に綾野が口を開く。

「わたしは小説家になりたいのでしょうか？」

「小説を書くのは恥ずかしいかい？」

質問に対してまったくちがう質問で返され、綾野は動揺する。

「恥ずかしい？」

「妾は恥ずかしかったよ」

「意外です」

「またがっかりした？」

「いえ。一二三っていう作家を、わたしはずっとただの強いひとだと思っていたので」

ただ強いだけ。綾野はそれに憧れていたのだと、体外に吐き出されたじぶんの言葉によって気づかされた。それは驚きでありながらじぶんの認知や思考に一切のカタルシスをもたらさない、やさしい驚きだった。

「ひどい言いようだね。ただ強いだけって。それじゃあ脳筋キャラみたいじゃないか。これでも業界屈指のインテリキャラなんだが？」揶揄うような口調のまま、一は話を戻した。「それにしても小説、とにかく妾は恥ずかしかったね」

「わたしはその感覚、よくわからないので教えてもらっていいですか？」

一は頷いた。

「君が思っているよりもずっと単純でくだらない感性さ。中学のときとか、小説を書いてますってヤツはだいたいイタくて、少なくともイタいキャラって扱いで、じぶんの席でブツブツ呪文みたいな高速ひとりごとを口から垂れ流して、本人は話しかけられたいくせに、そのために作ったハリボテの個性が逆に意図しない結界を張っちゃっている。小説を書いているのがバレると、じぶんもそういう人種って見られちゃうんじゃないかって、そういう感情は妾にだってあった。それがふつうの感覚なんだって理解していた」

「ふつう、ですか」

「そう、ふつうだよ。他者に対してじぶんが優位に立てるレッテルを勝手に貼り付けて、個人じゃなく属性のあるあるエピソードを繋ぎ合わせて作った分析であたかも人間丸ごと完全理解できましたみたいな顔をするくせに、じぶんではなにも作り出せないのを見ないようにするのがね」

綾野は何も言わず、目の前の小説家の次の言葉を待っていた。

「だから妾は小説を書いてみようと腹を括れたんだ」と一は続けた。「そんなことをいまのじぶんの言葉と理解の解像度で当時のじぶんが持っていたはずなんてないんだけれど、そういうことをぼんやりと思っていた。妾は中学生のときには現実にそぐわない空想と呼ばれる思考を受け入れるのに抵抗を感じるほどにはマセた、差別主義者のマジョリティだった。だけど夢みたいな、理性が届かない場所に迷い込んでしまうと妾が否定したものたちがそこに存在している。このじぶんのなかでの矛盾がどうしても許せなかった」

「わたしは恥ずかしいヤツですか?」綾野は言った。「一さんの小説を読んで小説を書きたいと思って小説を書いているわたしは、恥ずかしいヤツでしょうか?」

「そうだよ」一が即答した。「最高にポップな愛すべき恥ずかしいヤツだ」

「自己矛盾の苦しみというのは治りましたか?」

「自己矛盾は自我さ。肯定と否定に引き裂かれた人格の割れ目から本当の自我が生まれてくる。きっと君は気づいているんじゃないか? 少なくとも心当たりがあるはず」

「現実は現実。小説は小説です」綾野は反論する。「わたしはじぶんがどういう人間かを知るために小説を書いていないですし、下手な精神分析ツールとして小説を書いているわけでもないです」

「言っただろう？　妾は君の小説を読んでいる」

「あんな駄作でなにが」

一の雰囲気が変わった。姿勢や表情、動き、発する声の質など物理的な情報にはまったく変化が現れていないけれど、それ以外のすべては何もかもがちがっていた。

「じぶんが書いたからってじぶんの小説を駄作なんて言っちゃいけない。小説は小説であって君じゃないから。小説に嫌われるよ。小説に嫌われて傑作を書ける作家はいない」

「そういう精神論推しのひとだったんですね」

綾野は奥歯を強く噛み締めた。

「残念ながらスピリチュアル創作論の教祖でね」

あらゆる文芸技巧を駆使するメカニカルな一の作風に憧れていた綾野は、どうしてこのひとと出会ってしまったのだろう。作品の背後に人間がいるのをどうして期待してしまったのだろう。その人間にどうして期待してしまったのだろう。昨日まで抱きかかえていた希望のひとつひとつが、まるでカードを表から裏へとひっくり返すように絶望へと変わってゆく。その転移がパタパタと軽薄な音を立て、彼女の頭蓋骨の内側で音量を上げながら鳴り響いていた。

「では聞かせてもらってもいいですか？」それは自己矛盾の音だった。「わたしの小説の感想を。一さんがわたしの小説をどう読んだのかを」

「率直に言って、いかにも純文学好きが書きそうな習作だと思ったよ。それが第一印象」

一はコーヒーを一口飲んだ。

「やっぱり駄作なんですね」

「まだ妾の話は終わっていないよ」一瞬、悪意とも好意とも判別のつかない不気味な表情を見せた。あるいはその読めない真意を読めない表情が綾野にとって不気味なものに映った。一は続けた。「観念的な散文詩みたいな妙に凝った文体の文章がうねうねと続き、それが本文の大半を占めていて、明瞭なストーリーラインは簡単には読みとれない。文芸芸術への献身は認められるが、その小説を読む第三者がまったく想定されていない作品――」

死者は死んだら星になる。

そこから着想を得た綾野綾が書いたのは同一の宇宙に死者の星があるという世界の小説だった。死者がこの宇宙のどこかにいるならば、わたしたちの生き死にとはなんだろうかと考えた彼女は一年前、およそ一〇万文字の日本語で死者の星を作り上げた。

同一宇宙に配置される生者と死者のそれぞれの星、つまり生と死とを隔てる距離が有限で、両者が両者の存在を物理的に知覚可能である世界であるがゆえに生死の事実上の区別がつかなくなる。三章構成の中編で、一章には生者の世界を生活する主人公の少女の日常が描かれ、二章では交通事故で亡くなったその少女が死者の世界を生活する。死者は生者の星で死んだときの姿かたちをし、自由に老いたり若返ったりしながら死者たる自覚を持ち、生きていたときの記憶や能力を保持したまま死者の星を死者として生きる。表面上、描かれるふたつの生活には差異らしい差異はなくて、あるとすれば生活者の生死だった。死者たちは死を生きながらそのなかで才能を開花させ、生きていたときになりたかったプロ野球選手になったり、誰よりも強い囲碁打ちになって新しい戦術を見つけたり、超絶技巧のヴァイオリン弾きになったり、何百年ものあいだ誰も解くことのできなかったむずかしい数学の問題を六行の数式で解き明かしたりした。死者たちは死のなかではじめてじぶんらしくなっていった。主人公の少女は死後に成人男性の左手と生活をはじめる。生きていたころ、少女はその左手を遠いむかしは海だった飛行場の片隅で見かけたことがあった。寝る前に左手の甲にビールを薄く塗ってあげると彼はとてもごきげんになる。その生活を少女はとても愛していた。そして最終章は死者の星での軍事演習のシーンではじまる。死者たちは誰しもが望んでその星に存在しているわけではなかった。生をまっとうできなかった死者たちはみずからをこの星に追いやった生者たちにそれぞれがそれぞれの強さで憎しみを抱いていて、まさか死んだあとに移住する星がおなじ宇宙にあるなんて知る由もない能天気な生者たちにじぶんたちがここにいることを伝えたがっていた。それがいちばんの復讐《ふくしゅう》になるのだと死者たちは信じて疑わなかった。死者たちは生者の星を目指してロケットを飛ばし、その着弾の瞬間に訪れるだろう生者との戦争に備えていた。左手と暮らす少女の親友がその組織に入っていた。親友は生者の星での生活経験を持たない親によって中絶された子どもで、そうした子どもたちが集められる施設に住んでいた。親友はとても優秀で、やさしくて、よく笑う明るい子で、学校の体育みたいに軍事演習の話をした。死者の論理として、生者は「死人に口なし」とじぶん勝手に死者を所有する。死者が遠くで生きているなんて知らず、死者を恐れたり守り神にしている。それを反生者主義者の大人たちはひどく嫌悪していた。親友は言う。でもそうした大人たちはみんな生きていた記憶がちゃんとあって、つまりは生者の論理で生者を批判しているわけだから、ちょっとちがう。わたしたちみたいな生きていた頃を知らない子どもたちは生者の亡霊がとても怖い。それを恐れて銃を持って、毎日磨いていないと落ち着かないって子もいる。きっとみんな、どこかで何かをまちがえているんだよ。でもまちがえていることがまちがいだとはわたしは思わない。正しくまちがえることだって可能なはず。……だからどうしたって話だけど、と親友は苦笑した。ひとは生きていても死んでいても、誰か他者を所有したくて仕方がないのかもしれないね。

「——生者と死者の区別が事実上存在しない世界を書くために、君はその世界固有の言語を作り上げた。生者は一人称単数の人称代名詞を使い、死者は一人称複数を使う。生から死へ転移が一人称単数から一人称複数への転移と同期しながら、最終的に三人称へと統合されて行く。それがなめらかに行われるところに努力で習得可能な技量を超えた才能を妾は感じた。しかし、現実よりもフィクションが優位に立ちすぎているところに危うさがあって、そこが気になった。作者は現実よりもフィクションに親愛を抱いているだろう、だけれども現実とフィクションは二項対立のものじゃない。作者にはこの二項対立でフィクションに加担して現実を乗り越えようとしている一方、そもそも前提にされた二項対立に無理があって、つまり作者の表現指向や野心、希求する世界、そうしたものたちもまたフィクションの想像力だけでなく現実も含んでいる」

「……ありがとうございます」

綾野は深々と頭を下げた。技術的にじぶんが想定し、実行したものはおよそ読み取られており、じんわりと、あたたかい感情がお腹《なか》の奥から湧き出してくるような感覚があった。いま目の前にいるのはわたしが知っている作家・一二三だと彼女は思った。

「おいおい、大事なのはここから。小説の仕組みを読み取ってもらえたことだけに満足してちゃダメだよ」一がため息をついた。「ところで綾野ちゃん、君はミステリ作家には殺人の経験が必要だと思うかい？」

「あるに越したことはないと思います」

「いいね。作家らしい回答だ。それも、素が狂ってる系の作家のね」

「あるいはそう思わせたい作家の」綾野は笑ってみせた。しかし上手くいかない。頬の筋肉が強張った笑みだ。「……一さんならそう続けるはずです」

「それでこそ優秀な妾の読者だよ」

「それがどうしたんですか？」

「そういう同業者がいたんだよ。いまもいるけど」それから一はじぶんに向けて言うようにつぶやいた。「経験したことしか書けない作家が」

「でも、そういうタイプの作家をわたしは好きになれないです。じぶんや、じぶんの経験を正当化するために小説を使役しているような作家に、わたしは良い作品が書けるとは思えないです。一さんが言うようにフィクションと現実というふたつの位相があったとして、フィクションに対して現実が圧倒的に有利ならば、どうしてひとはフィクションを書くのですか？」

「言ったじゃないか、フィクションと現実は単純な二項対立じゃない。現実のなかにフィクションが含まれ、フィクションのなかに現実は含まれる」

「それで言うと一さんの新刊の表題作はどうなのでしょうか？」

反撃とばかりに綾野が質問を投げかけた。

「『奇数』？」

一二三の短編『奇数』の語り手は女子高生で、同級生である恋人が数学の天才で、「2で割り切れてしまう奇数」を発見する。

彼は恋人である〈わたし〉へのプレゼントとしてこの世界の数学を否定する定理を作り上げるけれど、〈わたし〉はそもそも数学なんて好きじゃない。彼の定理によって打ちのめされた大人の数学者たちが次々と死んでいく様子を見たり、死んだひとたちの大切なひとたちが彼を憎むのを見ていてとてもつらくなる。彼は〈わたし〉に喜んでもらいたいだけだった。じぶんができるのは数学だけで、料理もできないし野菜も育てられないじぶんにできることなんて他になくて、数学が〈わたし〉の視界に入るためには有名になるしかなかった。だけれども〈わたし〉は彼の行為によって悲しんだ。傷つきはしなかった。けれども悲しむ〈わたし〉を見た彼は傷つき、それを知った〈わたし〉は傷ついた。彼はこの世界に存在するべきじゃなかったかもしれないと思うのだったが、そもそも〈この世界〉なんて最初から間違っていて、この世界の誰もが、2で割り切れる奇数が存在する世界の住人でしかなかった。

「あの小説は過度なフィクションを書いています。一さんのお話に沿って言えば、過度なフィクションのなかにも経験があって、つまりあの小説のなかにも一さんの経験が大なり小なり含まれているということになります」

「綾野ちゃんはあのお話が純粋な作りものだと思ったのかい？」

「数学好きの恋人でもいたんですか？」

「それくらい単純に読んでもらえるのはうれしいよ」吊り上げた口角とは裏腹に、一の眼は笑っていなかった。「ねぇ綾野ちゃん。君の小説の第一章、生者だった主人公が死者になる変わり目の部分で、こんなエピソードがあったんだ」それは存在しない幽霊の挿話だった。「君が書いた幽霊のお話は、生者の星で誰も見たことがない、目には見えない存在の噂話で、町のどこかでいつも誰かがその幽霊について話している。だけれども、本当にその幽霊を見たっていうひとはいないし、その噂話の出どころもわからない。しかし語り手である主人公がこれから死ぬってときにその真相がわかる——そんな幽霊が存在したことは一度もなかった。主人公はその幽霊に生死の狭間《はざま》で出会う。幽霊の噂が何度となく誰かによって語られ続けることで本当に存在してしまった、少なくとも、実在と等価の意味と重みを虚実を超えた世界で持ってしまった。この話に心当たりがあるんじゃないかな」

「ありますよ」綾野の口調はさらに強くなった。「わたしが書いたんですから」

「じゃあ訊きかたを変えよう。これははじめての小説かい？」

「はい」

「どれくらいかけて？」

「一年くらい……でしょうか？」

「君が小説を書けるようになったのは、二年前のあだ名事件の前と後、どっちだったのかな？」

「憶えていません」

「無理があるよ」一が言った。「応募締切から一年逆算しても君が高校一年生の夏だ。その頃にはもう小鳥遊ちゃんたちに持ち込んだあだ名事件の決着はついていた」

「だとして、それがどうしたんですか？」

綾野の声は震えていた。そこには恐れの感情があったが、なにを恐れているのかを綾野はじぶんでも理解できないでいた。

「小説って不思議だよね」

「えっ？」

一の声音の変化に綾野は小さな驚きを得た。静まり返った水面に小石がひとつ投じられ、連続的に発生しては平面全体に広がってゆく波紋のような、ささやかながらにはっきりとした輪郭を持つものだった。それは声によく似ていた。ひとだけではないもの、この世界で物理的に存在すらできないものさえ発する声に。

「目の前にあるもの、いつ、誰が、どこでなにをしていたかをただ書き連ねるだけで勝手にお話がはじまって終わる。だけど小説はその世界のなかに住むひとやひとですらないものたちが知り得ないことや、そこで起こらなかったことを書いても成立してしまう。妾はね、小説という表現固有の想像力や、それによってのみたどり着ける真実ってのは、そこにあると思うんだ。でもさ、それを信じるのってとても恥ずかしいことなんだ。小説を書かないひと、ぜったいに読まないひとが、そんなことを信じてくれるかな？　妾はね、小説を書いているときいつも怖いんだ。世界の誰からも妾が妾のやりかたで見つけ出した真実を、ほんとうのことを、誰にも信じてもらえない可能性がぜったいにあるから。だれかが信じてくれても、だれかは決して信じてくれないから」

「……わたしに言いたかったことはそれですか？」

出てきた言葉が想像以上に冷たいものだった。綾野はその冷気で刃《やいば》となった言葉に切りつけられるような痛みを、肌のいたるところに感じた。痛みを感じながら、やわらかくあたたかな肉を切り裂く殺人的な感触が同時に手のひらに落ちた。

「小説を書きはじめた人間なんてみんな、世でいうところの中学二年生さ。世界でじぶんが唯一無二で特別な存在で、不思議な力を持っていて、その力でだけはじめて見たり触れたりできる世界があるって信じて疑わない。それを疑い、信じることをやめたとき、みんな小説を書くのをやめてしまうんだ。妾はね、それを伝えたかったんだ」

「どうして……ですか？」

「それは妾がプロの中二だからだよ。他のショボい大人ぶった作家とはちがう」一は食い気味にこたえた。「プロにはプロの責任がある。綾野ちゃんの小説を読んで、綾野ちゃんが過去に巻き込まれた事件の話を聞いて、君がいつかあの小説を書いたことがどうしようもなく恥ずかしくて、消してしまいたい黒歴史になってしまう日が来るだろうなと思ったんだ。それはそれでいい。君の人生だから。でも、妾はあの小説を、まるでじぶんが書いた小説みたいに読めてしまった。そのとき妾はじぶんでも気づいていなかったほんとうの夢がはっきりした」

　妾は誰かの黒歴史になりたかったんだ、と一は言った。

「じぶん勝手な説教をぶって、ひとりで気持ち良くならないでください……」言葉をひとつ捻り出すたびに、胸に焼けるような痛みが走る。「勝手にわたしを恥ずかしい人間にしないで欲しい。どうしてそんな、小説を書いているくせに小説を書いているひとをバカにするんですか？　じぶんがプロだからって、読者を完膚なきまで圧倒するようなすごい小説を書けるからって、どうして他人を見下せるんですか？」

「妾が特別だからさ」

「は？」

「いつか妾の小説を読んでいたこと自体、どうしようもなく消し去りたい記憶になって欲しい。それでも君が小説を書き続けているならば、君はきっと……」一はそこで口をつぐんだ。「いや、やめておこう」

「あなたは他人からバカにされたいんですね」綾野は席を立った。「ごちそうさまでした。わたしは一さんの夢を叶えるような作家にはぜったいになりません」

そう言い残し、彼女はひとり喫茶店を出た。まっすぐ家に帰り、自室のベッドに身体を投げ、そのまま浅い眠りについた。夢は見なかった。一時間もしないうちに目覚め、前に起きていたときに起こったことが夢じゃないかと思った。綾野は一とのやりとりが夢だったんだと確かめるために、本棚から彼女の著作を引っ張り出し、ひとつ残らずじぶんの手で引き裂いた。

5

「天野川……」二人きりの教室で暗黒院は静かに語りはじめた。「お前は二年前の〈言葉の綾事件〉で、私から鬼パクリした真相を犯人の長野にぶつけようとした……」

天野川に立ちはだかるこの探偵、知る必要《デジタル・タトゥ》のないことの全てにアクセスできる〝黒歴史探偵〟は、これから展開される超推理空間を丁寧に整備しはじめる。

下駄箱に手紙をブチ込んで放課後の教室に呼び出した。約束の時間に長野はちゃんと教室にいた。しかし教室のいたるところから人間性と引き換えに教卓の下や掃除用具入れのなかに身体をねじ込む者、おじいちゃん秘伝の忍術に令和だからこそ生まれた謎スキームをまぶしたオリジナルテクニックで天井に張りつく者、耐震工事の足場と部活でイジメ抜いた筋肉を駆使して窓の外から覗き込む者、一周回って隠れることなくじぶんの席に鎮座して〈思春期の告白〉というイベントの背景として透明な身体の獲得を目論んだ者たちの、やけに生暖かい――それは義務教育時代の体育祭でやらされた組体操に似ているとその場にいなかったはずの暗黒院は喩えた――視線が投げつけられており、身じろぎとともに発せられる衣擦れや十徳ナイフ固有のカシャカシャ音がもはや隠匿されるつもりもなく鳴り響いていた。

淡々と情報を列挙していくその澱《よど》みなく堅実な手つきは、まるで阪神園芸の作業員がトンボを持ってゲーム中盤にグラウンドに駆け込みあっという間に黒土を均《なら》す、あの職人的所作とみまごう美しささえあった。

「本領発揮……ってとこですか」蛇のように身体に絡みつき、いままさに首元に毒牙を立てている暗黒院の推理の標的となった天野川は、まるでフィクションの登場人物にでもなった心地だった。脳みそにアドレナリンやらセロトニンやらがドッバドバ分泌され、人格の生死がこれから決するだろう状況に不思議と恐怖はなかった。「聞かせてくださいよ……暗黒院さんがたどり着いたという真実を……」

「よかろう」前髪を指先でしきりにすりつぶす天野川を、暗黒院はその覚悟を問うように睨みつける。もちろん自慢の緑色の右眼で。「そもそもあの悲劇が起こったのは、お前が長野を呼び出すのに、わざわざダイソーで買った便箋を使ったのが原因だったんだ！」

「おいおい暗黒院さん、冗談はよしてくださいよ。たしかに、いま思えば呼び出しに下駄箱に手紙っていうのはマズかったかなとは思いますよ？　どうして使った便箋をダイソーで買ったことが論点に上がるんですか？」

天野川の口調は口数に比例して芝居がかっていった。

「天野川。お前はそのときダイソーで買った便箋を、他にどこで使った？」

「……」

天野川は答えない。答えないことにより、相手の出方を窺《うかが》っている。

「使ってない、だろ」

やれやれ拍子抜けしたぜ、とばかりに脱力の吐息を漏らす。

「別に百円だし、使い切らなくちゃいけない的な決まりもないでしょう」

「使い切っていないということは、使い道がなかったことを意味しているんじゃない。使った一枚のためにわざわざ購入したということになる。それもなんか青い、ちょっと小洒落た感じのヤツをな。それを見た長野や長野の友だちはこう思ったんだ。天野川はちょっとでもじぶんを良く見せようとしている、と。それでピンときてしまったんだ――これはラヴ――つまり恋だなと」

「いやいや」天野川は首を横にブンブン振った。「ないでしょ。無理ありまくりでしょ。それ」

「知らんよ」と暗黒院。「そう勘違いしたのは長野の友だちだ。べつに私がピンときて〝――これはラヴ――〟とかになっちゃったわけじゃないから」

暗黒院は胸元に指でハートマークを作った。

「ってか、オレも思いましたよ？　ノートの切れ端とかで別にいっか、とか。でもそれを下駄箱のなかに入れたらフツーにゴミと勘違いされて捨てられる可能性とかけっこうあると思ったんですよね。そしたらオレ、放課後の教室で待ちぼうけですよ」

「わざわざ買ったというその行為だよ」普段の三割増しくらいに声を張る。「たしか『棒』だったか。安部公房《あべこうぼう》はこんなことを書いた──」

「〈裁かれぬことが裁きになる〉でしたっけ？」

「お前は恥辱に飢えているモンスターなんだよ」暗黒院は言った。「誰かの記憶に残りたい。誰かの瞳のなかで像を結びたい。どんなかたちであってもお前は他者に存在を認知されたかったんだよな。手っ取り早くそれを満たせるのが恥辱だったわけだ。じぶんがはじめて注目を浴びたのが他人にとってどうしようもなくダサくて恥ずかしい行為だった、しかしお前はそれを快楽として認識してしまい、恥辱を恥辱として認識できない身体になってしまった」

暗黒院は目を細めて天野川を見た。

「オレがそんなに愚かですか？」天野川は突然笑い出した。「いいですね、そのひとを見下した哀れみの表情！　それですよ、それ。それがオレの好きな暗黒院さんです。でもね暗黒院さん、いまアンタが言ったことって全部そっくりそのままじぶんにも返ってくることじゃないスかね？」

「……」

暗黒院は無言のまま、依然として天野川に視線を送り続けていた。

「いまのでハッキリしましたよ。あなたはみんなが中二中二と騒いでバカにする言動のひとつひとつをあたかもまったく恥ずかしくないかのようにしながら、涼しい顔をして他人が後生守り抜きたい秘密を暴き出して、もうなかったことにはできない過去のできごとを黒歴史として記憶に刻みつけるサイコ野郎みたいな振る舞いをしながら、ほんとうはそれがどれだけ恥ずかしいことかを誰よりもわかっているんだ。本当は暗黒院さん、あなたはじぶんがどれだけイタくて恥ずかしい人間なのかをじぶんでわかっていながら、それをずっと拒否し続けて大人になってしまったんだ。あなたのその偽物の右眼がそれを象徴しているんですよ」

「私をいたぶりたいのかい？」

「いえ、これは尊敬ですよ。尊敬と同時に感動しているんですよ。あなたもただの人間だ。ふつうの、特別なことなんて何もない、ごくごく一般的な感受性にメタ認知を何重にも駆使して奇人ぶっている一般人だったんだって。つまりあなたの個性には再現性があって、唯一無二なんかじゃないってことだ。だからオレはあなたになれる。唯一無二の個性を持っていなくても、唯一無二の個性を持っていると思わせることができるんだ。オレ、努力が好きなんですよ」

「ともあれ長野らはお前の手紙を告白予告だと信じ切った」

暗黒院はじぶんの話を続けようとした。

「オレの話は無視ですか？」

「約束の時間、教室の異様な雰囲気にお前は少なからず興奮したはずだ。そしてこれからなにか普通じゃないことが起こるだろうことを察知した。そこで窓際の壁に背をあずけ腕を組んで片目を瞑った普段の三割増しキメポーズをつくり、やってきた長野に言葉を投げかけるでもなく、余裕を湛えた薄笑いを投げかけ折衝を開始した――」

「無駄です！　無駄無駄！　無駄ですよ！」天野川は大声で笑った。見開いた眼はまったく笑っていない、サイコ野郎の笑いかたのテンプレートの表情だった。「どんなに語彙を捻り出したところでオレには効きませんよ！　何をどんだけ食ったらあんなありふれた情景をそんな大袈裟に表現できるんですかねぇ！」

「私は真実を述べているまでだ」

「まぁ、ぶっちゃけ事実っちゃ事実なんですけどね」

天野川がスン……となった。

――いやぁ、ないない、ありえんし

あの日、クラスの注目を一身に集めた全能感からぼくがかんがえたさいきょうのポーズをキメ散らかした天野川は、話を――あだ名事件の真相だ――切り出そうとした瞬間、長野にそう言われたのだった。おそらく天野川との接点があるにはあったからだろうか、本来ならば長野は天野川のようなスクールカースト底辺にすら入れずカーストピラミッドの横に鎮座するスフィンクス的男子を人間扱いしないのだが、きちんと人間ならば理解可能な言葉でじぶんには恋愛関係を結ぶ意思はない旨を簡潔に告げたのだった。冷徹な言いかたではなく、少しの笑いを含んだ冗談はやめてくれと言わんばかりの軽い口調は彼女の優しさで、今後の学校生活とまた訪れるだろう恋愛への再起に目配せした最大公約数的対応だった。

天野川には恋愛という発想が完全に抜け落ちていた。

無論、十徳ナイフをカシャカシャペロペロするところがあるとはいえ、彼もいたって平均的な思春期の男子だった。異性に性的魅力を感じれば相応の衝動だって湧くし、黒陵高校に入学試験をパスした頭脳を駆使して創意を凝らしたやりかたで出すものも出す。しかし、いまはそのときじゃない。真相を解き明かし、彼女の悪意を白日のもとに曝しあげ、泣きながらに平伏し赦しを乞い懺悔《ざんげ》する彼女の姿を見たかった。気配を隠そうともしないクラスメイトたちが長野の声をトリガーにざわめきたてるなか、天野川はなにをやってもじぶんの思い描いた展開にはどうやらならないとは理解した。めちゃくちゃ汗が出てきた。脇とかもうなんかすごいことになっていた。ちゃんと経緯を時系列に沿ってきちんと説明しなければならない。なんとか理性を保ちながら、あだ名事件の話をしようとした。

──いや、オレが話したいのは、あや……

──天野川！

そのときだった。

──こんな女じゃなくてわたしと付き合ってよ

廊下のひとだかりから背の低い翠色の左眼を持つ少女が躍り出た。

「小鳥遊が突然、お前に告白したんだったよな」

「やっぱりそれも知っていたんですね」うつむいた天野川がぽつりとこぼした。「まあ、知らないワケがないか……」

「小鳥遊はお前が好きだったわけではない」

「そんなのわかってますよ」

天野川は天を仰いだ。

「一ミリもお前のことは好きじゃなかった」

「そこ繰り返さなくてもよくないですか？」

天野川はふつうに嫌な気分になった。

「天野川……お前は本当にわかっているのか？」

小鳥遊のことを、と暗黒院は言った。

「アイツが優しいから……でしょう？」

「ダメだな」暗黒院が笑った。露骨に蔑む笑いだった。「分析の解像度が粗すぎる。抽象次元での正解にとどまって具体的領域に踏み込もうとしていない時点でお前は私にはなれない。分析の解像度を上げようとしないのは技術の問題じゃない。それは真実を知ることでじぶんが傷ついてしまう可能性を遠ざけておきたい心の弱さだ。他人を傷つけるのは厭わないがじぶんだけは傷つきたくないという卑屈さがお前にはある。そういうヤツは探偵にはなれない。何度生まれ変わってもお前が私になれる世界線にはたどり着けない」

「言うじゃないですか」

「そういう仕事だからな」

「高校生の心をへし折る仕事とは立派なものですね」天野川は項垂れながら両手をだらんと垂らす、格ゲーの主人公キャラが闇落ちしたみたいなポーズをとった。「安心してください。オレはなにも感じませんから。どうぞ、続けてください」

「小鳥遊が守りたかったのはお前なんかじゃない。綾野であり、長野であり、相生だった。あのあだ名事件は探偵が謎を解こうとすることによって架空の加害が実現する仕組みになっていたからな。小鳥遊はあの事件に関してなにもしたくなかった。なにもしないためにとっさに思いついたのが、あの場でお前に告白することだったんだよ」

項垂れる天野川の両手が振り子のように緩慢に揺れ、くぐもった嗤いが地の底から湧き上がるように教室の空気に溶け込んでいった。

「ねぇ暗黒院さん、ひとつ訊いてもいいですか？」強まる天野川の笑いが輪郭を帯びた。「暗黒院さん、この学校のだれかと内通していますよね？　二年前から、小鳥遊以外のだれかと」

沈黙。

「回答なし、ですか。ならもうひとつ訊きますね」

「好きにしろ」

「ではお言葉に甘えて」嗤いを嚙み殺しながら天野川は言った。「あなたはひとを殺したいと思ったことがありますか？」

「愚問だな」暗黒院は即答した。「あるに決まっているだろ」

6

「二年前……」長い沈黙を経て、相生葵はゆっくりと語りはじめた。「天野川くんがてふてふ……じゃなかった長野さんを教室に呼び出したことがありました……。下駄箱のなかに入っていた手紙はあっという間にクラス中の噂になって……みんな告白だっておもしろがって放課後の教室に張り込んで、長野さんは天野川くんがしゃべりだす前にフッたと思ったら、小鳥遊さんが突然現れて、天野川くんに告白したってことがあったんです」

一言単位で間違えるのを過剰に警戒した口調だったが言葉が出るほどにアクセルがかかっていった。聖山はじっと彼女の声に耳を傾けていた。彼女は嘘をつかない。隠しもしない。それはわかっている。単になにを話せばいいのかがわからず、話すべきことがあるとしてもその話しかたがわからないだけだ。痺《しび》れを切らした花隈が質問を投げかけようとするが、彼女の初動を察知した聖山が目力でそれを制す。

定まらない視点は緊張と戸惑いからくるもので、それを解いてやるにはじぶん自身が語りのペースをつかむのがよい。そのためにすべきことはなにもしない。妙な相槌や質問出しは語り手のペースを乱すノイズにしかならないのだ。

「でも天野川くんがしたかった話って告白じゃなかったんですよ。たぶん、天野川くんって、てふ……長野さんのこと別に好きじゃなかったと思いますし。だってどう見ても小鳥遊さんのことが好きっぽかったですし。あっ、ちがう。そんなことより、わたしたち、天野川くんたちの〈探偵部〉にお願いをしていたんですよ。わたしたち、っていうよりは長野さんかな、なんか綾……綾野さんにへんなあだ名がつけられているとかなんとかで、誰がそんなことを言い出したのか調べてもらうことになってたんです。だから天野川くんが長野さんに話したかったことってそれだったはずなんです。はず、というより、それが一番しっくりくるというか……」

事件からまだ遠い、と聖山は思った。しそうになった歯軋りをなんとか堪える。無駄な音を立ててはならない。聞きたいのはその話じゃないと思われてはせっかく整い出したリズムがまたぐちゃぐちゃになってしまう。花隈が手帳にペンを走らせる乾いた音が取り調べに使っている教室内にやたら大きく響いている。

「でも綾野さんの噂って、実は長野さんがじぶんで作ったものだったんです。本人に確かめたわけじゃないんですけど、変なあだ名があったのだったらわたしが気づいてないわけないですし、それに長野さんが綾野さんに小さな嫌がらせをするのはありえない話じゃなかったですし」

ここだ。聖山が動く。

「ありえない話じゃなかった」

単純な鸚鵡《おうむ》返し。

「長野さんはちょっと嫉妬深い？　っていうのかな、そういうところがあって、じぶんが他人よりも優位に立てていない状況を察知するとストレスを感じてしまうっぽくて。それを溜めておくのができないのか、ちょいちょい小さな嫌がらせをして吐き出しているようでした……なんか死んじゃった友だちの」死んじゃった、と口にした瞬間、相生の眼から大粒の涙がぽろぽろとこぼれ落ちた。「すみません、友だちの悪口を言っているみたいで、自己嫌悪しちゃいますね」

「たとえばどんなことがありましたか？」

花隈が機械的な質問をした。

及第点の対応、と聖山は胸を撫で下ろす。ここで、君の発言が事件解決につながるかもしれないんだ、などの慰めのテンプレートワードを使うのはあまり良くない。下手に人情で寄り添うよりは、心情に触れない方がずっといい。嘘はバレる。嘘ではなく、心から慰めたいと思っていたとしてもこちらが職務上の都合で接している赤の他人である以上、本当の気持ちとして受け取ってはもらえない。こうした感情の真偽は発信側ではなく受取手によって決定されるのを聖山はこれまでの人生のなかで嫌というほど経験してきた。

「わたし、もともと長野さんと仲良くできるようなタイプじゃなかったんです。長野さんは学校でも派手なグループが定位置だったけど、入学したてのころにちょっとした事件があって、それがきっかけで仲良くなりました。そのときは彼女がわたしに気を遣ってくれているのかな、と思っていたんですけれど、どうもおなじクラスにいるわたしの幼馴染の子のことが好きだったみたいで、きっかけづくりのためにわたしと仲良くしはじめたんだとすぐにわかりました。ぶっちゃけ嫌な気分になりました。でもそれを面と向かって言う度胸なんてないし、言ったとしてクラスでの立場が悪くなるだけっぽいから考えないようにはしていたんですけれど、それでもこの子を渉くんと引合わせることだけは絶対したくないみたいな、そういうマインドはめちゃくちゃありました。でもそういうのって、やっぱりバレるんです。長野さんは表向きはやさしかった。でも、わたしのことをイジりっぽい感じで陰キャって呼ぶことが増えました。やっぱりそういうのって言われていい気分はしなくて、別に大したことだとはわたしだって思っていないというか、そういうことを気にするような人間だって思われたくないじゃないですか。だから嫌なことを嫌だって、彼女に伝えることはしなかったしできなかった。たぶん長野さん、それをわかっていたんだと思います。気にしたら負けみたいな、そういうコミュニケーションの隙間を狙って腹いせをするのが上手だった。……なんだろう、わたしって、てふてふのこと嫌いだったのかな？　死んじゃって最初に出てくるてふてふの思い出がこんなくだらないジメジメしたものだなんて、本当に終わってる。わたし、終わってる……」

「あなたの幼馴染というのは、サッカー部の渡辺渉くんでいいかい？」

花隈の質問に相生は咽び泣きながら頷いた。

「長野さんと君の関係性は当時からずっと、表面上は問題ないように見えて裏でギスギスしたものがあった？」

聖山の質問に相生は大きく首を振る。

「いえ。長野さんは熱し易《やす》く冷め易いというか、脈がなかったらすぐに次に行っちゃう感じだったので、夏休みになる前にはもう渉くん以外の子と付き合いはじめて、それからは変なイジリとかなくなっていました。当時はもう用済みのわたしと関わるのもこれでなくなるのかな、なんて思っていましたけど、全然そんなことなくて。てふては……長野さんは一度仲良くなった子とはずっと仲良くしたいひとでした。そして友だちが多いほうではないわたしのことを気にしていたんだと思います。もし長野さんがわたしに話しかけるのをやめてしまったら、わたしがクラスで浮いちゃうかもしれないって思っていたのかも。実際、そうだったと思います。……それに一度だけ、訊いてみたことがあるんです。どうしてわたしなんかと仲良くしてくれるのって」

「そうしたら？」

ここまで喋るようになれば相槌が効果的だ。

「友だちが友だちと仲良くするのに意味なんてないよって……」

相生はまた泣いた。声を上げ、まわりに他人がいるのも憚《はばか》らずに泣いた。それを見て花隈は痛ましい表情を一瞬だけかすかに浮かべた。聖山はそれを無表情に眺めていた。面の皮一枚は。

聖山はこうした場面に立ち会うのはもう慣れてしまっている。慣れとは差異の検出の怠慢、つまり人を固有の誰かとして認識するのをはなからやめているということだ。それは傷ついた人間のための行為ではなく、純粋にじぶん自身のため。疲れないため。悲しみの感染から身を守るため。こんなわかりきったことをわざわざ考える必要はない。考えることで職業上の義務を隠れ蓑にした自らの加害性を自覚するだけだ。他者の心を斬りつける刃の矛先をじぶんに向けてみたところで、そもそもそれは両刃なのだから。しかし彼はじぶんがじぶんの加害性で傷つくプロセスを省略してはならないと決めていた。そうでなければならないと信じていた。そう信じ続けなければならないと信じていた。

「長野蝶は嫉妬深いところがあったが、友人想いのコミュニケーション能力に長けた高校生だった」確認するように聖山が言う。反応は返ってこない。返ってこないのを確認して続ける。「その綾野綾のあだ名についての出来事だが、その嫌がらせの犯人は本当に長野だったのか？」

「わたしが確認をとったわけではありません。そう聞かされました」

なんとか嗚咽を抑え込み、相生は顔を上げた。目が真っ赤に腫れていた。

「誰から？」

「探偵さんです」

「その探偵というのは」手帳に滑らせていた花隈のペンが止まる。そして彼女は相生の真っ赤な目を真っ直ぐ見つめる。「白でしたか？　それとも黒でしたか？」

「……黒です」

「あの野郎……」

聖山は思わず頭を抱えた。

「Twitter でいきなりＤＭが……」

相生が言うに、黒い探偵――暗黒院真実――は綾野のあだ名事件を調べているなか、相生の趣味アカウントが当事者の同級生のものであることを特定したとのことだった。そして同時に、彼はその事件が〈探偵部〉に依頼した長野による狂言であるとすでに目星をつけていた。この事件に関しての情報提供をお願いしたいと、謝礼付きのコンタクトがあったと彼女は語った。

「わたしが教えたのは、渉くんが綾野さんのことを好きでわたしによく相談していたことでした」

「なるほど……」聖山は言った。「逆に長野蝶はそのことを知っていたのかい？」

「知っていたようです。暗黒院さんから聞いたのですが……」

なんでアイツのほうが赤の他人の女子高生の恋愛事情に詳しいんだよ！　と叫びそうになったがどうにか堪えた。

「ま、どうせSNSアカウントの鍵破りでもしたんだろ」

「そうらしいですね。わたしもそれを聞いたとき、SNS界のルパンかと思いました」

「つまり――」花隈が咳払いをした。「黒猫殺害、田中友治襲撃事件、そして長野蝶殺害事件に関わり深い人間は全員、二年前の事件にも関与しているということになりますね」

「田中って……？」

相生が首を傾げた。

「暗黒院のことだよ。田中友治だ」

「なんかめっちゃいい感じに優しい名前ですね……反暗黒院の極北……」

さっきまで友だちが死んで悲しくて泣いていたのに、と聖山は少し引っかかるものがあった。いくら現実感が追いつかないとしても、このタイミングで暗黒院イジりをできるマインドが彼にはよくわからなかった。

「暗黒院とのやりとりはそのときだけか？」

「……継続的にお金を貰って、学校のことを教えてました」

「学校のこと？」

「小鳥遊さんだけでは集めきれない情報を得るための保険、らしいです」

「なんのために？」

「そこまでは……」

聖山は宙を仰いだ。煙草が吸いたくなったが、学校の敷地内は禁煙だ。

「もがな」

「なんでしょう？」

「暗黒院から目を離すな」聖山は低い声で言った。「もしかしたらこの事件、大変な展開になるかもしれない」

7

口に出された言葉の力。

暗黒院や一、そして白日院は言葉の力を信じている。小鳥遊にはそう感じられた。口に出された言葉や、口に出されずともなんらかの想念が言語という体型に組み込まれることによって、それが現実のものになってしまうような感覚を。この世に存在しえなかったはずのもの、この世界での生活とは無限といえるほど遠いところにあったはずのものを呼び寄せてしまう力に彼女は恐怖に近いものを抱いていた。たとえそれが虚構から喚起されたものであったとしても、この世に現れた瞬間に真実としか呼びようのない絶対的なありかたをするそれを、彼女には暴力とどう区別すれば良いのかわからない。

校門で別れた白日院の背中を見つめながら小鳥遊の身体は震えていた。この身体の奥深く、魂の居所とも言うべき場所を震源にした冷たい波動。オカルトの類を一切信じないはずなのにどうしてそんなことを考えてしまうのか、小鳥遊はじぶんでもわからずにいた。

——小説家っていう生き物は、すべての言葉を真に受けている

「なにか良いことわかったかい？」

肩を叩かれる。振り向くと不意に思い出した言葉の著作権保持者だった。

「ゼロじゃないんですけど、あんまり前に進んだ気はしないですね」

白日院がもうだいたい解けているらしいことはなんとなく言わないでおいた。

「そう。で、これからどこへ？」

「殺人現場のプールをちょっと見てみようかと」

「奇遇だね。妾もだよ。ちなみに暗黒院は？」

「さぁ……わかんないですけど、たぶん学校にはいるんじゃないですかね」

「どうせ涼しい場所でスマホいじってるんだろうな」

「一さんは何かわかりました？」

「何も」一は首を振る。「というか小鳥遊ちゃん、いまなにか面倒くさいことを考えていたでしょ？」

「そういうことはなんでもわかっちゃうんですね」

「そういう商売だから」

そういう商売じゃないだろうなと思いながら、小鳥遊は目を閉じた。

「推理って、いったい何なんですかね」

ずっと気になっていたことが、やっと言葉のかたちになってくれた。探偵が推理によって見つけ出す真実とは、果たして本当に現実そのものなのだろうか？　フィクションのなかでも現実の世界でも、探偵たちの饒舌はすでに起こった出来事を掘り当てるという感じはどうもしっくりこない。むしろ探偵の淀みない思弁が未だ手付かずの事象を切り開いていくとしたほうが小鳥遊の感覚にはしっくりと合う。

「じぶんでも推理してるじゃないか」

小鳥遊を試すように一は言う。

「一さんはいつもそうですね。わたしがなにをどう感じているか、そしてそこにどんな違和感があるか、全部わかっていてそう訊いてくるの、実は最初すごい嫌味なひとなんだなって思っていました。その話法って小説家のスキルなんですか？」

「おなじだと思っているんでしょ」一はすぐに答えた。「探偵の推理も、小説家の思弁も、どっちもおなじ想像力を使っているんじゃないかな」

「おなじ想像力？」

「探偵も小説家も、言葉で世界を切り拓《ひら》いていくのさ。それは現在を始点に未来と過去の区別なく文脈が放たれる未開の地だ。探偵や小説家の思弁が現実に到来することでそれが本当にこの世界の出来事になる。推理以前には存在しなかった過去や未来が事実という結晶を生み出して、その結晶の輝きにわたしたちは真実を幻視する。みんなでバカみたいに信じるという野蛮な検証でしか実在を確認できない、頼りない光を」一は言う。「そういう想像力さ」

小鳥遊にはそれがどういうものかを論理的な方法を使ってより高い解像度で理解する手立てがなかった。理解への道の途中に大きな溝があり、それを跳躍する脚力もそこに橋をかける技術も彼女にはなかった。一方で、どこまでも抽象的で詐欺まがいの詩的言語を纏った一の言う想像力に心当たりがないわけではない。

——貴女はいま、本当の貴女になろうとしているからじぶんの手に負えないものを憎むことしかできないのです

あの廃墟で白日院に断定された言葉が、ずっと頭のなかで響き続けている。

——そのためには最後の最後まで、徹底的に憎しみを憎しみ抜くのです

憎しみの対象ではなくて、憎しむ心それ自体への憎しみ。わたしは母を、親を、生まれを本当に憎しんでいるのだろうか？　憎しむことで得られることなんてなにもないのはわかっている。それだけにいま抱いているじぶんでは変えられないものたちへのすべての憎しみが、本当にみずからの意志による憎しみなのかわからない。

「この名前と、この目」小鳥遊は左目を指差しながら一に問う。「嫌なことがあるたびに、わたしはこれらのせいにしてきたんです。ひととちがう人生なんて嫌だったって。人生なんていうほどだいそれたものじゃないかもで、大人からすればわたしの人生なんてまだはじまってすらいないかもしれないんだけれど、少なくともわたしはいまじぶんが生きてきた人生をとても恥ずかしく思ってしまう。だけどそれさえも、じぶんの意思でそう思っているのかすらわからない。他人が、クラスメイトが、探偵が、小説家が、わたしの人生を断定的に語ることで、わたしの人生がまるではじめからそうだったみたいに感じてしまうことがあるんです。いま現在のわたしに降り注ぐ言葉のひとつひとつがわたしの過去と未来を変え続けているような落ち着かなさに、わたしはどんな言葉で向き合えばいいのかもうわからないんです」

「小鳥遊ちゃんはわたしたち他者の言葉による加害を告発したいのかい？」

「そうかもしれない」小鳥遊は自嘲的に笑った。「だって他人のせいにできれば楽じゃないですか」

「安心しな、小鳥遊ちゃん。過去は変えられない。誰にもね。君が見える未来を手繰り寄せられるのは君だけだ」一は小鳥遊の顎をそっと手で持ち上げ、吐息のかかる距離まで顔を寄せた。

「わたしたちの言葉は君に見えてない過去と未来からやってきた。過去も未来もひとつだけじゃない」

「見えるのはわたしの見た目とか特徴から勝手に押しつけられた他人の妄想ばっかりです」

「黒歴史って言ったほうが馴染み深いかい？」

「ですね。それも捏造《ねつぞう》されたタチの悪い黒歴史です」

一は手を下ろし、小鳥遊から顔を離す。

「探偵と小説家は似ているかもしれないけど、ひとつだけ決定的にちがうものがある。あらゆるイエス・ノーを回避し、二項対立を拒否して、結論を無限に遅延させるのが小説家の言葉なんだ。わたしたち小説家は、解けない問題、解いてはいけない謎を、解き続けながら解くことを保留し続ける。他者の声に耳を傾け、寄り添いながらね」

「まるで詐欺師ですね」小鳥遊は言った。「それもとびきり無責任な」

「責任感の強い詐欺師なんていないよ」一が噴き出した。「小説家も探偵も死ぬほどたくさんいる。いまのは忘れてくれて大丈夫だよ。そういう物語を、わたしがただ書いてみたいだけの話だから」

「新作、楽しみにしてますね」

一は小鳥遊に背を向け歩き出した。

「急ごう。妾たちがいま追うのは探偵や小説家じゃない。犯人だ」

屋内プールに着く。立ち入り禁止の黄色と黒のテープをナチュラルにくぐろうとすると制服を着た警官に止められるも、その様子を見ていた聖山が説明し、通してくれる。関係者的なＩＤカードとか作って欲しいなと思うけど、現在の立場にあぐらをかくみたいで小鳥遊はまだ言えない。じぶんを客観的に見たとき、どう考えても大人をアゴでこき使っている子どもになってしまい、それが嫌だった。聖山は、すまんな、とひとこと言った。謝罪なんていう大それたものではなく、コミュニケーションの隙間を埋めるためだけに発せられた声だ。

「にしても、たいそうなプールだな」聖山は建物内を見回す。「競泳仕様で五〇メートルの屋内プールなんて田舎の公立高校出身の身としては意味がわからん」

「たしかにね」一は同意した。「さすが文武両道の名門校って感じがある」

「運動部はいうほど強くないですけどね」と小鳥遊。「水泳部はむかし強かったらしいですけど」

「なんかいかにもボンボンが通いそうな学校って臭いがする。それで毎年三十人くらい東大に合格してんだろ？　俺の高校なんてそんなヤツ、十年に一人いるかいないかってところだった」

　ケッと唾を吐き捨てるポーズをして、聖山は悪態をついた。

　事件現場には警察のひとがパッと見ただけでは数えられないくらいはいて、だだっ広い屋内プールのあちこちでしゃがみ込んでなにかをしているようだった。沈められていた長野の遺体や画鋲やらはもう回収されているとのこと。

「そういえば死体発見時の様子ってどうでしたか？」

「写真、見るか？」

　小鳥遊は一瞬ためらうも、意を決してうなずく。

「お願いします」

　聖山のデジカメを小鳥遊と一は覗き込んだ。長野の遺体だ。聖山は小鳥遊を慮《おもんぱか》ってか顔が写っていない画像を選んでいた。

「画鋲……制服にいっぱい刺さってますけど、これ肌には刺さってないんですか？」

「刺さってない。外傷は一切なくて、気絶しているところをプールに沈められたようだな」

「さっきも言ったけど、どうしてわざわざプールの真ん中に沈めたんですかね？」

「それに鍵もプールに沈んでいたんだろ？」と一。「それも密室だ。密室殺人なら自殺に見せかけるのがセオリーであるはず。そのわりには現場は他殺っぽい演出がなされているのも気になる」

「自殺の線も調べてはいる」

「ってか、長野さんのご家族は娘が帰ってこないのを気にしなかったんですかね？」

「長野はこの日、相生の家に泊まることになっていたらしい」と聖山。「さっき相生を取り調べたんだが、LINEでこの日は相生の家に泊まっていることにしておいて欲しいと長野から連絡を受けたそうだ。こういうのは度々あって、どうも長野が男と会うときのアリバイ作りは普段からやっていたそうだ。LINEがきた時刻は十八時十三分」

　聖山はデジカメで遺留品の画像を選択する。iPhoneもそのなかにあった。

「ってか、そのLINEってじぶんで送ったんですかね？」と、小鳥遊。「iPhoneのロックって顔認証で開けられるから、気絶させた犯人がLINEを送ったのかも」

「寝たり気絶したり、意識のない人間では基本的に顔認証をパスできない」一が言った。「顔認証のデフォルト設定では画面を注視する必要がある。設定をちょっとイジれば寝顔認証もできるけれど、わざわざそんな設定をする理由ってないだろ？」

「なるほど……」と小鳥遊。

「で、」呆れからため息をこぼす聖山。「長野のLINEが犯人によるものだとしたら、そのとき長野はもう気絶しているはずだろ？」一が言った。「そのまま犯人は長野をいつだって殺せたはずだが、死亡推定時刻とは開きがあるよな？」

「ああ」聖山がカメラとは反対の手で胸ポケットにある手帳を取り出す。片手でバッと慣れた手つきで開いた。「昨夜二十二時から二十四時だな」

「溺死させるにしてもそこまで時間はかからないだろう。長野を気絶させてから殺すまでの空白の四時間があるってわけだ」

「そもそもなんですけど」と小鳥遊。「相生さんにLINEを送ったのって犯人なんですかね？

じぶんで送った可能性もふつうにあるじゃないですか？」

「相生は長野が本当は誰と会うか知っていたのか？」

「取り調べでは知らないと言っていた」

聖山が説明する。長野は恋多き女で、彼氏なんて一ヶ月でコロコロ変わっていた。だから相生は次第に誰と会うのかをいちいち聞かなくなっていったとのこと。

それを聞きながらう〜んと唸っていた小鳥遊だが、すぐにそうか！　と手をポンと叩く。

「じぶんで疑問出ししてなんですけど、ふつうにですね、ひとと会う約束をして、それからそのアリバイ確保を別のひとに頼むなら、LINE は少なくとも三人に送ってるはずじゃないですか？相生さんと、家族と、それから会う約束をした本人」

「それなら長野の LINE のログを調べればすぐわかるな」

聖山は誰かに電話をかけた。事件当日の長野の LINE のログについて別の担当者に訊き、三十秒ほどで、そうか、と彼は電話を切る。最後はありがとうで会話を終われよと小鳥遊は思った。

「事件当日の夜について、母親と相生以外には誰にも連絡していないそうだ」

「じゃあ犯人が LINE したってことで決まりですかね？」

「いや」一が言った。「オンラインで連絡を取り合ったとも言い切れんだろう。長野がじぶんで LINE を送ったとしたら、その人物はそのとき彼女の目の前にいた。つまり、彼女と会う約束をしていた人間が長野を殺したということになる」

「それなら容疑者をある程度絞れそうだな」聖山が言った。「長野がわざわざ夜に家族に内緒で会う時間を作るような人間……つまり彼女と男女仲にあった人間の話を聞く必要がありそうだ」

聖山はふたたび電話をかけた。また、ありがとう、を言わずに切り、その数秒後、彼のスマホに直近一年に長野とLINEで連絡を取り合った男のリストが送られてきた。

「このなかで知っているヤツいるか?」

小鳥遊は聖山からスマホを受け取る。下に五回ほどスクロールしないといけないくらい長いリストだった。てか、名前に見覚えがありすぎる。

「ウチの学校の男子のほとんどじゃないすか、コレ」同学年の生徒の名前を全員知っているわけではないが、見ればそんなヤツいたな……という名前がズラリと並んでいる。人間関係が希薄なじぶんですら知ってるヤツらばっかと思うのだから、おそらく学校の男子の多くが長野に味見されているということになるのか?「てか十徳ボーイズもいるじゃん」

「十徳ボーイズ?」と聖山。

「一年のときのクラスメイトで十徳ナイフをペロペロ舐めていた男子たちなんですが、そういえばもう誰も十徳ナイフ舐めていないですね……」

「小鳥遊ちゃん、彼らは同時に十徳ナイフを舐めなくなったのか? それともひとりずつ舐めなくなったのか?」

「そんなことまでわかんないっすよ。天野川以外にあと四人ペロペロしてるヤツらがいましたけど、みんな二年からクラス違うし。でもたぶん、ひとりずつじゃないかなぁ。一年の終わりくらい、アイツらのうちひとりが急にツーブロックになって、それから十徳ボーイズのクラスターを教室で見なくなった気がする。それからなんか、教室にツーブロックの男子が増えるみたいな現象が起こったんですよ」

「なるほどね……」一は腕を組んだ。「つまり、長野と関係を持った男子は、関係を持った順にツーブロックになっていったのだろう。男子なんて、童貞を卒業した途端に自己肯定感が爆発して急にイキリ出す生物だからな」

「つまり犯人はこの学校の男子でツーブロックの人間ってことですか……!?」

「そんなことあってたまるか」

聖山が静かに、そしてドスを利かせた低い声で言った。

「でも気になる人間もいるっちゃいますね……」小鳥遊はリストに目を落としながら言う。「相生さんの幼馴染の渡辺渉くんと、うわ、天野川もいるじゃん……それから……」

目に飛び込んできた文字列に小鳥遊は声を失う。

そこには〈田中友治〉の名前があった。

「密室なんだけど」一が言う。「さっき花隈ちゃんが見せてくれたここの見取り図はあるか？」

「あるぞ。いま送る」

聖山はLINEでふたりに発見時の室内プール見取り図を共有した。

「出入り口は扉がひとつだけ、そして鍵はプールに沈んでいて、あとひとつは職員室の鍵入れってことか……」一は見取り図を注視しながら小鳥遊に訊く。「窓って出入りに使えるの？」

「無理じゃないすかね？　引き戸じゃなくて回転式？　みたいな感じで、ほんのちょっとしか回らないですし。五度とか一〇度とかそのくらいで、それでできる隙間なんて腕が入るくらい」

窓は曇りガラスで小鳥遊の肩くらいを底辺に縦一メートル、横七〇センチメートルほどのものが飛び込み台とその反対側の壁についている。

「じゃあその下のコレは？」

一は足元にある通気口を指差した。高さ三〇センチメートル、幅四〇センチメートルほどで、鉄柵が三本はめられたそれは、窓と同様に壁に沿って等間隔に並んでいる。

「どう見てもひとが通るのは無理じゃないですか」

「鉄柵が取り外せたらできなくはなさそうじゃない？」

「やったことないんでわかりませんね」

「アレは外れんぞ」聖山が言った。「窓と通気口からの脱出の可能性は最初に調べたが物理的に不可能だ。鉄柵も取り外せない」

「そっか〜」小鳥遊は肩で息をついた。「あと気になるといえばスマホと鍵の位置ですね。ほら、遺体からけっこう離れているじゃないですか。これが引っかかるんだよなぁ」

「そうか？」

聖山が訊ねる横で一は、なるほど、とつぶやいた。

「長野さんが何者かに殺されたとして、その犯人がここを密室にしたい、あるいは自殺に見せかけたいとしたら鍵は長野さんのスカートのポケットに入ってるとか、彼女が持っているかたちにした方が自然だと思うんですよね。でもそうしなかったってことはなにか理由がある気がする」

「しなかったのではなく、できなかった」一が言う。「その流れでいえば、長野が自殺という線もかなり薄くなってきた」

「そうなのか？」

「だって理由がないじゃないですか、あそこに鍵がある理由が」

「最後の腹いせでプールに投げ入れたんじゃないか？」

「まあ……なくはないけど……」

小鳥遊の歯切れが悪くなる。

「鍵とスマホはあるべくしてあそこにあるんだよ」一が言った。「鍵とスマホは重なるようにピッタリとおなじ場所に沈んでいた。それって妙じゃないか？　鍵とスマホは重さもかたちもまるでちがう。つまり、おなじように投げてもおなじところに落ちてはくれない。ってことは、あそこに狙って落としたか、あそこに落ちるように落とされたかのどちらかだ。長野が気分で投げ捨てたらああはならないよ。それよりも長野を殺した犯人が、密室を作るためにあそこに鍵とスマホを沈めたと考えるほうが自然だ」

「なるほど。筋が通っているな」聖山が問う。「他になんかあるか？」

「そうですね……」小鳥遊は続けた。「自殺じゃないなら、犯行を終えた犯人が鍵をかけて、外からあそこに投げ入れたってことでしょ？　それなら密室殺人にはならないはず」

「それは検討済みだな」聖山は窓際まで移動し、窓べりに取り付けられていた鍵をパチンと弾いた。横に捻るタイプだ。そして力を込めて窓を開けてみせる。「さっきも言った通り、この窓は回転式でしかもわずかな隙間しかできない。鍵はもちろん通るが、この隙間からプールのあの位置に投げ込むのは物理的に不可能だ。かなりの距離を投げないといけないし、それだけ投げられたとしても、あそこに達する軌道にはならない。窓にはすべて鍵がかかっていたしな」

小鳥遊は聖山が開いた窓に駆け寄り、開いた狭い隙間をまじまじと見る。見たからといって何かわかるわけでもないのはじぶんでもわかってはいるが、そうせずにはいられなかった。

「できるだろ」一が口を開いた。「古典的なトリックだが、糸が二本あればなんのことはない」

「糸、か」聖山は頷いた。「ミステリ界の附子《ぶす》だな。教科書に載るレベルの古典芸能だ」

「犯人は長野を殺したあと、飛び込み台とは反対側の窓と、反対側の通気口を糸でつなぐ。あと窓の鍵の取手に別の糸をくくりつけ、その斜め下くらいにある通気口に通して外から引っ張れるようにしておく。そして外から鍵をかけ、プールの上を通るように張っておいた糸を使ってスルスルッと鍵とスマホを滑らせ、適当な位置で糸を切ればプールに落ちる。最後にもう一本の糸を使って窓の鍵を閉める」

「うーん、なるほど……たしかにそれで密室問題は解決ですね……」

「小鳥遊ちゃん、なんだか不満そうだね」

「不満ってことはないんですけど……」小鳥遊は考える。この密室、簡単すぎない？　長野の殺害が目的ならば、他にわざわざ大掛かりな手間をかけまくっているわりに、こんなの割に合わない。もしかして、これは解かれることが前提の謎だったんじゃないか——小鳥遊にはそんな気がしてならなかった。「いや、ちょっと考えがまとまらないッスね。違和感的なのはあるにはあるんですけど、まだうまく説明はできないッス」

「なら次はアリバイだな……」聖山が話を進める。「長野が他殺という線でいくと、その犯人は十八時十三分時点で彼女の目の前にいた。そしておよそ四時間後に彼女をこのプールに沈め、画鋲をばら撒き、〈冬〉の字を書いて、先のトリックを使って密室を作った。つまり、犯人は十八時頃から二十二時、あるいは二十四時くらいまでの約六時間のアリバイがない人間だ」

「十八時頃のアリバイは参考にならん可能性がある」一が言った。「四時間もあったんだ。いったん別れて二十二時頃にまた会った可能性も否定できない」

「うーん、それは不自然な気もしますね。長野さんって、相生さんにアリバイ作ってもらうときは男の子とイチャコラするんでしょ？　できるだけ長くいたいって思うもんじゃないですか？」

「ほう……」一がうっすらとニヤついた。「小鳥遊ちゃん、乙女だねぇ」

「一般論です」小鳥遊はそう言い返すと聖山に訊ねた。「で、その空白の四時間で長野さんと接触したひとっているんですか？」

「いまのところいない。水泳部の練習が終わった十七時が最後の目撃例だな」

「長野とLINEした経験のある男で、十八時から六時間アリバイがない人間はいるのか？」

続け様に今度は一が聖山に訊ねるが、彼は言葉なく首を横に振る。

「なにせ、あの男以外は全員高校生だからな。だいたい家にいて、外出していたとしても塾に行っていたり、友だちと一緒だったりだ。まだ調べ切れてはいないが……」

と言ったところで聖山に電話が入る。失礼、と小さく断り彼は電話に出た。三十秒ほどのやりとりが終わり、そうか、と言って電話を切る。

「さっきから気になっていたんですが」小鳥遊はいった。「ありがとう、とか、お疲れ様、くらいは言えたほうがいいと思いますよ。まぁ、田中さんもそういうとこあるんですけど」

聖山が舌打ちをした。イラッとした弾みで小鳥遊の悪態が連射する。

「それでそれで？」一が手をパンパン打ち鳴らした。「いまの電話は？」

「ああ、十八時から二十四時のアリバイがない男子生徒がひとりいたとのことだ」

「マジすか。だれだれ？」

「渡辺渉。相生葵の幼馴染だ」聖山は彼の名前を手帳に書き込んだ。「すまん、ちょっと出る」

「渡辺くんのとこに？」

「ああ。まだわからんが、今の話のなかで一番犯人の条件を満たしている人間だからな。早めに会っておこうと」

そう言って聖山はその場を去った。

「うーん……」

どうも腑に落ちず、小鳥遊は首を捻る。

「どうした小鳥遊ちゃん」一が言う。「首がえらいことになっているけど」

「渡辺くんのアリバイがないことは別に驚かないんですよ。だってめちゃめちゃ容疑者いるんですよ？　全員にアリバイがある方が奇跡みたいな感じあるじゃないですか」

「そういえばそうなるけどね。でもそれじゃあキリがない」

「〈春夏秋冬〉の赤文字とか、嫌がらせみたいに執拗にばら撒かれた画鋲とか、それで密室工作なんてことをいちいちしたわりに、じぶんのアリバイがないとかおかしすぎると思うんですよ。だから渡辺くんはたぶんシロです」

「ミステリ小説だとそうなるね」一は言った。「でも現実はすべての伏線を回収する必要なんてない。彼が犯人でも妾は問題ないけどね」

「問題ない、ですか」妙な言い回しだなと小鳥遊は思った。「ってか、天下の夏目賞作家の一さんがそんなことを言うなんて意外ですね」

「意外、とは？」

「現実的すぎるんですよ。たしかに鋭くて、理にかなったことを言っているんですけど、なんというか……」適当な言葉が思いつかない。「言っていることがおもしろくないというか……」

「そうかな？　別にふつうじゃない？」

「なにかありました？」

「なにか、とは？」

一の目つきが突然鋭くなった。

「いえ、なんでもありません」

「今日はもう帰るよ」一は出口の方へとスタスタと歩いていく。「原稿の締め切りも近いしね」

小鳥遊は彼女の背中を見送りながら、お疲れ様です、と呟いた。しかしその声はか細く、小鳥遊本人の耳にさえ届いていなかった。

8

小鳥遊はひとり中庭のベンチに腰を下ろした。違和感の断片が〈なぜ〉という言葉を形作って脳裏に浮かび上がり、コツコツと頭蓋骨を内側から叩いて問いかけてくる。

――なぜ犯人は長野と会ってから四時間も彼女を殺さなかったのだろうか？

――なぜ死体はプールの真ん中に沈んでいたのか？

――なぜ黒猫を殺してまで〈春夏秋冬〉の文字を現場に残したのだろうか？

――なぜ暗黒院は犯人に襲撃されたのだろうか？

――なぜ長野は殺されなければならなかったのだろうか？

最後の〈なぜ〉のせいで、小鳥遊は思い出したくもないことを思い出してしまった。長野に一方的にフラれようとしていた天野川に、衝動的な告白をしたこと。正真正銘の黒歴史だ。たとえ天野川に一ミリも恋愛感情を抱いていなかったにせよ、そんなじぶんの心の裡《うち》なんて野次馬からしたら無意味でしかない。クラスで浮いたヤツがクラスで浮いたヤツに告ったという事実だけが記憶され、そして忘れ去られていった。

みんなもう憶えていないとはわかっている。誰の思い出にすらなっていない。

けれども小鳥遊のなかで、あの記憶は決して消えない。忘れたと思っていても鈍い痛みをともないながら、折に触れて目を醒《さ》ます。忘れたことすら忘れるくらいでも、きっと過去は消えないだろう。っていうか天野川はどうしてわたしをフッたんだよ。思い出しただけで想像可能なすべての暴力を駆使して問い詰めたくなる。

声が聞こえる。その声はじぶんの声にひどく似ていながら、明らかにじぶんの声ではない。身体の外側からやってきて、耳を避けて迂回《うかい》しながら体内に侵入し、身体の内側で強く響く他者の声。まるでやり直せない過去が本当にそうであったと小鳥遊を洗脳するような、邪悪な声。

それは詐欺師の声だ。小説家の声であり、探偵の声だ。

小鳥遊は天を仰いだ。彼女を嘲笑うかのように雲一つない快晴の空が広がっていく。謎につぐ謎が宙吊りする現実で、彼女の意識は地球の重力から離れ、底のない空へと堕《お》ちてゆく。

身体に纏わりつく空の青は明るさを失い闇の様相を帯び、小鳥遊の身体は罪深き誰かが撒き散らした謎の宇宙へと投げ出される。

小鳥遊は眼を閉じた。

そのとき、謎が渦巻く闇の世界に一筋の光が差し込んだ。

謎が消え去り、彼女の肉体は中庭のベンチに戻ってくる。

小鳥遊はゆっくりと眼を開き、立ち上がった。

いまならば忌まわしい記憶と一緒に、この事件のすべてを白日の下に曝し出せる。

読者への挑戦状

お世話になっております。白日院正午です。この度はある者に代わって皆様にご挨拶をさせていただく名誉をお預かり致しました。お見知り置きのほど、よろしくお願いします。

さて、本書ではこれまでに各季節におきまして三つの事件が解決されてきました。今回が四つめの〈春〉の事件に該当するわけですが、夏からはじまり春で終わる構成はアストル・ピアソラの名曲『ブエノスアイレスの四季』を想起させます。それがたまたまなのか果たして偶然なのか、それは私にはわかりかねることでございますが、こうして暗黒院真実氏と小鳥遊唯氏の物語として紹介するにあたって一貫性をもたらしていると都合よく解釈しておくことにしましょう。

せっかくならば、もう少し作品《マスターピース》としてのまとまりが欲しいところです。本格ミステリというのは様式美の世界ですので、その作法を踏襲して最後くらいは〈挑戦状〉なるものをお出ししても悪くはないでしょう。もっとも、犯人でもなければ作者でもないごくささやかな登場人物のひとりに過ぎない私が、皆様に挑戦を挑むなどいささか無礼というのは承知しておりますが、その点は何卒《なにとぞ》ご容赦ください。

では本題に入りましょう。

黒猫連続変死事件、暗黒院真実襲撃事件、そして長野蝶殺人事件の三つは紛れもなく今回登場したあるひとりの人物によって極めて計画的に決行されました。その人物がどのような方法で犯行をおこない、またなぜその人物が犯人であると断定できるか——その根拠はすべてこれまで皆様がお読みいただいた文章のなかにあります。偉大な先人風に「その根拠はすべてあなたたちの目の前にあからさまなかたちで曝し出されている」とでも言いましょうか。さらに厳密に言えば、皆様は作中で小鳥遊唯が知り得た情報のみをたどり、その真実に辿り着けます。安心してください。探偵は嘘をつきません。

少しヒントを出しましょうか。

今回の事件は本書全体の構成——〈夏秋冬春〉——とは異なり、我々の馴染み深い〈春夏秋冬〉の順番で周知のものとなりました。黒猫殺害、執拗に現場に残された画鋲、殺意なき襲撃、あまりにも安すぎる密室といい、長野蝶一人を殺害するにしてはあまりにも手が込んでいます。それらが無意味な装飾ではない、すなわちすべてに意味があるという前提に立ち、いま一度考察してみてください。

ところで本格ミステリについてですが、私の知人——仮にＴＫ氏とでもしておきましょうか——からなにやら興味深い見解を拝聴しましたので紹介させていただきましょう。

ＴＫ氏はかつて「本格ミステリというのは作者が作った謎を作者自身が解くという、言ってしまえば手慰みのような小説になっている」と否定的な見解を持っていたそうです。つまり作者がじぶんで作った箱庭で言葉と論理を使ってひとり遊びをしているだけに過ぎない、と。しかしＴＫ氏がある著名なミステリ作家と会談する機会を得たとき、こういうことを言われたそうです。

「本格ミステリとは作者がじぶんで作った謎をじぶんで解くだけに過ぎない。しかし、それだけ

のことがなぜこれほどまでにおもしろいのか」

これは私のような無学でちっぽけな人間には縁のない話です。しかしながらこのときＴＫ氏が理屈でなく感覚で感じとったもの――理解や同調まではいかずとも存在を肯定した感覚――というのは、わずかでも確実に私の胸を打ちます。これもひとつの謎といったところでしょうか。もっとも、この謎は解くべきものか判断しかねます。謎は謎であるゆえの神秘を纏《まと》うものですので、謎のなかには解いてはいけない謎もありますから。まぁ、これは一般論ですね。

さぁ、すべての謎が消失する、大いなる正午の訪れです。

ずいぶんと脱線してしまいましたが、そろそろ私も私の為《な》すべきことを為そうと思います。

グッドラック・ディテクティブ！

皆様の健闘を祈ります。

9

「おやおや、ここにいましたか……」

白日院正午がやってきたのは三年二組の教室だった。彼は片眼鏡を軽く持ち上げ、あたりを見回す。机、椅子、黒板、ロッカー、掲示物が一体化のすべてを抱え込んで〈教室〉たるひとつの名詞となって指し示されるその空間は、視覚情報としては雑然としていながらも実感としては空っぽで、そこにひとりの異物たる存在がぽつんと窓際の席に座っていた。

「どうしましたか、ご自身の青春を重ねて感傷にでも浸っているのですか？」

その人物は答えない。頷くことも、首を横に振ることもなく、そして白日院に視線を向けることもない。うつむきがちで、手前の机に目を落とし、その席の本来の持ち主による無邪気な落書きを見つめているようだった。沈黙。しばらくしてその人物は iPhone を取り出し、落書きの写真を撮る。撮るだけで何もせず、すぐさま懐に iPhone を片付けた。

「お仕事ですか、これはこれは失礼しました。頭が上がりませんね」

その人物に白日院の声は聞こえていないようだった。しかし言葉や態度に直接表れずとも、殺気だった気配はその人物からしっかりと染み出し、戸口に立つ白日院まで届いた。

白日院はその人物のところまで歩みを進める。丁寧に磨き上げられた白い革靴で一歩一歩、真実への距離を確かめるように靴底を鳴らしながら接近し、ようやくその人物は彼に視線を向けた。

「高校時代……」白日院はその人物のひとつ後ろの席に腰を下ろす。「私は何の特徴もない生徒でした。〈鈴木一般〉なんてあだ名を陰でつけられるくらい特徴のない人間でしてね。無遅刻無欠席にもかかわらず、事務的なものを除いて学校で誰かと会話をした記憶はありません。まるで私など存在しないかのようにクラスメイトは学校生活を過ごしていました。しかし、私がその場にいないところでクラスメイトらは私の話をしていたわけです。そこに存在することで気配が完全に消え、存在をやめることで皆のなかに存在する――それが私だったわけです」

その人物はただ白日院を見つめるのみでじっと沈黙を守っていた。

「もう少し私の話をしましょうか」

その人物は目つきを鋭くした。

「つれないですね」残念そうにため息をつく。「わかりました。お望み通り本題に入りましょう」

白日院は片眼鏡を外し、重力にまかせて床に落とすと勢いよく踏み潰した。砕けた金具とレンズは窓から差し込む陽の光の粒子を細かく弾き、その人物の右眼に飛び込んだ。

「今回の事件の要点をまとめましょう」白日院は手元で不可視のろくろを回しはじめた。「最初の事件は邪馬観光ホテル跡での黒猫殺害事件です。黒猫は全身画鋲を突き刺されたうえで水を浴びせられ、現場には〈春〉の赤い文字が残されていたのを小学生三人が発見し、SNSで動画を投稿しました。そしてふたつめはそのすぐ近くの古井戸です。井戸の底に同様の虐待を受けた黒猫が横たわっていて、蓋にやはり〈夏〉の赤文字が残されていました。第一発見者は長野蝶、相生葵、綾野綾の三人です」

その人物は白日院から眼を逸らし、ずっと砕けた片眼鏡を見るともなく見ていた。

「黒猫殺害について先に疑うべきは第一発見者の小学生です。彼らに犯行は可能だったのか――

答えはノーです。扉に書かれた〈春〉の赤文字は彼らの背丈よりも大きな楷書体で、二度書きの形跡もありません。物理的に彼らが書くのは難しいでしょう」

白日院はそこで話を区切り、相手の様子を窺う。さしたる変化は見られない。

「その次に狙われたのが暗黒院さんでした。襲撃推定時刻は夕方の十七時半あたりでしょうか。事務所の浴槽に沈められ、画鋲がばら撒かれ壁には〈秋〉の赤文字がありました。それを小鳥遊さんと天野川さんが発見し、我々が駆けつけました。そして解散した翌朝、長野さんの遺体が女子水泳部の二年生により発見されました。プールの底にはやはり画鋲がばら撒かれ、床に〈冬〉の赤文字がありました。死亡推定時刻は前日の二十二時から二十四時。我々が事務所を去る直前から家路に着くまでのあいだですね。つまり我々にはアリバイがあります。でも少しばかり不自然ではないでしょうか？」

「不自然？」

その人物は顔を上げ、白日院を睨みつけた。

「やっと興味を持ってくださったようで嬉しいです」白日院は慇懃に頭を下げた。「長野さんは殺害された一方で、暗黒院さんにはまるで殺意が向けられていないのです。一人殺すも二人殺すもおなじとは言いませんが、殺しもしない相手をわざわざ襲撃するなんてリスクが高過ぎます。できるならやりたくない仕事のはずです。つまり、犯人にとって長野さんを殺害するために必要な行為だったわけです」

「もったいぶってないでさっさと言ったらどうだ？」

冷たく無機質な声が教室に響く。

「いえ、まだメインディッシュには早すぎます」白日院は笑みを浮かべた。

沈黙。

返答がないのを確認し、白日院は唇を軽く湿らせた。

「花隈さんから聞いた話では、長野さんの部活が終わったのは十七時。そして十八時十三分にLINEを家族と相生さんに送っています。おそらくはご自身の手で送られたとみていいでしょう。そしてそのとき犯人は長野さんの目の前にいた。それから亡くなるまで少なくみて空白の四時間があるわけです。そして暗黒院さんが事務所で発見されたのは二十時半ごろでした」

「それが？」

「まだわかりませんか」ろくろを回す白日院の手が止まる。「果たして本当に暗黒院さんが襲われてから長野さんが殺されたのでしょうか？」

その問いかけに対する返答はなかった。

「そう考えると現場に残された〈春夏秋冬〉の意味が見えてきます。この文字によって、我々は春、夏、秋、冬の順番に犯行がおこなわれたと思い込まされていたとしたらどうでしょう？〈秋〉の事件が発覚したときすでに〈冬〉の事件の犯行が完了していて、実質的に長野さんが亡くなっていたとすれば、完璧だと思われていた我々のアリバイは完全に崩れます」

またしても沈黙。

しかしこれまでの沈黙とは質を異にする沈黙だった。

白日院はさらに推理の深奥へと歩みを進めていく。

「あの襲撃が狂言だとしたら、あなたのアリバイは完全に崩れるわけですよ」そして身を乗り出してその人物にぐっと顔を寄せる。「チェックメイト・ディテクティブです。暗黒院真実さん」

視線の逃げ場を塞がれた彼の大きく見開かれた緑色の右眼が、まるで身悶えするかのようにぐらぐらと揺れ動いた。

「それではどうやって貴方が長野さんを殺害したか、私からご説明させていただきましょう」

10

一年三組の教室。

小鳥遊は教室の戸を引く。かつては日常であり、違和感なく身体が即座に空間に馴染んだはずのかつてじぶんたちの教室であったそこはすでに他人の気配に蹂躙され尽くしていて、いまやじぶんが異物として空間に拒まれているのがわかる。教室は年度変更の瞬間、スイッチをパチンと弾くみたいに即座に他人のものに入れ替わり、他人の気配とは他人の生活痕を必要とせず空間を支配する法によって生まれ出る。しかしもう二回も他人の気配に塗り替えられたその場所でも、踏み入れれば小鳥遊のあの記憶を呼び起こすのだった。クラスメイトがつくる人集りのなかから抜け出して予定外の告白をすることになったあの日は、他人の気配や法に埋没せず洗浄もされず、ただ息を潜めてこの部屋でずっと彼女を待っていた。いま目の前にいる天野川恒星とともに。

「よくオレがここだとわかったな」

机に尻を置き、椅子に足を乗せたスタイルで天野川はスマホに目を落とし、彼女に気付きながらも熟練した手つきで画面に指を滑らせていた。

「あんたの考えていることくらいお見通しだよ」小鳥遊は口調に非難の意を込めた。「オッサンがピンを引き抜くゲームしてるんだったらさっさと電話に出ろや」

ここはこうした事態のなかLINEにも電話にも反応がない天野川が、LINEにも電話にも反応がないという理由から特定できる場所だった。中二病患者にみられる存在意義欠乏症。意味のなさゆえ意味を求め、実行される行為の中身は空洞のままその表面を意味で彩る。意味のある場所で意味を渇望する意味のないムーブ。

「始まりの場所からもう一度やり直したかったんだよ」天野川はスマホをスラックスのポケットにしまう。「お前を待っていた」

「お前っていうな」

「お前に見つけられるのを待っていたんだ」いつになく真剣な顔つきで、わずかに彼の唇が震えているように小鳥遊には見えた。「ここはいまからあの日の続きなんだよ」

「あの日？」

「わかっているだろ」

小鳥遊は奥歯を噛み締める。なにをいまさら。

「あんた、長野さんと遊んだじゃないの？」

「ちがうな」天野川はこめかみあたりを指差した。「たしかにオレは最近ツーブロックにしたが、……」ポケットから十徳ナイフを出し、これ見よがしにひと舐めして見せた。「いまだってコイツも一緒だ」

——ごめん

聞こえてきたのは二年前の天野川の声だった。

――小鳥遊のこと、そういうふうには見られないんだ
好きでもないヤツになぜフラれなければならないのか。その怒りが二年の時を経てふたたび小鳥遊の胸で燃え上がる。恋愛感情不在の失恋の思い出を理解してくれる他者がいるなんて期待はしていない。ただいちばんその真相の近くにいるはずのこの男の態度に我慢がならなかった。

「オレはお前のことが好きだったんだよ」天野川が言った。「その冷めた態度も、乱暴な言葉遣いも、ひとをいたぶっているときの楽しそうな声も、そしてその眼も」

「二年越しの嘘だとすれば遅すぎる」小鳥遊は言った。「わたしはあんたを好きだったわけじゃない。あのときわたしが守りたかったのは綾野さんであり長野さんであり相生さんで、それを壊そうとするあんたをひどいやつだと思ってさえいた。あの謎は解いてはいけなかった」

しかもほとんどカンニングみたいなやりかたで。

「オレなりの復讐さ」天野川は長い前髪を指先で弄んだ。

「復讐?」

「オレは、オレの感情を殺したかったんだ」

「わたしがここに来たのは二年前のしょうもない事件に決着をつけるためじゃない」小鳥遊はため息をつく。「いま起こっている事件に決着をつけにきたんだ」

「そうか……」天野川は少し残念そうに息をつきながらも、口元は笑っていた。「解けたのか」

「〈春夏秋冬〉の文字は犯行時間入れ替えのためのトリックだったんでしょ? 田中さんが倒れているのをわたしたちが発見したとき、もう長野さんへの犯行は終わっていた」

「どうしてオレだけにそれを言うんだろう?」

「ぜんぶあんたが——天野川恒星がやったことなんでしょ?」

一瞬、教室に沈黙が降りた。

そしてまもなく沈黙をこじ開けるように暗い嗤いが異界からこの世へと侵入してくる。

「クックックッ……」幽《かす》かな嗤い声が天野川から漏れ出してくる。その音量とは対照的に、彼の方は狂ったようにガタガタと揺れていた。「笑えないな。笑えなすぎて逆に爆笑だわ」

「わたしは本気だよ。二年前とちがって、今回は本気の告白だよ。あんたはこれからじぶんの罪を認めて、警察に自首するんだ。わたしはやさしいから、その選択肢を残してあげているつもり」

「オレが犯人としてどうやって長野を殺したんだ? 長野が死んだのは昨日の二十二時から二十四時。そのときオレたちは暗黒院さんの事務所にいて、警察のひとの車で家に送ってもらっていた。オレには物理的に無理だ。長野の死亡推定時刻がまちがっているってことか?」

「長野さんの死亡推定時刻はまちがっていないよ」小鳥遊の額に汗が滲んだ。声が震える。「あんたはあのとき、田中さんの事務所にいながら長野さんを学校のプールに沈めたんだよ」天野川は小鳥遊を無言で睨みつけた。小鳥遊の鼓動が速くなる。「あんたは夕方に田中さんを襲ったあと、部活終わりの長野さんとプールで会った。そして家族と相生さんにLINEを送らせたあと長野さんを気絶させ、手足を縛って画鋲を服に刺し残りを適当にばら撒いて、ゴムボートに彼女を乗せてプールに浮かべた」

「ゴムボート?」

「それも安物のね。画鋲で刺したら簡単に穴が空くくらいには」一度ここで深呼吸し、続ける。

「ボートは釣り糸かなにかで頭側と足側を通気口の鉄柵にくくりつけ、プールの真ん中で止まるように調整。そしてボートに画鋲を甘刺しして、その上に長野さんのスマホを置いてガムテープで固定した。こんな感じでね」

小鳥遊は黒板まで移動し、その様子を図で描いた。

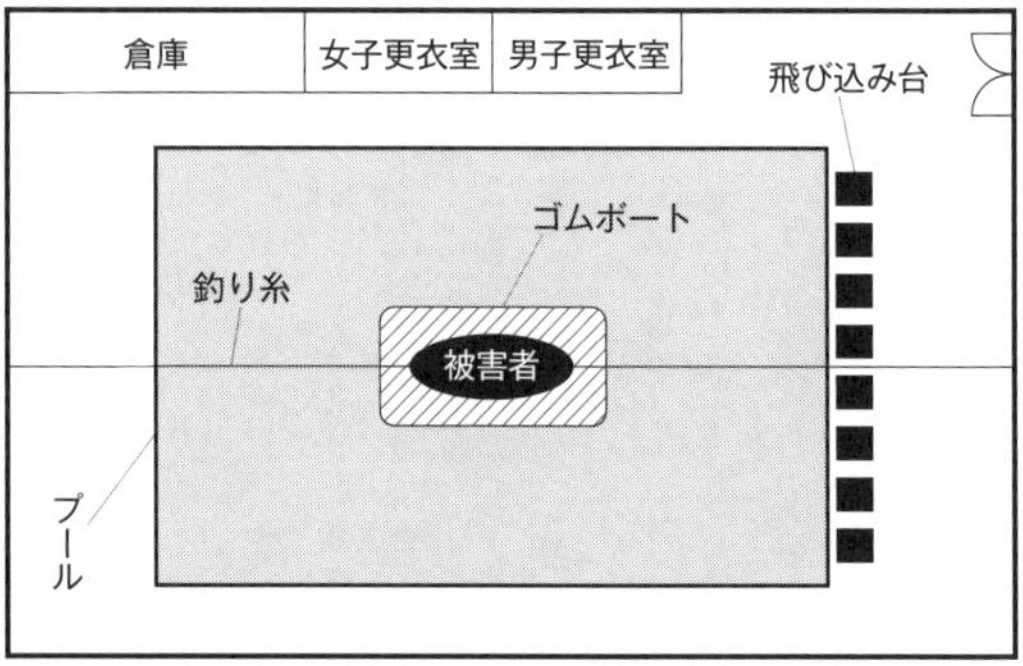

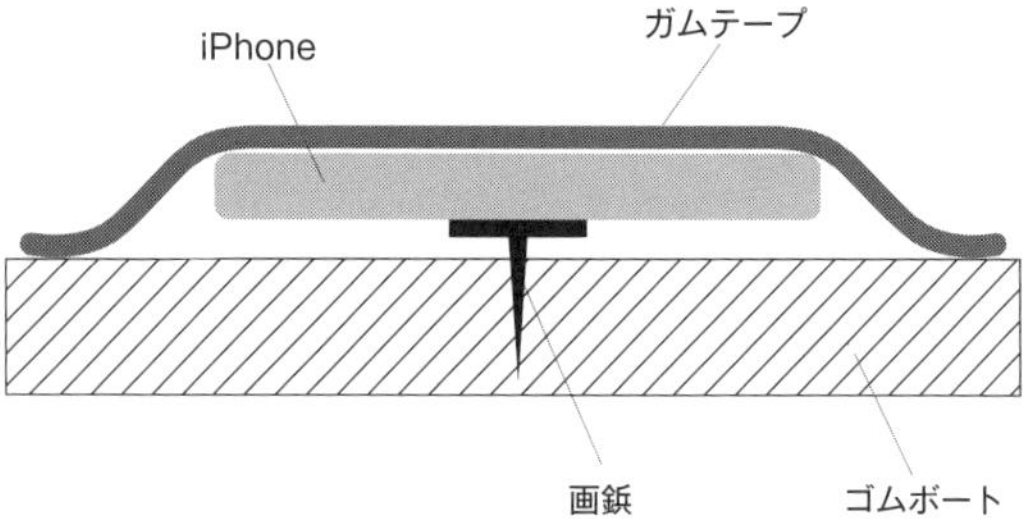

「あとは朝までに糸を手繰り寄せてゴムボートを回収するだけ」

天野川はそれをぼんやりとした目つきで眺め、他人事のように興味深げに頷いた。

「つまり携帯が震えたらそのヴァイブレーションで画鋲が深く刺さり、ゴムボートごと長野が沈むってわけか。それならどこにいても電話ひとつで長野を殺せるかもしれない」

「実際にあんたは田中さんを事務所で見つけたあと、わたしの目の前で長野さんに電話をかけていたでしょ？　関係者全員に連絡するっていう口実で」

「さすが名探偵。でもな、小鳥遊。そのトリックが使われた証拠ってあるのか？」

「まず密室」小鳥遊はヘラヘラと締まりのない笑みを浮かべた天野川を睨みつける。「長野さんが犯人の手でふつうに直接沈められたとしたら、わざわざ現場を密室にする必要なんかないんだよ。だけどこのトリックを使うなら絶対密室にしなくちゃいけなかった。長野さんを気絶させてからじぶんのアリバイを確保してゴムボートに穴を開けるまでの数時間、誰もプールに入れてはいけない。鍵が開いていたら用務員さんが確認に来て長野さんを見つけてしまうから」

天野川は小鳥遊の目をじっと見ながら、なにかを考えているようだった。しかしそれはどこか集中力を欠いているようで、話題であるトリックとは遠いものを、まるで今日の夕食はなんだろうとでもいうような、そんな表情だった。

「で？」天野川が訊ねた。「まだあるんだろ？」

「水と画鋲」小鳥遊は答えた。「すべての事件で執拗に使われたこれらのアイテムは保険みたいなもの。このトリックでは糸を引っ張ってボートを回収するとき、ボートに穴を空けた画鋲が落ちてしまう可能性がどうしてもあった。だからあんたははじめから現場に画鋲を大量に残し、また水を常に使い続けることで長野さんが溺死である文脈を用意して、万が一にも一番重要な画鋲が現場に残っても怪しまれない状況を作った」

「なるほどね」想定の範囲内と言わんばかり速さで彼は言う。「でもそれってトリックが使われたっていう決定的な証拠になるの？　ふたつとももしこのトリックが使われていたらっていう仮定で筋が通っているだけじゃないか？　それ、証明にしては必要十分とは言えないよな？」そしてケタケタと嗤う。「小鳥遊、相変わらず数学は苦手みたいだな。証拠でもあんのか？」

小鳥遊は沈黙し、ゆっくりと瞳を閉じた。

「スマホだよ」そしていま一度目を開く。「それがあんたのミス」

「スマホ？」

天野川の目が見開かれた。

「事件現場に残されていた長野さんのスマホは、プールの鍵とほとんどおなじ場所に沈んでいた。これがこのトリックが使われた証拠」さっきまで暴れていた鼓動は落ち着いている。小鳥遊は淡々と続ける。「適当にプールに投げ入れただけじゃスマホと鍵はおなじところに落ちる可能性はかなり低い。つまり、その二つがおなじ場所に沈んでいるということは、屋内プールの外から糸を使って同時にあそこに落とされたということになる。でもそれが不自然。だって犯人がボートのトリックを使っていなければ、現場から長野さんのスマホを持ち出す意味なんてないんだから」

天野川は沈黙を守っている。

「長野さんが溺れているのを確認して、あんたは糸を手繰り寄せてゴムボートを回収しなければならない。そのとき、スマホはガムテープでボートに貼り付けられているから、ボートと同時にスマホまで回収せざるを得ない。そこであんたは選ばなければならなかった。スマホを持ち去るか、現場に戻すか。日頃からスマホをいじり続けている長野の持ち物からスマホがなくなっていると、彼女のスマホが重要な意味を持つと悟られてしまう。それで現場にスマホがあるほうが自然と考えて、ガムテープの痕を磨き落として、鍵と一緒に糸を使ってプールに沈めた」

「なるほどな……」

天野川は彼女の饒舌に呆れたとばかりにわざとらしく肩を落とした。

「面倒でも鍵とスマホは別々に沈めたほうがよかったね」

そこでふたりは沈黙した。天野川は無言で俯き、それから天井を見上げ、また俯いた。

「なぁ、小鳥遊。お前の推理がすべて正しいとしてさ、なんでオレが暗黒院さんをハメるようなやりかたをしなくちゃならないんだ？」

これは弁解ではない。そう小鳥遊は直感した。もうすべてわたしがわかっていることを見透かした上で、確認のために訊いている。

「あんたは探偵に――名探偵になりたかったんだよ」小鳥遊はつとめて無機質な声で言った。「だから田中さんとわたしを巻き込んだ。そして〈春夏秋冬〉の犯行時間入れ替えトリックがバレたとき田中さんに容疑がかかる計画を立てた。そしてその謎をわたしが解けなければ、あんたは田中さんとわたしの両方に勝ったことになる。あんたの考えそうなことだよ」

「見事だ……と言いたいところだが、それは違う」天野川は言った。「オレはお前たちに勝ちたかった。ただ、名探偵になりたかったわけじゃない。言っただろう、お前が俺の名探偵だって」

天野川は不意に笑みを浮かべ、小鳥遊の眼をじっと見つめた。

「なによ」

「綺麗な眼だ……」天野川は嘆息を漏らす。「完全に感情をなくす前に、最後に恋ができてオレはしあわせだよ」

天野川は机から飛び降りると、黒板の前に立つ小鳥遊に詰め寄った。

「えっ、なに？」

小鳥遊は思わず後退る。黒板に背中が当たり、逃げられないと直感した。いいい逃げられない。

この言葉が反射的に出てきてはじめて、小鳥遊はいま同級生とふたりきりなのではなく、殺人犯とふたりきりなのだと理解した。

「なぁ、小鳥遊……」天野川は彼女の首に手をかけた。「俺は名探偵を滅ぼす真犯人になりたかったんだよ」

力を込められた無骨な手に小鳥遊の意識は吸い込まれていった。

11

スコールのような饒舌。

心象に曇天を残しながらも推理の雨は過ぎ去り、暗黒院はひとこと、そうか、とつぶやいた。

「どうでしょうか？」白日院はみずからの推理の出来について暗黒院に是非を求めた。「どこか見落としがあればご指摘ください」そう言いつつ、口調は自信に溢れている。見つけられるものならば見つけてみろ、と言わんばかりに。

「社会人五年目くらいのイケイケ若手会社員にありがちな態度だな……」暗黒院は白日院を突っぱねる。「お前、無駄なアニメーションをコテコテにつけたプレゼン資料つくるタイプだろ」

「グッド・ディテクティブ」白日院は吹き出した。「ノッてきましたね、暗黒院さん。いいですよ、そうこなくっちゃ、張り合いってものがありません」

「お前のいう、ゴムボートをつかった遠隔殺人トリックを発動するには長野に電話をかける必要がある」

「なにも犯人がかけなくてもいいじゃないですか」白日院は即座に反論した。「彼女、そして相生さんと綾野さんは第二の事件の第一発見者でした。放っておいても誰かが電話をかけることぐらい想像に難くありません。あるいは関係者たちに電話をかけるように誘導してもいいでしょう」

「話を最後まで聞くんだな」暗黒院は立ち上がり、黒いマントを音を立ててはためかせた。「犯人が電話をかけるのはトリックを発動させるためだけじゃない。トリックが発動したことを確認するためでもある」

暗黒院は教壇へと昇り、一段高い位置から白日院を見下ろしたかったが、一段昇ってちょうどおなじくらいの背丈っぽかった。コイツ、意外と背が高いんだな……とそのときはじめて暗黒院は白日院のフィジカルを思い知った。

「どうせ後始末のために現場には行かなくてはなりません。目視確認でじゅうぶんでしょう」

「もしボートが沈んでいなければどうする？」と暗黒院。「その場合、糸を引いてボートを転覆させれば長野は殺せる。しかし、それだと犯人のアリバイは確保できない。だから犯人はアリバイを確保した状態でスマホの水没を――長野が溺れたことを絶対に確認しなければならなかった。心配性の人間なら特にな」

「他人の電話でも確認できるでしょう」

「トリック発動時に電話をかけてもコールは鳴る。しかし、それだとトリックが完了したかはわからない。それに最近のスマホは完全ではないにしろ防水がしっかりしているからな。水没してから数分はコールが鳴る。確認しなければならないのは電話に出ないことではなく、電話が繋がらないことなんだ。つまり、犯人は昨夜長野に電話をかけた人間――」

そこで暗黒院は話を止め、教室の扉に向かって言った。

「――いるんだろ、出てこいよ」

声に応じてガコンと鈍い金属音が教室の空気に亀裂を入れ、教室の後ろの掃除用具入れから花隈もがなが姿を現した。暗黒院は明後日の方向を見つめたまま微動だにしない。

「通信会社の記録を調べた結果、昨夜十八時十三分以降に長野蝶のスマートフォンに電話をかけた人間は天野川恒星、ただひとりです」花隈の無表情のまま抑揚のない事務的な声が教室に響く。

「二十一時三分と二十一時二分の二回、天野川恒星の電話番号からの着信を確認しました」

「グレイト・ディテクティブ」白日院はつまらなさそうに言った。「やっぱり違いましたか。そういうまともな推理もできるんですね」

単につまらなさそうなのではなく、推理が外れているのをはじめから知っていたかのように、真犯人の特定に何の関心も示さない。

「わざと、だったんだろ？」

「本気ですよ」白日院は足元の割れた眼鏡の破片を指でつまみあげ、ひとつずつ緩慢な動作でハンカチの上に乗せていた。暗黒院の方には見向きもしない。「貴方《あなた》が犯人だったらいいな、と。その可能性に賭けただけですよ。外してもそれで何かを失うわけでもないですからね」

「無茶苦茶だな」

「私と貴方の仲じゃないですか」

「お前と話していると調子が狂う……」

暗黒院は苛立ちを込めた舌打ちをした。

「我々探偵の〝推理〟――」白日院はおもむろに顔をあげる。「その可能性を私は見てみたかったんですよ」

「可能性？」

「すでに起こった事実を後追いするのでなく、探偵の推理という特別な想像力を伴った思弁によって、手付かずの事実が――真実と呼びうるものが言葉によって生まれ出てくる可能性をね」

「ありえない」

「世界は意思を持っているんです」白日院は語る。「現在を起点として、世界は過去と未来の両方に数えきれないほど無数の可能性を持っています。我々がどこからやってきたのか、そしてどこへ行くのか、そういう可能性です。世界の意思とはその選択です。可能性は言葉によって選択肢となり、選択という行為によって意思は確信を高めていく。自己肯定感とは意思による確信の強度です。世界の自己肯定感を高めることができるなら、我々は忘れ去りたいすべての記憶と歴史を肯定すると同時になかったことにできるんです」

「イカれてやがる……」

「お互い様ですよ」破片を拾い終えた白日院が気怠げに立ち上がった。「貴方は貴方で過去に起こったすべての事実を絶対に忘れさせない。そんな狂気があります。私たちはオセロの表と裏──そう、いつもいちばん近くにいながら決して相容《あいい》れない白と黒です」

「お取り込み中すみませんが」花隈の冷たく平坦な声がふたりの終わりなき戦いに休戦を告げる。「なるはやで天野川恒星の確保へ向かいましょう」

暗黒院はうなずいた。

「のんびりしていていいんですか？」白日院は矢のように声を鋭くした。「そういえば小鳥遊さん、いまどこにいるんでしょうね」

暗黒院の心臓を、白日院から伸びる不可視の冷たい手が握りしめる。

「貴様、小鳥遊に何をした⁉」

「いえ何も。彼女が抱えるすべての謎を自力で解くように励ましただけですよ」

暗い笑みを浮かべる白男が喋り終えるのを待たずに、暗黒院は駆け出した。

12

現実が遠のいていき、小鳥遊の意識は憎しみの只中にあった。

抑え込んでいた暗い感情が視界を塞ぎ、意識が意識のなかへと沈んでいく。忘れたい記憶や感情の断片がまちがいながらもぴたりと結びつき、本来のありかたとはまったく異なるかたちをした結晶として小鳥遊自身のありかたを支えていた。

生ぬるい温度が彼女を包み込んでいく。それは体温にとてもよく似ていて、人肌の安心感が深い眠りへと小鳥遊を誘う。

それが堕落だと彼女はわかっていた。

しかし心地よく甘美な眠りの誘いにすべてを委ねることしかできない。

わたしは本当に憎しみなんて抱いているのだろうか。

すべてが面倒くさかった。

このまま眠りにつけばすべてから解放される。

そのときだった。

――憎しみを徹底的に憎しみ抜く

あの廃墟で白日院がぶつけてきた言葉だ。

どうしてこんなときに、敵か味方かもわからないあんな胡散臭《うさんくさ》いヤツが出てくるのだろうと、小鳥遊はイラッとした。

もっといるじゃん、わたしのことを守ってくれるべきひとが。どうしてこういうときにカス野郎は助けにきてくれないんだよ。

小鳥遊はこんなときにでも上司に悪態をつくじぶんがおかしくなってつい笑ってしまった。

あんたのことならいつでも徹底的に憎しめる。

その瞬間、小鳥遊の身体は宙に投げ出された。

長いのか短いのかわからない。時間が消えた落下運動が終わり、彼女は現実に戻ってくる。

身体を強く打った。左肩を床に強く打ち、身体が跳ね上がった弾みで左眼を打った。

激痛が患部から全身へと広がっていき、身体は思うように動かない。しかしその激痛によって彼女の意識にまとう霧を払う。左眼で見る視界が徐々に回復していく。

その緑の瞳には、天野川の首を両足で挟み、バク転の要領で床に叩きつける一二三の姿が映っていた。

「好きな女の子にちょっかいをかけるのは定番の黒歴史ムーブだが、やりすぎは感心しない」一は倒れて動かない天野川に吐き捨てるように言った。「格ゲーならむかしそれなりにやり込んでいてな。親父の初代プレステでディスクが摩擦熱で炎上するくらいはやったもんだ。……懐かしいな」一は足を軽く叩いて筋肉をほぐす。「久しぶりだが、身体はよく動くみたいだ」

いろんな意味でガツンと目が覚める光景だった。

え、いまのマジで死ぬやつじゃない？　てか一さん、いま人間を三回くらいやめた動きしてたよね？　あと格ゲーオタアピールしてるけど、それ関係なくない？

声ならぬ声が喉で大渋滞を起こしている。

このままではマズい。

彼女は強い危機感を抱いた。天野川が死ぬかもだし、あとたぶん無意識にボケるひとたちがじきに大集合するこのあとの展開で、ツッコミ役が不在になる。それだけは避けなければ。

身体は動かなくてもせめて声だけは——すると乱暴な音を立てて教室の引き戸が開かれた。

「小鳥遊！　無事か⁉」暗黒院が小鳥遊に駆け寄った。「無茶しやがって……」

ほら言わんこっちゃない！　と小鳥遊の頭に浮かんだが声は出なかった。礼儀にはうるさいはずのじぶんが暗黒院に対してありがとうが出てこなかったことに驚きはしたが、まぁええか、くらいで大丈夫だった。

「っていうか……」暗黒院に支えられながら上体を起こす。喉に絞るように力を込め、つっかえた言葉をなんとか外に出せた。「天野川……動かないんですけど……大丈夫なんスか……？」

「案ずるな」一は腰に手を当て、誇らしげに言った。「峰打ちだ」

「会心やんけ。思いっきり頭強打してましたけど、どの辺に峰打ち要素ありましたか？」

「まだだ……」

足元から低く唸りながら天野川はのそのそと起き上がる。

「いや寝とけよ！　起きてくんな」

立ち上がった天野川はいつもの音楽性の違いで解散を繰り返すヴィジュアル系バンドのフロントマンを彷彿させる内股でなく野生児を彷彿させる外股に、重心が前方にズレて力なくだらんと項垂れる上半身を乗せた姿勢になっていた。ハァハァ言っているしフラフラしているのだが、それは辛うじて立っているとかではなく、ダメージによる消耗とは無縁の健康な肉体を使役し、みずからの意思で選んだ基本姿勢だとわかる。闇に〝心〟を支配されてもはや善悪の区別などつかなくなった喰人鬼といったところだろうか、口の端から粘度の高い涎《よだれ》を長く太く鉛直下向きに伸ばしているのがシンプルに汚くて最高にキモかった。

「おやおや、これはこれは……」そこにまた面倒臭い、なんか白いヤツが教室にやってきた。

「盛り上がってますね」

「天野川をさっそく確保しましょう」

白日院の後ろから花隈が前に出ようとすると、彼は彼女の動きを手で制した。花隈が白日院の顔を見上げると彼は無言で意味ありげな緩慢さで首を横に振る。それを受けての花隈の態度は納得こそしていないようだったが、しかし反抗するでもなく、素直に白日院の指示に従った。

天野川が嗤い出した。

めっちゃ唾が飛んだ。

「クックックッ……そうこなくっちゃな……」

「やれやれ……」

一は天野川に視線を固定して、タンタンと軽やかなステップをはじめた。

「あの、これ、どういう展開なんですか？」

小鳥遊はマジでわからないので暗黒院に訊いた。

「ふたりがやっているのは一世を風靡《ふうび》した某アーケードゲーム風リアルファイトだ」暗黒院が説明する。「天野川のあの構え、あれは主人公の宿命のライバルの影響をバチバチに受けたものだ。一はゲーセン界隈ではちょっと有名なプレイヤーでな。あいつは極めるために勝負キャラの戦闘スタイルであるコマンドサンボをマスターしている」

「わかんないけど、まぁなんか……」

「シッ！」暗黒院の手が小鳥遊の口を塞ぐ。「出るぞ。滅多に聞けない、一の決めセリフだ――」

ひとつ息を大きく吸った一と、固唾を呑んでその瞬間をじっと待っていた暗黒院の声が重なる。

「「あんたは今後の人生、妾と対峙したことを1フレーム単位で後悔することになる。もっとも、あんたの今後に〝人生〟が残されてればだがな！」」

「ぜったい殺すやつやん！」小鳥遊は叫んだ。「てか長いよ！　もっとコンパクトにまとめろ。つかこんな長いセリフをユニゾンで揃えられるあんたらの絆《きずな》がキモいわ」

一瞬、一が軽快なステップを止めてこちらに嫌悪を込めた指向性の高い眼差しを送ってきた。目があったのは小鳥遊じゃなかったのでその矛先は確実に暗黒院。あぁ、決めゼリフをひとりで言いたかったんだな……と小鳥遊は察するも、当の暗黒院は睨まれたことすら気づかず、

「はじまるぞ……」

と、半ば興奮気味に解説おじさんの役に即興的なアイデンティティを見出していた。

天野川は下半身を深く落とし、服装検査を担当する教員に一切の追及の余地を与えない完璧な深爪の爪を立て、猛然と一に突進していった。彼が踏み鳴らす床の振動が小鳥遊の身体に鈍い振動を与え、さきほど強打した患部と漠とした憎しみが疼く。そして低姿勢から一の喉元をめがけて突き出された右手が空を切り、続いて繰り出された左手も空を切る。

「通称〈暴走モード〉だ」暗黒院が言った。「97年版で屈指の強キャラだ」

「百弐拾七式・葵花か」一の声は余裕に満ちていた。「で、百式・鬼焼きの定番コンボのつもりだったんだろ？　妾には効かないよ」

「間違いない……」暗黒院が言う。「天野川は確実に初心者だ。あれじゃあじぶんより経験の浅いプレイヤーは狩れても、一のような熟達したプレイヤーには勝てない」

これリアルファイトなのに、なんでゲームメインで話しているんだろう？

「強キャラ固有の強い技ってのはみんな当たり前のように使ってくる。だからそれに頼った戦いかたをしていると上達はしないんだよ。それで勝てたとしても、それはお前が強いからじゃなくてキャラや技が強いだけなんだ」

一は弱パンチをひとつ天野川のボディに入れ、距離をとった。

「なんか一さんらしい重みのある言葉ですね」小鳥遊は妙に感心してしまった。「格ゲーとかわかんないですけど、なんか普遍性があるというか……」

「いや」暗黒院が首を振る。「あれはプロゲーマーの梅原大吾《うめはらだいご》の名言だ」

「パクリなんだ。作家なのに」

「パクリじゃないよ」一は小鳥遊に言った。「間テクスト性《インターテクスチュアリティ》は妾の十八番だよ」

一がよそ見をしている隙をついて、天野川が動く。突如内股になり、それをキープしながら足を肩幅より二回りほど広くとって上半身をのけぞらせながら両手を広げ天井に向けて胸を張る――そしてプルプル震えながら「オゥーア！」と咆哮をあげた。

「天野川くん」一が諭すような口調で言う。「本当の強さってものは、強キャラの強さをアピールすることじゃない。その競技への本質的な理解の追求だ」一の足捌きのリズムがわずかに変化する。「たとえばこんな感じでね」

一は一瞬で距離を詰め天野川の懐に飛び込んだ。下段弱キックから弱パンチ、怯んだ隙にジャンプして強キックからの近距離立ち強パンチ、そこへさらに踏み込んで重い拳を腑に叩き込んだ。

天野川はガハァ的なヤバめの声をあげてその場に蹲《うずくま》った。

「一の強さの秘密は弱攻撃の使いかたにある」暗黒院が頼んでもない解説をする。「弱攻撃を使って相手の体勢を崩し、常に戦いの主導権を握りながら、生まれた隙は1フレームも逃さない」

「リアルファイトなんで現実世界の時間単位を使ってくださいよ」

天野川はまた立ち上がり、後ろへと飛び退いて一と距離をとった。しかし腑に一撃を食らって喘いだあとに急に俊敏に動いたせいか、むちゃくちゃ咽《む》せた。

「天野川さんはどうやら現実とゲームの差に戸惑っているようですね」

白日院がそう言い、隣の花隈は微動だにせず目の前の光景をただ瞳に映し続けていた。

「いや、そもそも全然ちがうから！」

そう叫んで身を乗り出そうとすると全身がズキンと痛み、その挙動を察した暗黒院がよろめいた彼女の身体を受け止めた。

「せっかくだから禁千弐百拾壱式・八乙女《←↘↓↘←↙↑+P》と裏百八式・八酒杯《←↙↑↙←↘↓+P》を見てからにしようと思ったのだけど……」一は不敵に笑った。「遊びは終わりだ」

天野川は怒りを露わにして人体の合理性をまったく無視したフォームで一へと突進する。

「てか天野川、めっちゃ怒ってますね。なんかわかんないですけど、さすがプロの中二を自称するだけある煽りスキル……」

じぶんでもはや何を言っているのか途中からわからなくなってきた。

「ただの煽りじゃない」暗黒院が解説する。「遊びは終わりだってのは天野川の決めゼリフだ」

「八乙女とか八酒杯とかってのは？」

「めんどいからググってくれ」

「ウス」

運動部の後輩風に相槌を打ちつつも小鳥遊はグぐらなかった。「八《や》」好きやな、とだけ思った。

ない爪を立てて命を刈り取るかたちに怒らせた天野川の右手が一の喉元へと繰り出された。しかし一はこれを待っていたとばかりに大きく後ろへ飛んだ——そして空中で身体を捻り床に両手をついてバク転に入ると同時に両足が天野川の首を捕らえた。

「安心しろ。泣きも喚きもできないくらい一瞬で死なせてやるからな」

「Mタイフーン《↓↘←↙↑↓↘←↙↑+K》だ！」

暗黒院が叫ぶと同時に小鳥遊は目をきつく閉じ、直後に起こるだろう強烈な打撃音と凄惨な光景に備えた——

しかしいっこうになにも起こらなかった。

恐る恐る目を開けると、天野川の首を両足で挟んだバク転姿勢の状態で一は静止している。

時間が止まったのか？

そうではないことを、外界からかすかに流れ込む街の生活音が教えてくれた。

天野川の背後に白日院が立っていた。彼は天野川の首根っこを摑んでいて、特に力を込めているわけでもなさそうに涼しい顔をしているが、彼の働きにより一の技が発動せず、また天野川も身動きが取れなくなっているようだった。

「一さん、ほんとうに彼を殺すつもりですか？」無表情の白日院が呆れたとばかりにため息をつく。「遊びは終わりです。もうじゅうぶん楽しんだでしょう？」

白日院は摑んでいた天野川の首をすさまじい速さで引っ張って投げ飛ばした。天野川は全身に力が入らないのかぐにゃぐにゃと軟体生物的な動きで床を転がり、花隈の足元で止まった。

白日院は天野川を見ていた。人間としてではなく、じぶんがぶん投げた物体として、その軌道と着地点をただ確認しているだけといった、冷たい視線だった。それから小鳥遊と暗黒院の顔を一瞥すると、何も言わずに教室を去っていった。

天野川は動かなかった。

しかし意識はあった。白日院が去った後に上体を起こすと、小鳥遊の方を向いて呆然とし、そして疲れ切って無になったその顔に涙が流れる。

身体の痛みに耐えながら小鳥遊は立ち上がり、天野川のもとへゆっくりと歩き、彼を見下ろす。

天野川は小鳥遊を見上げる。

「わたしさ」小鳥遊はつとめて声から感情を追い出した。「痛いヤツって最高に嫌いなんだよね」

13

天野川を乗せたパトカーが学校を去った。

警察官がかわるがわる三人のもとへやってきて、それぞれ異口同音に協力への感謝を言った。

校門を抜けて事務所に帰る道すがら、突然足を止めた暗黒院が言った。

「暗黒院真実探偵事務所は今日で解散だ」

*

「で、なんなんすか？」小鳥遊が言った。「その服」

事務所に行くと暗黒院が黙々と作業をしていたけれど、いつもの黒衣装とは打って変わってネイビーブルーのジャケットに袖を通していた。

「ああ、コレか？」

暗黒院は小鳥遊に自慢のコーデを見せつけるようにその場で一周くるりと回って見せた。ネイビーブルーのジャケットの下は無地の白いTシャツ。そしてゆったりとした七分丈のパンツもネイビーブルーで、ライトブラウンの革靴に素足を突っ込んでいる。眼は両眼とも黒だ。

「なんかイケてるスタートアップの若手経営者って感じですね」

「口を開けばさっそくディスか？」

「やだなぁ、褒めてるつもりですよ。イケてるって言ったじゃないですか」

「いや、イケてるが完全に（笑）《カッコ笑い》だろそれ」

なにも変わらないいつもの会話。

しかし事務所のあちこちに積み上げられた段ボールが先日の解散宣言に現実味を持たせている。

「でも靴下は履いたほうがいいですよ。どこのトレンディ俳優やねんって感じだし」

「フィットカバー履いてるし」暗黒院は靴を脱いでみせた。「素足っぽく見える靴下」

「ふーん……」

「なんだよ」

「や、別にぃ」

いつものようでありながら、やはりどことなく会話がいつものように進んでいないことに小鳥遊は気づく。ここまで暗黒院のボケはゼロ。彼がボケているテイでチョイスしたワードはすべて芯を捉え損ねていて、逆にツッコミですらないふつうの訂正を受ける始末。

「事務所、やっぱり解散しちゃうんですね」

「ああ」

暗黒院はそのひとことだけ返した。

「アフィリエイトもですか」

「もう潮時かなって」

「次はなにするんですか？」

「ビジネス講師の案件がいくつかある。全国を適当に回りながら情報商材を売りつけようかと」

「なにそれ」乾いた笑いが小鳥遊から漏れる。「デジタル行商人かよ」

「いいね、デジタル行商人」暗黒院は表情を和らげ、ふつうに朗らかな声を出して笑った。そんなリアクションを求めてなんていなかった。「というわけで、業務委託契約は今月までになる。いままでありがとう。助かった」

「ちゃんと〝ありがとう〟って言えるようになりましたね」

そんな話をしたいわけじゃない。

「今月分の給料だが、これは日割りせずに満額払う。あと少しだが退職金も。支払い調書は後日自宅に郵送するから確定申告忘れんなよ」

ちがうだろ、と小鳥遊は思った。話せば話すほど避けられない解散の運命に話題が引っ張られ、どんどんやりとりが事務的になっていく。

「一さんは、もう出ていったんですか？」

一のデスクにはもうなにもない。

「ああ、ちょうど書いていた長編がひと段落したらしくてな。しばらくは放浪の旅に出るらしい。事務所が解散しなくても、このタイミングで出て行くつもりだったそうだ」

これが大人ってヤツなのだろうか？　別れに対して冷淡というか、人間関係にドライで、じぶんの都合優先でこっちからやって来てあっちへ去っていく。そんな気ままなスタイルに抵抗があるのはじぶんがまだ高校生だから？　おなじ年におなじ地域に生まれたという理由だけでひとつの教室に押し込められ、与えられた選択肢のなかでしか経験を積めず他人との関係性を築けない幼さゆえなのだろうか？

「最後に一回くらいお茶でもしたかったな……」

「また会えるさ」

その「また」がいつなのかは具体的に教えてくれず、聞いても仕方がないのは小鳥遊にもわかっていた。

「そういえば天野川の件だが……」暗黒院の声がわずかに強張る。「犯行については全面的に認めている。長野とは恋愛関係ではなく、文化祭でふたりでアカペラをやるとかなんとかで秘密の練習をしていた。長野のボイパで天野川が歌う編成で。その練習にこっそりプールを使うのを提案して誘い出した。広くて声がよく響くから気持ちいいってな」

「へえ」

どうでもよかった。

「しかし動機については黙秘を続けているそうだ。ただ、そのかわりか知らんが〈小鳥遊のことが好きだった〉って繰り返しているらしい」

「それを私に言ってどうするつもりですか？」

「ただの報告だよ」

「ただの報告ですか」

「ああ」

沈黙。

そして段ボールに紙が擦れる音が続く。

「田中さん」小鳥遊は言った。「誰かが好きという理由で無関係な他人を殺すのってあり得ると思いますか？」

「否定はできない」暗黒院は答えた。「理由ってのは他人が納得できてはじめて理由として認められる。しかしこの世界では他人が納得できることのほうが圧倒的に少ない」

「わたし、天野川にむかし告ったことあるんですよ」

小鳥遊は沈黙を待てなかった。

小鳥遊は言葉が欲しかった。

しかし言葉を求めるあまり出てくるのはいつだって不必要な言葉だ。

「知っている」

小鳥遊は知っているのを知っている。

「別にあいつを好きじゃなかったんですけど、成り行きで。言葉って怖いですよね。嘘でも天野川に好きとか言うと、本当にそうなんじゃないかってなってくるんです。なんだろう……思うとか感じるとか、そういう言葉よりももっと強い感覚。その言葉がずっとわたしの口から出てくるのを待っていたみたいな、あるべくしてあったみたいな、そんな強さ。その強さにじぶんの頭と身体がどんどん改造されていって、むしろいままでのじぶんがまちがっていたみたいな、そういう感覚になるんです」

「それであのとき、天野川に嫌いって言ったのか」

小鳥遊は無言でもって回答とした。

「ところで小鳥遊、天野川がお前をフッた理由は知っているか？」

「知りませんよ」

「知りたいか？」

無言。

「単純な話さ」暗黒院は続けた。「あいつは一度でいいから女の子をフッてみたかったんだ」

「うわなにそれ。最悪じゃん」

ふつうに引く。

「まだ高校生のくせに非モテを拗らせていたんだ。じぶんが告白を受ける機会なんて今後絶対にないからチャンスだと思ってな。小鳥遊の意図を知りながらね」

「それ、やっぱりデジタル・タトゥ《アカシック・レコード》に書いていたんですか」

「さあな」

「終わってる」

「むしろ始まったんだよ」暗黒院が言った。「告白事件をきっかけにお前は私のところにきた」

「お前っていわないでください」

「小鳥遊の探偵としての人生が始まったんだよ」

「探偵は田中さんですよ」

「探偵なんて何人いてもいいんだよ」

「ならどうして辞めるんですか？」

暗黒院は作業の手を止め、沈黙した。

「怖いんですか？」小鳥遊は言う。「言葉が」

言葉にしたことがこの世界の事実になってしまうのが。

「私にはひとを救う力がなかった」暗黒院は言う。「小鳥遊を危険な目に遭わせてしまった」

「まあ田中さんがひとの古傷を抉り倒してたまに再起不能にさせたりする点は否定できませんが、あれはわたしが勝手にしたことです。天野川の危険性を知りながらひとりで突っ走ってしまったので、わたしの責任じゃないですか」

「そうか」

暗黒院は作業を再開し、段ボールに紙が擦れる音が鳴る。

「まあいいです。田中さんが辞めるっていうなら仕方ないですし。ちょうど親からもバイト辞めろって言われてたんで。空いた時間で親孝行でもしますよ」

「いいね」

「片付け、手伝いますよ。そのために来たんですから」

小鳥遊はロッカーを開いた。

そこにあったのは五着のおなじデザインの黒いマントとカラーコンタクトのケース、眼帯だ。

それを見た瞬間、涙が止まらなくなった。

顔の筋肉が悲しみの表情を作るよりずっと早く涙腺は決壊し、とめどなく流れる涙が頬をつたい、顎先に溜まり、大粒の滴を床に落とす。

痛いヤツは最高に嫌いだ。

だからいい歳こいて大した稼ぎにもならないコスプレ探偵なんて論外中の論外だ。

それでも小鳥遊はここに居たかった。

この事務所がはじめて見つけたじぶんの居場所だった。

そこに間の抜けた iPhone のデフォルト着信音が鳴り響く。

暗黒院はその画面をちらと見ると、出ることなく作業に戻った。

「出ないんですか」

暗黒院は答えない。

「聖山さんなんじゃないですか」

暗黒院は答えない。

「聖山さんには辞めるって言ったんですか」

iPhone の音がやんだ。

「本当はまだ探偵を続けたいんじゃないですか」

暗黒院は小鳥遊に背を向けたまま、言葉なく淡々と書類を段ボールに詰めていく。

「暗黒院さん」小鳥遊は探偵の名を呼んだ。「こっちを見てください」

暗黒院は声の方へと振り向いた。

そこには左眼に眼帯をした小鳥遊が立っていた。

「なんの真似だ？」

暗黒院は苦笑する。

「知っていますか？　わたしの緑色の左眼は真実が見えるんですよ。だからどんな謎でも解けます。でもこの世界って面倒で、すべての謎が解いていいものとは限らない。むしろ解いてはいけない謎のほうが多いくらいなんですよ」

暗黒院は笑った。

「で、お前はその右目で何を見るんだ？」

「あなたが、暗黒院真実が立ち向かう謎です」小鳥遊は力強く言った。「わたし、そこそこ役に立つ助手だと思いませんか？」

暗黒院は立ち上がり、小鳥遊の方へと歩き出す。

ゆっくりと、たしかな足取りで。

そして彼女の正面に立ち、泣き腫らして真っ赤になった右目を見てまた笑う。

眼帯へと手を伸ばす。

翠色の瞳が露わになる。

「こっちも白目部分が真っ赤じゃないか」暗黒院は吹き出した。「しかし良い眼をしている」

暗黒院はロッカーからコンタクトレンズを取り出し、その場で右眼に装着した。

「上手くなりましたね」

「ほとんど毎日やっていればな」

「最近まで五分くらいかかっていたじゃないですか」小鳥遊は暗黒院の左目を覗き込んだ。「きれいな眼ですね」

ふたたび iPhone の間抜けな音が鳴り響く。

画面には〈聖山正義〉の文字が表示されている。

「どうします？」

小鳥遊が問う。

「新しい業務委託契約書は後日でいいか？」

小鳥遊はうなずく。

暗黒院真実は iPhone の画面に指を滑らせる。

本書は書き下ろしです。

［著者略歴］

大滝瓶太（おおたき・びんた）

1986年生まれ
兵庫県淡路市出身。
「青は藍より藍より青」で
第1回阿波しらさぎ文学賞を受賞。
樋口恭介編『異常論文』（早川書房）に
短編小説「ザムザの羽」で参加。
SFマガジンをはじめとした文芸誌各紙に
精力的に小説を発表しているほか、
ユキミ・オガワ作品「町の果て」（バゴプラ）、
「煙のように、光のように」（早稲田文学）など
小説の翻訳も手掛ける。
本書は初のミステリー作品にして、
単著デビュー作。

その謎《なぞ》を解《と》いてはいけない

2023年6月15日　初版第1刷発行
2023年7月19日　初版第3刷発行

著者　大滝瓶太
発行者　岩野裕一
発行所　株式会社実業之日本社
〒107-0062 東京都港区南青山6-6-22
emergence 2
電話（編集）03-6809-0473
（販売）03-6809-0495
https://www.j-n.co.jp/
小社のプライバシー・ポリシーは
右記ホームページをご覧ください。

DTP　ラッシュ
印刷所　大日本印刷株式会社
製本所　大日本印刷株式会社

ISBN978-4-408-53834-1（第二文芸）